MIRA®

Der Preis dieses Bandes versteht sich einschließlich der gesetzlichen Mehrwertsteuer.

Umwelthinweis:
Dieses Buch wurde auf chlor- und säurefreiem Papier gedruckt.

Die Handlung und Figuren dieses Romans sind frei erfunden. Ähnlichkeiten mit lebenden oder verstorbenen Personen sind nicht beabsichtigt und wären rein zufällig.

Chris Jordan

Sektenkind

Roman

Aus dem Amerikanischen von
Hannsdieter Loy

MIRA®

MIRA® TASCHENBUCH
Band 25420
1. Auflage: März 2010

MIRA® TASCHENBÜCHER
erscheinen in der Cora Verlag GmbH & Co. KG,
Valentinskamp 24, 20350 Hamburg
Deutsche Erstveröffentlichung

Titel der englischen Originalausgabe:
Torn

erschienen bei: MIRA Books, Toronto
Published by arrangement with
HARLEQUIN ENTERPRISES II B.V./S.àr.l.

Konzeption/Reihengestaltung: fredebold&partner gmbh, Köln
Umschlaggestaltung: pecher und soiron, Köln
Redaktion: Ivonne Senn
Titelabbildung: pecher & soiron, Köln
Satz: Buch-Werkstatt GmbH, Bad Aibling
Druck und Bindearbeiten: CPI – Ebner & Spiegel, Ulm
Printed in Germany
Dieses Buch wurde auf FSC-zertifiziertem Papier gedruckt.
ISBN: 978-3-89941-688-6

www.mira-taschenbuch.de

PROLOG

The Pinnacle,
Conklin, Colorado

Er wacht auf, ohne zu wissen, wer er ist, wie alt er ist oder wo er ist. Um ihn herum ein palastartiger Raum. Wobei, „Raum" wäre untertrieben. Er befindet sich in einem Saal von der Dimension eines Schlosses. Die geschwungene Decke weit über ihm ist in geheimnisvolle Schatten getaucht. Weit drüben ragt eine Wand aus purem Glas empor, die den Blick auf gewaltige Berge inmitten einer öden Landschaft freigibt.

Eine Gruppe Menschen steht an seinem Bett. Sind es Ärzte? Bedienstete? Nein, sie wirken eher wie zu groß geratene Ministranten. Sie beten ihn an, er kann es in ihren Augen lesen. Ist er denn ein Fürst? Ein Herrscher? Ein Filmstar?

Tatsächlich, er hat allen Grund, sich wie ein Filmstar zu fühlen. Dieser pompöse, von Glas umrahmte Ort wirkt wie das Set für einen Film. Doch wenn er ein Filmstar ist – in jedem Fall ist er der Star dieser Szene –, warum kann er sich dann nicht an seinen Text erinnern? Wo sind all die Wörter hin?

„Guten Morgen, Sir." Einer der Ministranten beugt sich über sein Bett. Ein hässlicher Gnom, der ihm wie durch einen Nebel seltsam vertraut vorkommt. „Wie fühlen Sie sich heute?"

Er will antworten. Er sucht nach Worten. Aber alles, was er hervorbringt, ist eine einzige Silbe.

„Ha", sagt er.

Er spürt die Trockenheit in seinem Mund und den Kloß in seinem Hals.

„Bringt Wasser!", hört er.

Eine Hand reicht ihm einen Strohhalm. Er zuckt zurück. Instinktiv weist er alles von sich, was über seine Lippen soll.

Und dann – ganz allmählich – ordnen sich seine Gedanken, sein Verstand wird klarer. Mit Schaudern fällt ihm wieder ein, dass man versucht, ihn zu vergiften. Dieses Gift ist es, das ihm die Kehle verschließt und seinen Geist verwirrt. Das Gift, dessen Wirkung ihn ans Bett fesselt.

Er kämpft dagegen an, doch das Gift hat ihn geschwächt. Er spürt einen kurzen Nadelstich, und der Stoff dringt in seine Venen ein. Ein raffiniertes, heimtückisches Zeug, das nicht nachweisbar ist. Es schlüpft in seine Gehirnzellen und lähmt die Synapsen. Es sieht aus wie harmlose Kochsalzlösung, aber das kann nicht sein. Die Theorie, langsam vergiftet zu werden, lässt ihn nicht mehr los. Beweisen kann er sie zwar nicht, doch eine andere Erklärung für seinen Zustand gibt es nicht. Unter keinen Umständen würden diese Gestalten um ihn herum es wagen, ihn auf diese Weise zu behandeln, denn sie sind nichts weiter als Drohnen, die ihre Königin umschwirren. Es sei denn, sie betrügen und verraten ihn.

Die Drohne mit dem vertrauten Gesicht wagt es sogar, für ihn das Wort zu erheben. Als ob dieser elende Gnom in der Lage wäre, Worte wiederzugeben, die ihm, seinem Meister, im Hals stecken geblieben waren.

„Geht zur Seite. Er möchte die Berge sehen."

So etwas hätte er niemals angeordnet. Noch nie hat er sich etwas aus Bergen gemacht. Doch genau in diesem Augenblick breitet sich die aufgehende Sonne über dem Gebirge aus, als wolle sie die Gipfel mit dem Himmel vereinen. Ihm stockt der Atem. Natürlich ist ihm klar, dass es nur Licht ist, das vom blanken Fels reflektiert wird. Nur eine Spiegelung, die auf seine Netzhaut trifft. Und doch treibt ihm dieses einmalige Erlebnis die Tränen in die Augen.

Dann kommt die Erinnerung zurück. Einen flüchtigen Augenblick lang wird ihm bewusst, wer er ist. Ein weltlicher Herrscher ist er nicht. Und ganz sicher nicht so etwas Unbedeutendes wie ein Filmstar. Nein, er ist wie jener gewaltige

Berg da draußen, und diese Untermenschen versuchen, ihn auszulöschen. Sie kratzen und beißen und wollen ihn fernhalten vom Licht. Wie Regen auf den Berg versuchen sie ihr jämmerliches Gift über ihn zu sprühen. Doch wie das stolze Massiv da draußen wird er über sie triumphieren, und er wird noch herrschen, wenn sie alle schon für immer vergangen und vergessen sind.

Der Gnom wendet seinen Blick ab. Die erhabenen Gedanken seines Meisters beschämen diesen Wicht. Er will Gleichmut vortäuschen, indem er einen langen Blick auf seine teure Armbanduhr wirft. Doch irreführen kann er den Weisen nicht. Als die Berge im Morgenschatten versinken, ordnet er schließlich an, das Bett seines Herrn mit einem Paravent abzuschirmen.

Schwestern kümmern sich um ihn, wechseln seinen Katheder, entleeren seinen Darm. Ihre nassen Schwämme lasten auf seinem Körper, und er wird trockengetupft, als wäre er irgendein hilfloses Kind, und nicht … was immer er sein mag. Verzweifelt ringt er darum, ein Gespür für sich selbst zu erlangen. Wer ist er? Wer? Ein bedeutender Mann in einem Glaskasten, umgeben von Untermenschen, die ihn erniedrigen. Demütigungen, die bald vergessen sind und aufgesaugt vom Geruch des Babypuders. Darüber hinaus kann er sich an nichts erinnern.

Nichts bleibt, wie es ist.

Tropf, tropf, tropf.

„Sir? Ihre Frau ist da. Möchten Sie, dass sie hereinkommt?"

Es kostet ihn Kraft, das verschwommene Gewirr in seinem Gehirn zu durchdringen. Dann bringt er ein einziges „Ha" zustande.

Ein weibliches Wesen, das behauptet, seine Frau zu sein, schwebt herein. Wenn er sich vor Lachen ausschütten könnte, würde er es tun. Das ist doch wohl ein schlechter Witz. Diese Frau vor ihm könnte gut und gern seine Mutter sein. Majestätisches Gehabe, wunderschön konserviert, teure Frisur und überaus exklusiv.

Aber eben auch überaus alt.

Als ob er so eine Frau je heiraten würde! Er findet diese Vorstellung so absurd, dass es ihm schwerfällt, den Sinn ihrer Worte zu begreifen und diese Worte zu etwas Verständlichem zu sortieren.

„Arthur? Kannst du mich hören, Liebster? Blinzle doch, wenn du mich verstehst. Ich habe mich exakt an die Anweisungen gehalten, die du mir vor Monaten gegeben hast. Verstehst du mich?“ Ihre Augen tasten ihn ab, dann wendet sie sich triumphierend den anderen zu. „Er hat geblinzelt! Er hat mich verstanden!“

Alles, was er verstanden hat ist, dass sie eine gerissene Betrügerin sein muss. Eine alternde Schauspielerin, die vertraglich eine Rolle zu spielen hat. Wahrscheinlich steckt sie mit diesem schleimigen Gnom unter einer Decke. Aber egal wer sie ist, egal welches ihre Motive sind, er wird keinem einzigen ihrer Worte Glauben schenken.

„Die besten Ärzte stehen zu deiner Verfügung, Liebster. Die besten auf der ganzen Welt. Niemals werden wir dich aufgeben. Kannst du mich verstehen?“ Sie beugt sich über ihn, umweht vom Duft edler Lilien, und flüstert eine Botschaft nur für ihn. „Du darfst nicht sterben, Arthur. Jetzt nicht. Niemals. Ganz gleich was passiert, du musst in unseren Kreis zurückkehren. Du hast die Verpflichtung, ewig zu leben.“

Darauf verschwindet sie aus seinem Gesichtsfeld, nicht ohne vorher über ihre Augen zu wischen. Der Duft edler Lilien. Eine Erinnerung huscht durch sein Gehirn, und für einen kurzen Moment ist er sich absolut sicher, wer er ist und wo er ist.

Er ist der Größte. Herrscher über alle Rulers. Aller Geist ist in ihm vereint.

Fünf Sekunden später beginnt er wieder zu sabbern.

I

HUMBLE, NEW YORK

1. KAPITEL
Ein einfaches, normales Leben

Am Tag bevor seine Schule in die Luft fliegt, fragt mich mein Sohn, ob der Himmel eine Postleitzahl habe. Wir sind gerade beim Frühstück. Ich esse meinen üblichen Fruchtjoghurt, Noah seine obligatorischen Schoko-Crisps. Eine halbe Tasse Crisps auf eine halbe Tasse Milch. Nicht mehr und nicht weniger. Noah leckt den Löffel ab, wirft mir mit großen Augen diesen Mommy-wird-es-schon-wissen-Blick zu und stellt diese wichtigste aller Fragen.

„Ich meine nicht eine wirkliche Postleitzahl", fügt er an. „Ich meine so eine, wie wenn ich an den Weihnachtsmann schreibe. Oder einen Brief an Dad. Einfach um Hallo zu sagen. Damit er weiß, dass wir okay sind und so." Ist schon seltsam und gleichzeitig wunderbar, den Überlegungen eines zehn Jahre alten Jungen zu folgen.

Gestern Abend, als ich ihm seine Gutenachtgeschichte vorlas – den ziemlich aufregenden Sturmreiter –, stellte Noah wie aus dem Nichts heraus die Frage: „Wie geht's uns eigentlich, Mom?" Uns war beiden klar, was er mit seiner Frage meinte – den langsamen, schmerzhaften Wiederaufbau unserer kleinen Welt –, und ich erwiderte, ohne zu zögern: „Es ist okay, so wie es uns geht". Mein Sohn legte meine Antwort in einer Datei seines erstaunlichen Gehirns ab. Und womit platzt er zwölf Stunden später heraus? Er will einen Brief an seinen toten Vater verfassen.

„Schreib ruhig", sage ich zu ihm. „Ich kümmere mich um die Postleitzahl."

„Abgemacht", sagt er und grinst in sich hinein. Mission erfüllt.

Darauf wendet er sich besonnen und methodisch wieder seinen Schoko-Crisps zu.

Jed, mein Mann, pflegte zu behaupten, dass Humble, New York, ein passender Name für den Ort sei, in dem wir leben. Denn

Humble ist ein bescheidenes kleines Städtchen, dreißig Meilen von Rochester entfernt. Es gibt einen Lebensmittelladen, einen Friseur- und Beautysalon, eine Polizeiwache, die Feuerwehr, eine Grundschule. Bei der letzten Zählung stellte sich heraus, dass es außerdem mehr Tiere auf den Farmen – hauptsächlich Milchkühe, Rinder und Schafe – als Einwohner gibt.

Wir waren erst kurz vor Noahs Geburt nach Humble gezogen, und mein erster Eindruck war nicht unbedingt positiv. Tief im Herzen bin ich ein Mädchen aus New Jersey, ein Shopping-Mall-Fan, und die Vorstellung, in einem Haus mit Blick auf Maisfelder zu wohnen, war für mich nicht gerade die Erfüllung eines Traums. Postkarten sind dazu da, verschickt zu werden, nicht, um darin zu wohnen. Jed hatte gerade einen neuen Job in Rochester angetreten und war überzeugt davon, dass eine Kleinstadt einfach sicherer sei für uns als die Stadt mit ihren Problemen wie Armut, Drogen und leer stehenden Fabriken. Und als er im Internet dann auf das „perfekte alte Farmhaus" gestoßen war, konnte auch ich nicht mehr Nein sagen.

Im Grunde habe ich Jed so gut wie niemals widersprochen. Sein Wunsch war gewöhnlich auch mein Wunsch. So trafen wir auch dieses Mal gemeinsam die Entscheidung, aus der Stadt hinaus aufs Land zu ziehen. Wir wollten ein neues Leben beginnen, so weit weg wie möglich von seiner eigenen durchgeknallten Familie. Alles wurde gut, und eine Zeitlang – neun wundervolle Jahre – lebten wir den amerikanischen Traum, soweit das echten Menschen möglich ist. Natürlich war nicht alles perfekt. Jed war Elektroingenieur in einer Firma, die schwer kämpfen musste, um sich am Markt zu behaupten, und manchmal brachte er den Druck, der dadurch auf ihm lastete, mit nach Hause. Und manchmal machte auch ich meinem Ärger darüber, wie seine Familiensituation mein Leben beeinflusste, Luft.

Klar, hie und da kabbelten wir uns, wie alle Paare, aber

niemals gingen wir im Streit zu Bett. Das war unsere eiserne Regel. Immer sprachen wir uns aus, bevor wir die Augen zumachten. In meinem Elternhaus hatte es ständig Streit gegeben. Mom und Dad ließen sich schließlich scheiden, als ich noch die High School besuchte. Und Jeds Eltern? Sie waren dysfunktionale Persönlichkeiten, um es vorsichtig auszudrücken. Deshalb sehnten Jed und ich uns am meisten nach Normalität. Eine normale Familie in einer kleinen Stadt, die ein einfaches, normales Leben führt. Die Tatsache, dass Jeds Angehörige weit entfernt von normal waren, spielte keine Rolle mehr, denn wir gründeten unsere eigene Familie, gestalteten unser eigenes Leben, ohne sie.

So ganz nebenbei wurde das Vorstadt-Mädchen aus Jersey ziemlich gut darin, alte Farbe abzubeizen, Rigipsplatten anzubringen, zu streichen und zu tapezieren. Meine alte Clique hätte sich totgelacht, hätte sie mitbekommen, wie ihre kleine Zimperliese Haley Corbin in dieser Zeit lernte, schadhafte Leitungen zu schweißen, den verstopften Ausguss wieder zum Laufen zu bringen, alte Küchenschränke auf Hochglanz zu polieren. Jed musste hart ran, und als Troubleshooter seiner Firma wurde er in die entlegensten Gegenden entsandt, um anfallende Probleme zu lösen. So war es nur recht und billig, dass mir der größte Teil der Renovierung unseres „perfekten alten Farmhauses" zufiel. Wohl oder übel musste ich meine maniküreverwöhnten künstlichen Fingernägel ablegen und mich an die Arbeit machen. Heimwerkermagazine und einschlägige Sendungen im Fernsehen wurden mein täglich Brot, und ich besuchte jeden Workshop im nahen Baumarkt. Ich schrieb eifrig mit, hörte aufmerksam zu und lernte so eine ganze Menge übers Heimwerkern.

Meinen größten Erfolg hatte ich, nachdem ich mich intensiv mit dem Thema Elektroarbeiten beschäftigt hatte: Ich wagte mich an einen Drei-Wege-Schalter für eine neue Beleuchtung im Eingang. Darüber kriegte Jed sich überhaupt nicht mehr ein. Er behauptete allen Ernstes, mein Körper sei von außerirdischen Elektrikern übernommen worden. Ich bot ihm an, seinen eigenen Schalter umzulegen, und das tat ich auch, mitten auf der Treppe, während Noah in seinem Bettchen fest schlief.

Es war ein schönes Leben. Ein grandioses Leben. Wir hatten es geschafft. Wir hatten eine üble Vergangenheit hinter uns gelassen und waren neu durchgestartet.

Dann, plötzlich, war alles vorbei. Es kam so unvorhergesehen wie ein Anruf um Mitternacht. Der Krater, der sich da aufgetan hat, wird niemals wieder zugeschüttet werden können – niemals. Das Beste ist, sich einfach durch die Tage zu mogeln. Und sich darauf zu konzentrieren, die bestmögliche Mom zu sein, auch wenn man in seinem Innersten spürt, dass es unmöglich sein wird, den Verlust wieder auszugleichen.

In letzter Zeit scheint Noah besser zurechtzukommen. In der Schule benimmt er sich wieder anständig. Ein Glück, dass er auch mich nicht mehr so sehr beansprucht. Das scheint typisch für unsere Kinder zu sein. Wenn das Unmögliche geschieht, finden sie sich erstaunlich rasch damit ab und passen sich letzten Endes an die neue Situation an. Wie heißt es so schön: „Was uns nicht umbringt, macht uns nur stärker". Eines dieser seltenen Klischees, die wahr sind.

Aber was bleibt uns auch anderes übrig?

„Mom?", reißt Noah mich aus meinen Grübeleien und hält seine Armbanduhr hoch, die er nach meiner Kenntnis noch nie abgenommen hat. Ein Geschenk seines Vaters.

„Fertig?", frage ich knapp.

„Vor fünf Minuten schon. Du trödelst herum, Mom."

Noah akzeptiert es nicht, wenn ich mir bei der Arbeit etwas Zeit lasse. Er glaubt, das mache mich schwermütig. Da kann er recht haben. Mir geht es tatsächlich besser, wenn ich beschäftigt bin, mich auf den Augenblick konzentriere. Und nicht irgendwelchen Tagträumen nachhänge.

Wenig später sitzen wir im Auto.

Noah nimmt nie den Schulbus. Nicht, weil er es nicht will, ganz im Gegenteil. Aber da ist diese Sache mit dem Sicherheitsgurt. Es gibt in Schulbussen keine Sicherheitsgurte, und das macht mich rasend.

Wir haben Gesetze, wonach wir unsere Kinder in gesonderten Sitzen im Auto sichern müssen, bis sie alt genug sind, sich zu rasieren; wir müssen dafür sorgen, dass sie auf dem Rad und beim Skateboarden einen Helm aufhaben. Warum aber gibt es für Busse einen Freibrief? Kann mir jemand einen Grund dafür nennen?

Jed war immer der Meinung gewesen, dass ich in diesem Punkt überreagiere. Aber ich kann mir nicht helfen. Immer wieder sehe ich vor meinem inneren Auge den riesigen gelben Bus kopfüber im Graben liegen oder in einen Unfall verwickelt, und kleine Körper schießen wie menschliche Kanonenkugeln durch die Luft. Deshalb fahre ich meinen Jungen mit dem eigenen Wagen zur Grundschule von Humble – Entfernung drei Komma vier Meilen – und sehe ihn mit eigenen Augen das Gebäude betreten. Und nach Schulschluss bin ich wieder dort, hole ihn ab und bringe ihn sicher nach Hause.

Als Mutter kann man nicht vorsichtig genug sein.

2. *KAPITEL*
Warten auf The Voice

Angespannt beobachtet Roland Penny von seinem schäbigen 88er Chevy aus, wie die Kinder ins Schulgebäude strömen. Die kleinen Satansbraten mit ihren Rucksäcken und den monströsen Schuhen. Brauchen die Riesenschuhe wahrscheinlich, damit sie nicht vom Gewicht ihrer Rucksäcke umkippen. Schauen aus wie kleine Astronauten, die in der Fast-Schwerelosigkeit herumtappen.

Seltsam. Als Roland selbst die gleiche Schule besuchte, trug er genauso dicke, fette Schuhe mit Klettverschluss und einen Mickeymaus-Rucksack. Er fand sich damals richtig cool. Heute weiß er, wie klein und lächerlich er auf die Erwachsenenwelt gewirkt haben musste. Wie bemitleidenswert und ungeformt – eigentlich kaum wie ein richtiger Mensch. Es scheint ihm ein ganzes Leben lang her zu sein. Lange bevor sein Denken erfolgreich umprogrammiert worden war und er endlich die Kräfte verstand, die das Universum regieren. Bevor er die Grundlagen verstand. Bevor er sich zu seinem jetzigen Zustand entwickelt hatte.

Sein Handy am Gürtel vibriert. Fast wie ein Kitzeln so sacht, aber es ist da. Er nimmt den Anruf an, hört die klare Stimme über das Headset. Eine volle, überzeugende Stimme, die jedes Mal im Einklang mit seinen eigenen harmonischen Schwingungen zu sein scheint.

Er hört aufmerksam zu. Wenig später antwortet er.

„Jawohl, Sir. Ich bin bereit."

The Voice, sein ganz persönliches Navigationssystem, hilft ihm, sich zu konzentrieren. Ist sein Anker im Sturm. Enthüllt die verborgenen Regeln und Strukturen. The Voice zeigt ihm den Weg. Beruhigt ihn, leitet ihn, überzeugt ihn.

The Voice denkt für ihn, was eine große Erleichterung ist.

„Jawohl, Sir, verstanden. Auf den Chief warten. Mach ich."

Die Verbindung wird getrennt, was ihm ein leises Wimmern entlockt. Die Verbindung zu The Voice zu verlieren ist beinahe ein körperlicher Schmerz. Als ob die Blutzufuhr zu seinem Gehirn abgeschnitten würde. Aber er hat die letzten vier Monate für diesen Tag trainiert, wurde auf jedem Schritt seines Weges begleitet, und er weiß, dass The Voice genau zu dem Zeitpunkt zu ihm kommen wird, wenn er ihn braucht, und nicht eine Sekunde eher.

Roland Penny lässt sich in den rissigen Ledersitz seines vergammelten Vans zurückfallen und lächelt bei dem Gedanken an den neuen Wagen, den er sich kaufen wird, wenn die Mission erfolgreich abgeschlossen ist: ein nagelneuer Escalade mit allem Zubehör! Klasse. The Voice hat ihm erzählt, dass sein alter Van im Moment die perfekte Tarnung sei. Sei geduldig. Führe zuerst den Auftrag aus und genieße dann die Belohnung. Zur vollen Stunde wird der Polizeichef von Humble auftauchen. Ganz bestimmt wird er pünktlich sein. Wenn nicht – Ruhe bewahren. Roland weiß, dass er nicht in Panik verfallen darf. Keinen Millimeter vom Plan abweichen. Wenn er es trotzdem täte, würde The Voice es sofort mitbekommen. Und das wäre schlecht.

Sehr schlecht.

3. KAPITEL
Primzahlen

Noah hat Mrs. Delancey sehr gern. Seine Klassenlehrerin ist herzlich, klug und witzig. Außerdem ist sie schön. Natürlich nicht so schön wie seine Mutter – Mom ist die schönste Frau auf dem gesamten Planeten –, aber Mrs. Delancey ist auf andere Arten hübsch. Da ist zum einen ihr Haar, das von einer Art elastischem Bügel zurückgehalten wird. Und da sind ihre dunklen Augen, die sie vor Vergnügen rollt, wenn etwas Witziges passiert. Und schließlich ihr feiner Vanilleduft, den Noah gleichzeitig vertraut und beruhigend findet.

Am attraktivsten an ihr ist aber ihre Klugheit. Mit seinen zehn Jahren kann Noah Corbin Intelligenz bereits unheimlich gut einschätzen. Vom Fleck weg kann er beurteilen, ob ein Erwachsener ebenso klug ist wie er selbst. Und Mrs. Delancey kommt bei diesem Test gut weg. In der vierten Klasse gibt es eben keinen Babykram mehr, keine Bilderbücher und keine Rechenspiele mit Hunden und Hasen. Hier wird richtige Naturwissenschaft gelehrt und echte Mathematik. Alles Komplizierte, Hochrangige fordert Noahs Geist heraus. Mrs. Delancey liest nicht nur aus dem Lesebuch vor und jagt durch die Stunde, wie die bescheuerte Ms. Bronson, die ihm fast die gesamte dritte Klasse vermiest hat. Nein, Mrs. Delancey versteht die Grundordnung der Faktoren, Multiplikatoren und sogar der Primzahlen wirklich.

Für Noah sind Primzahlen mit einer ganz besonderen Aura ausgestattet. Fast als wären sie lebendig. Nicht auf dieselbe Art lebendig wie Menschen, aber doch haben einige von ihnen eine besondere Kraft. Wenn er zum Beispiel an die 97 denkt, scheint sie einen Puls zu haben. Die 97 platzt vor Selbstbewusstsein – hey, schau mich an! –, als ob sie wüsste, dass sie nicht geteilt werden kann. Denn durch Eins geteilt zu werden gilt natürlich nicht. Das ist nur ein Trick, um das Rechnen zu ermöglichen. Jeder, der etwas von Mathematik versteht, weiß, dass Primzahlen deshalb so besonders sind, weil sie nicht gerade oder perfekt geteilt werden können. Sie verharren als Ganzes, sind unverwundbar, unabhängig davon, was man mit ihnen anstellt. Primzahlen sind wie Superman ohne das Kryptonit. Es verschlug Noah die Sprache, als Mrs. Delancey in der allerersten Mathestunde mit genau dieser Definition ankam. Was für ein erstaunliches Konzept!

Gestern, während einer Pause, erhielt er von Mrs. Delancey einen kleinen Privatunterricht über das Thema. Noah hatte keine Lust gehabt, die Zeit auf dem Hof zu vertrödeln. Er wusste selbst nicht warum, aber er fühlte sich nicht danach. Da schlug die wunderbare Mrs. Delancey ein Mathebuch für die *High School* auf und erklärte ihm, was dihedrale Primzahlen sind. Das sind Primzahlen, die auch dann Primzahlen bleiben, wenn man sie umgedreht auf dem Taschenrechner liest. Das war vielleicht cool! Mrs. Delancey wusste alles über dihedrale Primzahlen und, was noch erstaunlicher war, sie wusste, dass er verstand, was sie ihm erzählte, auch wenn es wirklich fortgeschrittener Stoff war.

Noah hat inzwischen seinen Rucksack verstaut, sitzt an seinem Tisch und wartet darauf, dass die Klasse zur Ordnung gerufen wird. Im Moment herrscht Chaos. Die Kinder laufen wild herum. Nicht wirklich wild, stellt er fest, sondern ihren Bewegungen liegt ein bestimmtes Muster zugrunde. Gegen den Uhrzeigersinn rasen sie immer und immer wieder durch den Raum. Wie eine verschwitzte Zentrifuge, angetrieben von Viertklässlerenergie, hauptsächlich von den Culpepper-Zwillingen, Robby und Ronny, die ihr Ritalin an Derek Deely verkauft haben. Einen wirklich furchteinflößenden Fünftklässler, der angeblich an seiner alten Schule in Rochester mal einem Sportlehrer den Finger abgebissen hat. Das war dann auch der Grund, warum Dereks Familie nach Humble geflohen ist, wo sie bis heute mehr oder weniger versteckt lebt.

Das jedenfalls erzählt man sich.

Noah hält es für absolut glaubhaft, dass ein Kind einem Lehrer den Finger abbeißt. Mehr als einmal hätte er es am liebsten selbst getan. Aber das war hauptsächlich letztes Jahr gewesen, als es „in“ war, Noah zu bemitleiden und sich um ihn zu kümmern. Ms. Kinnison beispielsweise wollte ihn ständig umarmen und alles über seine Gefühle wissen. Was nach Noahs Meinung verboten gehörte. Gefühle sind etwas sehr Persönliches, und man sollte nicht gezwungen sein, sie mit irgendeinem minderbemittelten Erwachsenen zu teilen, der weder etwas von Aerodynamik noch von Schwungkraft, geschweige denn von toten Vätern verstand.

„Setzen! Ihr habt zwei Sekunden!“

Mrs. Delancey ist kaum in der Klasse, da herrscht schon Ordnung. Wie durch Zauberei – Noah glaubt allerdings nicht an Magie, nicht einmal in Büchern – ist jeder Schüler auf seinen Platz gehopst. Als hätte Mrs. Delancey einen Zauberstab geschwungen. Wobei die eigentliche Magie darin besteht, dass sie gar keinen Zauberstab besitzt, sondern nur die Fähigkeit, schlagartig die Aufmerksamkeit der gesamten Klasse zu erringen.

„Alle tief durchatmen“, ordnet sie an und macht es vor. „So. Geht es uns gut? Sind wir ruhig? Ausgezeichnet!“

Während Mrs. Delancey die Anwesenheitsliste durchgeht, beschließt Noah, dass seine Lehrerin das Mensch gewordene Pendant zu einer Primzahl ist. Unteilbar, unverwundbar. Eine Superlehrerin ohne Kryptonit.

4. KAPITEL
Das Käsemonster

Wenn man seinen familiären Hintergrund berücksichtigt, ist es erstaunlich, wie normal Jed sich entwickelt hat. Okay, mein verstorbener, großartiger Ehemann war brillant. Nach seinem Tod beteuerten seine Kollegen, dass er eine Art Genie war, der klügste Mann der ganzen Firma – und außergewöhnlich klug zu sein ist auch nicht wirklich normal –, aber im üblichen menschlichen Miteinander erwies Jed sich als vollkommen normal. Er liebte mich bedingungslos und ich liebte ihn genauso. Wir wollten unser Leben miteinander teilen, Kinder bekommen, und all die Dinge tun, die normale Menschen machen. Und das taten wir auch, bis dass der Tod uns schied.

Nicht, dass es keine Herausforderung war. Und auch Glück spielte von Anfang an eine Rolle. Es war reines Glück, dass wir uns überhaupt begegnet sind. Dank Chili's, dem beliebten Mexikaner. Jed studierte zu dieser Zeit in New Jersey an der Rutgers Universität und hatte alle Verbindungen zu seiner Familie abgebrochen. Nebenher arbeitete er an drei Wochentagen jeweils vier Stunden bei Chili's – und an den Wochenenden übernahm er die volle Schicht, die oft zwölf Stunden ging. Vierzig Stunden kellnern, dreißig Stunden in Vorlesungen und im Labor, weitere dreißig über den Büchern hängen – da blieb nicht viel Zeit übrig für Schlaf, geschweige denn dafür, sich mit Mädchen aus South Orange zu beschäftigen, die zufällig bei Chili's einfielen, um einen albernen Geburtstag zu feiern und viel zu viele Grand Patrón Margaritas zu trinken. Mädels, die so betrunken waren, dass sie sich in einen Stapel dreckigen Geschirrs übergaben. Und denen das hinterher so peinlich war, dass sie in bittere Tränen ausbrachen und untröstlich waren.

Nun, untröstlich stimmt für meinen Teil nicht ganz. So komplett betrunken war ich nicht gewesen, um nicht mitzubekommen, dass da eine recht attraktive männliche Bedienung war, die mir saubere Servietten reichte, um mir die Wangen trocken tupfen zu können. Und mich nach draußen begleitete, um frische Luft zu schnappen. Er war so süß! Und zurückhaltend genug, mich nicht anzufassen, obwohl ich mir sicher war, dass er es gerne gewollt hätte. Als ich am nächsten Abend komplett nüchtern wiederkam, um mich zu entschuldigen, tranken wir einen Kaffee zusammen und schon beim Gehen war mir klar: Dieser Mann ist für mich bestimmt! Für mich war er der Einzige auf der ganzen weiten Welt. All die anderen Jungs – hey, ich sagte doch schon, ich war ein scharfes Großstadt-Girl – waren augenblicklich vergessen, als hätten sie nie existiert. Mein Herz klopfte „Jedediah“, und das tut es noch immer.

Jedediah, Jedediah, kannst du es nicht hören?

Zuerst liefere ich Noah an seiner Schule ab. Anschließend fahre ich zum Humble Lebensmittelmarkt, um einen Laib Brot und ein paar Leckereien zu besorgen. Die Auswahl im Markt ist zwar begrenzt, aber die Ware ist frisch und von guter Qualität. Der Hauptgrund für meinen Besuch aber ist ein anderer. Ich bin begierig darauf, den neuesten Dorftratsch von Donald Brewster, dem Besitzer des Ladens, zu erfahren. Er wird von allen nur „Donnie Boy“ genannt. Der Spitzname stammt aus seiner Zeit als Star des lokalen High-School-Footballteams. Hinter Donnie Boy Brewster hängt ein zum Poster aufgeblasenes Hochglanzfoto der Mannschaft an der Wand. Wenn die Kunden darauf zu sprechen kommen – und das tun sie häufig –, lässt Donnie Boy die Augen rollen und gluckst vor Freude. „Ja, wer ist denn dieser hübsche Kerl?“, platzt er dann heraus. „Was ist wohl aus ihm geworden, eh?“

In diesem „eh“ schwingt schon ein wenig der kanadische Akzent der Einwohner von Humble mit. Die Grenze zum Nachbarstaat ist nicht weit.

Auf jeden Fall ist Donnie Boy ein sehr netter Zeitgenosse, hier aufgewachsen und glücklicherweise auch hier geblieben. Man kann deutlich erkennen, dass er sein Geschäft liebt. Er sorgt für absolute Sauberkeit und füllt die Regale regelmäßig auf. Außerdem weiß er über jede Kleinigkeit Bescheid, die sich in Humble abspielt, und – das ist die Hauptsache – er behält sein Wissen nicht für sich. Wenn es etwas Neues zu erzählen gibt, bezieht er sogar neu Zugezogene wie mich mit ein.

„Hallo, Mrs.Corbin!"

Wie oft hab ich ihm beizubringen versucht, mich doch einfach beim Vornamen zu nennen, Haley. Vergeblich. Alle seine Kunden sind für ihn Mister, Missus oder Miss, da macht er keine Ausnahme. Nur wenn wir uns auf der Straße begegnen, nennt er mich Haley. Doch kaum steht er auf seiner Seite des Tresens, bin ich für ihn Mrs. Corbin. Donnie Boys Regeln.

Donnie hat eine weiße Mütze auf, wie Schlachter sie tragen, eine Knollennase im Gesicht und ausgeprägte Segelohren. Als er mich sieht, sagt er: „Ich hab den Schweizer Käse wieder reinbekommen, den Sie so mögen. Aber lassen Sie sich Zeit bei der Auswahl."

„Schon recht. Geben Sie mir bitte ein Viertel. Es ist Noahs Lieblingskäse."

„Wird gemacht", sagt er, während er den Käselaib in die Schneidemaschine schiebt. „Dünn geschnitten, hab ich recht?"

„Dünn schon. Aber nicht zu dünn."

„Nicht so dünn, dass Sie dadurch die Zeitung lesen können. Alles klar. Haben Sie schon von unserem Müllschläfer gehört?"

Genau deswegen bin ich hergekommen. Um den neuesten Tratsch zu hören. Zum Beispiel die mysteriöse Geschichte vom Müllschläfer.

„Der alte Pete Conrad. Sie wissen schon, der von der Basel Road? Das Farmhaus mit dem schiefen Siloturm?"

Glücklicherweise bin ich bereits vertraut mit dem „Schiefen Turm von Silo". Er ist Teil eines alten Gehöfts mit einem hübschen, perfekt angestrichenen Haupthaus, während die anderen Gebäude, wie Schuppen und Scheunen, sich in einem miserablen Zustand befinden. Genau wie der dazugehörige Silo, der in einem verblühten Blau und völlig aus dem Lot vor sich hindöst. Ich kenne Mr. Conrad nicht persönlich. Nur einmal hab ich ihn aus der Entfernung gesehen, wie er an einem uralten Traktor herumhantierte.

„Stellen Sie sich vor, Mrs. Corbin: Da steht Petes alter Ford draußen auf der Kippe rum – 'tschuldigung, ich meine: auf dem Wertstoffhof –, und es dauert fast den ganzen Tag bis jemand bemerkt, dass Pete gar nicht in dem Freibierschuppen ist, in dem er sich sonst immer herumtreibt. Sie wollen das Haupttor der Deponie gerade abschließen, da kommt jemand auf die Idee, bei dem Truck mal nach dem Rechten zu schauen. Und da finden sie Pete. Er lag auf der Seite, offensichtlich tot."

„Nein!"

„Haben sie gedacht. Also rufen sie den Notarzt, die Ambulanz kommt, alle stehen herum und schwelgen in Erinnerungen an den Verschiedenen. Da – auf einmal – setzt Pete sich auf und will wissen, was zum Teufel denn hier los sei."

„Das gibt's nicht!"

„Aus dem Tiefschlaf! Gibt an, dass das Schnarchen seiner Frau ihn die ganze Nacht wach gehalten hat, und da ist er zur Kippe gefahren, um wenigstens hier eine Mütze voll Schlaf zu bekommen. Müll sei so friedvoll, sagt er. Ist wohl von den Schaufelladern in den Schlaf gewiegt worden. Die offenbar wesentlich weniger laut sind als das Schnarchen seiner Mildred."

„Zum Schreien", bemerke ich und muss laut lachen.

„Wie auch immer. Das ist meine saftiger Klatsch des Tages", sagt er und reicht mir das hübsch verpackte Käsepaket über den Tresen.

„Danke, Donnie."

„De nada, Mrs. Corbin. Für Noah ist heute wohl ein besonderer Tag, eh?"

„Er liebt diesen Käse."

„Nein, ich meinte Chief Gannett. Er hält heute einen Vortrag in der Grundschule. Über D.A.R.E., das Drogenverhütungsprogramm."

„Wirklich?! Gibt es denn ein Drogenproblem in der Schule?"

„Nicht dass ich wüsste. Und Chief Gannett wird sagen, dass das daran liegt, weil er so früh mit der Aufklärung zu diesem Thema anfängt. Sein Vortrag ist wunderbar, sehr unterhaltsam. Vor allem seine ‚So arbeitet dein Gehirn unter Drogen'-Vorstellung. Gift und Galle, aber auch irgendwie witzig, wenn Sie verstehen, was ich meine."

Mit einem Lächeln verlasse ich den Markt. Gift und Galle, und doch witzig. Perfekt. Und Noah wird noch einen weiteren Leckerbissen bekommen, wenn er von der Schule heimkommt. Er liebt es, um die Löcher in den Käsescheiben herumzuknabbern und so zu tun, als seien sie Schwarze Löcher im Universum und er das Käsemonster. Einer der zahlreichen Spitznamen, die ihm sein liebender Vater gegeben hat.

Kuschelbär, Krümeldieb, Noah-Doah, Hosenscheißer, Käsemonster. Wenn ich ihn um halb drei abhole, wird er zweifellos übersprudeln vor aufregenden, übertriebenen Geschichten vom Besuch des Polizeichefs. Und das wird mein Highlight des Tages sein. So und nicht anders möchte ich es haben.

5. KAPITEL
Killing Yourself to Live

Die Fenster des Vans sind so dreckig und verschmiert, dass es schwierig ist, hineinzusehen. Doch als das Polizeifahrzeug im Schritttempo den Schulparkplatz ansteuert, lässt sich Roland Penny trotzdem tiefer in seinen Sitz sinken, um nicht gesehen zu werden. Man kann nicht vorsichtig genug sein. Der Chief kennt ihn und erinnert sich vielleicht noch an einige Vorkommnisse aus Rolands Teenagerzeit. Das könnte unangenehm werden, vielleicht sogar tödlich. Später, wenn die Ereignisse erst einmal ins Rollen gebracht wurden, wird es noch früh genug für ein Wiedererkennen sein.

Hey Q, komm ich dir bekannt vor?

Das „Q" kommt von Cue Ball, der weißen Kugel beim amerikanischen Billard.

Der langjährige Polizeichef Leo Gannett hat eine Glatze, ist dank Alopecia totalis komplett haarlos. Ein Umstand, den viele Teenagerjungs urkomisch finden. So komisch wie zurückgeblieben, verkrüppelt oder aus irgendeinem anderen Grund höllisch uncool zu sein. Wenn der Wagen des Chiefs vorbeirollte und jemand aus der Gang „Hey, Q!" brüllte, war ihm das Gelächter seiner Kumpel sicher. Oder das spöttische Schnauben jener, die gern seine Kumpels gewesen wären.

Wie auch immer, all das gehört der Vergangenheit an. Das war der alte Roland, vor seiner Verpuppung.

Im Rückspiegel sieht er, wie die vertraute, mächtige Figur des Cops ihren Bauch aus dem Fahrzeug wuchtet, wie er seine Uniform glatt streicht und den „Deckel" auf sein glänzendes Haupt setzt. Als großer Fan von Polizeikrimis im Fernsehen weiß Roland, dass Polizeibeamte ihre Dienstmütze als „Deckel" bezeichnen. Und dass sie Situationen gerne mit Abkürzungen zusammenfassen, wie „Code Vier" für „alles okay", oder „Code Fünf", wenn sie einem per Haftbefehl Gesuchten gegenüberstehen, und „Code Acht“ für „Officer braucht Unterstützung“.

Hey Q! Code Acht tritt gerade in Kraft! Roland kichert, erstaunt über seine Fähigkeit, in einer so kritischen Phase des Plans noch humorig und witzig zu denken. Offensichtlich hat er während des Trainings Nerven aus Stahl entwickelt. Unglaublich, wie er jetzt, wo der große Moment zum Greifen nahe ist, sich weder angespannt noch ängstlich fühlt. Einzig gespannte Vorfreude erfasst ihn. Verschiedene Aufgaben wollen erledigt sein. Die nächste Ebene muss erreicht, der Profit gewürdigt werden.

Wohlgemerkt, nicht der Prophet. Niemals der Prophet. Sondern der Profit. Ein wichtiger Unterschied.

Sobald der große glatzköpfige Cop sicher im Schulgebäude verschwunden ist, steigt Roland aus dem Wagen. Er öffnet die quietschende Heckklappe. Sein Werkzeug liegt säuberlich aufgereiht auf der Bodenmatte. Als Erstes hebt er den kleinen Reinigungskarren heraus, der scheppernd auf das Pflaster fällt. Dann legt er einen trockenen, abgenutzten Mopp darauf. Der Mopp ist reine Schau, er demonstriert: sieh nur, das hier ist ein Reinigungswagen. Danach, sehr behutsam, folgt eine Sporttasche mit geschlossenem Reißverschluss. Schwer ist die verdammte Tasche, über einen halben Zentner schwer.

Vorsicht, Vorsicht! Nicht dass der kleine Schelm in der Tasche vorzeitig aktiviert wird.

Dann heftet er an die Innenseite eines Rads des Reinigungswagens ein Segeltuchholster mit Schnellverschluss. Darinnen steckt eine Glock 17, ein Schnellspanner, ausgerüstet mit einer ultraleichten Abzugsfeder. Vollkommen legal und – wie die Anleitung extra hervorhebt – nicht zur Selbstverteidigung gedacht. Zielen und schießen ohne großen Kraftaufwand, so sanft ist der Abzug – die Pistole schießt quasi von alleine.

Bevor er den Karren holpernd in Bewegung setzt, klemmt er die weißen Ohrstöpsel ins Ohr und schaltet den iPod ein. The Voice hat ihn im Umgang mit dem iPod geschult. Bei Rolands plumpen, unsensiblen Fingern reagiert das Ding nur widerstrebend auf die Eingabe. Womit er problemlos umgehen könnte, wären Knöpfe, Schalter, Hebel. Keine empfindlichen Sensortasten. Doch selbstverständlich hat er dazugelernt. Hat so lange geübt, bis er's konnte. Zum Glück muss er auch nicht lang durch ein Menü scrollen, die einzige Playlist ist eine Black-Sabbath-Compilation, die The Voice extra zusammengestellt hat. Wobei Roland selbst in seiner übelsten Metal-Zeit niemals ein Black-Sabbath-Fan war. Die waren viel zu alt. Komische Kerle in Perücken. Erbärmlich. Sein Geschmack tendierte mehr zu den klassischen Megadeath-Stücken oder, wenn er einen wirklich verrückten Tag hatte, zu irgendetwas von Municipal Waste. Eigentlich hatte er sich nicht mehr mit Metal-Musik beschäftigt, seit er den richtigen Weg gefunden hat – das ist jetzt fast ein Jahr her. Aber nun hat ihm The Voice Black Sabbath verordnet. Und sobald er Ozzies Stimme mit „Killing Yourself to Live" hört, ist es okay. Ist es die richtige Hintergrundmusik zu der Folge von Ereignissen, die er so gewissenhaft geübt und sich eingeprägt hat.

Roland kann den Aufgabenkatalog vor seinem inneren Auge sehen, so klar wie am helllichten Tag. Fang oben an, folge den Ziffern, führe jeden einzelnen Auftrag durch.

1. Zutritt verschaffen

Ein Rad springt aus der Führung, als er den Karren über den Parkplatz schiebt. Er nähert sich einer Seitentür mit der Aufschrift „Hier nur Ausgang". Auch wenn es nicht dransteht, weiß Robert, dass das hier der Lieferanteneingang ist. Er hat mal für kurze Zeit bei einem Lieferservice gejobbt. Drücke den Klingelknopf und dir wird geöffnet. Es klingelt im Aufenthaltsraum – der eher eine kleine Kammer ist –, und der Hausmeister wird widerwillig seine Tasse wegstellen, zur Tür schlurfen und sich vielleicht bei dem Lieferfahrer eine Zigarette schnorren.

Roland klingelt und wartet. Zählt bis zehn, drückt noch einmal. Faule Schweine.

Es scheint eine Ewigkeit zu dauern. Sein Herz klopft wie ein Dampfhammer. Doch nach weniger als einer Minute geht die Stahltür langsam auf.

„Hey, hey", sagt Bub Yeaton. Seine übliche Begrüßung.

Roland hatte sich ausgerechnet, dass der alte Bub Dienst haben würde. Nicht, dass gerade dessen Anwesenheit so wichtig wäre. *Jeder* warme Körper ist okay, solange er die Tür öffnet. Doch nun zu sehen, wie Bub blinzelt, als er ihn langsam erkennt – seine wässrige Augen wandern leicht irritiert vom Karren zu Roland und zurück –, ist alles in allem ein guter Anblick.

„Roland? Hey. Ähm, was machst du hier?"

„Sie haben mir den Job zurückgegeben", sagt Roland und fasst in den Karren.

„Das glaub ich nicht", sagt Bub voller Argwohn. „Davon hat mir keiner was gesagt."

„Frag ihn", sagt Roland und deutet hinter Bub in den leeren Korridor.

Bub dreht sich um. Reiner Instinkt – wenn einer auf etwas zeigt, dreht man sich um, um zu schauen. Und als der ältere Hausmeister nach hinten schaut, zieht Roland ein mit Blei gefülltes achtzehn-Zoll-Eisenrohr hervor und schlägt es dem alten Bub mit voller Wucht über den Hinterkopf, genau in der Mitte. So wie er es an reifen Wassermelonen geübt hat.

Das einzige Geräusch, das der Hausmeister von sich gibt, ist der dumpfe Aufschlag seines Körpers auf den harten Gummifliesen, die er erst kürzlich gereinigt, gewachst und poliert hat.

2. Überwältige den Hausmeister

Roland dreht die Lautstärke auf und grinst, als Sabbath seine Trommelfelle streichelt. So weit, so gut.

6. KAPITEL
Eva die Diva

In Conklin County, Colorado, ist die Sonne soeben über den Horizont gekrochen. Die Morgenröte hüllt den östlichen Rand der Berge ein wie ein riesiges Eidotter, angefüllt mit Blut.

Blut beherrscht auch die Gedanken von Ruler Weems, der seit Stunden hellwach an seinem Schreibtisch sitzt. Seine Arbeit wurde durch die Tatsache erschwert, dass er es nicht riskieren kann, sein Handy zu benutzen oder SMS oder E-Mails abzuschicken. Denn er ist sicher, dass seine ärgsten Gegner – allen voran der Sicherheitschef der Rulers, Bagrat Kavashi – seinen persönlichen Chiffriercode geknackt haben und jegliche elektronische Kommunikation, die aus dem Bunker kommt, überwachen.

Das alles macht es für ihn schwierig, seine Truppen zu leiten und informiert zu halten. Schwierig, doch nicht unmöglich. In den alten Zeiten, als es nur wenige Rulers gab, verfügte man auch nicht über diese modernen Verständigungsmittel, und trotzdem war es unter anderem mit seiner Hilfe gelungen, eine Organisation aufzubauen, deren Macht und Einfluss von der Wall Street bis in die obersten Etagen der Regierung reicht. Und nun ist die gesamte Organisation in ernster Gefahr. Das County, die Stadt, das Institut selbst – alles, was er mit geformt, aufgebaut und entwickelt hat, könnte durch das eigenmächtige Handeln einer einzigen Frau vernichtet werden, die sich mit dem skrupellosen Sicherheitschef verbündet hat.

Weems erhebt sich, tritt an den schmalen Fensterschlitz und erlaubt sich ein Bad in dem warmen Sonnenstrahl, der durch das Glas in der sechzig Zentimeter dicken Betonwand des Bunkers fällt. Er hat viele Schwächen, doch Eitelkeit gehört nicht dazu. Er ist sich seines unterdurchschnittlichen Aussehens nur zu bewusst, das auch die Jahre nicht gemildert haben. Mit seinen dreiundsechzig Jahren, der Hakennase, dem faltigen Kehllappen und dem ausgeprägten Unterbiss sieht er aus wie eine alte Schildkröte ohne Panzer. Der gebeugte Rücken, die hängenden Schultern und die dunklen, extrem tief liegenden Augen verstärken den Effekt.

Vor Jahren schon hat er sein Aussehen akzeptiert und gelernt, es zu seinem Vorteil einzusetzen. Mit einer wohltönenden Stimme gesegnet, verfeinerte er seine rhetorischen Fähigkeiten und perfektionierte seine Umgangsformen und sein Auftreten. Und obwohl die meisten Menschen im ersten Augenblick entsetzt vor ihm zurückschrecken, versteht er es so doch, sie auf längere Sicht für sich einzunehmen. Diejenigen, die ihm ihre Loyalität schenken, werden immer belohnt. Diejenigen, die ihn falsch einschätzen, tun es auf eigenes Risiko.

Die Frau hat ihn falsch eingeschätzt. Aber das bedeutet nicht, dass sie nicht außerordentlich gefährlich ist. Die unvermeidliche Implosion ihres Ehrgeizes wird kraftvoll genug sein, alle um sie herum zu zerstören – die Unschuldigen genauso wie die Schuldigen.

Lautlos öffnet sich die dicke Stahltür hinter Weems.

„Evangeline“, sagt er, ohne sich umzudrehen.

„Sie haben geläutet, Sir?“

Sein Schildkrötenkopf fährt herum. Sein Doppelkinn zittert.

„War nur ein Witz, Wendall“, erklärt sie. „Ein Spruch aus der ‚Addams Family‘, glaub ich. Sie wären dann Lurch, der Butler. Wenn man von seinem Kinn absieht, besteht durchaus eine gewisse Ähnlichkeit.“

Zufällig weiß Weems, dass sie gerade fünfundfünzig geworden ist, auch wenn man es nicht vermuten würde. Die Wunder von Schönheitschirurgen, unbezahlbaren Cremes, persönlichen Trainern und einer kalorienarmen Ernährung, die seiner Meinung nach aus nicht mehr als dürren Zweigen bestehen kann. Dürre Zweige und Boshaftigkeit, denn er hat noch nie eine so verbitterte Frau getroffen. Ihr Blut muss sich inzwischen in Säure verwandelt haben. Und ihre Augen, trotz chirurgischer Straffung immer noch groß und schön und unglaublich fesselnd, haben bei näherer Betrachtung den kalten Glanz von Anthrazit. Die Augen eines Tieres, die durch eine anmutige, menschliche Maske blitzen.

Sie lässt sich mit einem Lächeln in seinen Kommandosessel fallen. „Es sieht hier bei dir ein bisschen wie in ‚Star Trek' aus", merkt sie an. „Ruler Weems auf der Brücke, Sir!"

„Du scheinst sehr viele alte Fernsehserien im Kopf zu haben", erwidert er. „Fernsehen ruiniert dein Gehirn, Eva. Oder hat es vielleicht schon ruiniert, wenn es stimmt, was ich so höre."

Ihr Lächeln gefriert. „Du hast uns alle in Gefahr gebracht", zischt sie. „Schreckliche, zerstörerische, sinnlose Gefahr. Bist du verrückt?" Ihr Lächeln bleibt eiskalt, doch die Augen wirken belustigt. „Weißt du was, Wendall?", sagt sie und schafft es dabei, ihre Hüften und den Stuhl in einer fließenden Bewegung leicht zu drehen. „Du solltest dir Hoden wachsen lassen, damit du ein paar Eier in der Hose hast. Nichts zu tun ist keine Taktik und auch keine Strategie. Es ist ganz einfach Nichtstun."

„Er würde es nicht wollen."

„Und woher willst du wissen, was Arthur will?", sagt sie spöttisch. „Er hat seit Monaten nicht mit dir gesprochen."

„Ich stehe täglich mehrfach an seinem Bett", verteidigt sich Weems. „Er spricht mit niemandem. Inzwischen sind beide Gehirnhälften betroffen."

„Mit mir spricht er", beharrt sie.

„Dann beweise es", schlägt er vor. „Zeichne ein Gespräch mit ihm auf."

„Es ist mehr so etwas wie Telepathie", gibt sie mit verführerischem Lächeln auf ihren frisch aufgespritzten Lippen zu. „Ich schaue in seine Augen und weiß genau, was er will. Und zwar genau so sicher, als ob er gesprochen hätte. Jetzt, da Arthur sich nicht mehr artikulieren kann, hat er mich zu seiner

Stimme für die Welt bestimmt."

Weems stößt einen Seufzer aus und hält sich die Hand vor die Stirn, um die kalte Wut in seinen Augen zu verbergen. „Wenn es nur um Worte ginge, wäre es halb so schlimm", sagt er in gebremstem Tonfall. „Aber diesen Wahnsinnsplan weiter verfolgen? Gott-weiß-wie-viele Kinder in Gefahr bringen? Und uns lebenslang ins Gefängnis? Ganz abgesehen davon, was es für die weiteren Rekrutierungen und Einnahmen bedeutet, wenn die Wahrheit ans Licht kommt. Es ist verrückt, Eva. Und trotz all unserer Differenzen habe ich bisher nie an deinem Geisteszustand gezweifelt."

„Es gibt keinen Gott."

„Wie bitte?"

„Du hast eben gesagt ‚Gott-weiß-wie-viele Kinder'."

„Das ist eine Redensart, Eva. Lenk jetzt nicht ab. In deinem übertriebenen Ehrgeiz hast du stur und rücksichtslos einen Mann von der Leine gelassen, von dem du genau weißt, dass er vor Mord nicht zurückschreckt. Und jetzt werden schreckliche Dinge in einer kleinen Stadt geschehen, deren Bewohner uns nie etwas Böses getan haben. Wenn herauskommt, dass du deine Hand im Spiel hast – und das wird es –, werden wir alle untergehen."

Sie lacht. „Wendall, an dir ist ein Dramatiker verloren gegangen. Du klingst wie eine alte Unke in einem Boulevardstück. ‚Nein, o nein, wir werden alle sterben. Wir werden alle untergehen!' Mach dich nicht lächerlich. Vash wird dafür sorgen, dass niemand etwas erfährt. Und wenn alles vorbei ist, wird Arthurs Wille ausgeführt sein."

„Und du übernimmst die Kontrolle der gesamten Organisation. Du, als Arthurs Stimme, mit der Unterstützung dieses Verbrechers, Kavashi."

„Du hast es erfasst."

„Und wie passe ich in deinen großen Plan? Ich und die, die ich repräsentiere?"

Achselzucken. „Gar nicht. Geh in Rente. Schreib ein Buch. Gründe ein neues Unternehmen. Es ist mir egal. Du und deine Freunde, ihr werdet in den Sonnenuntergang reiten, und gut ist."

„Und das passiert warum genau? Weil du es so willst?"

„Nein, Wendall. Weil *er* es so will."

Weems schüttelt den Kopf. Ähnliche Diskussionen hatten sie schon früher geführt. Herausgekommen war nie etwas. „Du lügst so gut", sagt er nicht ohne Bewunderung. „Wenn ich dich nicht besser kennen würde ..."

„Wenn es ums Lügen geht, nehme ich's mit jedem auf."

„Dein üblicher Ehrgeiz", erwidert er abwertend.

Sie erhebt sich aus seinem handgefertigten Kommandosessel und streicht spielerisch, gefährlich über ihre Hüften. „Was meinst du, Wendall? Willst du mich nackt sehen? Hat der kleine Wendy einen Zauberstab für die kleine Hexe Eva die Diva?"

„Raus!", sagt er leise.

Sie haucht ihm einen Kuss zu, als sie an ihm vorübergeht. „Versuche nicht, mich aufzuhalten", sagt sie mit heiserer Stimme. „Du wirst verlieren."

7. KAPITEL
Der böse Clown

Die meisten Schüler wollen mit ihren Freunden zusammensitzen, als sie in die Aula strömen. Deswegen halten sich Lehrer in den Gängen auf, lassen sie nach Klassen einrücken und passen auf. Ordnung muss sein. Andernfalls – wie Mrs. Delancey sich gerne ausdrückt – wäre der Teufel los.

„Der Teufel los“. Noah mag es, wie Mrs. Delancey das sagt – das Zwinkern in ihren Augen – und auch ihre anderen geflügelten Wörter wie „Denke klug und du wirst klug *sein*“ oder „Eine Schwalbe macht noch keinen Sommer“. Wobei sie diesen Satz hatte erklären müssen. Dass es nicht alleine um die Vögel und die Jahreszeit geht, sondern darum, dass eine einzelne Leistung noch lange kein Verdienst ist.

Auch wenn die meisten seiner Klassenkameraden Noah interessant oder zumindest unterhaltsam finden, hat er keine speziellen besten Freunde – Freunde, die ihn womöglich über Persönliches befragen würden. Deshalb ist sein Ziel beim Betreten der Aula, möglichst in der Nähe von Mrs. Delancey zu sitzen. Vorzugsweise auf einem Platz, der so liegt, dass sie nicht bemerkt, wie er sie im Auge behält. Denn Mrs. Delancey will keinesfalls einen ihrer Schüler bevorzugen und ihm widmet sie ja schon ab und zu in den Pausen, wenn er eigentlich auf dem Hof sein sollte, ihre Zeit, was sie dann eine „Eins-zu-eins-Sitzung“ nennt.

Eins zu eins. Er mag auch diesen Spruch. Eins ist Teil des Rangprinzips. Eins mal Eins. Eins dividiert durch Eins. Alles ergibt – erstaunlicherweise – Eins. Der Eins kannst du nicht entkommen. Egal wohin du dich bewegst, sie bringt dich zurück. Sie steht für sich allein da, kann aber sehr gut auf sich selbst aufpassen. Per Definition ist die Eins keine Primzahl. Noah hat noch nicht ganz verstanden, warum eigentlich nicht. Denn eindeutig ist die Eins durch sich selbst teilbar und durch Eins. Also genau das, was die Definition vorschreibt, oder? Warum macht man bei der Eins eine Ausnahme? Mrs. Delancey hat erklärt, dass vor Urzeiten die Zahl Eins als Primzahl eingereiht war. Aber in der modernen Mathematik fangen die Primzahlen mit der Zwei an, der einzigen geraden Primzahl.

Noah beschließt, der Sache bei nächstbester Gelegenheit nachzugehen. Beim nächsten Eins-zu-eins-Treffen mit Mrs. Delancey. Im Moment ist sie damit beschäftigt, dass ihre Schüler sich setzen und sich benehmen.

„Bethany! Christopher!"

Mehr braucht es nicht. Nur der Name, in einem bestimmten Tonfall gesagt, und schon hören die Kinder mit dem auf, was Mrs. Delancey „Herumflattern" nennt. Herumflattern als Ausnahme ist okay, vereinzelt lässt sie es sogar im Unterricht zu, niemals aber in der Öffentlichkeit.

Noah hat selbst schon oft genug herumgeflattert, oder sogar Schlimmeres getan – sogar genau hier, in der Aula. Aber an diesem Morgen schwört er, sich zu benehmen. Auf keinen Fall will er seine Klassenlehrerin vor der Direktorin, Mrs. Konrake, genannt Mrs. K., bloßstellen.

In ihrem dunklen Hosenanzug verharrt Mrs. K. unter dem Eingangsportal. Ihre Lippen bilden ein kleines, rosafarbenes O, während ihr Blick über die Menge schweift. Was ihr an körperlicher Größe fehlt – selbst auf hohen Absätzen ist sie nicht größer als ein Fünftklässler –, macht Mrs. K. mit ihrer markigen Stimme wieder wett.

Wenn Stimmen klängen wie Autohupen, dann wäre Mrs. K.s Organ die eines großen Trucks. Eines mit achtzehn Rädern. Wenn sie hupt, wechselst du die Fahrbahn, nur um ihr aus dem Weg zu gehen. Es heißt, Erstklässler hätten sich schon in die Hosen gemacht, wenn sie in ihr Büro gerufen wurden. Es gibt sogar Gerüchte über eine Prügelmaschine, mit hölzernen Schlagkellen und einer großen Kurbel. Noah hat im Lauf der Zeit schon einige Stunden in Mrs.K.s Büro zugebracht, aber so eine Maschine hat er dort noch nicht gesehen. Und er weiß aus eigener Erfahrung, dass die Direktorin eigentlich recht nett sein kann, wenn man ihr Auge in Auge gegenübersitzt. Ihre Bürostimme klingt auch wesentlich weniger bedrohlich als ihre Flurstimme. Als ob sie verschiedene Hupen für unterschiedliche Orte hätte.

Alle Schüler haben ihre Plätze eingenommen. Mit ihrer rechten Hand gebietet Mrs. K. Ruhe. Dann wartet sie ab, bis auch alle hundertsiebenundfünfzig Schüler gehorsam ihre Hand erhoben haben. Die unglaubliche Stille im Saal wird nur durch das leichte Quietschen der hölzernen Sitze gestört. ‚Da kannst du eine Bazille furzen hören', hätte Noahs Vater gesagt.

„Danke", sagt Mrs. K. „Wie euch bereits erklärt wurde, sehen wir heute Morgen einem ganz besonderen Ereignis entgegen. Chief Gannett hat sich trotz seines angespannten Terminkalenders die Zeit genommen, uns das D.A.R.E.-Programm zu präsentieren. Er wird euch zeigen, wie man sich von Drogen fernhält, und auch die neue Website für Kinder vorstellen. Natürlich hat der Chief auch einige Geschichten aus seinem spannenden Berufsalltag mitgebracht. Ich möchte betonen, wie wichtig dieses Thema ist und wie glücklich wir uns schätzen können, Chief Gannett heute bei uns zu haben. Ich baue darauf, dass ihr dem Chief eure volle Aufmerksamkeit widmet und höflich und respektvoll seid, wenn nachher Zeit für Fragen ist. So, und nun begrüßen wir unseren Gast mit einem heftigen Applaus an der Grundschule von Humble!"

Geduldig und mit ernster Miene hat der Chief in seiner formellen Uniform am Eingang gewartet. Noah hat vorher noch nie jemanden gesehen, der weiße Handschuhe zur Uniform trägt. Ihn erinnert das an Comicfiguren, deren Hände auch immer aussehen wie Handschuhe. Dieser Gedanke, der Chief sei eine Figur wie SpongeBob oder Goofy, lässt Noah lächeln. Sein ganz persönliches Rat-mal-warum-ich-lache-Lächeln. Eisern starrt er auf seine gefalteten Hände, grinst vor sich hin und bemüht sich, nicht laut herauszuprusten.

Er verliert den Kampf gegen das Kichern, als der Clown die Halle betritt. Noah weiß, dass es kein richtiger Clown ist, denn er hat keine rote Nase auf und keine weiße Schminke im Gesicht, aber wie die anderen Kinder kann auch er das Lachen nicht unterdrücken, als der Mann mit dem kleinen Reinigungswagen durch den Eingang spaziert. Im selben Moment ist der Polizeichef hinter das Sprechpult getreten. Er testet das Mikrofon, indem er es mit einem weiß behandschuhten Finger antippt. Tap, tap, tap. Ein seltsamer Kontrast besteht zwischen dem förmlichen, adretten Polizisten und dem ungepflegten Mann, der sich eilig bemüht, seinen Karren in die Mitte der Aula zu schieben. Der Fremde verzieht sein Gesicht, als hätte er einen üblen Geruch in der Nase. Einen Furz vielleicht. Das ist lustig. Er trägt Kopfhörer und nickt mit dem Kopf zum Rhythmus des Beats. Das ist auch lustig, weil niemand sonst die Musik hören kann. Sogar der aus dem Wagen ragende Mopp sieht komisch aus, genau wie das eine sich wild drehende Rad.

Auch die anderen Kinder finden den Auftritt des Clowns zum Brüllen.

Noah fällt auf, dass auch Mrs. Delancey lächelt. Also ist dieser Auftritt vielleicht doch ein Teil der D.A.R.E.-Präsentation. Es sieht zumindest so aus. Die verdutzte Miene im runden Gesicht des Polizisten wirkt übertrieben, ebenso Mrs. Konrackes ernste Fassungslosigkeit. Aber das ist bestimmt alles Teil des Ganzen, wie im Zirkus oder in einer Fernsehshow. Jeder spielt seine Rolle.

Der komische Mann fasst in den komischen Karren, um irgendein komisches Requisit herauszufischen. Der nette Polizist dagegen reagiert hektisch und unbeholfen, fummelt an seinem Gürtel herum.

Es gibt einen lauten Knall, als ob ein Ballon explodiert.

Noah beobachtet in dieser Sekunde Mrs. Delancey, sodass er nicht mitbekommt, warum das fröhliche Lachen der Kinder sich plötzlich in schrille Angstschreie verwandelt.

8. KAPITEL
Ein sehr gefährliches Wort

Ich bin gerade in der Leihbücherei und spreche mit Helen Trefethern über ein paar Bücher, als die Sirene zum ersten Mal ertönt. Helen leitet unsere kleine Zwei-Zimmer-Bücherei mit samtener Faust, und fast immer hat sie Vorschläge, welche Bücher Noah und mir gefallen könnten. *Sturmreiter* war so ein Vorschlag.

„In dieser Serie gibt es noch eine ganze Reihe weiterer Bände“, erklärt sie mir. „Und wenn er keine Lust mehr auf Spionagegeschichten hat, sondern lieber etwas Lustiges lesen möchte, kann ich ‚Hoot‘ empfehlen. Sehr clever und auch ein wenig frech, manchmal möchte man laut auflachen. Es ist zwar nicht einfach, für Noah Bücher herauszusuchen, aber ich denke, das würde ihm gefallen – und Ihnen auch.“

Helen ist im Alter meiner Mutter. Oder besser gesagt in dem Alter, in dem Mom wäre, würde sie noch leben. Ihre Wurzeln hier in Humble reichen über ein Jahrhundert zurück. Anders als die meisten guten Schüler aus der Gegend, ist sie nicht dem Ruf des Colleges in Syracuse gefolgt, sondern hiergeblieben, hat geheiratet und eine Familie gegründet. Ihr Mann ist ungefähr ein Jahr vor Jed verstorben. Diese Tatsache half, den Altersunterschied zwischen uns zu überbrücken, und Helen wurde eine meiner treuesten Freundinnen am Ort. Im Gegensatz zu meiner früheren Clique in Jersey, die nicht weiß, warum ich verschwunden bin oder wohin es mich verschlagen hat.

„Wie geht's ihm denn?“, fragt sie mich. Sie fragt nicht beiläufig wie viele andere, sondern sie ist wirklich an Noahs Leben interessiert.

„Viel besser“, sage ich erleichtert. „Neues Schuljahr, neue Lehrerin. Der Wechsel hat eine Menge bewirkt.“

Im letzten Jahr hat Noah ständig den Unterricht gestört,

meistens, indem er den Klassenclown gespielt hat. Man hat mir in ziemlich deutlichen Worten gesagt, dass es unmöglich ist, eine Klasse zu unterrichten, wenn die Schüler sich vor Lachen biegen, weil mein Sohn sich Radiergummis wie Kopfhörer in die Ohren steckt oder sich im Luftschacht versteckt und gespenstische Geräusche von sich gibt. Er hatte schon immer die Tendenz, seinen eigenen Weg zu gehen – das fing bereits im Kindergarten an, und nach dem Unfall wurde es noch schlimmer. Viel schlimmer. Wie oft rief mich die Direktorin an, dass ich Noah bitte abholen möge, was ich auch tat. Womit ich hingegen nicht einverstanden war, war der Rat der Schulpsychologin. Sie war der Meinung, das Verhalten meines Sohnes könnte mit Psychopharmaka verbessert werden. Eine Mischung aus Ritalin und Paxil. Als ob Trauer einfach mit einer Pille ausgelöscht werden könnte. Und selbst wenn das funktionieren würde, möchte man es denn?

Die Psychologin versuchte, Druck auf mich auszuüben, aber ich blieb standhaft, und dieses Jahr verlief schon viel besser. Dieses Jahr ist Noah ein bisschen in seine neue Klassenlehrerin verliebt, und wenn Sie etwa glauben, das mache seine Mutter eifersüchtig, irren Sie. Ich bin sehr erleichtert, dass mein brillanter kleiner Sohn versucht, Mrs. Delancey mit gutem Betragen zu beeindrucken.

Sicher trägt dazu bei, dass Irene Delancey einen Uni-Abschluss in Mathematik hat. Zweifellos könnte sie in der freien Wirtschaft einen Haufen mehr Geld verdienen. Aber statt dem Mammon nachzujagen, hat sich Irene für das Schulamt entschieden, und dieses Jahr ist ihr erstes in Humble. Ich finde sie ja ein wenig kühl und verkopft – sie ist einer dieser unerschütterlichen Typen, die sich durch nichts aus der Ruhe bringen lassen – aber sie hat eine Menge Extra-Zeit und Energie in meinen Sohn investiert, und dafür bin ich ihr dankbar.

Die zweite Sirene weckt schließlich meine Aufmerksamkeit. Zwei Sirenen innerhalb einer Minute. Muss wohl ein Unfall sein. Entweder auf der Straße oder auf einer Farm, wobei die auf den Farmen meist die schlimmeren sind.

„Hmpf“, macht Helen und schlendert hinüber zu dem Fenster, von dem aus sie die Straße überblicken kann. „Haley? Das waren Troopers der State Police.“

Ich stelle mich neben sie ans Fenster. „Nicht die örtliche Polizei?“

„Nein. State Police. Muss was Ernstes sein. Womöglich ein entflohener Sträfling?“

Das nächste Gefängnis liegt im nächsten County, ungefähr fünfzig Meilen entfernt. Aber seitdem vor vier Jahren unsere liebe Mildred Peavey von einem entflohenen Sträfling gefesselt und geknebelt wurde, bevor er mit ihrem Wagen abhaute, machen wir Bürger von Humble uns schon ab und zu Sorgen. Das Tragische war, dass Mildred alleine lebte und es eine Weile gedauert hat, bis jemand sie vermisste. Und als man sie dann fand, war sie zwischenzeitlich einem Schlaganfall erlegen – immer noch gefesselt und geknebelt. Deshalb jagt uns allein das Erwähnen eines solchen Ausbrechers einen heillosen Schrecken ein.

Erneut heult die Sirene auf, die Ambulanz rast mit Geheul und Blaulicht vorbei. Und dieses Mal können wir deutlich erkennen, dass sie scharf nach links in die Academy Road einbiegt.

„Oh mein Gott“, Helen wirft mir einen Blick zu. „Die Schule.“

Als ich an der Schule ankomme, stehen bereits ein halbes Dutzend Polizeifahrzeuge und ebenso viele Krankenwagen auf dem Parkplatz. Ein junger Beamter mit gerötetem Gesicht versucht vergeblich, den Verkehr zu regeln.

Es ist hoffnungslos.

Eltern, in der Hauptsache Mütter, kommen aus allen Richtungen herbeigerast. Die meisten bemühen sich gar nicht erst um einen Parkplatz, sondern lassen ihren Wagen einfach stehen und hasten Richtung Schule. In ihren Augen steht Bestürzung oder Panik geschrieben – oder beides.

Ich bin eine von ihnen. Unter normalen Umständen bin ich eine ziemlich vernünftige und ruhige Person. Aber das hier ist alles andere als normal. Man kann es in der Luft spüren, und an der Art, wie die jungen Polizisten jeglichen Blickkontakt mit uns vermeiden. Etwas Schreckliches ist passiert.

Die Mütter sprechen von panischen Anrufen aus dem Schulgebäude. Von Lehrern, und auch von einigen Schülern, die offensichtlich das bestehende Handyverbot missachtet haben. Es muss etwas Fürchterliches geschehen sein, aber keiner weiß, was.

Alles was ich weiß ist, dass Noah kein Handy besitzt. Seit wann brauchen Viertklässler ein Mobiltelefon?

Nun, seit genau diesem Moment.

Was für eine Mutter bin ich, dass ich diesen Notfall nicht vorhergesehen habe?

„Schafft sie raus!“, schreit jemand.

Die Menge drängt nach vorn und ich werde mitgerissen.

Uniformierte State Trooper mit Waffen versperren den Schuleingang.

„Niemand kommt hier rein!“, ruft einer. Seine Stimme überschlägt sich. „Treten Sie zurück!“

„Was ist los? Was ist passiert?“, höre ich mich mit flehender Stimme rufen. Ich klinge wie eine verängstigte Zehnjährige, und so fühle ich mich auch.

Der junge Trooper mit der kräftigen Stimme und hellblauen Augen schüttelt widerstrebend den Kopf, als wenn er Befehl erhalten hätte, keine Informationen raus zu geben. „Treten Sie bitte zurück!“, wiederholt er. Sein Finger deutet auf mich.

Neben mir drängt sich eine wütende, rundliche Frau durch

die Reihen der Trooper. Sie will sich durch die Gewehre und mächtigen Schultern drängeln. „Sie haben unsere Kinder! Sie haben die Kinder in ihrer Gewalt!“, ruft sie laut.

Die Frau heißt Becky Bedlow. Ihr Junge, schüchtern und klein für sein Alter, geht in Noahs Klasse. Und als sie in diesem verzweifelten Ton sagt „Sie haben unsere Kinder in ihrer Gewalt“ wissen wir alle, was sie meint.

Verrückte Bombenleger. Terroristen. Das Massaker an der Columbine High School. Die gesammelten Ängste, die wir jemals hatten, all die Albträume, schlingern in diesen Augenblicken in unsere kleine Schule. Es ist, als habe die gesamte Stadt eine Panikattacke. Mütter schreien und verlangen, in die Schule gelassen zu werden. Die Trooper sind schockiert und vielleicht ein wenig erschrocken über die haltlose Leidenschaft, die ihnen – auch unter Zuhilfenahme von Fäkalsprache – entgegenflutet. Doch sie bleiben standhaft.

„Errichtet eine Sperre!“, bellt einer der älteren Beamten. Er scheint der Boss zu sein.

„Was ist passiert! Sagen Sie uns doch, was geschehen ist!“

Der Befehlshabende – er hat ein Kinn so groß wie eine geballte Faust und eisgraue Augen – tritt mitten in die Menge und hebt die Arme.

„Hören Sie auf!“, befiehlt er. „Verhalten Sie sich ruhig. Sofort!“

Erstaunlicherweise hört das Gedränge und Geschubse auf. Der Lärmpegel geht zurück. Ich höre Frauen weinen. Eine von ihnen bin ich.

Der Chief gibt eine Erklärung ab. „Es handelt sich um eine Geiselnahme!“, ruft er. „Ein Mann mit einem Gewehr hat sich in der Aula mit fast allen Kindern und Lehrern verschanzt.“

„Was ist mit den Kindern? Wie geht es ihnen?“

„Soweit wir wissen, sind alle Kinder unversehrt. Aber wenn jemand von Ihnen versucht, sich einen Weg ins Innere zu erzwingen, kann sich das sehr schnell ändern. Haben Sie das verstanden? Sie würden die Situation nur schlimmer machen, vielleicht würde sogar jemand getötet werden. Also lassen Sie uns jetzt eine Sperre errichten. Lassen Sie uns unsere Pflicht tun. Bitte!"

Nach wenigen Minuten finden wir uns alle hinter einer dünnen Barrikade aus gelbem Absperrband wieder, die in großer Hast am äußersten Ende des Parkplatzes errichtet wurde.

Bevor ich Atem holen kann, sehe ich, wie eine hysterische Meg Frolich mit ihrem iPhone winkt. Offenbar hat ihre Tochter ihr gerade per Handy ein Foto aus dem Inneren der Schule geschickt.

„Schauen Sie sich das an!", schreit sie und versucht, die Aufmerksamkeit eines belagerten State Troopers zu erlangen. „Chief Gannett wurde erschossen! Er ist tot! Sie haben ihn umgebracht! Oh mein Gott, oh mein Gott, oh mein Gott!"

Ich versuche, einen kurzen Blick auf das winzige Display des iPhone zu werfen, aber irgendjemand schubst es aus meinem Blickfeld. Kann das wirklich stimmen? Könnte das Kind das Geschehen da drin falsch verstanden haben? Vielleicht handelt es sich einfach um einen schrecklichen Irrtum, eine Art Gruppenhysterie? Aber es wirkt so real, selbst die Luft scheint mit Angst geschwängert, die es einem schwer macht, zu atmen.

Nicht zu wissen, was passiert, bringt mich um. Es fühlt sich an, als ob eisige Finger nach meinem Herzen greifen. Genau wie damals, als man mir sagte, dass Jeds Flugzeug abgestürzt ist und es keine Überlebenden gibt. Das Gefühl des Weltuntergangs, und ich falle und falle ins Bodenlose. Schwindel ergreift mich, und ich lasse mich ins Gras sinken und weine, bis ich blind vor Tränen bin.

Noah, Noah, Noah. Ich weiß, dass er mit allen anderen Kindern da drinnen ist, mit den Lehrern und vielleicht sogar der Direktorin. Doch in meiner Vorstellung ist er allein.

9. *KAPITEL*
Eine wütende Unschärfe

Was auch immer die Polizisten wissen, sie teilen dieses Wissen nicht mit uns. Wir erfahren nicht mehr als „Bewaffneter Mann in der Aula."

Das meiste, was ich erfahre, sind Meldungen aus zweiter Hand. Diese Ungewissheit macht die Angst noch schlimmer. Zum Beispiel wurde Megan Frolichs iPhone von den State Troopers konfisziert mit der vagen Aussicht, es wieder zurückbekommen, sobald sie die Bilder heruntergeladen haben. Wir anderen müssen uns also auf das verlassen, woran sie sich von den Bildern und der Textnachricht ihrer elfjährigen Tochter erinnert.

„Ich weiß, was sie versucht hat zu sagen", beharrt sie. Ihre normalerweise sehr hübschen Augen sehen aus wie übergroße pinkfarbene Luftballlons. „*Bs* bedeutet ‚böse' und *m-n* ist ‚Mann'. Das Kürzel *erscht* muss ‚erschießt' sein, und *pol*, ist offensichtlich ‚Polizist'. ‚Böser Mann erschießt Polizist.' Dann *knnich* und danach *bwgn* muss ‚kann mich nicht bewegen' heißen, korrekt? Und *Angst* ist sowieso eindeutig. Sie hat es drei Mal wiederholt. ‚Angst, Angst, Angst. Böser Mann erschießt Polizist. Kann mich nicht bewegen. Angst, Angst, Angst'."

Das übermittelte Foto, so weit Meg sich erinnern kann, war ein etwas unscharfer Schnappschuss des Sporthallenparketts, von der Tribüne aus fotografiert. Auf dem Boden liegt etwas, das wie eine blaue Plastikplane aussieht. Sie liegt nicht flach auf dem Boden, sondern unordentlich, als ob sie etwas abdeckt. Und in der Nähe dieser mysteriösen blauen Plane – diesem verstörenden blauen Rechteck – steht nach Megs Erinnerung ein junger Mann, der ihr vage bekannt vorkommt. Einer aus der Stadt vielleicht. Eine Waffe hat Meg nicht an ihm gesehen – er war nur teilweise auf dem Foto abgebildet – aber er habe sehr aufgeregt gewirkt.

„Wieso? Woraus schließt du das?", fragten wir anderen.

„An der Art, wie unscharf er war", erwidert sie. Verzweifelt versucht sie, in der Erinnerung alles Deutbare aus dem Foto herauszulesen. „Eine wütende Unschärfe. Ergibt das einen Sinn?"

Wir bestätigen ihr, dass das auf jeden Fall Sinn ergibt. Eine wütende Unschärfe. Ein verängstigtes Mädchen. Angst, Angst, Angst. Jede von uns hat Angst. Wir sind zu Tode geängstigt, und die angespannte Haltung der Polizisten trägt auch nicht gerade dazu bei, uns zu beruhigen.

Alle, Polizei und Eltern, warten wir auf den nächsten Schlag. Kämpfen mit der Vorstellung, dass unsere kleine Welt, wie wir sie kennen, unser kleiner Flecken Erde hier, vielleicht bald nicht mehr existiert. Dass dieser Moment unser aller Leben verändern wird. Der Gedanke ist unerträglich. Ich beiße die Zähne so fest zusammen, dass der Kiefer schmerzt. Um mich herum rufen verzweifelte Eltern ihre Familien und Freunde an, und mit einem stechenden Schmerz des Bedauerns erkenne ich, dass ich selbst niemanden habe, den ich anrufen kann. Jed ist nicht mehr bei mir. Geschwister habe ich nicht. Mom ist mit Mitte Fünfzig an Brustkrebs gestorben. Dad, der zwölf Jahre älter war, starb ein Jahr darauf. Meine alte Clique aus New Jersey weiß nicht, wo ich jetzt bin, und dabei muss ich es auch belassen. Und meine neuen Freunde in Humble wissen bereits, was hier auf dem Schulgelände los ist, denn mittlerweile hat es sich im ganzen Ort herumgesprochen. Es scheint sogar, als ob die komplette Bevölkerung von Humble vor Ort ist und in einem Zustand zwischen Schock und Aufregung über den Parkplatz und die Sportarena wandert.

Das hier darf einfach nicht sein. Schlechte Dinge passieren auch guten Menschen, ich weiß, aber hören sie denn nicht irgendwann einmal auf, zu passieren? Genügt es nicht, den geliebten Mann in jungen Jahren zu verlieren? Was mache ich, wenn meinem kleinen Sohn da drinnen etwas zustößt?

Irgendwie schaffe ich es, meinen Blick wieder auf die Schule zu konzentrieren. Noahs Schule. Sie sieht so friedlich aus. Eine muntere kleine Grundschule, sorgfältig aus Gasbeton- und Ziegelsteinen erbaut, um unsere Kinder zu beschützen. Eine typische, völlig normale Schule, wie man sie in jeder Klein- oder Vorstadt der USA findet. Das zweigeschossige Hauptgebäude hat ein Flachdach und große Glasflächen, damit viel Licht und Atmosphäre in die Klassenzimmer dringen. Die sich anschließende, fensterlose Sporthalle ist höher als der übrige Bau.

Und in genau dieser Sporthalle bahnt sich die Katastrophe an. Männer in verschiedenen Uniformen haben das Gebäude umstellt. Ein drahtiger Deputy aus dem Büro des County-Sheriffs beginnt, die Wand hochzuklettern, erklimmt das Regenrohr wie eine schwarze Spinne. Als er sich hochzieht und umdreht, erkenne ich die weißen Buchstaben auf seiner Schutzweste.

SWAT.

Oh, mein Gott. Das Sondereinsatzkommando.

„Haley?"

Helen, meine Freundin aus der Bücherei, kauert neben mir im Gras. Mit einem besorgten Gesichtsausdruck streckt sie die Hand nach mir aus und berührt meine tränennasse Wange. Im nächsten Moment fallen wir uns in die Arme, und ich muss aufpassen, sie nicht Mom zu nennen, so stark ist mein Bedürfnis nach Geborgenheit.

„Bleib ganz ruhig", versucht sie mich zu besänftigen. „Sie werden die Kinder befreien. Alles wird gut, du wirst sehen."

„Meinst du wirklich?", frage ich mit dem Versuch eines Lächelns.

„Ich habe gehört, dass es sich um Roland Penny handeln soll. Glaub mir, er ist harmlos, Haley. Roland könnte keiner Fliege etwas zu Leide tun."

„Von wem sprichst du?“

„Roland Penny. Die Kinder nennen ihn Pfennigrolle. Ein Junge aus der Stadt. Die Polizei hat Fotos vom Inneren der Sporthalle. Handyfotos. Darauf haben sie ihn wieder erkannt.“

Ich möchte Helen ja glauben, dass alles gut wird, aber etwas in mir kann nicht. Etwas in mir rechnet mit dem Schlimmsten.

„Jemand wurde erschossen“, entgegne ich. „Das haben wir zumindest gehört.“

Helen nickt. „Sie glauben, es war der arme Leo Gannett. Er war jahrelang Chief und ist mit Roland Penny schon aneinandergeraten, als der noch ein Kind war.“

Alleine vom Zuhören wird mir wohler, mein Herz schlägt beinahe wieder normal. „Woher weißt du das alles?“

Helen lächelt milde, ihre Augen strahlen eine tiefe Zuneigung aus. „Von Thomas, dem Jungen meiner Schwester. Er arbeitet im Notfallteam der Polizei. Dort drüben, der neben der Ambulanz, das ist er. Ist er nicht ein hübscher Junge? Hör zu, Haley. Sie haben alles im Griff. Sie wissen, mit wem sie es tun haben. Das sagt Thomas, und ich glaube ihm.“

„Sie werden bald das Feuer eröffnen, oder?“

Weitere Männer vom SWAT mit todbringenden Sturmgewehren im Anschlag gruppieren sich nahe einem der Notausgänge.

„Nur wenn es nicht anders geht“, versichert mir Helen. „Sie wissen ja, dass die Kinder da drin sind und werden nicht riskieren, sie zu verletzen.“

„Was will er eigentlich, dieser Verrückte? Was zum Teufel will er?“

Helen schüttelt den Kopf und seufzt.

10. KAPITEL
Can you help me occupate my brain?

Keiner hatte ihn vor dem Geruch gewarnt. Packe hundertfünfzig kleine Kinder in einen engen Raum, schüchtere sie ein, bis sie sich vor Angst in die Hose machen, und du erhältst diesen grausamen, Tränen in die Augen treibenden Geruch.

Roland war genau ein einziges Mal im alten Yankeestadion gewesen, ein von der Kirche organisierter Ausflug für schwer erziehbare Jugendliche, und die Toiletten da hatten ähnlich gerochen. Eine Mischung aus Urin und hochgekommenem Bier. Immerhin kein Biergeruch hier in der Aula, es könnte also schlimmer sein. Und sollten die Gören heulen und schreien – und viele von ihnen tun es – so hört er es zum Glück nicht. Black Sabbath schützt ihn davor und rauscht durch seine Ohren. Der iPod stellt sich als gute Idee heraus, er liefert den perfekten Soundtrack zu den Ereignissen, die im Vorfeld so sorgfältig orchestriert wurden. Er hilft ihm auch, sich zu konzentrieren. *Leave the earth to Satan and his knaves.* Yeah. Go Ozzy!

Der Plan, den The Voice so gewissenhaft ausgearbeitet hat, funktioniert bisher. Der wichtigste Part, das Ausschalten des Cue-Ball-Chiefs, war sogar einfacher, als Roland angenommen hatte. In Gedanken hatte er den Mann schon tausend Mal umgebracht, ihn manchmal bei lebendigem Leib verbrannt, aber das hier war so einfach – die Waffe heben und ein klein wenig Druck auf den Abzug ausüben. Durch die Musik in seinen Ohren hat er den Schuss noch nicht einmal gehört. Und der Cue Ball sank zu Boden wie eine Marionette mit gekappten Schnüren. Roland hatte erwartet, dass die Wucht des Schusses den Chief nach hinten schleudern würde, wie in den Filmen, aber er fiel einfach an der Stelle, wo er stand, und war tot, bevor er auf dem Boden aufschlug.

Okay, da war diese verstörende Menge an Blut. Aber Roland hatte es geschafft, sich dadurch nicht aus dem Konzept bringen zu lassen und hatte einfach die blaue Plane aus seinem kleinen Karren geholt und damit sowohl den Körper als auch die Blutlache bedeckt. Genau, wie man es ihm vorher gesagt hatte. Aus den Augen, aus dem Sinn. Nebenbei fühlte es sich gut an zu wissen, dass sein Erzfeind nicht mehr auf der Erde weilte. Als er dann auch noch den Ausdruck von Schock und Horror in den entsetzten Kinderaugen sah, und wie die Lehrer voller Angst zurückwichen ... Mann, das hatte ihm Auftrieb gegeben. Worüber rede ich überhaupt! Carpe Diem, wie es im Buch steht. Nutze den Tag. Mach ihn dir zu eigen. Frag dich, wer du bist und was deine Bedürfnisse sind. Ignoriere alle gegenteiligen Stimmen, blende sie aus, finde deine eigene innere Stimme und konzentriere dich auf das, was du dir wünschst. Visualisiere es. Lass es geschehen!

Und er hatte es getan, er hat es geschehen lassen. Befahl der kleinen, pummeligen Direktorin, die von ihm mitgebrachten Ketten und Schlösser zu nehmen. Sie war seinem Befehl gefolgt, hatte die Ausgänge mit den Ketten versperrt. Und als nur ein Hauch von Widerspruch in ihren kleinen glänzenden Augen aufblitzte, hatte er ihr die Handschellen des ermordeten Polizeichefs angelegt und ihr befohlen, sich zu setzen und das Maul zu halten. Sonst würde sie auch noch unter solch einer Plane landen. Danach war sie gefügig und traute sich noch nicht einmal, ihm in die Augen zu schauen.

„Hört mal zu, ihr Giftpilze! Wenn sich irgendjemand bewegt, eröffne ich das Feuer, verstanden? Und wenn das Magazin leer ist, zünde ich die Bombe. Hab ich die Bombe überhaupt erwähnt? Nein? Okay, ich habe eine Bombe. Und die ist richtig cool. Fünfundzwanzig Kilogramm C-4. Genug, um euch alle schlagartig in ein Häufchen Jelly Beans zu verwandeln."

Durch die Musik aus den Kopfhörern merkt Roland nicht, dass er brüllt wie ein Wahnsinniger. Wie ein außer Kontrolle geratener Psychopath. Doch das macht seinen Auftritt noch wirkungsvoller. Keiner seiner Gefangenen zweifelt daran, dass er bei der geringsten Provokation erneut töten wird.

„Also, bleibt auf euren Plätzen!“, brüllt er. „Keine Bewegung! Wenn ihr eure Handys benutzen wollt, jemanden anrufen, dann nur zu. Lasst die da draußen wissen, dass ich alles unter Kontrolle habe.“

Er hebt die andere Hand. Hält die Sony-Fernbedienung empor, die er unter der Anleitung von The Voices clever modifiziert hat. „Seht her! Das ist eine Fernzündung. Erzählt es euren Freunden da draußen. Wenn ich diesen Knopf drücke, fliegen wir alle in die Luft!“

Roland und The Voice hatten im Vorfeld das Handy-Thema erörtert. Zunächst wollte Roland alle Handys einsammeln, um die Kommunikation steuern zu können. Doch The Voice hielt das für undurchführbar.

Die meisten der Lehrer würden Mobiltelefone besitzen, und ein Großteil der Kinder würde sie verstecken. Sie könnten heimlich SMS-Nachrichten versenden, ohne dass es auffiele. Ein Mann alleine konnte unmöglich sämtliche Lehrer und Schüler durchsuchen, und der eigentliche Sinn des ganzen Unternehmens war doch, dass er es alleine schaffte, seine ganz persönliche Ein-Mann-Show. Damit konnte er beweisen, dass er bereit war, zum nächsten Level aufzusteigen.

So war die Idee entstanden, die Gefangenen mit der Außenwelt kommunizieren zu lassen. Kein Grund für Roland, sein eigenes Mobiltelefon zu verwenden oder sein Stimmmuster mit der Polizei zu teilen. Überlass das Telefonieren doch Klein-Kelly oder Timmy. Auf diese Art konnte er sich darauf konzentrieren, die Situation unter Kontrolle zu behalten, anstatt sich von irgendeinem verdrehten Verhandlungsführer für Geiselnahmen aus dem Konzept bringen zu lassen. *Verzeihen Sie, Mr. Penny, würden Sie freundlicherweise ins Blickfeld unserer Zielfernrohre treten?* Auf keinen Fall. The Voice hatte recht. Lass die Kommunikation fließen. Konzentrier dich auf den Plan. Führ ihn aus.

Und was immer du tust, schau niemals zu der blauen Plane hin, oder zu dem, was drunter hervorsickert.

„*People think I'm insane because I'm drowning all the time!*", schreit er, sich nicht bewusst, dass er den Text des Metal-Songs laut mitsingt. . „*Can you help me occupate my brain*", schreit er. „Oh *yeah*!"

Er hat recht. Jeder in der Halle, ob Schüler, Lehrer oder Angestellte, denkt, er wäre total verrückt.

11. KAPITEL
Die Analysis des Himmels

Noah ist sich ziemlich sicher, was es bedeutet, in Jelly Beans verwandelt zu werden. Das passiert, wenn eine Bombe hochgeht. Du wirst in Stücke von der Größe einer Geleebohne zerfetzt. Er hat allerdings nicht vor, das den anderen Kindern zu erklären, von denen viele verwirrt über das sind, was der Verrückte gesagt hat. Jelly Beans? Hat der böse Mann vor, Süßigkeiten zu verteilen?

Noah hat genau verstanden, worum es in den letzten Minuten ging. Das alles ist kein Spiel. Und der Mann da vorn ist kein witziger Clown. Er ist ein Killer. Es ist alles sehr real. Der böse Mann hat den Polizisten mit den weißen Handschuhen wirklich getötet und den toten Köper mit einer blauen Plane abgedeckt. Der böse Mann hat Mrs. K. gezwungen, die Ausgänge zu verriegeln. Sie musste glänzend neue Ketten durch die Handgriffe ziehen. Der böse Mann winkt weiter mit seinem schwarzen Gewehr, stößt abwechselnd Drohungen aus und singt zu der Musik aus seinem blöden iPod.

Noch etwas anderes hat Noah begriffen. Der Verrückte wird immer verrückter. Er brüllt etwas von Satan, der sein Gehirn besetzt hat. Er wütet von Handys und wie wichtig es ist, dass die ganze Welt erfährt, was hier passiert. Manche Schüler versenden wie wild SMS-Nachrichten, als ob das Übermitteln dessen, was der böse Mann sagt, sie retten könnte. Noah ist sich da nicht so sicher. Er glaubt, dass der böse Mann durchaus in der Lage ist, es wirklich zu tun. Den Knopf zu drücken und sie alle in klebrige rote Jelly Beans zu verwandeln. Dann kommen sie alle in den Himmel – oder auch nicht. Noah hat sich noch nicht entschieden, ob es für ihn einen Himmel gibt oder ob das einfach so ein Fall ist wie der Weihnachtsmann. Ein Märchen, damit die Menschen sich besser fühlen. Er mag den Gedanken daran, dass sein Vater im Himmel ist. Aber wenn es tatsächlich einen Himmel gäbe, würde Dad dann nicht Mittel und Wege finden, es seinen Sohn wissen zu lassen? Es sei denn, es gäbe Regeln – und das hält Noah für wahrscheinlich –, die es verbieten, mit den Hinterbliebenen Kontakt aufzunehmen. Regeln, so kompliziert und mühsam wie Analysis. Er weiß, dass es Analysis gibt, denn Mrs. Delancey hat ein Buch darüber in ihrer Schreibtischschublade und Noah hat mal einen Blick hineingeworfen. Zu seiner Überraschung hat er den Inhalt nicht sofort verstanden. Was auch immer Analysis ist, es ist mehr als Arithmetik, mehr als Algebra, mehr als Geometrie – es ist alles zusammengemischt, was dann etwas komplett anderes, aber verlockend Vertrautes ergibt. Differentiale? Was ist das? Die Formeln und Symbole sahen faszinierend aus, als ob sie die Antworten zu allem, was es zu wissen gibt, enthielten, einschließlich der Antwort auf die Frage, ob es wirklich einen Himmel gibt.

Mehr als alles andere wünscht sich Noah, so lange zu leben, bis er die Analysis verstanden hat, bis Mom ihm eine Gutenachtgeschichte vorgelesen hat, bis er nach dem Aufstehen gefrühstückt hat und zur Schule gegangen ist, als ob nichts geschehen wäre. Deshalb überlegt er krampfhaft, was er tun kann, um von hier wegzukommen, bevor er und Mrs. Delancey in Geleebohnen verwandelt werden.

Mittlerweile beschimpft der böse Mann sie alle.

„Ein schwarzer Mond geht auf und er ruft mich beim Namen!“, brüllt er, wirft den Kopf hin und her und simuliert das Zupfen einer Bassgitarre wie bei Guitar Hero. Dann scheint er sich zu korrigieren, wie ein Sprung in einer DVD. „Sagt der Welt, ich will hier raus. Sie kommen über die Berge, Jungs und Mädchen!“ Spucke sprüht aus seinem Mund, als er brüllt: „Keine Bewegung! Ich schwöre zum Propheten, ich werde diese Schlampe hochjagen!“

Nun wedelt er mit dem Fernzünder herum, zielt mit dem Gewehrlauf darauf und grinst, zeigt seine kleinen gelblichen

Zähne. Er hält die Pose für ein paar Takte, als ob er weiß, dass sein Bild von den Handykameras aufgenommen wird.

„Noah?"

Irgendwie hat es Mrs. Delancey geschafft, sich neben ihn zu setzen. Ihre Anwesenheit beruhigt ihn. Ein Ruhepol in der Atmosphäre der Angst und des Entsetzens. Sie neigt sich zu ihm und flüstert ihm ins Ohr. „Ich möchte, dass du dich versteckst", flüstert sie. „Versteck dich im Luftschacht, wie du es schon einmal getan hast. Kannst du mir den Gefallen tun?"

„Ich hab Angst, mich zu bewegen."

Sie umarmt ihn. In diesem Moment, an diesem Ort, riecht sie nach Zuhause. Wie Blumen und Brot und Geborgenheit. Und deshalb will er den Platz an ihrer Seite nicht verlassen. Will nicht riskieren, etwas falsch zu machen. Etwas, das den bösen Mann dazu bringt, den Knopf zu drücken und sie alle in den Himmel zu schicken.

„Hör mir zu, Noah." Mrs. Delancey spricht zu ihm in ihrem wunderschönen, beschwingten Tonfall. „Der Mann ist vollkommen auf sich selbst konzentriert. Du musst dich nur zwischen den Bänken hindurchschlängeln, so wie damals. Er wird dich nicht sehen können. Versteck dich, Noah. Bitte, tu's für mich. Versteck dich im Luftschacht. Wenn das hier vorbei ist, werde ich dich herausholen."

„Versprochen?"

„Versprochen. Und jetzt geh."

Als der böse Mann seine erhobene Faust mit dem Fernzünder schüttelt und etwas über Kinder aus dem Grab schreit, gleitet Noah unter die Bank, durch den schmalen Spalt und ins Innere des Tribünenaufbaus. Er kennt die Geometrie dieser Konstruktion, die die Bänke zusammenhält. Als er sich das letzte Mal während einer Schülerversammlung hier unten versteckt hat, bekam er eine Menge Ärger. Mrs. K. hatte sich sehr über ihn geärgert. Er hätte sich verletzen können und niemand hätte gewusst, wo man ihn hätte suchen sollen. Noah hingegen fand es lustig, unter den Bänken herumzulaufen und den Mädchen in ihre baumelnden Beine zu zwicken, sodass sie vor Schreck laut aufschrien und kicherten. Mrs. K. war da ganz anderer Ansicht, und seine Mom musste ihn von der Schule abholen und mit nach Hause nehmen. Aber das war im vergangenen Jahr gewesen. Da war er noch jünger, und es gab auch Mrs. Delancey noch nicht. Seine Mrs. Delancey, die so viel Verständnis für ihn aufbrachte und die ihn nun sogar retten wollte.

Vielleicht ist es wirklich eine gute Idee, sich im Luftschacht zu verstecken. Da drin ist es bequem und behaglich. Die Faszination dieser Luftschächte entdeckte Noah im vergangenen Jahr. Er hatte einen Schraubendreher mit zur Schule gebracht, ein Metallgitter entfernt und sich auf dem Bauch durch die metallene Röhre geschoben, so wie er es in Filmen gesehen hatte, wo Luftschächte oft als Fluchtwege benutzt werden. Es gab jedoch einen riesigen Unterschied zwischen den Schächten im Film und jenen in der Schule: Diese hier wären viel zu eng für jemanden, der auch nur einen Hauch größer war als Noah. Matt Damon zum Beispiel würde da niemals reinpassen. Und sie führen auch nicht wirklich irgendwo hin. Nach ein paar Metern Kriechstrecke stößt man unweigerlich auf einen Ventilator, ein Leitblech oder einen Teil des Filtersystems. Das heißt, eigentlich taugten diese Schächte zu nichts anderem, als sich oberhalb des Klassenzimmers zu verstecken und die anderen mit schaurigen Geräuschen zu erschrecken. *Ich bin das Popelmonster, und ich werde euch alle kriegen. Ooh, ooh, ooh!* Selbst Mrs. K. konnte sich ein schmales Lächeln nicht verkneifen, als sie Noah in ihr Büro brachte.

„Popelmonster?“, fragte sie. „Wo hast du nur diese Wörter immer her?“

Was sich Noah von seinem damaligen Experiment gemerkt hatte, und was offensichtlich auch Mrs. Delancey wusste, war, dass es einige praktische Schachtöffnungen unterhalb der Sitzreihen gab. Sie waren Teil der Sporthallenlüftung. Beim letzten Mal war er so beschäftigt gewesen, in baumelnde Beine zu pieken, dass er gar nicht auf die Idee gekommen war, in die Schachtöffnungen einzusteigen. Diesmal aber robbt er auf dem Boden unterhalb der Sitze entlang – pfui Teufel, da tropft Pipi von oben herunter – und nimmt den kürzesten Weg zum nächsten Schachteingang.

Und stößt prompt auf ein Problem. Alle Eingänge haben einen Gitterrost, und er hat keinen Schraubendreher dabei! Wegen seines Betragens wurde ihm verboten, jemals wieder einen Schraubendreher zur Schule mitzubringen. Ein Schraubenzieher sei wie eine Waffe, hatten sie behauptet. Er könne damit ein Auge herausstechen. Woraufhin seine Mutter erwiderte, dass man dazu nur einen spitzen Bleistift bräuchte. Das war ein Fehler. Eine ganze Woche lang durfte er keine Stifte benutzen und musste seine Aufgaben mit Wachskreide schreiben, wie ein Baby. Seine Mutter war so wütend, dass sie weinte.

Noah findet zwar ein paar Münzen in seiner Hosentasche, aber keine passt in die versenkten Schlitze der Gitter. Er muss sich beeilen, weil der böse Mann schon wieder herumbrüllt. Furcheinflößendes Geschrei, das keinen Sinn ergibt.

„Stellt euch nicht gegen den Erfolg! Hört auf den Propheten! Ich beiße Fledermäusen die Köpfe ab! Die Welt gehört Satan und seinen Sklaven! In die Leere, Jungs und Mädchen! In die Leere!“

Einen Augenblick später fallen Schüsse, und Kinder schreien. Lehrer auch. Ist das Mrs. Delancey? Ist ihr etwas zugestoßen? Wurde sie bestraft, weil sie ihm geholfen hat zu fliehen?

Seine Angst tapfer unterdrückend, kriecht Noah auf Händen und Füßen unter die erste Sitzreihe der Tribüne und späht durch einen Spalt zwischen den Bänken.

Der verrückte Mann wirbelt im Kreis herum und feuert

mit seiner Kanone in die Luft. Er sieht genau so verängstigt aus wie die schreienden Kinder. Rauch steigt aus seinem kleinen Reinigungswagen empor. Gewaltige Schwaden schwarzen Rauchs wabern über den Boden und die Sitzreihen.

Der Verrückte tritt gegen die Karre, als ob er will, dass es aufhört zu rauchen, als ob er überhaupt nicht versteht, was hier los ist. Das ist das wirklich Bizarre an der Situation: Er sieht ernsthaft verwirrt aus. Und er hat Angst.

Als der Rauch zu ihm dringt, muss Noah laut husten, seine Augen tränen. Er zieht sich zum Lüftungsschacht zurück und schimpft innerlich auf die blöden Leute, die ihm den Schraubendreher abgenommen haben. Er zwängt die Finger in die Öffnungen des Gitterrahmens und zieht mit aller Kraft.

Zu seiner großen Überraschung schwingt das Gitter auf. Er klettert genau in der Sekunde hinein, als das Gebäude in seinen Grundfesten erzittert und alles in schwarzen Rauch gehüllt wird.

12. KAPITEL
Dem Rauch entstiegen

Jed hatte seinen Heiratsantrag mit dem Trauring seiner Großmutter besiegelt. Einem dünnen Goldreif, besetzt mit einem Diamanten von der Größe eines Sandkorns. Sollte ich vorher irgendwelche Zweifel gehabt haben – und wer hat die vor einem solchen Schritt nicht –, so löste dieser kleine alte Ring sie alle in Luft auf. Ein Mann, den du über alles liebst, fällt vor dir auf die Knie, mit Tränen des Glücks in seinen wunderschönen Augen, und bietet dir nicht nur einen Platz in seinem Herzen an, sondern auch einen Platz in seinen wertvollsten Erinnerungen.

Ein Mädchen muss nicht mehr tun als Ja zu sagen. Ich habe ungefähr eine halbe Stunde lang ja gesagt, und dann lagen wir auch schon im Bett und ich flüsterte immer noch ein ums andere Mal Ja. Aber das ist privat. Das müssen Sie nicht wissen.

Jed vertraute mir rückhaltlos. Er behielt nichts für sich. Sein Heiratsantrag beinhaltete eine Rücktrittsklausel. Er würde mir ein Geheimnis erzählen, ein schreckliches Geheimnis, und wenn ich ihn danach nicht mehr heiraten wolle, würde er es verstehen.

Und das war das Besondere an Jedediah: Er hätte es wirklich verstanden. Denn es ging nicht nur um dieses Geheimnis, sondern darum, was es für unsere gemeinsame Zukunft bedeutete. Ihn zu heiraten würde heißen, alles zurückzulassen – Freunde, Familie – und ein komplett neues Leben zu beginnen.

Wie im Zeugenschutzprogramm, fragte ich ihn übermütig.

Er nickte ernst und sagte, ja, so ähnlich. Nur dass wir ganz auf uns allein gestellt sein würden. Kein US-Marshall, um uns zu beschützen. Niemand, der uns eine neue Identität besorgen oder ein neues Leben für uns aufbauen könnte. Wir wären ganz allein verantwortlich.

Raus mit der Sprache: Wen hast du umgebracht, fragte ich.

Er verdrehte die Augen – ein Zeichen, wie sehr er meine Art von Humor schätzte. Es geht nicht darum, was ich getan habe, sagte er. Es geht darum, wer ich bin. Wer mein Vater ist.

Also wer ist dein Vater? Tony Soprano?

Und dann erzählte er mir, wer sein Vater war, und was das bedeutete. Als er fertig war und gespannt auf meine Antwort wartete, küsste ich ihn sanft auf die Augen und fragte ihn: Hast du mich denn die ersten zehntausend Mal nicht gehört? Meine Antwort ist: Ja.

Ich bereue nichts. Auch nach allem, was geschehen ist, bedaure ich nichts. Nicht mein Ja. Nicht, Jed geliebt zu haben. Nicht unser Leben, unser Baby, nicht unsere gemeinsame Zeit. Was wäre aus mir geworden, hätte ich Jed nie getroffen? Sicher eine andere Person. Und ganz gewiss nicht Noahs Mutter.

Und wenn ich damals schon gewusst hätte, dass Jed zwölf Jahre später innerhalb einer einzigen schrecklichen Sekunde aus dem Leben gerissen werden würde? Und wenn er statt eines unvorhersehbaren tödlichen Unfalls an einer schleichenden Krankheit gelitten hätte? Etwas, was uns von Beginn an bekannt gewesen wäre? Hätte ich deswegen Nein gesagt, um mir den Verlust und den Schmerz zu ersparen? Nein, nein, und nochmals nein. Egal, wie man es auch betrachtet – und mir sind alle Varianten schon tausend Mal durch den Kopf gegangen –, ich hätte mich niemals dafür entschieden, diese Erfahrungen nicht zu machen. Habe mir nie gewünscht, einen anderen Weg eingeschlagen zu haben. Du kannst nicht jemanden lieben und deine Entscheidung davon abhängig machen, wie lange er leben wird. Liebe kann nicht nach den Kriterien von Stiftung Warentest bewertet werden – kaufen Sie Miele, die brauchen die wenigsten Reparaturen. So funktioniert Liebe einfach nicht. Wir halten uns immer für kopfgesteuert, aber wir sind es nicht. Hinzukommt, wenn man zwanzig ist, kommen einem zwölf Jahre wie ein ganzes Leben vor – ein Leben, das auszukosten sich lohnt.

Und das war es, wirklich. ich schwöre es bei meinem Ehering. Und so verzeihen Sie mir, wenn ich zugebe, dass ich bei den ersten Anzeichen von schwarzem Rauch, der aus dem Gebäude quoll, dachte: Nein nicht schon wieder! Lieber sterbe ich, als das noch einmal durchzumachen. Ich kann es einfach nicht. Wenn Noah nicht lebend aus dieser Sporthalle kommt, soll mein Herz augenblicklich aufhören zu schlagen. Dann möchte ich Noah dahin folgen, wo auch immer er hingegangen ist.

Aufregung verbreitet sich auf dem Schulgelände. Das SWAT-Team, die Polizei, die Feuerwehr umkreisen die Sporthalle wie ein Bienenschwarm, der verzweifelt versucht, in den Bienenstock zurückzukehren. Ich bin inzwischen aufgestanden. Helen ist als moralische Stütze immer noch an meiner Seite, und gemeinsam mit den anderen Eltern warten wir hinter der Polizeiabsperrung auf das, was passiert.

Helen zieht meine Hand sanft von meinem Mund, bevor ich mir die Finger blutig beißen kann.

„Dort drüben, der da bei den Ausgängen hockt, das ist Tommy“, sagt Helen stolz. „Er ist Experte für Überwachungskameras. Er schiebt gerade einen Faserlaser durch den Türrahmen, damit seine Kollegen verfolgen können, was drinnen vorgeht.“

„Das kannst du von hier aus erkennen?“, frage ich verdutzt. Meine Augen sind immer noch verschwommen und geschwollen.

Sie drückt meine Hand. „Nicht ganz. Ich nehme es einfach an, meine Liebe. Es ist immerhin Tommys Job, und außerdem habe ich ihn vorhin mit einem Elektrobohrer in der Hand gesehen.“

Das beruhigt mich nicht. „Erinnerst du dich noch daran, was an der Columbine High School passiert ist? Sie haben gewartet und gewartet und gewartet, und währenddessen sind drinnen die Kinder verblutet."

„Man hat daraus eine Menge gelernt", sagt sie beschwichtigend. „Tommys Einheit weiß alles über Columbine. Sie werden nicht dieselben Fehler machen."

„Oder sie stürmen zu früh los, und er zündet die Bombe."

„Dein Herzblatt wird okay sein." Sie umarmt mich kurz. „Wirst schon sehen."

Ich nehme Helen nicht übel, dass sie glaubt, ihr Neffe können Wunder bewirken, und ich glaube ihr auch, dass er alles in seiner Macht Stehende tut, genau wie alle anderen, die das Gebäude umschwärmen. Sie haben nur ein Ziel: Die Leben unserer wertvollen Kinder zu schützen. Trotzdem befürchte ich das Schlimmste.

Wovor ich mich am meisten ängstige, ist, dass mein Sohn Noah versuchen wird, sich in den Mittelpunkt zu spielen. Das tut er immer, wenn er unglücklich ist oder unter Stress steht. Er versucht dann, seine Spannung dadurch abzureagieren, dass er etwas komplett Verrücktes anstellt. Was in Gegenwart dieses Wahnsinnigen genau das Verkehrte wäre.

Bitte Noah, halte dich zurück. Klemme keine Radiergummis an deine Ohren und kratz dich nicht unter den Armen wie ein Affe. Blende dich wenigstens einmal in deinem Leben aus. Bleib unsichtbar. Deine Mutter fleht dich an.

Mein Flehen setzt in dem Moment ein, als zäher, schwarzer Rauch unter den Türen hervorquillt. Am Anfang nur eine kleine Wolke, kaum sichtbar. Aber definitiv Rauch. Bemerken all die anderen das auch? Oder spielen mir meine erschöpften Augen einen Streich?

Neben mir flüstert Helen „Oh nein" und legt eine Hand über ihren Mund. Furcht blitzt in ihren Augen.

„Feuer! Oh mein Gott!", kreischt eine Frauenstimme. „Er hat Feuer in der Schule gelegt!"

Ein Wehklagen setzt ein. Sogar Helen, mein Fels in der

Brandung, weint. Und ich? Ich überwinde die Polizeiabsperrung, laufe den ausgestreckten Händen davon, nur eines im Sinn: Ich werde eine der Türen eintreten und mir Zutritt verschaffen.

Wie es der Zufall will, stürmen Tommy und seine Kameraden ein ganzes Stück vor mir vorwärts. Sie wissen auch, was der Rauch bedeutet. Bevor ich auch nur in die Nähe eines Ausgangs komme, bricht eine Gruppe breitschultriger Männer mit dem Rammbock eine Tür auf. Wenige Augenblicke später verschwindet ein mit Helmen und Gasmasken ausgerüsteter Trupp des Sondereinsatzkommandos in den Qualmwolken.

Dann werde ich niedergerissen. Hände umklammern meine Knöchel. Hilflos sehe ich zu, wie gewaltige Rauchschwaden aus der Türöffnung strömen. Hinter meinem Rücken höre ich das Schreien und Kreischen der Menschen. Aber ich nehme es nur als dumpfes Hintergrundgeräusch wahr, denn alle meine Aufmerksamkeit gilt der Tür da vorn. Mit meinen Gedanken will ich Noah zwingen, durch sie heraus ins Freie zu rennen.

Ich höre einige ploppende Geräusche. Gewehrschüsse. Nur ein paar. Vielleicht haben sie ihn überwältigt und alles ist vorbei. Oder womöglich waren es gar keine Schüsse. Vielleicht ist irgendetwas in der Hitze des Feuers explodiert.

Zwei weitere Türen werden aufgebrochen. Feuerwehrmänner rennen in den Rauch, ziehen Schläuche hinter sich her. Ihre Befehle bellen durch den Lärm – *Hierher! Mehr Druck! Gesichtsmasken auf! Sauerstoffflaschen!*

Vor den verrauchten Türen drängeln sich die Katastrophenhelfer. Ohne zu zögern, stürzen sie sich in die Dunkelheit. Tun alles, was getan werden kann, das ist selbst für eine verzweifelte, überreizte Mom wie mich offensichtlich.

Bitte, lieber Gott, bitte! Bring Noah in Sicherheit. Bring auch all die anderen Kinder in Sicherheit.

Eine Ewigkeit vergeht. Dann plötzlich, wie durch ein

Wunder, drängen Kinder durch eine der Türen. Sie kommen durch den Rauch wie kleine Footballspieler, die ein dunkles, sich im Wind blähendes Banner zerreißen, begierig auf den Spielanfang. In ihrem Fall begierig, ihre Mütter, ihre Väter zu finden.

Ein Kind nach dem anderen taucht aus dem Rauch auf.

Wer auch immer mich bisher an den Knöcheln festgehalten hat, lässt los. Ich stehe auf und wanke mit den anderen Eltern auf die Halle zu. Niemand hält uns auf. Ein Kind nach dem anderen wird in liebende Arme geschlossen. Die meisten Kinder weinen, und nicht wenige husten. Doch der zähe, klebrige Qualm scheint alles in allem gar nicht so giftig zu sein. Schädlicher für die Augen als für die Kehle. Und seltsamerweise riecht er nicht nach Feuer.

Ich bin mir sicher, so laut nach Noah zu rufen, wie es mir möglich ist Aber genauso gut könnte ich ins Zentrum eines Hurrikans hineinrufen. Meine Stimme vermag das Getöse nicht zu übertönen. Noah! Noah! Noah!

Ich verfolge, wie die Kinder, wie von einem Magneten angezogen, in die Arme ihrer Mütter fliegen. Wie alle anderen auch strecke ich die Arme aus, warte nur darauf, meinen kleinen Jungen darin zu vergraben.

Ich warte und warte und warte, und noch immer ist er nicht da. Die einzigen Menschen, die noch aus der Halle kommen, sind Feuerwehrmänner und Polizisten. Hab ich ihn irgendwie verpasst? Ist er vielleicht da hinten am Parkplatz, inmitten der jubelnden Menge?

„Mein Sohn!“, schreie ich einen erschreckten Feuerwehrmann an. „Wo ist mein Sohn?“

Er reißt sich die Maske vom Gesicht, versichert mir, dass die Halle komplett geräumt sei. „Es war gar kein Feuer. Nur eine Art Rauchbombe, völlig ungiftig. Er muss sich irgendwo hier draußen aufhalten. Kommen Sie, wir suchen ihn, wir beide. Alles wird gut. Ich verspreche es.“

Ein junger, ernster Feuerwehrmann mit dem Gesicht eines Farmjungen. Begierig darauf, zu helfen und auf positive Weise aufgeregt, weil die Rettungsaktion wie ein Uhrwerk funktioniert hat. Die vielen Übungsstunden haben sich bezahlt gemacht. Er ist sich so vollkommen sicher, dass alle Kinder gerettet wurden, dass ich ihm folge, weg von den Türen, hin zu der Menge am Parkplatz.

Wir sind ungefähr fünfzig Meter von der Halle entfernt, als sie in einem gigantischen Feuerball explodiert und die Druckwelle mich in völlige Dunkelheit wirft.

II

VERRÜCKTE MOM

1. KAPITEL
Sechs Wochen später

Die Dame am Bankschalter denkt, dass ich durchgedreht bin. Ich kann es in ihren Augen lesen. Das bedeutet, sie hat von mir gehört. Sie kennt mich. Die verrückte Mutter aus Humble, deren Sohn bei der Explosion Schule ums Leben kam. Die Frau, die das nicht akzeptieren will. Die Fremden bunte Bildchen überreicht. Bei der die Einheimischen wenn möglich die Straßenseite wechseln, um ihr nicht zu begegnen.

„Wie möchten Sie das Geld, Mrs. Corbin?"

„Als Bankscheck, bitte", sage ich.

Sie meidet Augenkontakt. Als ob es gefährlich wäre, mir in die Augen zu schauen. Als ob Verrücktsein ansteckend wäre. „Auf wen soll ich den Scheck ausstellen?" Argwohn spricht aus ihrer Frage.

„Machen Sie es ‚bar'."

„Bar? Dann könnte jeder den Scheck einlösen."

„Ich weiß."

Sie wirkt verunsichert und geht zu ihrem Vorgesetzten. Der schaut kurz zu mir herüber und zuckt die Schultern. Ich kann nicht Lippen lesen, aber für mich ist offensichtlich, was er der nervösen Kassiererin sagt: Es ist ihr Geld.

Zwei Minuten später stehe ich mit dem Scheck in der Tasche auf der Straße. Was mir viel Zeit lässt für die Dreiundzwanzig-Meilen-Fahrt nach Hause. Viel Zeit, um mir zu überlegen, was ich dem Mann sagen werde, nachdem ich ihm den Scheck überreicht habe.

Ich frage mich, wie viel Zeit ich mit zehntausend Dollar kaufen kann.

Obwohl wir gerade erst vor zehn Minuten telefoniert haben, weil er nach dem Weg fragte, schrecke ich beim Schrillen der Türklingel auf. Alles jagt mir in diesen Tagen einen Schrecken ein – Fehlzündungen vorbeifahrender Autos, Donnergrollen, ein schriller Pfiff. Alles.

Ein Blick durch den Spion bestätigt mir die Identität meines Besuchers. Randall Shane, pensionierter Special Agent des FBI. Jetzt arbeitet er als privater Ermittler – wenn man ihn denn bekommt. Wenn man *Vermisstes Kind, hoffnungsloser Fall* bei Google eingibt, erscheint Mr. Shane. Angeblich eine Legende in Polizeikreisen. Hat Erfolg, wo andere versagen. Von einem unscharfen Foto auf seiner Website hatte ich eine vage Vorstellung von seinem Aussehen, aber nichts hat mich auf den Mann vorbereitet, der nun auf meiner Veranda steht und klingelt.

Er ist riesig. Hager aber groß.

Als ich die Tür öffne, stellt er sich vor und sagt: „Sie müssen Haley Corbin sein, wenn ich hier richtig bin."

„Das sind Sie. Treten Sie ein."

Er duckt sich, als er durch die Tür tritt. Diese Farmhaus-Decken sind niedrig, und der Abstand von seinem Scheitel zu den Fichtenbalken ist bedenklich gering.

„Gut, dass sie so kurze Haare haben", sage ich zu ihm. „Zwei Zentimeter mehr, und Sie würden sich den Kopf stoßen."

Erschrocken schaut er nach oben und berührt mit seiner großen Hand einen Deckenbalken. „Na", sagt er mit sanfter Stimme, „da ist noch genug Platz. Die Decken sind sicher zwei Meter zwanzig hoch, das lässt mir gute zwanzig Zentimeter Platz."

„Trotzdem möchten Sie sich vielleicht setzen?", schlage ich vor und deute auf den Pinienklapptisch in der Küche. „Kaffee?"

„Kaffee wäre super."

Ich mache mich an der Kaffeemaschine zu schaffen." War es eine lange Fahrt?"

„Nicht weiter schlimm." Vorsichtig lässt er sich auf einen der Holzstühle nieder, als hätte er Angst, dass der unter seinem Gewicht zusammenbrechen könnte.

„Wird so um die sechs Stunden gewesen sein, wenn Sie den

Weg durch Binghamton genommen haben.“

„Sieben“, korrigiert er und streicht mit den Fingern über seinen grau melierten Van-Dyke-Bart. „Ich hab eine kurze Rast gemacht, um eine Kleinigkeit zu essen. Es gibt einen netten kleinen Imbiss in Binghamton. Danny’s Schnellimbiss, in der Hauptstraße. Es ist ein alter Sterling.“

„Ein was?“

„Entschuldigung. Ein Sterling Diner“, erklärt er mir. „Gefertigt von der J. B. Judkins Company. Ich bin so eine Art Diner-Fan. Sie haben sich aus den ehemaligen Lunch-Wagen entwickelt. Lunch-Wagen mag ich auch, aber davon gibt es ja nicht mehr viele.“

„Bitteschön. Sahne oder Milch?“

„Ganz ohne. Einfach schwarz“, sagt er. „Da weiß ich, was ich habe.“

Wir lächeln einander an, während er einen Schluck Kaffee nimmt. Er versucht zu lächeln, als würde er jeden Tag quer durch den Staat New York fahren, um mit einer verrückten Mutter zu sprechen. Und ich versuche so zu lächeln, als ob ich nicht verwirrt wäre und er nur seine Zeit verschwendete.

„Sehr gut“, sagt er und klopft mit der Fingerkuppe an den Tassenrand.

„Ich habe den Scheck, den ich Ihnen versprochen habe“, sage ich und krame in meiner Handtasche herum.

Er stellt die Tasse ab. „Ich bin hier um zu sehen, ob ich Ihnen helfen kann“, sagt er mit fester Stimme. „Ich will keinen Vorschuss. Ich dachte, ich hätte das klargemacht.“

„Nehmen Sie ihn“, platze ich heraus. „Zehntausend Dollar, wenn Sie sich meine Geschichte anhören. Wenn Sie wirklich zuhören.“

Ich lege den Umschlag zwischen uns auf den Tisch. Er ignoriert das Kuvert. „Ich verlange nichts für Zuhören, Mrs. Corbin.“

Ich hole tief Luft. „Nur damit Sie’s einmal gehört haben.

Geld spielt keine Rolle. Mein Mann hatte eine Lebensversicherung über eine Million Dollar abgeschlossen. Dazu kommt die Summe, welche die Fluggesellschaft nach dem Absturz ausbezahlt hat. Alles davon steht uns zur Verfügung, wenn's sein muss."

„So weit sind wir noch nicht", sagt er.

Der große Mann strahlt etwas Besonderes aus. Ich habe das Gefühl, dass Geld für ihn niemals die Hauptrolle spielt.

„Haben Sie die Berichte in den Zeitungen gelesen?", frage ich betreten. „Und die Links geöffnet, die ich Ihnen gemailt habe?"

Er nickt. Seinen Augen leuchten in einem ungewöhnlichen Blau. Kühl und klar, von der Farbe schmelzender Eiszapfen. Nach der kurzen Biographie, die ich über ihn im Internet gefunden habe, ist er Ende vierzig. Aber seine breiten Schultern und langen Gliedmaßen lassen ihn für jedes Alter unglaublich fit aussehen. Ich bin mir ziemlich sicher, dass mein erster Eindruck stimmt: er ist ausgesprochen zurückhaltend und will damit seine physische Präsenz in den Hintergrund drängen. Er ist der Typ des sanften Riesen.

Ich hoffe, nicht allzu sanft. Ich brauche einen Krieger, jemanden, der mir im Kampf gegen die überwältigenden Widerstände beisteht.

„Also", frage ich ihn. „Was denken Sie?"

Nun ist es an ihm, tief durchzuatmen. „Auf den ersten Blick erscheint alles ziemlich eindeutig. Ihr kleiner Sohn ist bei einer Explosion ums Leben gekommen. Seine Überreste wurden eindeutig identifiziert und die DNA-Analyse eines bekannten Labors betätigt die Ergebnisse."

Ich nicke vorsichtig und konzentriere mich darauf, ruhig zu bleiben. Mir ist vollkommen bewusst, dass er, wenn ich jetzt zusammenbreche, gehen wird. Und mit ihm die vage Hoffnung, Noah jemals wiederzusehen. „Ja, in den Berichten steht, dass es keinen Zweifel gibt."

„Aber Sie haben Zweifel.“

„Mehr als das“, gebe ich felsenfest zurück. „Ich bin mir sicher.“

„Plötzliche Todesfälle sind immer schwer für die Hinterbliebenen“, bemerkt er.

„Als mein Mann verunglückt ist, habe ich es akzeptiert.“

„Der Tod eines Kindes ist etwas vollkommen anderes“, entgegnet er. „Er verstößt gegen die Regeln.“

„Sein Körper wurde nie gefunden. Haben Sie den Bericht der Rechtsmediziner gelesen? Alles, was sie gefunden haben, waren ein paar Hautfetzen und wenige Tropfen Blut.“

„Bomben haben eine schrecklich zerstörende Wirkung, Mrs. Corbin. Oft bleibt überhaupt nichts mehr übrig.“

Das weiß ich.

„Das Flugzeug, in dem mein Mann saß, schlug mit dreihundert Meilen die Stunde am Boden auf“, erkläre ich ihm. „Das besagten zumindest die Schätzungen. Die Kollision mit einem Sportflugzeug trennte die eine Tragfläche der Embraer 190 ab. Können Sie sich vorstellen, mit dreihundert Meilen pro Stunde auf die Erde zuzurasen? Beim Aufprall explodierten die Tanks. Die Trümmer waren über eine halbe Meile verstreut. Mein Mann wurde schließlich anhand seiner Zähne identifiziert.“

Mit grimmigem Gesicht nickt Randall Shane. „Ja das ist die Standardprozedur.“

„Zähne“, wiederhole ich. „Ein Flugzeug stürzt aus großer Höhe auf die Erde und explodiert. Dennoch wurden Zähne gefunden, anhand derer mein Mann identifiziert werden konnte. Ein nahezu unversehrter Unterkiefer, den sie mit den Unterlagen seines Zahnarztes vergleichen konnten.“

„Es muss schrecklich für Sie gewesen sein“, sagt er mit weicher Stimme die klingt, als könne er mein Leid nachfühlen. „Es tut mir so leid.“

„Seine Zähne, sein Unterkiefer.“ Noch einmal nenne ich

die grausamen Details. „Genügend Beweise, um ihn zu identifizieren, um mich zu überzeugen. Aber von Noah ist nichts übriggeblieben. Gar nichts. Keine Hand, kein Finger, kein einziger Zahn. Nicht einmal ein Fingernagel, nebenbei bemerkt. Der Gerichtsmediziner sagte, Noah müsse direkt auf der Bombe gesessen haben, als sie detoniert ist. Nicht in dreißig Jahren als Gerichtsmediziner und untersuchender Arzt habe er so etwas erlebt. Von Roland Penny haben sie genug gefunden, um ihn zu identifizieren. Das Gleiche gilt für Chief Gannett. Aber es gab nicht einen einzigen winzigen Körperteil, der mit Noah in Zusammenhang gebracht werden konnte. Bis die DNA-Ergebnisse zurückkamen."

Er seufzt und schneidet eine Grimasse hinter seinem grau melierten Bart. „Aber eine DNA-Analyse ist ein definitiver Beweis, Mrs. Corbin. Die Chancen stehen eine Million zu eins, dass etwas faul ist."

„Eine Milliarde zu eins sogar. Es sei denn, sie sind gefälscht."

Er schaut mich prüfend an. Nicht abweisend, sondern wie wenn er wirklich interessiert wäre. „Warum sollten die Resultate gefälscht sein?"

„Um vorzutäuschen, dass mein Sohn in der Explosion umgekommen ist. Tatsächlich aber wurde er entführt."

Ich muss Mr. Shane zugute halten, dass er den Augenkontakt nicht abbricht. Offenbar fühlt er sich nicht abgestoßen von dem, was andere als Wunschdenken bezeichnen würden. Die trauernde Mutter kann den Tod ihres Jungen nicht verwinden, also entwickelt ihr geplagtes Gehirn Szenarien, in denen er irgendwie am Leben bleibt, entgegen alle Hoffnung, entgegen jeglicher Vernunft.

„Fahren Sie fort", sagt er, und sein Nicken sagt mir *Überzeugen Sie mich*. Deshalb ist er die vielen Meilen gefahren. Um mich anzuhören. Um von mir überzeugt zu werden, dass er seine Zeit nicht verschwendet.

„Es hat mit meinem Mann zu tun“, beginne ich. „Wer er war und was er mir ungefähr ein Jahr, bevor er starb, erzählt hat.“

Shane setzt sich gerader hin. Seine Aufmerksamkeit hatte ich bereits, aber nun habe ich auch seine volle Konzentration. „Erzählen Sie.“

„Jed lebte schon unter einem Decknamen, bevor wir geheiratet haben. Sein richtiger Name war Arthur Jedediah Conklin. ‚Corbin‘ war keine allzu große Veränderung des Namens, aber doch genug, um seine wahre Identität zu verschleiern.“

„Und warum dachte ihr Mann, dass er eine andere Identität annehmen muss?“

„Weil sein Vater Arthur D. Conklin ist.“

Mr. Shane braucht eine Weile, bis er den Namen zuordnen kann, aber dann zucken seine Augenbrauen. „*Der* Arthur D. Conklin?“

Ich nicke wortlos.

„Okay. Das ändert alles.“

2. KAPITEL
Das Versprechen

Randall Shane steht auf und reibt sich den Nacken.

„Ich muss kurz telefonieren. Und dann werde ich mir eine Weile die Beine vertreten und nachdenken." Er wirkt auf einmal sehr höflich, beinahe formell.

Mit verschränkten Armen kauere ich in meinem Sessel. Meine bisherige Zuversicht kommt ins Wanken. Meine ganze Hoffnung konzentrierte sich auf eine Person, einen Mann, den ich bis vor wenigen Minuten nicht einmal kannte, und doch ist er schon wieder auf dem Weg zur Tür hinaus. Was hatte ich erwartet? Dass er widerspruchslos meiner Meinung ist? Dass er mir glaubt, wo doch alle anderen mich in meiner Trauer für übergeschnappt halten?

Dachte ich wirklich, dieser Mann, diese Legende der Strafverfolgung, würde sich meines Falles annehmen wie der Ritter in schimmernder Rüstung – oder in seinem Fall in Khakihosen und Topsider-Schuhen? Ich weiß nicht, ob ich lachen oder weinen soll, aber wenn ich darüber nachdenke, kommt Lachen in den letzten Wochen in meinem Sprachschatz nicht mehr vor. Ich kann mich nicht einmal mehr daran erinnern, wie es sich anfühlt. Und was das Weinen anbetrifft, bin ich sozusagen ausgetrocknet. Tränen sind zu einem Luxus geworden, den ich mir nicht mehr leisten kann.

Der große Mann muss meine Frustration gespürt haben, denn er bleibt an der Tür stehen und dreht sich noch einmal zu mir um. „Ich möchte nicht klingen wie der Terminator. Aber ich komme wieder. Versprochen."

„Wenn Sie Ihr Telefongespräch geführt haben", gebe ich durch zusammengebissene Zähne zurück.

Er zuckt mit den Schultern. „Ich muss mich mit jemandem beraten, dem ich vertraue."

„Weil Sie Arthur Conklin und seine Rulers fürchten."

Shane streitet es nicht ab. Stattdessen erklärt er es mir. „Ich bin eher auf der Hut als ängstlich. Alles, was ich über Arthur Conklin, das Conklin Institute und die Rulers weiß, ist das, was in den Medien steht. Die Geschichte um den zurückgezogen lebenden Milliardär und seine Anhänger, die ihn wie einen Gott oder Propheten verehren. Mir ist auch bekannt, dass Conklin ein Heer von Anwälten beschäftigt und berüchtigt dafür ist, jeden zu verklagen, der ihm in die Quere kommt. Es wäre grob fahrlässig, vor einem prozesssüchtigen, reichen Sektenführer *nicht* auf der Hut zu sein. Ich muss mir ein klares Bild machen, ansonsten kann ich Ihnen nicht helfen. Außerdem muss ich mir *wirklich* meine Beine vertreten. Nach so einer langen Autofahrt bekomme ich oft Krämpfe. Geben Sie mir zehn Minuten, Mrs. Corbin."

„Einverstanden", sage ich. „Aber nehmen Sie das mit."

Aus meiner Handtasche krame ich ein Foto von Noah aus der Zeit des Schuljahrbeginns hervor und drücke es ihm in die Hand. Hunderte davon habe ich ausgedruckt und meinen Namen und die Handynummer auf der Rückseite notiert. In jedem Nest, in jeder kleineren und großen Stadt im Umkreis von fünf Stunden Autofahrt habe ich die Bilder verteilt. Was bisher ebenso wirkungsvoll war wie die Fotos von vermissten Kindern, die man bei uns auf Milchtüten findet.

Nachdenklich blickt er auf das Foto und steckt es wortlos ein. Dann geht er hinaus.

Ich beobachte ihn vom Küchenfenster aus. Ich will unbedingt, dass er mir glaubt. Dann setzt anscheinend mein Mutterinstinkt ein, denn trotz meines Frusts und meiner Verärgerung – ich habe den Zweifel in seinen Augen gesehen! – ist mein erster Gedanke, dass Shane für die Witterung völlig unpassend angezogen ist. Kein Mantel, kein Hut und ein dünnes Flanellhemd, das den Wind kaum abzuhalten vermag. Und wir haben um diese Jahreszeit einen verdammt schneidenden Wind hier im Norden. Die dunklen Tage im Dezember, wenn die Sonne spät aufgeht und schon am frühen Nachmittag wie eine gedimmte Glühbirne rasch an Kraft verliert. Da braucht man warme Stiefel, keine Bootsschuhe. Man sollte die Ohren bedecken. Aber das Mindeste ist eine gefütterte Jacke.

Der Atem des großen Mannes bildet Wolken in der Luft, während er in sein kleines Mobiltelefon spricht, aber ihm scheint die Kälte nichts auszumachen. Nicht einmal ein kleines Frösteln. Es ist kurz vor Mittag, also der wärmste Teil des Tages, und die Temperatur schwankt gerade einmal um den Gefrierpunkt.

Er merkt, dass ich ihn beobachte, und winkt mir freundlich zu, lächelt mich an, während er telefoniert.

Ja. Ich habe hier einen traurigen Fall. Kribbelig wie eine Kopflaus. Denkt, dass es sich um eine großangelegte Verschwörung handelt, weil sie nicht genug von ihrem Jungen findet, um ihn beisetzen zu können.

Etwas in dieser Art. Er wäre nicht der erste Ermittler, der einen Versuch wagt und mich dann wieder fallen lässt. Normalerweise schlagen sie vor, dass ich mich mal „mit jemandem unterhalte". Was so viel heißt wie: Bereite dich auf die Zwangsjacke vor, Honey. Nimm ein paar Tabletten, lass deine Gedanken treiben.

Einer der Ermittler der New York State Police, der auf mein Beharren vorbei kam, hatte es gerade heraus gesagt: *Tut mir leid, Madam, aber ‚in die Luft gesprengt' ist nicht dasselbe wie ‚vermisst'. Vermisst bedeutet, dass zumindest eine geringe Chance besteht, dass das Opfer noch lebt. In die Luft gesprengt mit positivem DNA-Abgleich bedeutet: Sie müssen mit Gott reden, nicht mit mir.*

Ich hab mit Gott gesprochen, darauf können Sie wetten. Aber Gott hat nicht geantwortet. Er war wohl zu beschäftigt mit Hurrikanen, Erdbeben, Epidemien und ethnischen Säuberungen. Also habe ich für den Moment die Zwiegespräche mit Höheren Wesen aufgegeben, und ich lehne es ab, mich von so hübschen Ideen wie dem Himmel beruhigen zu lassen. Zumindest solange ich tief im Inneren weiß, dass mein Junge irgendwo ist und lebt. Dass er lebt und mich fast so stark vermisst wie ich ihn.

Das ist mein fester Glaube.

Randall Shane hat sein Telefon wieder eingesteckt und wandert ums Haus. Meter für Meter überwindet er mit seinen ewig langen Beinen und lässt dabei die Arme schwingen. Er ignoriert den Pulverschnee, der vom frostgehärteten Boden aufwirbelt. Dieser Mann bewegt sich wie an einem warmen Strand im Sonnenschein, nicht wie in unserer kalten, feuchten Wirklichkeit. Kommt er an einem Fenster vorbei, winkt er mir fröhlich zu und lächelt, als wolle er sagen: Schau her, ich strecke meine Beine aus, ganz wie ich gesagt habe.

Sehr wahrscheinlich überlegt er sich, wie er sich am schnellsten aus der Affäre ziehen kann, ohne eine Szene meinerseits zu provozieren.

Als er das dritte Mal ums Haus herumkommt, stehe ich in der geöffneten Haustür.

„Das reicht", sage ich, und etwas kleinlaut tritt er ein.

„Die Luft hier oben ist gut. Sie gibt einem so ein schön reines Gefühl in den Lungen."

„Ich bin weder verrückt noch leide ich unter Wahnvorstellungen", sage ich, während ich um den Tisch wandere wie er vorher ums Haus. Ich zwinge mich zur Ruhe, indem ich meine Arme um mich schlinge, während ich meine Argumente vorbringe. „Ich weiß, dass Kinder sterben können. Es mag gegen die Natur sein, aber es passiert immer wieder. Krankheit, Unfälle, sogar Mord. Es geschieht einfach. Aber nichts davon ist Noah zugestoßen. Ganz sicher nicht."

„Könnte ich wohl ein Glas Wasser haben?"

„Bedienen Sie sich", sage ich und weise auf die Glastür des Geschirrschranks.

Er hält das Glas unter den Wasserhahn. Leert es in einem

Zug bis zum letzten Tropfen. „Das Wasser ist auch sehr gut. Ich kann verstehen, warum die Menschen gerne hier oben leben, so nahe am Nordpol."

„Sagen Sie bitte, was Sie zu sagen haben", bedränge ich ihn. „Ich halte diese Ungewissheit nicht mehr aus. Nicht zu wissen, ob Sie mir helfen werden."

Er lehnt sich gegen die Spüle. „Hilfe ist ein großes Wort." Er wählt seine Worte mit Bedacht. „Wenn ich eine Ermittlung beginne, heißt das nicht, dass ich Ihnen damit helfen kann. Das sollten Sie wissen."

„Welche Ermittlung?"

Seinem Zögern entnehme ich, dass er sich fragt, ob er Rücksicht auf meine Gefühle nehmen soll oder nicht. Schließlich nickt er unmerklich und sagt: „Das Labor. Ich hab mich erkundigt. Und bestätigt bekommen, dass es tatsächlich einen vorzüglichen Ruf genießt. Angeblich auf dem neuesten Stand der Technik. Sehr unwahrscheinlich, dass sie sich auf irgendwelche falschen Spiele einlassen oder einen Fehler gemacht haben."

„Aber möglich", entgegne ich hartnäckig. „Wenn Noah noch lebt, hätte man doch eine Blutprobe von ihm am Tatort platzieren können, um vorzutäuschen, dass er dort gestorben ist, oder?"

Shane sieht skeptisch drein. „Wer werden sehen. Wenn zu meiner Zufriedenheit bewiesen wird, dass das Labor fehlerlose Arbeit geleistet hat und Ihr Sohn bei der Explosion getötet wurde, ist die Untersuchung beendet."

„Es wird nie ein Ende geben."

„Lassen Sie mich Ihnen eine Frage stellen, Mrs. Corbin. Wenn Ihr Sohn beim Überqueren der Straße von einem Auto überfahren worden wäre, würden Sie dann seinen Großvater oder dessen Sektenanhänger verantwortlich machen? Schlimme Dinge passieren einfach manchmal, unabhängig von Reichtum oder Verbindungen."

„Das müssen Sie mir nicht sagen! Ich weiß das sehr gut. Aber wenn Noah von einem Auto angefahren worden wäre, wäre sein Körper noch da!“ Meine Stimme überschlägt sich. „Noah *ist nicht* durch diese Explosion getötet worden. Niemand glaubt mir, aber ich bin mir sicher, dass er noch lebt.“

„Okay“, sagt er leise.

„Wollen Sie wissen, wieso ich es weiß?“

Er nickt.

„Weil Jed es angekündigt hat. Monate vor dem Flugzeugabsturz sagte er, wenn er jemals ohne Erklärung verschwinden würde, stecke sein Vater dahinter. Er sei dann entführt worden.“

„Ihr verstorbener Gatte hat also gewusst, dass Ihr Sohn in Gefahr war?“, fragt Shane erstaunt.

„Nein, nein. Jed meinte, wenn er selbst verschwinden sollte. Dann hat er darüber gelacht, weil es eine so verrückte Vorstellung war, wegen seines Vaters entführt zu werden. Dass die Rulers ausgerechnet ihn haben wollten – einen Mann, der seinen eigenen Vater enterbt und alle Verbindungen zu ihm abgebrochen hatte. Was in aller Welt sollten sie von ihm wollen? Aber es war nicht verrückt, oder? Jed starb, und an seiner Stelle haben sie sich Noah geholt – Arthur Conklins einzigen lebenden Nachfahren. Sie haben es so eingefädelt, dass niemand auf die Idee kommen würde, nach ihm zu suchen. Niemand außer mir. Mir ist klar, dass das nach einer weit hergeholten Verschwörungstheorie klingt. Einen Wahnsinnigen in eine Schule zu schicken und sie zu sprengen, nur um an ein Kind zu kommen. Aber es ist passiert. Sie haben es getan.“

Oh ja, mir ist bewusst, wie sich das alles anhören muss. Das paranoide Geschwätz einer durch den Verlust ihres Sohnes verrückt gewordenen Mutter. Aber man muss anerkennen: Randall Shane hat mich nicht mit diesem Blick bedacht. Diesem Blick, den ich auf den Gesichtern so vieler Polizisten und

Ermittler gesehen habe. Der Blick, der sagt: Schnell weg von hier, lassen wir sie mit ihrem Elend allein.

Stattdessen nickt er und sagt: „Ich schau mir die Sache an, Mrs.Corbin. Was immer ich herausfinden werde, ich werde Sie nicht belügen. Gut, schlecht oder grausam, ich werde Ihnen die Wahrheit sagen. Mehr kann ich Ihnen nicht versprechen."

3. KAPITEL
Der Beweis

Wenige Minuten später fährt er in seinem schwarzen Lincoln vom Hof. Ein Riesenschiff, das langsam aus meiner langen, ungepflasterten Einfahrt gleitet und vorsichtig über die vom Frost aufgerissenen Schlaglöcher rollt. Schließlich biegt er auf die Hauptstraße ein und verschwindet in einer lang gezogenen Kurve.

Bei jedem anderen hätte ich diesen Abschied für endgültig gehalten. Aber Shane hatte mir fest in die Augen geschaut und versprochen, dass er mir seine Entscheidung – wie auch immer sie ausfallen wird – persönlich mitteilen würde.

Das war wenigstens etwas, woran ich mich klammern konnte. Er sagte, dass es ungefähr einen Tag dauern würde, um das Labor zu überprüfen. Das gab mir einen weiteren Tag, an dem ich hoffen konnte. Hoffen, dass er etwas fand, vielleicht nur einen kleinen Hinweis, dass die verrückte Mutter doch nicht so verrückt war.

Bevor er sich in sein Auto setzte, hatte er noch eine seltsame Frage gestellt. „Sind Sie sicher, dass Ihnen Ihr Mann die Wahrheit gesagt hat? Dass Arthur Conklin wirklich sein Vater ist?"

Da ich Jed kannte, platzte ich mit einem „Warum sollte er lügen?" heraus.

Der große Mann zuckte mit den Schultern. „Menschen haben ihre Gründe. Es kommt nicht selten vor, dass jemand behauptet, mit einer reichen oder berühmten Person verwandt zu sein. Vielleicht glauben sie es sogar selber. Das ist Howard Hughes passiert, James Brown, sogar JFK. Einer Menge reicher und mächtiger Leute. Ich wette, wenn man in der Geschichte weit genug zurückgeht, werden sogar die Pharaonen mit diesem Phänomen zu tun gehabt haben."

„Jed *wollte* doch gar nicht mit diesem fürchterlichen Mann

verwandt sein. Er tat alles, um sich von ihm zu lösen."

„Haben Conklin oder seine Organisation jemals Kontakt zu Ihnen aufgenommen? Irgendeiner dieser sogenannten Ruler?"

Die Kälte lässt mich frösteln. Ich schüttle den Kopf.

„Sie sollten mal darüber nachdenken", sagt er, bevor er das Fenster hochfährt.

Stunden später kann ich an nichts anderes denken.

Mitternacht verbringe ich im Speicher. Ich wühle in Schachteln und Schubladen. Nicht wie im Rausch, sondern ich gehe sehr kühl und methodisch vor. Ein rationaler, roboterartiger Teil von mir hat die Kontrolle übernommen und die Suche nach einem Beweis dafür begonnen, dass Jedediah die Abstammung von seinem Vater, den er manchmal *Monster Man* nannte, nicht erfunden hatte. Monster Man nicht deshalb, weil Jed etwa körperlich missbraucht worden wäre, sondern weil sein Vater so monströse Vorstellungen vom menschlichen Verhalten hatte.

Ich werde nicht auf aktuelle Korrespondenz stoßen oder auf seine Geburtsurkunde, da bin ich mir fast sicher. Jed hatte alles verbrannt, bevor wir nach Humble zogen. Er nannte diese Papiere seine „krankhaften Erinnerungsstücke". Schließlich bekam er einen rechtmäßigen Pass – er brauchte ihn beruflich –, aber die erforderliche Geburtsurkunde war von Conklin in Corbin geändert worden. Dieses Dokument hatte er noch an der Universität gefälscht, bevor wir uns kennenlernten. Er hatte damals schon den Bruch mit seinem kalten und dominierenden Vater und dessen ergebenen Jüngern geplant, die sich „Rulers" nannten. Wenn es stimmt, was er sagte, hatten sie jahrelang keinen Kontakt zu Jed aufgenommen. Weder sein Vater noch die Rulers. Auf keinen Fall nach Noahs Geburt. Es war also nicht so, dass wir Weihnachtskarten seines guten, alten Dad aufbewahrt hätten.

Jed wünschte sich einen sauberen Schnitt. Und dazu gehörte es, Dinge aufzugeben, die ihn mit seiner Vergangenheit verbanden. Doch alles hat er nicht vernichtet. Kurz nachdem er mir den Heiratsantrag gemacht und mir erklärt hatte, der Sohn Arthur Conklins zu sein, *jenes* Arthur Conklin, las er mir einen Brief vor, den ihm der legendäre Mann Jahre zuvor geschrieben hatte, als Jed zwölf Jahre alt war. Ein Brief, der ziemlich gut erklärte, was zwischen den beiden vorgefallen war, auch wenn der eigentliche, finale Bruch erst Jahre später eintraf, nachdem Jeds Mutter gestorben war und sein Vater wieder heiratete.

Ich bin sicher, dass der Brief damals tatsächlich existiert hat. Ich habe ihn noch deutlich vor Augen. Er war etwas zerknittert, leicht vergilbt, und steckte sorgfältig gefaltet in einem zerfledderten Briefumschlag. Lange Zeit hatte Jed ihn in seiner Brieftasche mit sich herumgetragen, als Erinnerung daran, wieso er mit seiner Vergangenheit gebrochen hatte. Soweit ich mich erinnern kann, hat er ihn mir mehr oder weniger auswendig vorgelesen. Mit dem Papier wollte er mir beweisen, wie notwendig es für ihn gewesen war, sich von seinem berühmten Vater loszusagen. In den letzten Jahren hatte er aufgehört, den Brief bei sich zu tragen. Ich weiß das, weil ich ihm zu seinem letzten Geburtstag eine Brieftasche aus Straußenleder geschenkt und zugesehen habe, wie er seine Karten und Geldscheine Stück für Stück hineinsteckte. Ich erinnere mich daran, gedacht zu haben: „Endlich hat er den Brief weggelegt. Das ist gut.“

Es sei denn, er hat ihn weggeworfen. Aber irgendwie glaube ich das nicht. Ich denke vielmehr, er hat ihn für Noah aufgehoben. Er wollte gerüstet sein für den Fall, dass sein Sohn fragte, wieso er seinen Großvater nie kennengelernt hat. Dann hätte Jed ihm den Brief zeigen können, so wie er ihn mir gezeigt hat.

Die Zeit verstreicht, es ist ein Uhr morgens. Erstaunlich,

wie viel Zeug sich auf einem Speicher ansammelt. Schachteln voller abgelaufener Schecks, Rechnungen, Kreditkartenabrechnungen, Steuerbescheide. Tonnen von altem Familienkram, von zerbrochenen Puppen bis zu den Todesanzeigen für meine Eltern. Kondolenzkarten, sauber gebündelt mit Gummibändern. Die sich, nicht gerade überraschend, in der Sommerhitze auf dem Dachboden aufgelöst haben. Das Gummi, meine ich, nicht die Karten. Und dazu jedes Bild und jedes Malbuch von Noah seit Kindergartentagen.

Stunden verbringe ich damit, Noahs Zeichnungen durchzusehen. Noch einmal erlebe ich seine Kindergartenzeit, die erste Klasse, zweite Klasse und so weiter. Bis hin zu seiner letzten, wütenden Zeichnung eines schwarzen Flugzeugs, das vom Himmel fällt. Es stürzt nicht ab – nichts stürzt in Noahs Werken jemals ab –, sondern es wirbelt herunter wie ein zorniges Blatt.

Zu guter Letzt kehre ich zu meiner eigentlichen Suche zurück. Und tatsächlich – kurz nach Morgengrauen offenbart sich das Ergebnis

Jed hatte den Brief in eines der Comics gesteckt, die er als Jugendlicher gesammelt hatte. *Batman: Der Schwarze Ritter kehrt zurück.* Hätte ich wissen müssen. Obwohl er den Brief als Erwachsener mit sich herumgetragen hatte, entstammte er seiner Kinderzeit. Deshalb hatte er ihn zusammen mit etwas anderem abgelegt, das auf den Zwölfjährigen einen gewaltigen Eindruck machte, nämlich Batman.

Ehrfürchtig halte ich diesen ramponierten, schrumpeligen, mit Fingerabdrücken übersäten Umschlag in den Händen. Auf der Vorderseite steht in energischer Handschrift Jedediahs Name und Adresse. Die Anschrift des Internats, auf das er gegen den Wunsch seiner Mutter geschickt worden war und wo er sich die ersten Monate elendig fühlte und krank vor Heimweh war. Es war so schlimm gewesen, dass er es wagte, einen Brief an seinen autoritären Vater zu richten, worin er um Erlaubnis bat, heimkommen zu dürfen. Dessen Antwort auf Jedediahs Bitte ist eben jenes Schreiben, das Jed aufbewahrte.

Jedediah – ich sage es dir ohne Umschweife: Die Antwort ist nein. Du wirst in dieser Schule bleiben. Während der Feiertage und für die Zeit der Sommerferien habe ich Anweisung gegeben, dass du entweder auf dem Campus oder, wenn das nicht möglich ist, sonst wo betreut wirst. In deinem Brief (in dem sich, nebenbei bemerkt, einige Rechtschreibfehler finden) bekennst du dich zur Liebe zu deinen Eltern, speziell zu deiner Mutter. Doch das ist lediglich reflexiv und typisch für einen noch unfertigen Geist. Als Ausdruck unseres Selbst mag der Bindungsinstinkt, den wir fälschlicherweise Liebe nennen, durchaus ein kraftvolles Werkzeug auf dem Weg zum Erfolg sein. Doch in seiner geringeren Form, als emotionale Bindung an andere, hat Liebe die Tendenz, das Eigeninteresse zu schwächen und somit das Ganze. Mittlerweile ist deine Mutter einverstanden, dich lediglich als Produkt rein biologischer Vermehrung anzuerkennen. Deshalb ‚liebt' sie dich nicht mehr als ich. Versuche nicht, vor deinem achtzehnten Geburtstag mit uns in Verbindung zu treten! Erst dann wird dein Gehirn zu seiner endgültig erwachsenen Form ausgereift und du in der Lage sein, dich zu einem vollständigen Ruler zu entwickeln. Bis zu diesem Zeitpunkt werden wir jeglichen Kontaktversuch zurückweisen. Anrufe werden nicht angenommen und Briefe ungelesen zurückgeschickt werden. In der Zwischenzeit möchte ich, dass du an deinem Schutzschild arbeitest. Bilde dein Erwachsenen-Ich heran und aus. Falls du Fragen hast, lies im Leitfaden nach. Du wirst dort alle Antworten finden. Die Regel des Einzelnen ist die einzige Regel.

Das war's. Kein *In Liebe dein Vater* oder wenigstens *Freundliche Grüße.* Doch die handschriftliche Signatur ist eindeutig: A. Conklin. Kein *Dad* oder zumindest das formellere *Vater*, denn Ausdrücke der Zuneigung und Vertrautheit wären Zeichen geistiger Schwäche.

Der Leitfaden, auf den er sich bezieht, ist sein Bestseller *The Rule of One*. Das Buch gibt Antworten auf alle Fragen. Wie gut, dass da gar kein Ego im Spiel ist, oder? Jed äußerte sich über das Buch seines Vaters fast immer nur in sarkastischer oder abfälliger Weise. *Die Bibel der Soziopathen* oder *Wie werde ich egozentrisch und rechtfertige meine Gier auf 900 schwer zu lesenden Seiten.* Witzeleien, die Jeds Schmerz übertünchen sollten. Gegrinst hat er dabei und mit den Augen gerollt. Aber tief drinnen war es seine echte Überzeugung. Er war ein spätes Kind und ein Einzelkind, erst geboren, als sein Vater sich schon zurückgezogen hatte und zur Kultfigur geworden war. Schon damals glaubte der alte Herr, dass Kinder dazu da waren, beobachtet zu werden und vielleicht, wenn sie ein interessantes Verhalten zeigten, näher studiert werden sollten. Aber nicht geliebt. Niemals geliebt. Das hatte er mehr als deutlich gemacht.

Ich falte diesen abscheulichen, unmenschlichen Brief zusammen und stecke ihn wieder in den Umschlag, bevor sich das Papier unter meinen Tränen auflöst. Sonst wäre der einzige Beweis dahin, dass Jedediah mich nicht belogen hat, als er mir schilderte, wer er war und was er durchgemacht hatte.

Es ist eine Erleichterung herauszufinden, dass ich tatsächlich noch weinen kann.

Es wäre möglich, dass Randall Shane diesen Brief nicht als Beweis anerkennt, weil Briefe gefälscht werden können, aber ich weiß, dass er echt ist, weil ich weiß, wo er Jed verletzt hat, und ebenso, wie es wieder zu heilen war.

Man kann so etwas nicht vortäuschen, nicht über zehn Jahre.

Nicht einmal für zehn Sekunden.

4. KAPITEL
Einige Tropfen Blut

Das eingebaute Navigationsgerät in Randall Shanes Auto zeigt an, dass *GenData Labs, Inc.* in einem der neuen Hightech-Industrieparks wenige Meilen westlich des *Greater Rochester International Airport* liegt. Was bedeutet, dass Shane – der gewöhnlich vier Meilen pro Stunde unterhalb der Geschwindigkeitsbegrenzung fährt, wenn er nicht verfolgt wird oder selber jemanden verfolgt – für den Weg etwas mehr als eine Stunde benötigt. Eine Stunde, während der er fast das gesamte River-Album von Herbie Hancock anhört und versucht, nicht darüber nachzudenken, wie er mit Haley Corbin umgehen soll, wenn er mit den zweifellos schlechten Nachrichten zu ihr zurückkehrt.

Nach allem, was er weiß, war ihr Junge in der Tat Arthur Conklins Enkel. Er würde das später noch genau überprüfen, wenn es notwendig werden sollte. Doch Haleys Theorie, dass er überlebt haben und entführt worden sein soll, ist so weit hergeholt, dass es seine Vorstellungskraft sprengt. Auch vermögende, einflussreiche Familien können Opfer einer zufälligen Tragödie werden. Schreckliche Ereignisse erwachsen nicht unbedingt aus großen Verschwörungen, egal wen es betrifft. Zum Beispiel hat niemand Gouverneur Rockefellers Sohn an Kannibalen in Neu Guinea verfüttert – er ist da ganz alleine hingefahren. Joe Kennedy jr., Spross des mächtigen Kennedy-Clans, riskierte – wie Tausende anderer tapferer Flugzeugführer im 2. Weltkrieg – während eines außerordentlich gefährlichen Einsatzes sein Leben – und bezahlte den Preis dafür. Auch hier war keine Verschwörung im Spiel.

Manchmal ist eine Person nur zur falschen Zeit am falschen Ort. Frühstück im *Windows on the World* des World Trade Center am verkehrten sonnigen Septembermorgen. Ein Einkaufsbummel auf dem Santa Monica Bauernmarkt, wenn ein angetrunkener älterer Autofahrer die Bremse mit dem

Gaspedal verwechselt, neun Menschen tötet und über fünfzig verwundet. Urlaub in Phuket, wenn ein Tsunami ohne Vorwarnung den Strand überrollt. Vom Auto des Nachbarn angefahren und getötet. Ein Unfall, wie er alle Tage vorkommt. Auch wenn man das Kind von Mafiaboss John Gotti ist. Und keine Spur einer Verschwörung. Pech unterscheidet nicht, ob jemand reich oder arm ist, mächtige Freunde hat oder nicht oder, wie in diesem Fall, ob das Opfer eventuell familiäre Verbindungen zu einem zurückgezogenen, charismatischen Milliardär besitzt, der bekannt dafür ist, zu bekommen, was er will, unabhängig von den Kosten oder Folgen.

Okay, in einem Punkt muss Shane Mrs. Corbin recht geben. Es ist ungewöhnlich, dass nach einer Explosion so wenige Überreste gefunden werden. Ungewöhnlich, aber keinesfalls nie da gewesen. Aus dem Stegreif fallen Shane einige Beispiele ein, darunter eine Explosionen in einer Feuerwerkfabrik in South Carolina und das Gasleck in einer Mietskaserne in Newark. Bei beiden Ereignissen wurden etliche Körper in bloße Moleküle aufgelöst. Vierzig Pfund C-4 hatten zwar nicht die Sprengkraft von zehntausend Pfund Schwarzpulver, doch sie könnten sehr wohl einen kleinen Jungen in Blut und Fetzen verwandeln, so schrecklich das auch sein mag.

Nicht, dass er Haley Corbin für eine Frau mit Wahnvorstellungen hält. Sie ist eine nette junge Frau, der das Schicksal schwer zugesetzt hat – zuerst ihr Mann, nun ihr Sohn. Kein Wunder, dass sie sich an Strohhalme und unwahrscheinliche Szenarien klammert.

Doch trotz allem: Während seiner Jahre beim FBI und vor allem auch in der Zeit danach hat Randall Shane genügend Ausnahmen erlebt um zu wissen, dass Regeln tatsächlich manchmal gebrochen werden, Verschwörungen passieren, und sogar Paranoide manchmal tatsächlich Gründe für ihre Angst haben. Also wird er GenData überprüfen und sich vergewissern, dass alles mit rechten Dingen zugegangen ist, dass Noah

Corbin tatsächlich nicht mehr lebt. Und das wäre dann auch das Ende von seinem Engagement.

Zumindest redet er sich das ein.

Die erstklassigen Sicherheitsvorkehrungen sind das Erste, was ihm auffällt, als er an dem weitläufigen, einstöckigen Gebäude ankommt. Metalldetektoren, bewaffnete Wachleute in korrekt gebügelten Uniformen. Die Besucher müssen in einer Schlange warten und einen Besucherausweis am Empfang beantragen, bevor ihnen der Zutritt zum Hauptgebäude gewährt wird. Nicht dass der Ort von Besuchern überflutet wäre – momentan stehen zwei Personen an: Ein Paketlieferant mit einem Karren voll kleiner Pakete, vermutlich Proben. Und Shane selbst, der lächelt und plaudert, als er den Sicherheitscheck durchläuft.

„Kommen alle Labormitarbeiter hier durch?", fragt er leutselig.

„Verzeihung, Sir, aber wir sprechen nicht über unsere Sicherheitsmaßnahmen."

„Ja, klar, ist ja verständlich. Ist einfach nur berufliche Neugierde. Ich nehme an, es gibt einen zweiten Eingang für die Mitarbeiter. Muss es ja geben."

„Sie können gehen, Sir. Bitte zeigen Sie den Besucherschein und Ihren Personalausweis an der Verwaltung vor. Man wird Sie dann zu Ihrem Ziel begleiten."

Die Sicherheitsmaßnahmen kommen ihm sehr streng vor, aber er nimmt an, dass das dazu gehört. So wird sichergestellt, dass die gerichtsmedizinischen Proben nicht verunreinigt oder manipuliert werden. Keine Lücke in der Verwahrungskette.

Nach einer weiteren höflichen Kontrolle des mit einem Zeitstempel versehenen Besucherausweises und seines Führerscheins wird Shane in ein helles, freundliches Büro mit Blick auf schneebedeckte Felder und nahe Wälder geleitet. Er schlendert an einer Wand entlang und begutachtet die gerahmten Diplome. Sehr beeindruckend.

Einen Augenblick später betritt eine fröhliche Frau das Büro. Sie trägt einen knielangen Plisseerock, eine einfache, elegante Bluse und einen frisch gebügelten weißen Laborkittel, der ihr hervorragend steht. Kurzes, fransig geschnittenes blondes Haar, das ihre feinen Gesichtszüge betont, und große grüne Augen, die von einer modischen Designerbrille umrahmt werden. Sie ist wohl um die vierzig, sieht aber viel jünger aus. Fehlt nur noch ein Stethoskop um den Hals und sie könnte als Gast in *Emergency Room* mitspielen – die junge Chirurgin, die eine kurze Affäre mit dem attraktiven, aber seelisch verletzten Kinderarzt hat.

„Hilly Teeger", stellt sie sich vor und hält ihm eine perfekt manikürte Hand hin. „Hilly steht für Hildegard, was erklärt, wieso ich mich lieber Hilly nenne. Sie müssen der FBI-Mann sein, der vorhin anrief."

„A. D.", verbessert er. „Außer Dienst. Ich bin jetzt Zivilist."

„Ich wette, dass jeder wissen will, ob Sie Basketball gespielt haben. Oder Football?"

„Das kommt schon vor", sagt er. „Aber die Antwort ist: Keines von beiden. Zumindest nach der High School nicht mehr."

„Würde es Ihnen etwas ausmachen, sich zu setzen, damit ich keinen steifen Nacken bekomme?"

Shane setzt sich, behält ein freundliches, einladendes Lächeln bei. Er ist sich bewusst, dass seine Größe einschüchternd wirken kann und dass das hier keine Situation ist, in der Einschüchterung hilfreich wäre. Er kann sich nicht kleiner machen, als er ist, aber er kann sich entspannt im Sessel zurücklehnen und darauf achten, dass seine Stimme den leichten Tonfall beibehält.

„Eine beeindruckende Sammlung von Diplomen die Sie da haben, Dr. Teeger", beginnt er schaut auf die Wand. „Harvard, McGill, Johns Hopkins."

Sie winkt ab und lehnt sich in ihrem Stuhl auf der anderen Schreibtischseite zurück. Der Tisch wirkt, als ob er noch nie benutzt worden wäre. „Hopkins war lediglich ein Forschungsstipendium. Da hab ich Glück gehabt."

„Also macht GenData keine halben Sachen. Sie rekrutieren ihre Laborleiter nur aus den höchsten akademischen Rängen."

„Wir geben unser Bestes", erwidert sie bescheiden. „Das hier ist nur eines von achtunddreißig Labors in den Vereinigten Staaten. Wie können wir Ihnen helfen?"

Shane kann sich des Eindrucks nicht verwehren, dass sie ihn abschätzt. Sie ist eine sehr vorsichtige Frau und, von den Urkunden zu schließen, weit überqualifiziert für ihre Position. Laut Google betreibt GenData eine Kette von Prüfanlagen, engagiert sich aber nicht selber in der Forschung. Einfach gesprochen, handelt es sich um ein äußerst rentables Hightech-Unternehmen, das Proben aller Art untersucht und auswertet. Eigenartig, dass es eine Person mit ihren Qualifikationen beschäftigt. Forschungsstipendien an der Johns Hopkins sind nicht einfach zu bekommen, und er ist sich ziemlich sicher, dass Glück bei der Auswahl der Stipendiaten keine Rolle spielt.

„Wie ich am Telefon schon erwähnte, stelle ich im Auftrag von Mrs. Haley Corbin Nachforschungen an, um herauszufinden, weshalb die Überreste ihres Sohnes …"

„Ich kenne Mrs. Corbin, Mr. Shane", unterbricht sie ihn. „Die arme Frau. Was für eine grässliche Sache."

„Dann ist Ihnen ja bekannt, dass Mrs. Corbin nicht ausschließt, dass die Untersuchungsergebnisse möglicherweise unkorrekt sein könnten. Dass sich ein Fehler eingeschlichen hat."

„Hmm", macht Hilly Teeger. Sie scheint nicht im Geringsten überrascht zu sein. „Darf ich fragen, in welcher Funktion Sie Mrs. Corbin vertreten? Sind Sie Anwalt?"

„Ich bin kein Jurist. Ich bin Special Agent des FBI im Ruhestand."

„Ah", sagt sie leichthin, als ob seine Antwort sie belustige. „Früher einmal hatten die meisten FBI-Agenten einen Jura-Abschluss."

„Das war vor meiner Zeit", erwidert Shane freundlich. „Befürchten Sie, dass Mrs. Corbin einen Rechtsstreit anstrengen könnte?"

„Es ist uns durch den Kopf gegangen. Mir ... und anderen in der Firma. Wir haben natürlich schon Prozesse geführt. GenData als Gesellschaft, nicht speziell dieses Labor hier. Und nicht nur auf der forensischen Ebene. Sagen wir so: Es gibt Menschen, denen gefällt das Ergebnis oder die Darstellung ihrer BRAC-Analyse nicht, also denken sie, ausreichend Grund für eine Klage zu haben. Haben sie zwar nicht, aber so ist das nun mal. Wir leben in Amerika."

„BRAC-Analyse?"

„Bringt ungefähr ein Drittel unseres gesamten Geschäftsvolumens. Wir bringen die DNA in eine bestimmte Reihenfolge und stellen fest, ob es genetische Anzeichen für Brust- oder Gebärmutterkrebs gibt. Eine Art Frühwarnsystem."

„Aber hier geht es nicht um Krebs, Dr. Teeger."

„Das war auch nur ein Beispiel. Die Leute prozessieren aus allen möglichen Gründen. Und es ist ihr gutes Recht. Wir möchten nur gerne wissen, ob das auch hier der Fall ist."

Shane lehnt sich zurück und denkt nach. Irgendetwas stimmt hier nicht, er weiß nur noch nicht, was. „Soweit mir bekannt ist, plant Mrs. Corbin derzeit keine Klage. Auch zukünftig nicht. Sie möchte einfach nur wissen, ob bei der Identifizierung der Überreste ihres Sohnes Fehler gemacht wurden oder nicht."

Hilly Teeger strahlt ihn an. „Das ist eine gute Nachricht – also, dass nicht über eine Klage nachgedacht wird. Sagen Sie, Mr. Shane, sind Sie Experte auf dem Gebiet genetischer Identifizierung? Ist das der Grund, weshalb Sie Mrs. Corbin in dieser Angelegenheit vertreten?"

„Nein, kein Experte", sagt Shane. „Ich *habe* allerdings in der Vergangenheit mit Laboren und DNA-Experten zusammengearbeitet. Sowohl bei der Untersuchung von Verbrechen als auch als Vorbereitung für Sachverständigenaussagen. Ich weiß also gerade genug darüber, um mich selbst in Schwierigkeiten zu bringen."

„Das bedeutet, Sie kennen sich mit den für Labore geltenden Protokollen aus?"

Er schüttelt den Kopf. „Nein, das würde ich nicht sagen. Tests und Verfahren ändern sich so schnell, dass es schwer ist, da mitzuhalten. Verzeihen Sie, Dr. Teeger, aber gab es ein Problem? Sie scheinen aus dem Stegreif sehr viel über diesen speziellen Fall zu wissen. Genug, um eine Klage zu befürchten."

Sie stößt einen tiefen Seufzer aus und wirft ihm einen gequälten Blick zu. „Ich habe persönlich mit Mrs. Corbin gesprochen. Mehrfach. Erst vergangene Woche, um genau zu sein. Ich habe ihr versichert, dass ich hundert Prozent sicher bin, dass der Blutspritzer, den wir untersucht haben, aus dem Blut des Jungen stammt, und das versichere ich auch Ihnen, Mr. Shane. Die genetischen Spuren sind identisch mit einer Probe von seiner Mandeloperation vor zwei Jahren. Absolut identisch. Wir haben sie sogar auf Anfrage gegen Mrs. Corbins DNA laufen lassen – kostenlos, übrigens. Auch hier hat sich herausgestellt, dass die Proben vom Tatort hundertprozentig von ihrem leiblichen Sohn stammen. Selbst wenn also die Vergleichsproben aus dem Krankenhaus verdorben oder verwechselt worden wären, wissen wir doch, dass die Proben vom Tatort zu ihrem Sohn gehören. Ohne jeden Zweifel."

„Also ist das Blut so etwas wie ein Elfmeter im Fußball."

„Ich bin kein Freund von Sportanalogien in Kriminalfällen. Aber ja, ein Elfmeter."

„Gilt das Gleiche für die Gewebeprobe?"

Die schöne Doktorin zögert, versteckt ihre Unsicherheit hinter einem schiefen Lächeln. „Nicht unbedingt", gibt sie zu. „Wenn die Sache jemals vor Gericht käme – und ich sehe nicht, wie das passieren sollte, da der Täter ja tot ist –, müssten wir die Gewebeprobe ausschließen."

Shane sitzt plötzlich sehr aufrecht. Die Zeit des Entspannens ist vorbei. „Wie bitte?"

„Deswegen konnten wir nicht auf Mrs. Corbins Wunsch eingehen, sowohl das Gewebe als auch das Blut erneut zu testen."

Shane nickt, er will den Anschein erwecken, dass er von der Bitte um eine Testwiederholung weiß. „Ja", sagt er. „Und warum genau noch mal? Ein erneuter Test gehört in Kriminalfällen doch eigentlich zur Routine."

„Das ist so peinlich." Hilly Teeger betrachtet die Schreibtischplatte und vermeidet Augenkontakt. „Nach dem ursprünglichen Test, der eine Übereinstimmung zeigte, wurden die Gewebeproben aus Versehen eingeäschert. Natürlich wurde der verantwortliche Techniker sofort entlassen. Für so eine offensichtliche Verletzung des Protokolls gibt es keine Entschuldigung. Zum Glück blieb die Blutprobe unversehrt und wir haben sogar zwei Re-Tests dieser Proben durchgeführt."

„Aber die Gewebeproben vom Tatort sind verbrannt worden?"

„Ja."

„Es sind also keine Gewebeproben übrig geblieben?"

„Keine einzige."

„Nur einige Tropfen Blut", stellt er fest.

Sie nickt. Ihr bedrückter Gesichtsausdruck verdunkelt ihre Schönheit. „Es tut uns sehr leid", erklärt sie. „Es ist unentschuldbar, aber Unfälle passieren."

Randall Shane tut es nicht leid. Nicht im Geringsten. Er verlässt GenData mit einer extremen Leichtigkeit in seinen Schritten. Dabei denkt er: Ich fahre zum Motel, werde eine kleine Online-Recherche betreiben, und dann Mrs. Corbin aufsuchen und ihr die Neuigkeiten berichten.

Wie gut oder schlecht diese Neuigkeiten sind, hängt davon ab, was er in den nächsten Stunden herausfindet.

5. KAPITEL
Ein unentbehrlicher Mann

In Conklin, Colorado, hat Evangeline eine morgendliche Verabredung mit dem Teufel. Für den hält sie Vash nämlich, der mit vollem Namen Bagrat Kavashi heißt. Wobei das auch nicht sein vollständiger Name ist, denn er hat auch noch diese ganzen unaussprechlichen Clan-Namen. Hinzu kommt eine ganze Reihe von Decknamen, die er benutzte, als er seinerzeit seine eigene kleine Privatmiliz in der alten Heimat führte. Aber egal, es gibt auf jeden Fall keinen Zweifel daran, dass er ein teuflisches Lächeln hat, eine Art, seinen Mund zu verziehen, bei der ihr immer ganz anders wird.

Ach was, anders. Eher scharf, wenn sie ehrlich ist. Die breiten Schultern, die schmalen Hüften, die freche Selbstsicherheit und ja, die dunkle Ahnung seiner Grausamkeit. Nicht, dass sie einer rein körperlichen Anziehung erlaubt hätte, ihre Position als Stimme des Unternehmens zu gefährden. Das würde niemals passieren. Zungen würden sich lösen, und dann müssten sie unweigerlich zum Schweigen gebracht werden, auf die eine oder andere Art. Und sie würde Vash als Sicherheitschef entfernen müssen. Nein, nein, besser nicht darüber nachdenken …

Trotzdem kann Eva nicht widerstehen, sich vorteilhaft im Licht der aufgehenden Sonne zu positionieren, als Vash ihre Suite betritt. Sie hat ihre Beine nicht ganz geschlossen, sodass er ihre feste, gut geformte Figur durch den dünnen Stoff ihres weißen Seidenmorgenmantels erahnen kann. Ein Blick in den Himmel, um sein Interesse an ihr wachzuhalten.

„Tschuldigung“, sagt er in seinem niedlichen fremdländischen Akzent, ihren Aufzug mit erhobenen Augenbrauen musternd. „Bin ich zu früh? Verzeih!“

„Du musst dich nicht entschuldigen, Vash, mein Lieber. Wir beide haben solcherlei Förmlichkeiten doch nicht nötig. Willkommen zurück.“

Sie hält ihm die schlanke Hand hin, wissend, dass er sie sanft mit zwei Fingern anheben und auf osteuropäische Art dezent küssen wird. Seine Lippen verweilen nur so lange, dass sie ihren sanften Druck spürt. Eine schwarzblaue Locke fällt graziös in seine Stirn. Hinter der berechnenden Flamme seiner dunklen Augen spürt sie sein gieriges kleines Hirn arbeiten. Chancen berechnen, Geld zählen, Status verbessern.

„Sag mir alles", haucht sie.

Wie immer nimmt er sie beim Wort. „Keine Angst. Der Täter ist tot. Keine Beweise. Polizei beendet Untersuchung in der Schule."

„Das ist mir bekannt, mein Süßer", sagt sie, ihre Ungeduld dämpfend. „Was ist mit dem Labor? Und dem Privatermittler?"

„Miss Hilly Teeger weiß, wem sie ihr täglich Brot zu verdanken hat, also kein Problem. Dieser Shane, vor dem du mich gewarnt hast, ist ein alter Kerl, im Ruhestand, er hat keine formale Macht mehr. Er wird nichts finden und sich dann ganz schnell wieder anderen Dingen zuwenden. Wenn nicht, können wir uns immer noch um ihn kümmern. Das wird ganz sicher kein Problem."

„Was ist mit der Frau?"

„Die verrückte Mutter? Das Gute ist, dass jeder denkt, sie sei wirklich verrückt. Ihr ganzes Gerede von Verschwörung hier, Verschwörung da, ich werde verfolgt und so weiter – ganz sicher ein Zeichen von Verrücktheit. Aber wenn die verrückte Mutter zum Problem wird, werden wir sie aufhalten. Vielleicht mit einem Selbstmord. Sie steckt ihren Kopf in den Ofen, oder einen Schlauch vom Auspuff ins Auto … irgendetwas in der Art. Was für eine Tragödie. Und unheimlich glaubwürdig."

„Sie sollte in der Explosion sterben, während der Suche nach ihrem Sohn." Evangeline ist gereizt.

„Ja, ja, ich weiß. Aber solche Dinge passieren eben." Er wirkt nicht im Geringsten verlegen. „Es kann nicht immer alles glatt gehen, okay? Wichtig ist nur, dass wir es wieder fixen können, wenn nötig. Ich habe die Leute am richtigen Platz, kein Problem."

Evangeline lächelt. „Das mag ich so an dir, Vash, mein Lieber. Du hast deine Leute immer überall. Und nie ein Problem."

Er lässt sein Wolfsgrinsen aufblitzen. „Es hilft, wenn einem eine große Firma gehört, oder?"

„Oh ja", sagt sie und gleitet ein Stück näher an ihn heran. „Das hilft."

6. KAPITEL
Nachweis der Zurechnungsfähigkeit

Ich schaue um zehn Uhr morgens fern, als Randall Shane endlich zurückkehrt, eine Laptoptasche in der Hand und ein dickes Grinsen im Gesicht.

Der Fernseher läuft, seit ich vom Speicher gekommen bin. Einfach ein Hintergrundgeräusch, damit ich mich nicht so einsam fühle. Ab und zu habe ich mal hingeschaut – Regis und Kelly ärgern sich über Captain Underpants –, aber die meiste Zeit ist es ein angenehmes Dröhnen, der Soundtrack zu den Bildern in meinem Kopf. Jedediah, der meinen Kopf hält, als mir bei Chili's schlecht wird – dummes Mädchen! –, auch wenn ich weiß, dass er mich niemals gehalten hat, nicht damals, aber es ist nett, es mir vorzustellen, es hilft mir mit meiner Trauer. Und Noah, wie er von seinen Schoko-Crisps aufschaut und mich nach Postleitzahlen fragt, und der schwarze Rauch, als die Bombe explodiert – immer und immer wieder die gleichen Bilder, eine Endlosschleife.

Ich habe einen schlechten Tag. Ein schlechter Tag in einem schlechten Leben. Genau so fühlt es sich an. Ich hatte gedacht, Jeds Brief zu finden würde meine Stimmung heben. Weit gefehlt.

Aber Randall Shane lächeln zu sehen kann nur Gutes bedeuten.

„Was?“, rufe ich ihm entgegen, als ich die Tür aufreiße. Meine Stimme klingt wie eine verstimmte Flöte. „Was?“

„Irgendetwas stimmt nicht“, sagt er. Er geht an mir vorbei in die Küche und legt die Laptoptasche auf den Klapptisch. „Gibt's hier einen Kaffee?“

Kurze Zeit später sitzen wir beide am Tisch und nippen am Kaffee. Irgendetwas ist anders an dieser Version von Randall Shane. Der große Mann ist viel lebhafter, seine blassblauen

Augen leuchten, und trotz seiner fast greifbaren Erregung wirkt er viel entspannter. Als ob er aufgehört hätte, den Atem anzuhalten, und nun wieder frei durchatmen kann.

Das ist der Mann, über den ich im Internet gelesen habe. Der Mann, über den sie auf den Vermissten-Blogs so geschwärmt haben. Der Dinge geschehen lässt und Kinder aufspürt, die verschwunden sind. Dies ist sein Selbst, dass er mir erst enthüllen wollte, wenn er sicher wäre, dass es einen Hoffnungsschimmer gibt.

Mir ist nach Weinen zumute, aber ich halte es tapfer zurück. Die Zeit der Stärke ist gekommen.

„Beeindruckendes Labor", beginnt er. „Sie haben gerade mal vor einem halben Jahr eröffnet, und schon schwimmen sie in Aufträgen von Polizeibehörden und privaten Ermittlern. Anscheinend ist etwas namens BRAC-Analyse derzeit der Renner. Diese Leute können eine DNA-Spur auf der Spitze einer Stecknadel finden. Die haben Richtlinien, die die alten FBI-Labore wie etwas aus Boris Karloffs Keller wirken lassen."

„Boris Karloff?"

„Ein alter Kinostar. Sie sind zu jung, um ihn zu kennen. Er hat damals Frankensteins Monster gespielt."

„Ich dachte, das war Robert de Niro?"

„Der kam später. Viel später. Wie auch immer, die Technik des Labors ist auf dem neuesten Stand und sie brüsten sich damit, dass bei ihnen absolute Transparenz herrscht. Das hat mir zumindest die Direktorin gesagt. Dr. Hilly Teeger – sie hat eine erstaunliche Menge an Diplomen in Medizin und Biologie. Ich glaube, Sie haben auch mit ihr gesprochen?"

„Ja. Drei oder vier Mal. Hat aber nicht viel gebracht. Sie war sehr höflich und versuchte so zu klingen, als interessiere sie sich für mein Problem, aber ich habe nie ein klares ‚Ja' von ihr gehört. Nur den ganzen Kram über Protokolle."

„Sensibles Thema. Sie haben nämlich gegen ihre eigenen Protokolle verstoßen, ganz zu schweigen von den örtlichen, staatlichen und bundesbehördlichen Vorgaben. Hat Dr. Teeger das nie erwähnt?"

„Nicht in dem Umfang. Sie hat nur immer wiederholt, dass die Eingangstests bestätigt waren und dass sie die Proben nicht noch einmal untersuchen könnten."

„Na klar. Weil sie alles durcheinander gebracht haben." Shane rührt einen Löffel Zucker in seine Tasse und erklärt, dass er die Extraportion Energie braucht. „Ich hab letzte Nacht nicht geschlafen. Zucker hilft da enorm."

„‚Durcheinander gebracht', sagen Sie. Was meinen Sie damit?", möchte ich wissen. „Immer und immer wieder hab ich angerufen, die Antwort war ständig dieselbe: ‚Ergebnis bestätigt'. Als ob sie nicht mehr tun könnten. Dann habe ich sie gebeten, mir die Gewebereste zukommen zu lassen, damit ich etwas habe, was ich beerdigen kann. Aber sie sagten, dem Wunsch könnten sie aus protokollarischen Gründen nicht entsprechen. Immer wieder dieses Protokoll."

„Wollten Sie das Material für die Beerdigung haben? Oder wollten Sie es anderswo testen lassen."

„Letzteres", gab ich zu. „Das ist einfach nicht Noah."

„Die Blutprobe hat eine definitive Übereinstimmung ergeben", erklärt Shane. „Sie wurde mit dem Blut von Noahs Mandel-OP verglichen. Zusätzlich konnten sie aus Ihrer Speichelprobe bestimmen, dass Sie seine Mutter sind."

„Aber Sie haben gesagt, dass etwas nicht stimmt. Was? Weshalb lächeln Sie?"

Er nickt. „Sorry. Ich bin ein bisschen durcheinander. Der Reihe nach. Die Übereinstimmung der Blutprobe ist zweifelsfrei korrekt. Als Sie jedoch auf einem weiteren Test bestanden, stellte sich heraus, dass die Gewebeproben nicht mehr aufzufinden waren. Ich habe den verantwortlichen Techniker angerufen – der, nebenbei bemerkt, inzwischen entlassen wurde –, und er schien völlig ratlos. Er hat keine vernünftige Erklärung, wie das Material aus seinem Labor verschwinden konnte, außer der

Vermutung, dass es irgendwie in die Verbrennungsanlage geleitet worden ist. Was nie und nimmer hätte passieren dürfen."

„Aber es ist passiert?"

„Absolut. Deshalb wurden Sie ständig hingehalten. Damit haben Sie ausreichend Grund für eine Klage in der Hand, und das wissen die."

„Eine Klage interessiert mich nicht. Ich möchte nur, dass sie zugeben, dass Noah nicht in der Explosion ums Leben kam."

Shane schüttelt den Kopf. „Das werden die nie tun. Sie haben die Blutproben noch einmal analysiert, und sie waren wieder übereinstimmend. Und das ist das Einzige, was das Labor interessiert: Identifizierung. Nicht der Beweis von Leben oder Tod."

„Das verstehe ich nicht." Selten habe ich mich so hilflos gefühlt. „Was ist jetzt das Gute daran? Weshalb haben Sie Ihre Meinung geändert?"

Shanes streckt seine Hand über den Tisch und berührt sanft meine verschränkten Finger. „Es ist relativ einfach, einen Tatort mit einigen Blutstropfen zu kontaminieren. Ein kleiner Ritzer im Finger, und schon hat man Blut. Aber Gewebeproben sind weitaus schwieriger zu fälschen. Wir müssen uns nicht mit den Einzelheiten beschäftigen, es ist eklig, glauben Sie mir. Aber wir haben schon Menschen erlebt, die ihren eigenen Tod vortäuschten, indem sie am Tatort ein paar Tropfen ihres Bluts verteilen. Ob Sie es glauben oder nicht, das ist sogar nach dem 11. September passiert. Ein Mann hinterließ etwas von seinem Blut in den Ruinen des World Trade Centers, und einige Tage später beantragt seine ‚verwitwete Ehefrau' die Auszahlung der Lebensversicherung. Es ging um einen sehr hohen Betrag. Fast wären sie damit durchgekommen. Aber der Typ ließ sich einige Monate später in einer Strip-Bar verhaften, was ein ziemlich sicherer Beweis dafür war, dass er noch lebte."

„Sie glauben also, dass Noah am Leben ist."

Shane schaut erschrocken und lehnt sich auf dem Stuhl zurück, der unheilvoll knarrt. „Das habe ich nicht gesagt. Noch haben wir keinen Beweis. Alles, was wir wissen, ist, dass die Gewebeproben vom Tatort zumindest nicht korrekt gelagert wurden. Was weitere Nachforschung erforderlich macht."

„Das ist alles?"

„Das ist eine ganze Menge, Mrs. Corbin. Gestern dachte ich noch, das hier führt nirgendwo hin."

„Aber Sie haben so zuversichtlich ausgesehen, als Sie zur Tür kamen! Sie haben *gelächelt*", werfe ich ihm vor. Es fühlt sich an, als wenn sein Lächeln eine Art Verrat war.

„Das war wegen der anderen Sache", sagt er.

„Welche andere Sache?", will ich wissen.

„Dazu wollte ich gerade kommen", sagt er. „Ich habe noch etwas herausgefunden. Das war der Grund, warum ich vergangene Nacht kein Auge zugemacht habe. Hat mich Stunden gekostet, mich im Netz durch all die Firmen und Rechtsinstanzen durchzuwühlen. Aber was ich schlussendlich herausgefunden habe: Die Holding, unter der GenData und diverse andere damit verknüpfte Unternehmen arbeiten, gehört einer Private Equity-Gesellschaft, die wiederum von Bevollmächtigten Arthur Conklins und seiner Organisation geführt wird. Den Rulers."

„Oh mein Gott", entfährt es mir mit einem gewaltigen Seufzer der Erleichterung, während mir gleichzeitig ein kalter Schauer über den Rücken kriecht.

„Ich habe Ihnen versprochen, Ihnen die Wahrheit zu sagen", sagt Shane beunruhigt. „Das ist definitiv eine interessante und vielleicht auch außerordentlich wichtige Entwicklung. Aber sie beweist noch lange nicht, dass Ihr Sohn am Leben ist."

„Das vielleicht nicht", sage ich zu ihm, unfähig, sein Gesicht durch meinen Tränenschleier hindurch zu erkennen. „Aber es beweist, dass ich nicht verrückt bin."

7. KAPITEL
Autofahrt mit Mr. Shane

Der neue Randall Shane – die energiegeladene Version, die von Koffein angetrieben wird – wartet, bis ich meine Tränen getrocknet und meine Gefühle wieder im Griff habe, öffnet dann seinen Laptop und fängt an, sich Notizen zu machen. Seine Finger fliegen nur so über die Tastatur. Er will alles von mir wissen, jeden Verdacht, den ich habe, alle Fakten die mich davon überzeugen, dass Noah irgendwie überlebt hat.

Doch zuallererst soll ich ihm sagen, was ich über Arthur Conklin weiß.

„Er ist ein kaltherziger Bastard", erkläre ich und halte ihm den Brief hin, den Jed über all die Jahre aufgehoben hat.

Vorsichtig entfaltet Mr. Shane die vergilbten Seiten und beginnt zu lesen. Er seufzt und schüttelt ein- oder zweimal den Kopf. Als er fertig ist, faltet er den Brief wieder sorgfältig zusammen und gibt ihn mir zurück. „Ich würde sagen, dass Ihre Einschätzung sehr generös ist. Und sie stimmt mit dem Wenigen überein, was ich über ihn erfahren habe. Egozentrischer Professor schreibt berühmtes Buch darüber, wie man durch Egoismus reich wird und folgt seinem eigenen Rat."

Ich lege den Brief zur Seite. „Das Erstaunliche ist, dass Jed ihn selbst nach alldem nicht gehasst hat. Er musste sich von ihm lösen, aber er hat ihn nie wirklich gehasst. Er sagte, dass sein Vater ja nichts dafür könnte, wer er sei, und dass ihm wesentliche humane Grundzüge fehlten. Ob Sie's glauben oder nicht, er hatte sogar Mitleid mit ihm."

„Sie sind Arthur Conklin also nie begegnet?"

Ich schüttle den Kopf. „Wir nahmen sogar an, dass er von meiner Existenz überhaupt nichts wusste. Oder von Noahs. Ich dachte, wir wären erfolgreich darin gewesen, uns ein neues Leben aufzubauen. Wir beide glaubten das."

Der große Mann nickt nachdenklich. „Okay. Ich verstehe ja, dass Ihr Mann nichts mit seinem Vater zu tun haben wollte. Aber warum glaubte er, eine neue Identität zu benötigen? Warum hörte er nicht einfach auf, an Weihnachten nach Hause zu fahren?"

„Es ging nicht nur um seinen Vater", erkläre ich. „Es waren die Leute um ihn herum. Sie behandeln dieses idiotische Buch beinahe wie die Bibel. Für sie war Jed so etwas wie der Sohn Gottes. Außer dass sie ja gar nicht an Gott glauben, weshalb das alles irgendwie gar keinen Sinn ergibt, oder? Was für Gründe sie auch immer hatten, sie waren ständig bemüht, Jed zurückzuholen. Als ob sie ihn irgendwie gebrauchen könnten. Davor hatte er Angst, deshalb änderte er seinen Namen und fing noch einmal neu an. Er sagte immer, sie würden ihn in einen Käfig stecken. In einen goldenen Käfig."

Shane wirkt ratlos. „Meinte er damit einen echten Käfig?"

Ich schüttle den Kopf. „Nein, mehr dass sie ihn im Luxus halten würden, ihm alles gäben, was er wollte, außer dass sie ihn nie wieder gehen, ihn nie wieder ihn selbst sein lassen würden."

„Und davor ist er weggelaufen. Vor Reichtum und Macht."

„Er lief nicht, er rannte. Und ich bin mit ihm gerannt."

Mr. Shane tippt weiter, schreibt sich alles auf. „Okay", sagt er und sieht hoch. „Ich werde mal schauen, ob die Sektenexperten des FBI irgendwelche hilfreichen Einblicke haben. Aber erst mal möchte ich mir einen Überblick über das verschaffen, was hier in Humble geschehen ist. Die Ereignisse, die zur Explosion geführt haben. Sie erwähnten einen Beamten der State Police, der den Verdächtigen gekannt hat?"

„Ja. Trooper Thomas Petruchio vom Notfallteam. Süßer Junge. Er ist der Neffe unserer Gemeindebibliothekarin, deshalb kenne ich ihn. Thomas ist mit Roland Penny zur Schule gegangen."

Weitere Notizen. Wieder sieht er auf. „Was ist mit dieser

Lehrerin, die Sie nicht erreichen konnten?"

„Irene Delancey, Noahs Klassenlehrerin. Er betet sie an. Ich konnte nach der Explosion kurz mit ihr sprechen. Sie erzählte mir, dass während sie alle in der Aula gefangen gehalten wurden, Noah eine Weile unter die Sitzreihen gekrochen ist. Doch sie war sich sicher, dass er sich beim Rest der Klasse aufgehalten hat, als der Qualm anfing. Zu diesem Zeitpunkt herrschte in der Sporthalle reine Panik. Der Geiselnehmer und der Qualm, und man konnte die Hand nicht vor den Augen sehen. Sie haben sich alle an den Händen gefasst, aber irgendwie ist Noah von der Gruppe getrennt worden. In der einen Sekunde war er noch da, in der nächsten war er weg. Mrs. Delancey war am Boden zerstört. Sie sagte, sie könne niemals mehr die Schule betreten, ohne an Noah zu denken. Ich denke, sie macht sich große Vorwürfe."

Er fliegt über seine Notizen. „Sie hat also gekündigt und die Stadt verlassen. Ist das richtig?"

„Ja. Als ich wieder halbwegs klar im Kopf war, wollte ich sie kontaktieren, allerdings ohne Erfolg."

Er klappt den Laptop zu. „Okay. Diverse gute Hinweise mit Potenzial. Damit können wir beginnen. Darf ich Ihnen noch eine Frage stellen?"

„Sicher."

„Wie ist es um Ihre Fahrkünste bestellt?"

Das letzte und einzige Mal, dass ich in einer Limousine gesessen habe, war auf dem Weg zum Flughafen Newark gewesen, ein kleiner Luxus zur Feier unserer Frühjahrsferien. Die Mädels und ich hatten ein wildes Wochenende in Cancun gebucht. Dachten wir zumindest. Nur dass wir nie aus Newark herauskamen, weil der Flug abgesagt worden war. Es stellte sich heraus, dass uns eine dubiose Internet-Reiseagentur unser Geld abgeknöpft hatte und gleich danach von der Bildfläche verschwunden war. Die Hinfahrt zum Airport war das reinste Kicherfest. Die Rückfahrt mit dem Bus verlief dagegen etwas kleinlaut.

Bei dem Mietwagen damals hatte ich nicht am Steuer gesessen, deshalb hatte ich keine Ahnung, wie groß diese Limousine ist im Vergleich zu, sagen wir, meinem Subaru. Der würde vermutlich in den Kofferraum des Lincoln passen. Doch groß oder nicht, auch eine Limousine hat ein Lenkrad und Pedale. Also weiß ich auch, wie man sie fährt – mehr oder weniger.

„Im Zweifelsfall einfach vom Gas gehen", warnt mich Mr. Shane.

Schon nach kurzer Fahrt stellt sich heraus, dass der Mann ein recht nervöser Beifahrer ist, ständig mit dem Fuß auf der imaginären Bremse. Ich soll es nicht persönlich nehmen, sagt er entschuldigend. Es läge nicht an mir, sondern an ihm.

„Ich fahre nie, wenn ich nicht gut geschlafen habe", erklärt er. „Denn dann passieren Unfälle."

Ich habe auch wenig und schlecht geschlafen, aber das verschweige ich. Acht Tassen starken Kaffees, und ich bin zu allem bereit. Ich habe noch niemals ein Problem gehabt mit Autofahren. Ich übernehme das Steuer gern. Deshalb sind das Auto und ich schon nach wenigen Kilometern gute Freunde.

Unser erster Halt ist am Trooper-Hauptquartier in Montour Falls, etwas südlich der Finger Lakes. Seit einer Stunde sind wir unterwegs. Die Straße windet sich durch eine reizvolle Landschaft, und als Randall Shane endlich Vertrauen hat, dass ich den Wagen nicht gegen einen Baum setzen werde, vertieft er sich in seinen Computer. Es sieht lustig aus, wie der große Mann sich über eine so kleine Maschine beugt. Er könnte die Tastatur mit einer Hand abdecken, trotzdem hat er einen sanften Anschlag und es wirkt sehr entspannt, wie er von einer Seite zur nächsten navigiert. Wenn er nur so entspannt wäre, was das Navigieren auf der Straße angeht.

„Das hab ich gesehen!", ruft er aus, ohne die Augen vom

Bildschirm zu nehmen. „War das ein Hund?"

Ein pelziger Schatten war gerade vor uns über die Straße geschossen. Ich hatte kaum den Fuß auf der Bremse, als er auch schon wieder verschwunden war. Erstaunlich, dass er es bemerkt hat. Er muss ein ungewöhnlich großes Sichtfeld haben.

„Ein Fuchs", sage ich. „Er hat es gerade noch über die Straße geschafft."

„Bringt Unglück, einen Fuchs zu überfahren."

„Kann schon sein. Aber dem Fuchs geht's gut, der jagt schon wieder Mäuse."

Mr. Shane blickt überrascht von seinem Laptop auf. „Wieso wissen Sie, was Füchse jagen? Ich dachte, Sie kommen aus New Jersey?"

„Es gibt eine Menge Füchse in New Jersey", erkläre ich ihm. „Aber Sie haben recht. In meinem früheren Leben habe ich auf so etwas nie geachtet. Hier oben muss man einfach nur aus dem Fenster schauen. Der Lockruf der Natur."

Er lächelt erfreut. „Das gefällt mir – Lockruf der Natur."

„Sie wohnen doch in Connecticut, stimmt's? Ich wette, dort gibt es auch Füchse."

„Ja. Ein paar."

„Und Rotwild."

„Eine ganze Menge Rotwild. Es hat sich zum echten Problem entwickelt."

„Frau? Kinder?"

„Wie bitte?"

„In ihrer Biographie im Netz wird keine Familie erwähnt, aber ich vermute, Sie haben Frau und Kinder."

Er wendet den Blick ab und schaut aus dem Fenster. „Das war einmal. Heute nicht mehr."

Die Art, wie er das sagt, überzeugt mich davon, dass er seine Familie nicht durch eine Scheidung verloren hat. Ihm muss Schlimmes zugestoßen sein. War das der Grund, weshalb er sich einen Namen als Experte für vermisste Kinder gemacht hat, weil er selber jemand Nahestehendes verloren hatte? Mein Instinkt rät mir, diesen Punkt nicht weiter zu berühren. Zu gegebener Zeit wird er es mir vielleicht erzählen.

Das Navi weist uns an, rechts abzubiegen, und ein paar Minuten später rollen wir in ein Dorf, kaum größer als Humble. Mr. Shane atmet tief ein und stößt ein ‚Wow' aus.

„Beeindruckend, nicht?"

Ich halte an, um ihm einen ausgiebigen Blick auf den Wasserfall zu ermöglichen. Er sprudelt vom Lake Seneca heran und fällt am Ende der Hauptstraße über fünfzig Meter tief herab.

„Ach deshalb nennen sie es Montour Falls", sagt Shane.

„Mhm." Ich nicke eifrig. „Der indianische Name ist Chequagua. Aber das Dorf ist nach Catherine Montour benannt, einem weiblichen Häuptling der Seneca."

Shane grinst mich an. „Woher wissen Sie das alles?"

„Wikipedia. Noah musste eine Arbeit über Catherine schreiben. Sie ist in dieser Gegend sehr bekannt. Unser lokaler Sitting Bull. Außerdem haben Helen und ich uns hier mit Tommy getroffen."

„Trooper Thomas Petruchio."

„Genau. Helen nennt ihn Tommy. Seine Mutter auch."

„Und wie nennen Sie ihn in der Kaserne?"

„Trooper."

„Gut zu wissen." Shane wirkt zufrieden.

Als ich auf die gerade Straße zum Trooper-Hauptquartier von Finger Lakes einbiege, räuspert sich Shane und sagt: „Wir haben nicht darüber gesprochen, aber ich halte es für besser, wenn ich Trooper Petruchio erst einmal alleine treffe."

„Kein Problem", sage ich mit einem Achselzucken.

„Männergespräch, oder?"

Mr. Shane wirft mir einen Blick zu. „Es ist eher so, dass er vielleicht das eine oder andere lieber nicht in Gegenwart der Mutter eines Opfers besprechen möchte. Besonders, wenn es sich um eine Freundin seiner Familie handelt."

„Wie ich gesagt habe – Männergespräch. Keine Sorge, Mr. Shane. Ich werde tun, was Sie sagen, und Sie werden mir sagen, was ich wissen muss, okay?"

„Genau so", sagt er. „Und nennen Sie mich bitte Shane. Ohne Mister."

8. KAPITEL
Gib mir eine Antwort, Batman

Shane liebt den Schuhcreme-Geruch in der Kaserne. Er erinnert ihn an seine Tage an der FBI-Akademie in Quantico, als er noch jung war, zum Äußersten entschlossen und getrieben von Ehrgeiz und Elan. Im Unterschied zu den meisten anderen Rekruten hatte er keine militärische Ausbildung absolviert, doch der Drill an der Akademie war mindestens genau so hart wie in einem regulären Ausbildungslager der Armee. Er mochte die endlosen Waldläufe, die Hinderniskurse, die forensischen Forschungen in den Labors, den intensiven Unterricht. Selbst die Vorbereitungen auf die Prüfungen machten ihm Spaß.

Er mochte alles, bis auf den Schießstand. Nicht weil er etwas gegen Waffen hatte – er mochte das Gefühl einer perfekt funktionierenden, gut geölten Pistole in der Hand –, sondern weil er aus irgendeinem Grund ein miserabler Schütze war und Mühe hatte, den Schlusstest zu bestehen. Was vielleicht mit dem Verlauf seiner späteren Karriere zu tun hatte, wenn er jetzt so darüber nachdachte. Er befasste sich mehr mit Software, technischen Spielereien und technischer Intelligenz, anstatt die Ledersohlen seiner Dienstschuhe auf der Straße abzuwetzen.

Seit seiner Pensionierung hat er diesen Mangel behoben. Mehr Straße, weniger Software. Und das einzige Gerät, auf das er sich heutzutage wirklich verlässt, ist sein Gehirn. Er kennt sich immer noch gut mit Computern aus, doch die einzige Festplatte, der er hundertprozentig vertraut, sitzt zwischen seinen Ohren. Und dieses Gehirn nörgelt gerade an ihm herum, stellt sein Urteilsvermögen infrage, sagt ihm, dass es außer einer Reihe verblüffender Zufälle wirklich kaum eine Hoffnung gibt, Mrs. Corbins Sohn lebend zu finden.

Also weshalb soll er Gespenstern hinterherjagen? Es wäre

doch besser, der Frau dabei zu helfen, die Realität zu akzeptieren, um sich selbst auf einen lohnenderen Fall zu konzentrieren. Die Wiedervereinigung von Müttern und ihren Kindern ist seine Aufgabe. Irgendetwas Richtiges zu tun in einer Welt, in der so viel falsch läuft. Aber eines weiß er sicher: Er hat zwar viele Fähigkeiten, aber Tote zum Leben zu erwecken gehört nicht dazu.

Trooper Thomas Petruchio hat gerade Dienst, doch nach einer kurzen Unterredung ist sein Vorgesetzter bereit, ihn für eine knappe Befragung freizustellen. Wegen der „besonderen Umstände". Womit er deutlich macht, dass nicht Shanes Verbindungen zum FBI ihm hier die Tür öffnen, sondern die nachbarschaftliche Höflichkeit gegenüber einer trauernden Mutter.

„Danke. Ich weiß das zu schätzen", bedankt sich Shane, als er den Korridor hinuntergeführt wird, der so sauber ist, dass seine Bootsschuhe bei jedem Schritt quietschen.

Trooper Petruchio überprüft gerade eine Bestandsliste seiner Einheit – Angriffswaffen, Überwachungsgeräte – und lässt Shane unverblümt wissen, dass er nicht viel Zeit hat. „Sie kennen das ja", sagt er. Sein lascher Händedruck zeugt nicht von übergroßer Begeisterung.

Der junge Trooper – Shane fällt es schwer, von ihm nicht als Kind zu denken – ist schlank und langgliedrig. Sehr kurz geschnittenes Haar, dünne rosafarbene Ohren, die von einem knochigen Schädel mit hohen Wangenknochen abstehen. Er ist nicht annähernd so groß wie Shane, doch sie haben ausreichend Gemeinsamkeiten, dass Shane sich an sich selbst in dem Alter erinnert fühlt. Dieselbe Hingabe und Leidenschaft. Und die gleiche Skepsis. Beweise mir, dass du meinen Respekt verdienst.

Shane hat eine Ahnung, woher die Einstellung des Jungen kommt, und dass er sich darauf einstellen muss, wenn er überhaupt etwas von Tommy Petruchio erfahren will.

„Hätten sie etwas dagegen, wenn ein alter Mann sich setzt?", fragt er ihn.

Der Trooper schnaubt verächtlich. „Sie sind nicht unbedingt das, was ich als ‚alten Mann' bezeichnen würde, Sir."

„Ich schon", sagt Shane, der es oft so einrichtet, dass er sitzt, sodass er seine Gesprächspartner nicht überragt. Das bringt Vorteile. „Vergessen Sie den ‚Sir'. Der macht mich wirklich alt."

„Ja? Wie geht es eigentlich Haley?", fragt er spitz. „Hält sie durch?"

„Scheint so. Sie haben sich durch die Familie kennengelernt?"

„Ja. Meine Tante Helen hat uns miteinander bekannt gemacht. Sie sind buchverrückt, alle beide."

„Ihnen ist bekannt, dass Mrs. Corbin daran glaubt, dass ihr Sohn nicht in der Explosion umgekommen ist?"

Tommy Petruchio nickt langsam, doch wohl überlegt. Offensichtlich kann er die Motive des Ex-Agenten nicht recht deuten. „Ja. Das ist mir bekannt."

„Mrs. Corbin sitzt draußen im Wagen. Ich habe sie gebeten zu warten, damit Sie frei sprechen können."

„Ich würde die Dame nie belügen. Sir."

„Nein. Aber Sie würden versuchen, ihre Gefühle zu schützen", sagt Shane. „Das würde jeder. Auf meine Gefühle brauchen Sie hingegen keine Rücksicht zu nehmen."

Tommy murmelt zustimmend. „Da haben Sie recht."

Shane nickt vor sich hin, lächelt sein sympathisches Lächeln. „Okay, Trooper, ich hab verstanden. Wirklich. Sie meinen, ich verschwende meine Zeit damit, Sachen zu untersuchen, die bereits sorgfältig untersucht worden sind?"

„Ja, das glaube ich. Neben ein paar anderen Dingen. Sir."

„Bitte nennen Sie mich Shane."

„Es gibt einen positiven DNA-Abgleich, Sir. Entschuldigung, Macht der Gewohnheit."

„Kein Problem. Vermutlich haben Sie recht damit, dass wir unsere Zeit verschwenden. Aber ich habe mich entschieden, für Mrs. Corbin zu arbeiten. Um ihr Gewissen zu beruhigen. Sie besteht darauf. Und ich befürchte, wenn ich es nicht für sie tue, gerät sie womöglich an jemanden, der mehr daran interessiert ist, ihr das Geld aus der Tasche zu ziehen als die Dinge wirklich aufzuklären. Verstehen Sie, was ich meine?“

Tommys Gesichtsausdruck ist bar jeglicher Sympathie. „Sie sind nicht an ihrem Geld interessiert? Wirklich? Das ist seltsam, Sir, habe ich doch gehört, dass sie Ihnen einen dicken Scheck ausgestellt hat.“

Shane richtet sich auf und sieht Tommy ruhig und direkt in die Augen. „Geld interessiert mich nicht, Trooper, außer in den Möglichkeiten, die es bietet, ein vermisstes Kind wiederzufinden. Ihre Quellen sind allerdings korrekt. Mrs. Corbin hat mir einen großzügigen Vorschuss angeboten. Aber ich habe abgelehnt.“

„Ach ja? Und warum?“, fragt Tommy, immer noch sehr skeptisch.

„Weil es nicht richtig wäre. Nicht, bis ich Beweise dafür habe, dass ihr Sohn noch am Leben ist. Zufrieden?“

Achselzucken. „Na ja, ich vermute mal. Wenn Sie es sagen.“

Shane öffnet seine Brieftasche und reicht Tommy eine Visitenkarte. „Überprüfen Sie mich. Ich schätze Ihre Anteilnahme. Es ist gut, wenn Mrs. Corbin jemanden hat, der nur das Beste für sie will. Aber jetzt, Thomas Petruchio, baue ich auf Ihre volle Kooperation. Bleiben Sie möglichst objektiv und vergessen Sie dabei Ihre Vorbehalte gegen meine Person.“

Tommy denkt einen Augenblick nach, zuckt wieder mit den Achseln. „Was wollen Sie wissen?“

„Mrs. Corbin hat mir berichtet, dass Sie den Täter kannten. Fangen wir damit an, welchen Eindruck Sie von ihm hatten.“

Tommy grinst, während er sich erinnert. „Roland Penny

war ein Loser. Kein sympathischer Loser, sondern ein hinterhältiger, verlogener, bösartiger Mensch. So war er in der ersten Klasse, und so war er auch, als er den armen Leo Gannett ermordet und die Schulkinder zu Tode geängstigt hat.“

„Sie kennen ihn also fast sein ganzes Leben lang?“

„Ja. Wobei in den letzten Jahren weniger. Roland ist in der zehnten Klasse abgegangen, sobald er sechzehn war. In einer kleinen Stadt wie der unseren weiß man immer, was mit den Gleichaltrigen los ist. Roland interessierte sich für Drogen. Ich interessierte mich für Football. Total verschiedene Welten. Zudem hab ich ihn sowieso nie gemocht. In der fünften Klasse wurde er der Schule verwiesen, weil er Billy Beribe gequält hat. Billy leidet am Down-Syndrom.“

„Gequält?“

„Roland hat Billy in eine dunkle Abstellkammer geschubst und seine Hände in einen Eimer mit kalten Hirschgedärmen gesteckt. Der kleine Billy ist vor Angst fast wahnsinnig geworden.

„War er bekannt für gewalttätiges Verhalten?“

„Ich vermute schon. Er gab eine Menge Beschwerden. Wann immer er Mist gebaut hat, war immer ein anderer schuld. Er selbst hat sich für wichtig gehalten, für erfolgreich, obwohl er nie etwas Vernünftiges zustande gebracht hat. Sie kennen ja diesen Typ Mensch – selbst nicht sonderlich clever, aber davon überzeugt, dass alle anderen blöd sind. So einer war Roland.“

„Immerhin war er klug genug, eine Bombe zu basteln“, bemerkt Shane.

„Die Pläne hat er wahrscheinlich aus dem Netz.“

„Würden Sie sagen, dass er ein organisierter Mensch war? Hätte er den Anschlag selbst planen können?“

Tommy zuckt mit den Schultern. „Nein. Nicht Roland. Zumindest meiner Einschätzung nach nicht. Ich denke, dass er nicht mal einen Leichenzug mit einem einzigen Fahrzeug koordiniert bekommen hätte. Aber offensichtlich habe ich mich geirrt."

Shane schreibt Tommys Kommentare in ein kleines Reporter-Notizbuch, das er für solche Gelegenheiten bei sich trägt. „Ich habe gehört, dass es Ihnen gelungen ist, eine Überwachungskamera einzuschleusen?"

Das Gesicht des jungen Troopers hellt sich auf, als sich das Gespräch technischem Gerät zuwendet. „Ja, wir hatten eine taktische Faseroptik-Kamera mit zwanzig Zentimeter Brennweite. So hatten wir einen klaren Blick auf den guten Roland, wie er herumstolzierte und seine Waffe schwang. Wissen Sie, was dieser kranke Hurensohn gemacht hat? Er hat gesungen! Aus vollem Hals! Als wenn das irgendein Karaokewettbewerb wäre. Ozzie – können Sie sich das vorstellen?"

„Ozzie?"

„Ozzie Osborne. Black Sabbath. Roland hörte Black Sabbath und hat mitgesungen. ‚Paranoid'."

„Roland war paranoid?", fragt Shane, während er mitschreibt.

Tommy kichert. „Mann, Sie sind wirklich alt. ‚Paranoid' ist ein Song. Ein berühmtes Lied, das lange vor meiner Geburt geschrieben wurde. Wie die meisten Metal-Songs."

„Entschuldigung. Ich stand mehr auf Dire Straits."

„‚Sultans of Swing'. Würg."

„Hey, ich hatte doch keine Ahnung. Meine andere Lieblingsband war Supertramp."

Trooper Tommy Petruchio lacht so sehr, dass ihm die Tränen kommen. „Oh, Mann!"

„Ist Ozzie Osborne derjenige, der Fledermäuse zum Frühstück gegessen hat?"

„Ja", sagt Tommy und wischt sich mit dem Handrücken über die Augen. „Zusammen mit seinen verdammten Cheerios."

„Also war Roland Penny ein Heavy-Metal-Fan."

„Schätze ja. Er muss die Musik auf seinem iPod gehabt haben.“

Shanes Stift kommt ins Stocken. „Sie meinen, der Täter hat bei dem Überfall einen iPod im Ohr gehabt?“

„Genau“, sagt Tommy. „Und er hatte ihn voll aufgedreht. Es war deutlich zu erkennen, dass er ihn bis zum Anschlag aufgedreht hatte. Ich hab noch gedacht, du kleines Wiesel, du wirst den Schuss nicht mal hören, wenn er kommt. Du wirst erst merken, dass wir das Gebäude stürmen, wenn du schon längst tot bist.“

„Der iPod war also so etwas wie der Soundtrack zu seinem Selbstmord?“

„Theoretisch ja. Nicht dass es irgendwen interessieren würde.“

„Ihnen ist es egal?“

„Roland ist mir scheißegal. Er ist tot. Welchen Unterschied macht es schon, welchen Song er dabei gehört hat?“

Shane schreibt weiter. „Okay, Sie konnten den Täter also sehen und hören bis – ja, bis das mit dem Rauch anfing?“

„Ja. Das war bizarr.“

„Wieso?“

„Warum bringt man eine Rauchbombe mit zur Party, wenn ein paar Minuten später eine echte Bombe hochgehen soll? Welchen Sinn hat das? Und als der Qualm aus seinem Wägelchen kam, wirkte Roland total geschockt.“

„Also hat er die Rauchbombe nicht selbst gezündet?“

Ratloses Achselzucken. „Doch, ich denke schon. Muss er wohl. Vielleicht ging sie früher los als geplant. Wie auch immer, als plötzlich der Rauch aufstieg, verloren wir den Blickkontakt zu ihm. Wir haben uns Zutritt verschafft und hatten nur ein Ziel: die Kinder aus dem Gebäude zu holen.“

„Ihr habt Roland aus den Augen verloren?“

„Mann, das war wahnsinnig dichter Rauch! Wirklich unglaublich. Man konnte die Hand nicht mehr vor Augen sehen.

Wir haben die Kinder nur erwischt, indem wir auf dem Boden herumgetastet haben."

„Gab es Anzeichen dafür, dass Roland mit einer Gasmaske oder einem anderen Rauchschutz ausgerüstet war?"

„Ich hab nichts Derartiges mitbekommen. Es ging alles so schnell."

„Also bleibt zu vermuten, dass er sich mitten in der Halle aufhielt, während Sie und die anderen Männer das Gebäude evakuiert haben?"

„Theoretisch ja."

„Wurden Schüsse abgefeuert, nachdem das Gebäude gestürmt worden war?"

Tommy verneint. „Nein. Der einzige Schuss, der abgegeben wurde, war der in Leo Gannetts Hinterkopf. Und das geschah schon, bevor wir drin waren."

„Also hat Penny auf Euer Auftauchen gar nicht reagiert?"

„Nein."

„Er hat auch nicht versucht, zu fliehen?"

„Als das C-4 detoniert ist, stand er einen Meter daneben", sagt Tommy. Er verschränkt die Arme vor der Brust. „Das hat die Untersuchung ergeben. Kleine Fetzen von Roland waren in der ganzen Halle verstreut, was unsere Vermutung über seinen Abstand zur Bombe bestätigt. Wir nehmen an, dass er die Bombe von Hand gezündet hat."

„Wie das?"

„Weil die Fernsteuerung, mit der er herumgewedelt hat, während er den Kindern erzählte, er würde sie alle in Jelly Beans verwandelt, nichts weiter war als eine stinknormale Fernbedienung für einen Sony-Fernseher."

Shane hält kurz inne. „Das hat bisher noch niemand erwähnt."

„Ich glaube nicht, dass es wichtig ist, wie er die Detonation ausgelöst hat. Wir wissen, dass er es irgendwie getan hat, denn es hat ihn und Leo in Stücke gerissen."

„Und den kleinen Noah Corbin", erinnert Shane.

„Ja. Der arme kleine Kerl."

„Und? Gibt es irgendeine Theorie wegen des Rauchs? Warum er diesen Rauch-Erzeuger mit sich rumgeschleppt hat? Was wollte er damit?"

Achselzucken. „Er war offensichtlich total verrückt."

„Ich denke", sagt Shane vorsichtig, „dass Rauch sowohl eine gute Ablenkung ist als auch eine gute Deckung bietet."

„Ja, aber wofür? Roland hat nicht versucht, zu fliehen. Er hat sich selbst in die Luft gejagt."

„Oder ein anderer hat diese Aufgabe für ihn übernommen. Indem er eine echte Fernsteuerung benutzt hat."

Tommy schüttelt den Kopf. „Diese Theorie haben wir auch für ungefähr fünf Minuten in Erwägung gezogen. Nur – es gibt nichts, was auf einen Komplizen hinweisen würde. Rein gar nichts. Nada."

„Aber der Rauch. Der Rauch irritiert mich. Er wird aus taktischen Gründen eingesetzt. Man setzt ihn ein, wenn man für Verwirrung sorgen will. Wenn die ganze verrückte Szene mit Roland nun also nur irgendwie gestellt gewesen wäre? Der Rauch verwirrt Roland. Er verwirrt praktisch alle. Also vielleicht gab es doch einen Grund für den Rauch."

„Oh, Sie meinen den Jungen. Dass jemand sich ihn in dem ganzen Durcheinander geschnappt haben könnte."

„Wäre das möglich gewesen?"

„Ich bezweifle es. Ich meine, wer sollte das getan haben? Außer uns Cops war keiner da drin. Wir, die Lehrer und die Kinder."

Ein fragender Blick von Shane. „Ich hatte gedacht, dass auch einige Feuerwehrleute geholfen haben?"

„Ja", bestätigt Tommy. „Sie haben sich auch ein paar Kinder gegriffen."

„Und Roland hat mit der Explosion freundlicherweise gewartet, bis alle außerhalb des Gebäudes und in Sicherheit waren?"

„Tja“, sagt Tommy. „Das war pures Glück.“

„Außer für Noah.“

„Außer für den Jungen.“

Shane hält inne. Beide Männer schweigen. Schließlich kratzt sich Tommy an der Nase und bricht die entstandene Stille. „Wissen Sie, was mir nicht gefällt?“

Shane wartet ab.

„Der Escalade.“

„Escalade?“, fragt Shane, nunmehr ernsthaft verwirrt.

„Eine Woche vor der Tat hat Roland Penny drei Tausender als Anzahlung auf einen neuen Cadillac Escalade hingelegt. Die Quittung haben wir im Handschuhfach seines alten Vans gefunden. Er hat den Rest nie bezahlt, hat das Fahrzeug nie abgeholt. Aber trotzdem. Ich hab Ihnen doch gesagt, Roland war ein Loser. Er war außerdem arbeitslos und ohne ernstzunehmende Ersparnisse. Woher hatte er also das Geld für diese Anzahlung?“

„Irgendwelche Theorien?“

„Die Verantwortlichen denken, dass er vielleicht mit Drogen gehandelt hat.“

„Und? Hat er?“

„Es gibt keinen Beweis. Weder ja noch nein. Und wenn er das Geld wirklich vom Dealen hatte, warum hätte er dann einen neuen Wagen anzahlen sollen, wenn er sich doch in wenigen Tagen in die Luft sprengen wollte? Gib mir eine Antwort, Batman.“

9. KAPITEL
Woraus der Mond besteht

Als ich das letzte Mal in einem Diner war, war es vermutlich ein Johnny Rockets in irgendeinem kleinen Einkaufszentrum. In anderen Worten: eine nostalgische Kopie, nicht das Original. Keine rissigen Linoleumtresen, keine abgenutzten Vinylsitzbänke, liebevoll blank poliert von Generationen üppiger Hinterteile. Kein schwerer Duft von gezuckerten Doughnuts und brutzelndem Speck. Kein Koch, der aussieht wie im letzten Stadium des Alkoholismus, traurige Augen in einem verfallenen Gesicht, während er Paprika und Zwiebeln für ein Omelette schneidet, das niemals enden wird.

Shane hat für uns ein Musterbeispiel eines echten Diners gefunden – behauptet er zumindest. Es liegt gleich nördlich der Finger Lakes. Ich bin zum ersten Mal in Auburn. Für Shane ist es ein „nettes kleines Städtchen", und ich sehe keinen Grund, ihm zu widersprechen, auch wenn Auburn nicht viel zu bieten hat. Außer dass Abner Doubleday hier mal für eine Zeit gewohnt hat – und vermutlich von Baseball träumte, schließlich gilt er als Erfinder des Spiels. Ach ja, und laut der historischen Anekdoten auf der Speisekarte fand die allererste Hinrichtung mit einem Elektrischen Stuhl hier im örtlichen Gefängnis statt. Das war 1890. Wenn man also ein Fan von Baseball oder der Todesstrafe ist, hat die Stadt doch einiges zu bieten.

Was Diner angeht, muss ich sagen, dass sie mir relativ egal sind. Wohingegen Shane offensichtlich hingerissen ist.

„Das ist ein Jerry O'Mahoney", schwärmt er. „Aus den frühen 1950ern. Da steckten sie schon mitten in ihrer Edelstahlperiode. O'Mahoney aus Elizabeth, New Jersey, war damals einer der großen Hersteller. Durch sie kamen Edelstahl-Diner in den 1940ern in Mode. Davor waren es Fassdeckel."

„Was immer Sie sagen ..."

Shane wartet auf sein Stück Kuchen mit einem Glas Milch. Ich selbst habe keinen Hunger.

„Die Fassdeckel waren der Originalstil. Zuerst gab es eine Art Pferdekarren mit oben abgerundeten, erhöhten Dächern für mehr Kopffreiheit. Dann haben die Lunchkarren vermutlich immer öfter an einem Platz gestanden. Man hat ein festeres Fundament unter den Karren gemacht, einen Seitenflügel für mehr Platz angebaut. Und voilà, das American Diner war geboren. Man meint oft, es sei alles schon immer glänzend und aus Edelstahl gewesen. Doch die frühen Versionen sahen eher aus wie einfache Güterwagen mit abgerundetem Dach."

„Das ist also Ihr Hobby?", frage ich. „Nicht Bowling oder Angeln oder Golf?"

„Es ist einfach ein Thema, das mich interessiert", antwortet er mit einem schmalen Lächeln.

„Entschuldigung."

„Nein, nein, Sie haben ja recht. Wer interessiert sich schon für Diner? Langweilig."

„Jetzt sind Sie beleidigt."

Er gluckst leise, schüttelt den Kopf. „Ach was. Absolut nicht. Ich quatsche hier rum, während Sie doch einfach nur wissen wollen, was als Nächstes passiert. Wohin die Reise geht."

„Diese Anzahlung für das neue Auto", beginne ich eifrig. „Das ist doch wie ein Beweis, oder? Ein Unbekannter hat Roland Penny für das, was er getan hat, bezahlt."

Kuchen und Milch werden serviert. Eine attraktive Bedienung in adretter Uniform setzt das Tablett ab und mustert Shane mit hungrigen Augen.

„Kann ich Ihnen sonst noch etwas bringen?", fragt sie unschuldig, wobei sie sich vorbeugt, um ihm einen tiefen Einblick in ihr Dekolletee zu gewähren, so er denn einen Blick riskieren möchte.

„Nein, ich bin versorgt", sagt er abwesend.

Als sie mit wiegendem Schritt davongeht, flüstere ich ihm

zu: „Sie möchte Ihnen am liebsten an die Wäsche gehen."

Shane verzieht das Gesicht, denkt, ich mache Scherze. Völlig ahnungslos, der Gute. Er sticht in den Kuchen. Er ist ein ordentlicher, methodischer Esser, verschlingt den Kuchen in vier Bissen. Wischt sich die Hand mit einer Serviette ab, trinkt dann mit einem Zug das halbe Glas Milch. „Tut mir leid", sagt er und setzt das Glas ab. Aus irgendeinem Grund wirkt er schuldbewusst.

„Der Beweis", erinnere ich ihn. „Jemand muss Roland Geld gegeben haben, und er hat noch mehr erwartet. Genügend, um sich diesen Escalade zu kaufen." Ich mache eine kurze Pause. „Und da wäre noch der Rauch. Für den hat es noch keine schlüssige Erklärung gegeben. Außer sie haben ihn als Deckung gebraucht, um sich Noah zu schnappen."

„Sie?" Er betupft seine Lippen mit der Serviette, stellt sicher, dass keine Krümel in seinem Bart hängen bleiben. „Sie sind zu voreilig, Mrs. Corbin. Wenn man bedenkt, was wir über den Täter wissen, ist diese Anzahlung natürlich interessant. Sie beweist jedoch nur, dass Roland auf irgendeine Weise zu etwas Geld gekommen ist, nicht, wer es ihm gegeben hat. Vielleicht irrt Tommy sich und er hat tatsächlich gedealt. Vielleicht ist aber auch einfach nur ein reicher Onkel gestorben."

„Und vielleicht besteht der Mond aus Zitronensahnecreme."

Shane lächelt. „Sind Sie sicher, dass Sie nicht doch ein kleines Stück wollen?"

„Sie wollen mir nur keine falschen Hoffnungen machen, stimmt's?"

Shane blickt mich mit seinen blassblauen Augen an, die schon sehr viel Trauriges gesehen haben. „Stimmt genau. Tommy, unser Trooper, ist sowieso davon überzeugt, dass ich nur auf Ihr Geld aus bin. Da wird er nicht der Einzige sein. Und sie alle haben auch Grund, besorgt zu sein."

„Aber Sie haben den Scheck doch gar nicht angenommen."

„Andere hätten. Es gibt genügend Privatermittler, die darauf spezialisiert sind, Väter und Mütter wie Sie auszunehmen. Sie tauchen mit verführerischen kleinen Hinweisen auf, einem neuen Blickwinkel, überreden die verzweifelten Eltern, ihr Haus zu verkaufen und ihre Konten zu leeren. Und wenn kein Geld mehr da ist, verschwinden sie einfach wieder."

„Sie würden so etwas nicht tun", sage ich.

„Nein."

Nur ein Wort, ein einziges Wort, doch ich glaube ihm. Einfach weil mein Instinkt und mein Bauch mir es sagen. Aus demselben Grund, der mich glauben lässt, dass mein Sohn noch lebt.

„Also? Wie geht's weiter? Was tun wir als Nächstes?"

Shane klappt den Laptop auf. Scrollt über ein paar Seiten hinweg. Es gibt hier kein Netz, also durchforscht er seine eigenen Dateien. „Die Polizeistation von Humble", liest er vor. „Wir dienen Ihrer Gemeinde mit Kompetenz, Mut und Integrität. Kein schlechtes Motto."

„Sie waren wirklich sehr nett. Die eigentliche Ermittlung wurde zwar von der State Police geführt, aber unsere lokalen Polizisten sind gute Jungs, auch wenn sie nicht viel darüber wissen, was wirklich passiert ist."

„Ich wette, sie wissen einiges über Roland", sagt Shane.

10. KAPITEL
Folge dem Geld

An dem Tag, als Noahs Schule in die Luft flog, habe ich tatsächlich für eine Weile den Verstand verloren. Mein Gehirn wirbelte herum wie ein verrückt gewordener Kreisel, und ich musste mitmachen oder ich wäre völlig außer Kontrolle geraten. Hauptsächlich sehe ich mich rennen. Kreise auf dem Parkplatz drehen. Ich wollte schreien, brachte aber keinen Ton heraus. Ich hetzte an den völlig verstörten Feuerwehrleuten und den Cops vorbei und fand schließlich einen Weg in das zerstörte Gebäude hinein. Die Luft war natürlich rauchgeschwängert, und alle Lichter waren zerstört, aber ein Sonnenstrahl schlüpfte durch die Öffnung, die eine eingestürzte Wand hinterließ. Zuerst dachte ich, die Luft sei voller Schmetterlinge, ein Wunder aus Licht und Güte, das mich durch die Trümmer zu Noah führen würde. Doch es waren Millionen kleiner Papierschnitzel, die in dieser unheimlichen Totenstille, die der Detonation folgte, herabschwebten. Hausaufgaben, Stundenpläne. Der Geruch war fürchterlich, aber gleichzeitig auch seltsam berauschend, wie ein Hauch Ammoniak, wenn man in Ohnmacht gefallen war. Für einen kurzen Moment brachte er das Karussell in meinem Kopf zum Stehen.

Ich muss nach Noah gerufen haben, doch daran erinnere ich mich nicht mehr. Woran ich mich aber erinnere, ist das weite Geviert, in dem die Bombe detoniert war. Wie eine gigantische Kopie des Flecks, der entsteht, wenn Jungen Feuerwerkskörper auf dem Gehsteig zünden. Ich erinnere mich daran, in die zersplitterten Sitzreihen hinein- und durch verbogene Stahlskelette hindurchgekrochen zu sein, immer Ausschau haltend nach meinem kleinen Jungen. Als ob die Macht meiner mütterlichen Blicke ihn herbeizaubern könnte.

Es war so einsam da drinnen in den Trümmern. So einsam,

dass das Atmen schmerzte. Aber wegrennen konnte ich nicht, nicht ohne Noah. Irgendwann bekam ich mit, dass Menschen nach mir riefen. Sie wollten mich zum Umkehren bewegen. Ich stieß die Hände zurück, die mich festhalten wollten. Wussten sie nicht, dass ich bleiben musste? Nur durch mein Bleiben würde mein Sohn zu mir zurückfinden.

Der Mann, der mich schließlich überredete, das Gebäude zu verlassen, war Troy Harden, einer der örtlichen Polizisten. Und er war auch derjenige, der mich in eine Decke hüllte, bis die Sanitäter sich um mich kümmern konnten. Was mich nachgeben ließ – ich umklammerte gerade einen Stahlträger mit beiden Händen und weigerte mich, loszulassen –, war sein Versprechen, dass sie Noah für mich finden würden. Dass sie es nicht geschafft haben, ihr Versprechen zu halten, ist möglicherweise der Grund dafür, dass er jetzt so nachsichtig mit mir umgeht, wenn ich mit immer neuen Theorien über den Unglückstag in sein Büro gestürmt komme.

Troy war es auch, der als Erster den Vorschlag machte, es doch einmal mit einem privaten Ermittler zu versuchen. Also scheint es logisch, dass er mehr als gewillt ist, mit Randall Shane zusammen zu arbeiten.

„Hallo, wie geht's." Er begrüßt den großen Mann mit einem formellen Händedruck und führt uns beide in sein enges, fensterloses Büro, das früher Leo Gannett gehörte. Troy hat inzwischen die Aufgabe des Chiefs übernommen und jeder erwartet, dass seine offizielle Ernennung nicht mehr lange auf sich warten lässt.

„Ganz gut", sagt Shane. „Mrs. Corbin hat mir berichtet, dass Sie ihr sehr zur Seite gestanden und ihr eine Menge Zeit gewidmet haben."

„Das ist doch das Wenigste, was man tun kann", erwidert Troy. Verglichen mit dem verstorbenen Leo Gannett, der von imponierender Gestalt war, ist er fast zierlich, keine Handbreit größer als ich. Seine geringe Größe scheint ihm jedoch keine Schwierigkeiten bereitet zu haben. Vielleicht weil er ein kleiner Adonis ist und sich über weiblichen Zuspruch nie beklagen konnte. Eine bisschen wie Kurt Russell in dem Film *Die Klapperschlange,* nur ohne Augenklappe. Helen nennt ihn liebvoll „Troy, den hübschen Boy".

Shane überreicht ihm seine Visitenkarte. „Meine Qualifikationen stehen allein zur Information darauf. Wir wissen beide, dass ein pensionierter FBI-Agent keine besonderen Privilegien genießt. Ich bin auch kein lizenzierter Privatermittler. Ich berate Mrs. Corbin lediglich in der Vermisstensache ihres Sohnes Noah."

Troy grinst, was ihn wie einen Fünfzehnjährigen aussehen lässt. „Mann, Sie sind eine Berühmtheit. Auf jeden Fall im Internet. Als Haley zum ersten Mal von Ihnen gesprochen hat, hab ich Sie gleich bei Google gesucht."

„Nehmen Sie nicht alles für bare Münze, was im Netz steht."

„Sie wollen also sagen, dass Sie gar nicht übers Wasser laufen können?"

Shane lächelt. „Haben Sie jemals den Roadrunner gesehen, wenn er versucht, übers Wasser zu laufen? Das bin ich."

„Na, na", sagt Troy und winkt beschwichtigend. „Ich wette, Sie könnten es, wenn es sein müsste. Ich hab von der Geschichte in den Everglades gelesen, als Sie das Mädchen in den Sümpfen gefunden haben. Alle hatten schon aufgegeben, nur Sie nicht."

„Ihre Mutter allerdings auch nicht", sagt Shane und wirft mir einen bedeutungsvollen Blick zu. „Sie hat nie aufgegeben."

„Wie dem auch sei. Ich bin sehr froh, dass Sie sich um Haleys Fall kümmern. Der berühmte neue Besen."

„Danke. Aber bisher sind das alles nur vorbereitende Untersuchungen. Ich halte es nicht für ausgeschlossen, dass Noah Corbin noch am Leben ist, aber bisher bin ich noch zu keinem endgültigen Schluss gekommen."

„Ich verstehe." Troy wirft mit einen Blick zu. Er will wissen, wie ich auf das Gesagte reagiere. Was verständlich ist, denn er hat mich erlebt, als es mir hundsmiserabel ging.

Beide Männer scheinen besorgt, dass ich ausflippe, wenn sie das Falsche sagen. Was sie anscheinend nicht verstehen: Wenn man schon einmal dem Schlimmsten gegenüberstand, wenn man mit dem Undenkbaren konfrontiert wurde, wird die Situation nicht dadurch verschlimmert, dass man darüber redet. Falls ich die Nerven verlieren sollte – was immer noch gut möglich ist –, wird es aus persönlichen Gründen sein und zu einer Zeit, die ich mir selbst aussuche, und nicht weil jemand laut ausspricht, dass Noah tot sein könnte. Mit dieser Möglichkeit lebe ich ständig, Tag und Nacht.

„Ich hoffe, Sie werden mir alles sagen, was Ihnen über den Täter bekannt ist", sagt Shane und lehnt sich vor. „Seine Vita, Gewohnheiten, Gerüchte, alles. Ihre ganz persönliche Einschätzung."

„Nichts leichter als das. Er war eine Ratte."

„Mrs. Corbin sagt, dass ihn eine lange Geschichte mit dieser Polizeibehörde verband?"

„Hauptsächlich mit Leo, ja", sagt Troy. „Ich bin nicht von hier, also kannte ich Roland nicht als Kind oder als er die ersten Male mit dem Gesetz in Konflikt geriet. Aber Leo hat immer gesagt, dass es sich bei ihm um einen bedauernswerten Fall handele. Mutter hängt an der Nadel – Verzeihung, ist eine Methamphetamin-Abhängige –, Vater ist im Knast. Aber um ehrlich zu sein, habe ich den traurigen Teil von Roland nie gesehen. Ich sah nur einen niederträchtigen, egozentrischen Widerling, der sich aus einem nicht ersichtlichen Grund eingebildet hat, wie eine Berühmtheit behandelt werden zu müssen. In seiner Vorstellung war er etwas Besonderes, warum auch immer."

„Er wurde oft aufgegriffen?"

„Ja. Zweimal angeklagt, einmal verurteilt wegen Besitzes

von weniger als einem Gramm. Meth, genau wie seine Eltern."

„Gefängnis?"

„Nein. Ein Klaps auf die Finger. Und eine Bewährungsstrafe, glaube ich."

„War er ein Dealer?"

Troy schneidet eine Grimasse. „Vielleicht in seinen Träumen. Ganz wie sein Dad. Aber nein, wir haben nie Anzeichen für Rauschgifthandel gefunden. Leo hat hie und da seinen Wohnwagen gefilzt, aber es gab kein Kommen und Gehen, wie bei Dealern üblich. Niemand hat dem Typen ausreichend getraut, um sich in seine Nähe zu wagen."

„Hat er selbst gekocht?"

„Roland? Sie meinen, ob er Meth selbst hergestellt hat? Auf gar keinen Fall. Er hatte weder die Mittel noch die Fähigkeit dazu."

„Aber er hatte die Mittel, eine nicht unbedeutende Menge C-4 aufzutreiben, um damit eine Bombe herzustellen?"

Troy seufzt und betrachtet die Bürodecke. „Ich weiß, ich weiß. Das passt nicht. Roland, der wie ein Blöder um sich schießt, der Leo abknallt, das kann ich mir noch vorstellen. Hab's zwar nicht vorhergesehen, aber es würde zu ihm passen. Aber die Bombe und der Rauch-Erzeuger ... die bereiten mir echt Kopfschmerzen, Mr. Shane. Deshalb fand ich es auch eine gute Idee, jemanden wie Sie zu engagieren, um sich die ganze Sache einmal anzuschauen. Wie ich schon sagte, der neue Besen."

„Haben die Ermittler Ihrer Meinung nach gute Arbeit geleistet?"

„Die von der State Police? Oh ja, echte Profis. Kleine Dienststellen wie die unsere besitzen einfach nicht die Möglichkeiten – und auch nicht die Erfahrung –, um bei Kapitalverbrechen zu ermitteln. Das liegt ganz klar in der Verantwortung der Staatspolizei. Ich will mich auch überhaupt nicht über das Ergebnis beschweren, sie haben wirklich alles getan. Aber als dann der positive DNA-Abgleich kam, war der Fall für sie abgeschlossen. Wer hat sich da noch für Roland Pennys Motiv interessiert? Er hat's getan, und er hat alleine gehandelt, so lautete ihre Schlussfolgerung."

„Ihre nicht?"

Troy schaut mich kurz an, bevor er antwortet. „Ich bin noch nicht zu einem endgültigen Fazit gelangt", sagt er unschlüssig. „Vielleicht ist Noah in der Explosion ums Leben gekommen, vielleicht auch nicht. Ich lass mir diese Möglichkeit noch offen. Aber ganz sicher stimmt etwas nicht daran, dass Roland Penny der große Meisterbombenbauer gewesen sein soll."

„Glauben Sie, dass er einen Komplizen hatte?"

„Wäre möglich. Ja."

„Irgendwelche Kandidaten?"

„Es gibt keine Hinweise auf mögliche Mittäter. Und mir fällt auch keiner ein, obwohl ich lange darüber nachgedacht habe, das können Sie mir glauben."

Shane hält inne und überfliegt seine Notizen. In die entstandene Leere hinein versucht Troy, mich mit einem Lächeln aufzumuntern. Er war so nett, so kooperativ, dass ich es ihm nicht verübeln kann, zu glauben, mein Sohn sei tot. Er sagt zwar, dass er sich alle Möglichkeiten offen hält, aber ich erkenne es trotzdem. Eine Mutter weiß so etwas.

„Haben Sie irgendeine Idee, woher Roland drei Tausender für die Anzahlung auf ein Auto hatte?"

Troy setzt sich gerader hin. Dieser Punkt scheint ihn besonders zu interessieren. „Er war kein Dealer, darauf würde ich alles wetten. Und selbst wenn er gedealt hat, was ich stark bezweifle, wäre er nur ein kleiner Fisch gewesen. Ein paar Hunderter hie und da, höchstens fünfhundert. Der Kerl lebte von der Hand in den Mund. Keine Chance für ihn, an drei Riesen zu kommen, ganz zu schweigen von der Restzahlung über fünfzig- oder sechzigtausend."

„Also haben Sie das überprüft?“

Achselzucken. „Ich war einfach neugierig. Bin dem Weg des Geldes gefolgt, wie man so schön sagt.“

„Obwohl die State Police die Untersuchung leitete? Und zu ihrem eigenen Resultat gekommen war?“

„Tja, es ist immerhin während meiner Schicht passiert, richtig? Auch wenn die Staaties den Fall übernommen hatten, hatte ich auch ein eigenes Interesse an der Aufklärung. Also bin ich zu dem Händler gefahren und hab mich ein wenig umgehört. Seltsamerweise konnte der Verkäufer, der die Anzahlung entgegengenommen hat, Roland nicht identifizieren.“

„Schlechtes Gedächtnis? Zu viele Kunden? Das überrascht mich nicht.“

„Nein, er konnte nur Roland nicht identifizieren. Aber er konnte sich noch sehr gut an den Typen erinnern, der ihm *tatsächlich* die Anzahlung für dieses spezielle Fahrzeug gegeben hat. Der Wagen stand monatelang wie Blei im Laden, weil er einen so hohen Verbrauch hat. Der Verkäufer erinnert sich nicht an Roland, aber an einen Typen mit dunklem Schnauzbart und fremdländischem Akzent.“

„Aha?“ Shane wurde plötzlich sehr munter. „Hat er gesagt, welcher Akzent?“

„Da war er unsicher. Vielleicht russisch, vielleicht griechisch. Könnte auch polnisch gewesen sein. Er konnte es nicht genau sagen.“

„Er erinnert sich an einen Schnurrbart und einen fremdländischen Akzent.“

„Richtig. Deshalb hilft uns das auch nicht wirklich weiter. Alles, was er sicher weiß, ist, dass es nicht Roland Penny war. Ein so schmuddeliger und schleimiger Kerl hätte bestimmt einen bleibenden Eindruck hinterlassen. Er sagte, dass der Mann mit dem Akzent sehr gut ausgesehen hat, wie ein Filmstar oder so. Und Roland würde bestimmt nicht als Filmstar durchgehen, glauben Sie mir."

Shane macht sich weiter Notizen in seiner leserlichen Handschrift.

„Ich gehe davon aus, dass die State Police sein Zuhause durchsucht hat?"

„Diese Müllkippe von einem Trailer?", spottet Troy und rümpft die Nase vor Ekel. „Ja, sie haben das Ding förmlich auseinandergenommen, nach weiterem Sprengstoff gesucht. Er war sauber. Keine Spur von C-4 oder Zündern oder irgendwelchen Bausätzen. Sie haben sogar alles mit einem chemischen Spürgerät abgesucht. Alles was sie gefunden haben, war der Gestank von Rolands dreckigen Socken. Wo immer er die Bombe zusammengebastelt hat, sagten die Ermittler, dort war es nicht."

„War etwas auf seinem Computer?"

„Sie meinen, ob er eine Anleitung heruntergeladen hat, die ihm zeigt, wie er alles korrekt verkabeln muss? Vielleicht, allerdings nicht auf seinem Computer zu Hause, weil er da gar keinen hatte. Keine Ahnung, vielleicht hat er den PC einer Bibliothek benutzt oder er war in einem Internet-Café in Penfield oder Rochester oder sonst wo. Das weiß keiner, und inzwischen interessiert es auch niemanden mehr. Also niemanden außer uns", fügt er an und schaut mir in die Augen.

„Also gab es keinen Computer in Rolands Trailer?"

„Nein. Auch kein Telefon. Er besaß ein Handy, aber kein Festnetz. Kein Kabel, kein Satellit. Also auch keine Internetverbindung. Und ich bezweifle, dass er an einem anderen Ort einen Laptop versteckt hat."

„Warum?", fragt Shane erstaunt.

„Roland war einfach kein Typ für einen Laptop. Er war es einfach nicht."

Als wir aufstehen, um zu gehen, wartet Troy, bis Shane zur Tür hinaus ist, und nickt mir mit erhobenem Daumen ermunternd zu. Er denkt, ich habe die richtige Wahl mit Mr. Shane getroffen. Im Gegensatz zu Tommy Petruchio, der schon beim bloßen Nennen der Bezeichnung „externer Ermittler“ das Gesicht verzieht.

Einer von zweien. Keine schlechte Quote.

11. KAPITEL
Die Tür schwingt auf

Bisher habe ich lediglich gegen Verkehrsregeln verstoßen. Geschwindigkeitsübertretungen und ein paar Tickets wegen Falschparkens. Ich habe noch nicht einmal irgendeine Kleinigkeit geklaut, als das damals in meiner Clique „in“ war. Das hatte nichts mit moralischen Bedenken zu tun, sondern vielmehr mit der Angst davor, erwischt und öffentlich gedemütigt zu werden.

Deshalb bin ich über mich selbst erstaunt, als Shane mit dem Vorschlag kommt, etwas Ungesetzliches zu unternehmen. Ohne zu zögern, willige ich ein.

„Okay, aber ich will Sie nicht in der Nähe haben“, schränkt Shane ein. „Selbst wenn Sie das eigentliche Anwesen nicht betreten, würden Sie sich der Beihilfe schuldig machen.“

„Weil ich einen Blick auf diesen schäbigen alten Trailer werfe? Sie sagten doch, dass er nicht einmal ein anständiges Schloss hat. Also handelt es sich nicht um Einbrechen, sondern um Eintreten. Wir treten ein, das ist alles.“

„Einen privaten Wohnsitz ohne Einladung zu betreten ist mindestens schon mal Hausfriedensbruch“, belehrt mich Shane.

„Ist Hausfriedensbruch ein schweres Verbrechen?“

„Kommt auf die Umstände an. Es wird als schwerwiegend gewertet, wenn die Absicht besteht, etwas zu klauen.“

„Werden wir etwas klauen?“

„Kommt darauf an, was wir finden.“

„Gut“, sage ich mutig. „Packen wir’s an.“

„Wirklich, Mrs. Corbin, es ist besser, wenn Sie das mir überlassen. Sie können dann die Kaution beschaffen, wenn’s schiefgeht.“

Das mit der Kaution klingt so routiniert, dass ich ihn frage: „Hat man Sie schon jemals verhaftet?“

„Ich bin noch nie angeklagt oder verurteilt worden", erwidert er würdevoll.

„Also *waren* Sie schon mal im Gefängnis."

Er hebt die Schultern. „Sagen wir lieber ‚in Gewahrsam genommen'. Berufsrisiko. Bei der Suche nach vermissten Kindern übertritt man manchmal die legalen Grenzen. Das gehört dazu."

Schließlich einigen wir uns darauf, dass ich ihn hinbringe, wieder wegfahre und er mich anruft, wenn ich ihn abholen soll. Was so lange vernünftig klingt, bis ich den Wagen in die holprige, ungepflasterte Einfahrt lenke und einen flüchtigen Blick auf Roland Pennys abgerissenen alten Trailer erhasche, der matt im Licht der untergehenden Sonne schimmert.

Ich kann nicht widerstehen. Hastig bringe ich den Wagen zum Stehen, greife nach der Handtasche, steige aus. „Vergessen Sie das Ganze!", rufe ich einem völlig verschreckten Shane zu. „Wenn sie die trauernde Mutter verhaften wollen, weil sie das Rattenloch des Mannes untersucht, der die Schule ihres Sohnes in die Luft gejagt hat, sollen sie doch!"

„Mrs. Corbin, seien Sie doch vernünftig. Ich denke, es wäre besser ..."

„Kommen Sie nun?", rufe ich und kämpfe mich durch knöcheltiefen Schnee.

„Na gut", sagt Shane. Er hat Mühe, mir zu folgen. „Wann hat es denn geschneit? Vergangene Nacht?"

„Heute am frühen Morgen."

„Keine Fußspuren", stellt er fest. „Also hat sich in den letzten Stunden niemand hier herumgetrieben."

Der Stein, unter dem diese Ratte sich verkrochen hat, ist nicht unbedingt das neueste Modell. Es ist ein zerfallener alter Bauwagen, der vor langer Zeit hier zurückgelassen wurde. Er sitzt auf einem kleinen Stück Land, das ursprünglich eine Kiesgrube war. Irgendwann später ist eine Hochspannungsleitung dazu gekommen, sonst nichts. Nach Troys Worten zahlte Roland hundert Dollar monatlich an einen abwesenden Eigentümer, und so wie es aussieht, war selbst das kein echtes Schnäppchen. Eine Seitenwand aus Aluminium war wohl eingetreten worden und gab nun den Blick frei auf ein Stück dreckige, durchgeweichte Isolierung und einige Wasserrohre aus Kunststoff, die bestimmt inzwischen eingefroren sind. Es gibt nur ein einziges schmales Fenster, dessen zersprungenes Glas von Klebebandstreifen zusammengehalten wird. Die Tür hängt an losen Scharnieren und wird von einem Ziegelstein zugehalten.

Das alles war bereits von der Straße aus zu sehen. Aus der Nähe betrachtet, wirkt das Ganze allerdings noch heruntergekommener. Shane entfernt den Ziegelstein. Die Tür schwingt mit einem lauten Krächzen auf.

„Nach Ihnen", sage ich mit nachlassender Überzeugung. „Achten Sie auf Ihren Kopf."

Mit dem Sonnenuntergang sinkt die Außentemperatur rapide. Der alte Trailer ist wie eine Kühlbox, und aufgrund der geringen Deckenhöhe muss Shane in gebeugter Haltung nach der Taschenlampe suchen. Ich bin nicht erstaunt, dass der Strom abgestellt ist. Keine Heizung, kein Licht, und wir waten durch ein Meer von Flaschen, Büchsen und Müll, den Roland hinterlassen hat. Ich bezweifle, dass die Durchsuchung durch die State Police die Sache noch schlimmer gemacht hat. Hier herrscht seit langem schon Chaos, und der kalte Gestank von Fäulnis und Moder ist allgegenwärtig.

So also hat dieses Ungeheuer gelebt. Damit ist er aufgewachsen. Zum ersten Mal verspüre ich einen leisen Anflug von Mitgefühl. Einen *sehr* leisen. In solch jämmerlichen, unwürdigen Umständen wie diesen zu leben muss schrecklich sein. Doch ist das ein Grund, seinen Frust an unschuldigen Kindern auszulassen?

Abgesehen davon, dass der Trailer wirklich eklig ist – zu behaupten, der Mann hätte wie ein Tier gelebt, wäre für die meisten Tiere eine Beleidigung –, ist es in dem kleinen Raum mit der nicht funktionierenden Toilette einfach gruselig. Man kann den Bewohner regelrecht spüren und man kann verstehen, wieso er Gewalt als willkommene Alternative zu dieser unerträglichen Wirklichkeit gesehen hat.

„Wonach suchen wir eigentlich?“, frage ich mit zittriger Stimme.

„Das werde ich wissen, wenn ich es finde“, meint Shane. „Vielleicht.“

„Sie haben solche Orte sicher schon öfter gesehen.“

„Ob Sie's glauben oder nicht, ich hab schon Schlimmeres gesehen.“

Der Strahl der Taschenlampe huscht über den Dreck zu unseren Füßen. Alles scheint im Lauf der Zeit auf dem Boden gelandet zu sein, vielleicht als Ergebnis der Durchsuchung durch die State Police. Oder vielleicht weil die Gravitation versucht, diesen Ort zurück in die Erde zu ziehen.

„Das erklärt auch, warum sich Troy so sicher sein konnte, das Roland keinen funktionierenden Computer besaß.“ sage ich. „Er hatte kein funktionierendes Irgendwas. Nicht einmal einen Fernseher.“

„Und doch hatte er einen iPod“, sagt Shane nachdenklich.

„Jeder kann sich einen iPod kaufen“, bemerke ich. Die Hände habe ich in den Taschen vergraben, um nichts zu berühren. Und ich versuche, keine Schimmelsporen einzuatmen.

„Man braucht immer noch einen Computer, um sich Lieder draufzuladen“, erinnert mich Shane. „Und dafür benötigt man zumindest einen Internetanschluss, aber nichts deutet darauf hin, dass er einen hatte. Er hatte auch keine Kreditkarte. Er hatte keinen Kredit. Punkt. Wie also kam er an die Musik und wie hat er sie auf den iPod geladen?“

„Vielleicht hat er ihn schon bespielt von jemandem geschenkt bekommen. Dann hätte er kein Internet benötigt.“

„Genau“, sagt Shane. „Wie die drei Riesen auch.“

„Wissen Sie was?“, höre ich mich plötzlich sagen. „Ich warte draußen im Auto.“

„Gute Idee“, erwidert er und beginnt, sich im Schein der Taschenlampe vorsichtig durch den Müll zu arbeiten. „Warten Sie!“

Ich erstarre in der offenen Tür. Mein erster Gedanke, der wie ein elektrischer Schlag durch meinen Körper fährt, ist, dass er auf eine Sprengfalle gestoßen ist. Ein Stolperdraht oder Timer. Eine weitere Bombe, die mich erneut in die Dunkelheit jagen wird.

Aber es ist keine Bombe, es ist ein Buch. Ein dickes Buch, vollgesogen mit Nässe. Der Umschlag ist abgerissen und die Titelseite fehlt. Shane hält es hoch und leuchtet mit der Taschenlampe auf die steifen, zerfledderten Seiten.

„*The Rule of One*“, sagt er mit zugekniffenen Augen. „Ist das nicht Arthur Conklins berühmtes Buch?“

12. KAPITEL
Was Shane sieht

Nachdem wir unser Traumhaus gekauft hatten, verbrachten Jed und ich die meiste Zeit damit, den Traum Wirklichkeit werden zu lassen. Das Wichtigste, was man über ein altes Farmhaus wissen muss ist, dass es alt ist. Alt bedeutet, dass die Fensterstöcke verrottet sind; eine aufwändige Reparatur, die man besser einem spezialisierten Handwerker überlassen sollte. Alt heißt auch, dass es nicht sehr gut isoliert ist, besonders im Obergeschoss unterhalb der Dachtraufe, was bedeutet, dass man die bröckelnden Wände aus Holzlatten und Gips wegreißen muss. Darunter kommt dann die elektrische Verkabelung zum Vorschein, die man am besten auch gleich den Bauvorschriften anpassen sollte. Wenn die neuen Gipswände gestrichen sind, kommen die Böden dran. Abschleifen, sandstrahlen, reparieren, polieren. Ach, und nicht zu vergessen die bleiverseuchten Rohre, vermutliche Überbleibsel aus der Zeit der Römer. Am besten, man reißt den ganzen Giftkram heraus, falls man plant, schwanger zu werden, und nicht ein Kind mit zwei Köpfen haben möchte.

Jed hat bei den ersten Projekten noch mit angepackt, doch dann hatte er in der Firma so viel zu tun, war teilweise tagelang auf Reisen, sodass ich zur Königin der Heimwerker wurde. Nichts war mir zu kompliziert oder zu schwer, und ich muss sagen, dass ich einen verdammt guten Job gemacht habe. Das Haus ist dicht wie ein Einmachglas und bleibt warm und gemütlich, selbst wenn der Montreal Express aus Kanada mit über sechzig Kilometern pro Stunde eisig über uns hinwegfegt.

Das Einzige, was ich bisher nicht habe reparieren können, ist das Knarren. Wenn diese starken Stürme über uns herfallen, ächzt das Haus und protestiert. Seine alten Knochen und Stützbalken knarren unheilvoll. Die neuen Fenster schlottern in ihren wieder aufgebauten Fassungen. Der Kamin pfeift eine traurige Melodie. Jed sagte immer, das alte Haus rede mit uns. Als Teil unseres Spiels fragte ich immer, „Was sagt es denn so, Jedediah?“ Und er hat gegrinst und geantwortet: „Leg noch ein Scheit nach und gieß dir einen Drink ein.“

In den ersten verrückten Tagen, nachdem die Schule in die Luft geflogen war, habe ich den ganzen Alkohol im Haus entsorgt. Ich wollte meinen Kummer nicht betäuben. Das Beste, was ich Randall Shane also anbieten kann, ist eine Tasse heißen Kakaos. Richtiger Kakao mit einer Haube echter Sahne, so wie Noah ihn am liebsten mochte.

„Das wäre großartig“, sagt Shane.

„Werfen Sie noch ein Scheit ins Feuer“, sage ich.

Er wirft einen Blick auf den künstlichen Kamin in der Küche, der vergnügt vor sich hinflackert. „Meinen Sie das ernst?“, fragt er.

„War ein Scherz. Gas, kein Holz. Viel sauberer. Ich meinte, Sie können gerne den Thermostat aufdrehen, wenn Ihnen kalt ist.“

„Danke, mir geht’s gut“, sagt er und reibt die Riesenhände aneinander. Er lauscht für einen Moment. „Was für ein Wind“, sagt er.

Wir plaudern ein wenig über das Wetter, während ich den Kakao zubereite. Er ist überrascht, dass ich die Sahne selbst schlage – nie was von Sprühsahne gehört? –, gibt aber zu, dass meine Version viel besser schmeckt als das Zeug aus der Dose. Mit der Tasse in der Hand lehnt er am Küchentresen. Er steht lieber als dass er sitzt, Hab schon den ganzen Tag gesessen, danke. Dass er steht, bedeutet, dass ich zu ihm aufschauen muss, und plötzlich kommt es mir so seltsam vor, hier in meiner eigenen Küche zu stehen, während draußen der Wind pfeift, und von einem großen, gut aussehenden Fremden in einer ledernen Bomberjacke angelächelt zu werden, der etwas Schlagsahne in seinem Bart hat. Mein verstorbener Mann hatte auch so eine Jacke. Es ist nichts zwischen uns, keinerlei sexuelle Spannung – ich schwöre bei der Bibel –, aber die zwanglose Intimität, mit der wir hier zusammen sind, lässt in mir eine solch übermäßige Sehnsucht nach Jedediah aufkommen, dass ich meine Tasse hinstelle und so tue, als ob ich mich am Kamin zu schaffen mache.

„Also, wo stehen wir?", frage ich nach ausgiebigem Räuspern.

„Ein ganz schön anstrengender Tag, nicht wahr?", sagt Shane fast ehrfürchtig. „Ich habe eine Menge herausgefunden."

„Also glauben Sie mir endlich?"

Er wählt seine Worte sorgfältig. „Ich glaube, dass eine erhöhte Wahrscheinlichkeit besteht, dass Roland Penny kein Einzeltäter ist. Was auch immer das bedeutet."

„Immerhin etwas. Mehr als ich jemals aus der State Police herausbekommen habe. Also nehmen Sie den Scheck an? Helfen Sie mir, meinen Sohn zu finden?"

Er hebt eine Hand. „Vorsicht, Mrs. Corbin. Wir sind noch nicht so weit. Bevor ich diese Entscheidung treffe, muss ich noch Rücksprache mit einigen Experten halten."

„Was für Experten?"

„Ehemalige Kollegen, die noch beim FBI arbeiten. Ich fliege kurz nach Washington, berate mich mit ihnen und melde mich dann bei Ihnen."

Ich schluchze nicht, habe auch keine Weinkrämpfe. Aber auf einmal fließen mir ungehindert Tränen über die Wangen und ich muss sie wegwischen, wenn ich nicht an ihnen ertrinken will. „Wir melden uns bei Ihnen", sage ich mit tränenerstickter Stimme. „Das sagen sie alle, wenn sie einem eine Jobabsage erteilen. Wir melden uns bei Ihnen – aber sie tun es nie."

„Ich werde mich melden", verspricht er.

„Sie werden mich anrufen. Es ist einfacher, sich am Telefon zu verabschieden."

Er schüttelt den Kopf. „Keine Anrufe, ich verspreche es.

Ich schwör's bei meinem Leben. Ich werde zurückkehren, hier in dieses Haus, und wir werden die Möglichkeiten persönlich durchsprechen, von Angesicht zu Angesicht, mit den Informationen aus Washington."

„Und was ist mit dem Buch?" Meine Stimme klingt verzweifelt. „Er hatte das Buch! Das beweist doch, dass er einer von ihnen ist!"

Shane bleibt äußerlich ruhig. Er reicht mir ein Tuch, um meine Tränen zu trocknen. Als ob es ständig vorkommt, dass er zusehen muss, wie eine Mutter sich das Herz aus dem Leib weint. Vermutlich tut es das auch. „Das Buch ist der Grund, warum ich nach Washington fliege", erklärt er. „Ich weiß nur wenig über Conklins Anhänger, oder darüber, wie seine Organisation funktioniert. Ich muss mehr darüber erfahren."

„Rulers – so nennen sie sich. Herrscher. Als ob sie die Herrscher des Universums wären", sage ich verbittert.

Shane zieht das aufgedunsene Buch aus der Tasche. „Zwölf Millionen gedruckte Exemplare", sagte er nach einem Blick auf die Rückseite. „Und das hier ist eine alte Ausgabe, heute werden es noch mehr sein. Hat Ihr Mann jemals über dieses Buch gesprochen? Was es bedeutet? Woran die Rulers glauben?"

„Nur ein wenig. Es geht darum, egoistisch zu sein, sagte er. Wie gut es für jeden Einzelnen ist, selbstsüchtig zu sein."

„Ich schätze, ich werde es auf dem Flug lesen müssen."

„Viel Glück", bemerke ich spöttisch. „Ich habe ein einziges Mal versucht, es zu lesen, weil ich verstehen wollte, was Jed als Kind durchmachen musste, aber für mich war das alles Hokuspokus. Diese ermüdenden Beispiele von Bienen und Insekten und die Parallelen zu menschlichem Verhalten. Und der Unterschied zwischen Schwarmgeistern und Drohnengeistern. Für mich ergab das alles keinen Sinn, also hab ich nicht weitergelesen. Als Jed das Buch fand, hat er es in den Müll geworfen. Er sagte, es mache ihn unruhig. Als ich ihm erzählte, dass ich rein gar nichts verstanden habe, lachte er und sagte, dass niemand es wirklich verstehe. Und genau das sei das große Geschäft. Die Leser bezahlten seinen Vater dafür, erklärt zu bekommen, was seine Aussage in dem Buch ist. Wenn man den Rulers beitritt, zahlt man immer weiter und weiter, um noch mehr Erklärungen zu bekommen, denn man braucht ein ganzes Leben, um wirklich zu verstehen, was *The Rule of One* bedeutet."

Shane nimmt das Gesagte auf und überlegt seine Antwort sorgfältig. „Dass Roland Penny dieses Buch in seinem Trailer aufbewahrt hat, heißt nicht, dass er es auch gelesen hat. Vielleicht hat er angefangen, so wie Sie, und dann aufgegeben. Es sind über zwölf Millionen Exemplare im Umlauf."

„Aber es war das einzige Buch in seinem Trailer, richtig?"

„Das einzige, das ich gefunden habe", muss Shane zugeben.

„Nehmen wir an, Roland hat es tatsächlich gelesen und es hat ihn verrückt gemacht. So wie die Typen die glauben, *Der Fänger im Roggen* sagt ihnen, sie sollen Menschen erschießen."

Shane stößt einen Grunzlaut aus und schüttelt den Kopf. „*Der Fänger im Roggen* lässt einen nicht Leute erschießen. Ich habe den Roman geliebt."

„Sie wissen, was ich meine."

„Ja., ich weiß." Er verstaut das Buch in seiner Jackentasche. „Hören Sie, es mag vielleicht ein bisschen abwegig klingen. Aber ich muss Sie um einen Gefallen bitten."

„Alles, was Sie wollen. Solange dabei herauskommt, dass Sie sich um Noah kümmern."

„Würden Sie mich zurück in mein Motel bringen? In meinem Wagen? Sie müssten dann allerdings mit einem Taxi hierher zurückfahren."

„Klar. Warum nicht? Aber was ist wirklich los? Warum wollen Sie auf einmal nicht mehr fahren, Sie haben doch die ganze Strecke von Connecticut am Steuer gesessen. Immerhin sechs Stunden auf dem Highway."

Er seufzt und zieht eine Grimasse. „Es ist nichts Schlimmes, aber ich leide an Schlafstörungen. Sie sind etwas schlimmer als ganz normale Schlaflosigkeit, die ja auch schon sehr unangenehm sein kann. Wenn ich nicht geschlafen habe – und ich bin jetzt schon seit über achtunddreißig Stunden wach –, macht mein Gehirn die seltsamsten Sachen."

„Ach ja? Was denn so?"

„Man nennt es Wachtraum. Ich sehe in diesem Zustand Dinge, die gar nicht existieren. Was das Lenken eines Autos ziemlich gefährlich macht."

Der große Mann klingt peinlich berührt, und ich habe das Gefühl, dass er nur davon spricht, wenn es unbedingt notwendig ist.

„Das ist der Grund, warum Sie nicht mehr fürs FBI arbeiten", dämmert es mir. Mir dämmert einiges. „Sie sind quasi arbeitsunfähig."

„Ich hasse diesen Begriff ... Aber ... ja, Sie haben recht."

„Okay. Ich fahre Sie also zu ihrem Motel. Wie kommen Sie von dort zum Flughafen?"

„Morgen früh wird es mir wieder gut gehen", erklärt er. „Heute Nacht nehme ich eine Tablette, die mich für fünf bis sechs Stunden schlafen lässt, und dann kann ich wieder fahren."

„Wissen Sie, was die Ursache ihrer Schlafstörungen ist?", frage ich. „Sie können das ja nicht schon von Geburt an haben, dann wären Sie ja nicht beim FBI gelandet."

„Ihnen entgeht auch nichts, oder?"

„Ist es ein Geheimnis? Passierte es auf einer gefährlichen Mission?"

„Nichts dergleichen. Ich war nicht einmal im Dienst. Es war ein Autounfall. Ein sehr schlimmer. Ich erlitt ein Hirntrauma, das vielleicht, vielleicht auch nicht, für die Schlaflosigkeit verantwortlich ist. Bisher kann mir das keiner so genau sagen. Einige Ärzte sagen, es hätte organische Ursachen, andere denken, es ist ein psychologisches Phänomen."

Er trinkt seinen Kakao aus, spült die Tasse ab und stellt sie auf das Abtropfgitter. In seinem Schnurrbart klebt noch Sahne. Ich reiche ihm ein Tuch. Er wirkt verlegen, weicht meinem Blick aus.

Aber es ist nicht die Sahne, die ihn wegschauen lässt.

„Was sehen Sie da?", frage ich ihn. „Ich meine, wenn Sie diese Wachträume haben."

Wie von einer Nadel gestochen zuckt er zusammen, hält seinen Blick weiter von mir abgewendet.

„Sie haben versprochen, nicht zu lügen", erinnere ich ihn.

Er nickt zögernd. „Die Ärzte nennen es Artefakte. Bilder aus meinem Gedächtnis, die so deutlich sind, dass sie real aussehen. Das kann sehr ... verwirrend sein."

„Und was sehen Sie?", bohre ich weiter nach.

Mit einem Ausdruck unendlichen Kummers sieht er mir direkt in die Augen. „Gelegentlich sehe ich meine Frau und meine Tochter", beginnt er. „Sie sind bei dem Unfall gestorben."

III

GERÜCHTE

1. KAPITEL
Kaboom heißt, niemals Abschied nehmen müssen

Ihm fällt auf, wie jung die Spezialagenten heutzutage sind. Einige von ihnen sehen aus wie als Erwachsene verkleidete Teenager, obwohl die meisten Anwärter schon Ende zwanzig sind, wenn sie die Mindestanforderungen für die Bewerbung erfüllen – ein College-Abschluss und erste Erfahrungen beim Militär oder im Polizeidienst. Er selbst muss so um die achtundzwanzig gewesen sein, bevor er endlich ausreichend qualifiziert für das FBI war. Aber er hatte nicht so jung ausgesehen. Niemals.

Es hat was, in der Betonfestung des Hoover Buildings herumzustreifen und einfach nur zu beobachten. In der Lobby herrscht ein ständiges Kommen und Gehen, Agenten, die sich über die aktuellen Mafia-Gigolos unterhalten. Eigentlich befindet er sich gerade im Hochparterre, nicht in der Lobby, und das Paarungsverhalten der Mobster ist sehr wahrscheinlich kein so großes Thema mehr wie früher. Heute ist der Terrorismus das Hauptthema, sowohl der nationale als auch der internationale. Aber das alte Gebäude fühlt sich immer noch genau so an, summt mit der Energie von ehrgeizigen Jungs, die den großen Fall lösen wollen. Sie kommen aus allen Schichten und Kulturen, doch eines haben sie alle gemeinsam: Sie wollen Helden sein, den Job erledigen, egal welches Risiko damit verbunden ist.

Die meisten von ihnen werden ausgebrannt zurückbleiben, so viel ist sicher. Einige werden am Ende ihrer Dienstzeit wütend und zynisch sein, enttäuscht darüber, dass sie nicht in der Lage waren, die Welt zu ändern. Andere werden vorzeitig gehen als Ergebnis eines physischen oder psychischen Traumas. Man ist niemals außer Dienst. Nicht, solange man die FBI-Marke trägt.

„Mr. Shane?“. Eine junge, pausbäckige Laborangestellte

beäugt ihn durch eine schmale Designerbrille, die ihr das Aussehen eines hübschen Goldfischs verleiht. „Dr. Newman erwartet Sie."

Shane muss lachen. Die junge Angestellte wirkt erst erschrocken, dann leicht verletzt. „Entschuldigung", sagt er. „Aber für den Bruchteil einer Sekunde hatte ich das Gefühl, Dr. Newman wäre mein Proktologe und Sie holten mich zu meinem Termin."

„Bleibt zu hoffen, dass er nicht wirklich Ihr Proktologe ist", gibt die Labortechnikerin trocken zurück.

„Ich verrate Ihnen was: Ich hab gar keinen."

„Wie bitte?"

„Keinen Proktologen. Charley ist ein alter Kumpel von mir. Hat er das nicht erwähnt?"

„Ich bin nur die Vertretung. Seine reguläre Assistentin ist in Mutterschaftsurlaub."

Sie geht auf quietschenden Gummisohlen voran, geleitet ihn durch den Sicherheitscheck, sammelt ihn auf der anderen Seite wieder ein und bringt ihn zu einem entfernten Abschnitt des monumentalen Gebäudes – Hoovers Labyrinth. Charley Newmans Abteilung ist offensichtlich umgezogen, seitdem er das letzte Mal hier war.

Shane macht sich Gedanken, dass sein alter Freund vielleicht degradiert wurde, aber dem ist nicht so. Als Seniorexperte für Sprengstoffe ist er Dank al-Qaida endlich einen Schritt auf der Karriereleiter nach oben gestiegen. Er hat jetzt sogar ein Büro mit Fenster, nicht mehr nur eine bessere Abstellkammer, die er sich mit zwei Assistenten und seiner Sekretärin teilen muss.

„Der verlorene Sohn!", ruft Charley, springt aus seinem gepolsterten Stuhl und schüttelt Shane herzlich die Hand. Er lehnt sich ein wenig zurück und mustert ihn eingehend. „Deine Augen sind klar. Du musst geschlafen haben", sagt er zufrieden.

„Wie ein Stein", gibt Shane zurück. Was nicht ganz der Wahrheit entspricht. Mithilfe seiner Tabletten hat er sich vergangene Nacht für ein paar Stunden in eine künstliche Ohnmacht versetzt. Und auf dem kurzen Flug von LaGuardia hierher war er dann sogar ganz ohne Hilfe noch einmal eingeschlafen. Nun, ein zwanzigminütiges Nickerchen auf einem Sitz in der Notausgangreihe ist zwar noch nicht reif fürs Guinness-Buch der Rekorde, aber für Shane durchaus so etwas wie ein Durchbruch.

„Interessantes Material, das du mir da geschickt hast", beginnt Charley.

„Ich hatte gehofft, dass du ein paar Anregungen dazu hast", sagt Shane.

„Anregungen oder Antworten?"

„Für den Moment bin ich mit allem zufrieden."

Charley verscheucht die junge Vertretung, die ihre Antennen schon ausgefahren hat – was haben die bösen Jungs jetzt wieder vor –, und zieht Shane mit sich in ein angrenzendes Zimmer. Kein Labor, wie Shane vermutete, sondern eher ein Konferenzraum mit langem Tisch, einer Leinwand und einer altmodischen Kreidetafel, auf der in beinahe unleserlicher Handschrift der mysteriöse Satz steht: *Kaboom heißt, niemals Abschied nehmen müssen.*

Dr. Charles Newman ist groß und schlank, wenn auch nicht ganz so groß wie Shane. Die Jahre wissenschaftlicher Arbeit über dem Mikroskop haben seine Schultern gebeugt, doch auf Shane wirkt er tatkräftig und energiegeladen wie eh und je. Als sie beide noch jung waren und den Kopf voller Flausen hatten, fingen einige der Special Agents an, Charley „Doc Brown" zu nennen, nach dem gleichnamigen, von Christopher Lloyd gespielten Charakter aus dem Film *Zurück in die Zukunft.* Trotz dem dünner werdenden, gewellten Haar und der beeindruckend großen Nase – und seinem Spaß daran, Gegenstände in seinem Sicherheitsbunker in Quantico hochgehen zu lassen – hatte Shane nie eine Ähnlichkeit zu Doc Brown erkennen können. Für ihn war und ist Charley ein völlig eigenständiger Charakter. Er war nie selber Special Agent, sondern ist einer der vielen überqualifizierten, unterbezahlten Zivilangestellten des Bureaus. Seit vielen Jahren ist er mit seiner Jugendliebe Trudy verheiratet, und beide waren die Paten von Shanes Tochter. Selbst der Tod hat dieses Band nicht zerrissen. Ebensowenig hatte Shanes lästige Eigenart, sich nur zu melden, wenn er Charleys großes und gut bestücktes Gehirn brauchte, ihrer Freundschaft geschadet.

Wie es so seine Eigenart ist, tritt Charley an die Tafel und beginnt, mit Kreide seine Gedanken zu notieren, wobei er innerhalb weniger Minuten von Kopf bis Fuß mit Kreidestaub überzogen sein wird. „Okay …“, beginnt er.“Der Sprengsatz war in einem Hausmeisterwagen deponiert, einem von diesen Dingern mit Gummirädern. Geschätzte vierzig Pfund militärtaugliches C-4 . Lass uns also annehmen, das Zentrum der Detonation liegt fünfundzwanzig bis fünfunddreißig Zentimeter über dem Boden, was auch mit den Fotos der Druckwelle übereinstimmt. Klingt das bis hierhin richtig?“

„Du bist der Experte.“

„Das stimmt. Aber ich musste mit Material aus E-Mail-Anhängen arbeiten, du hingegen warst am Tatort.“

„Negativ“, widerspricht Shane. „Die Sporthalle wurde eine Woche nach der Explosion abgerissen.“

„Wie bitte?“, fragt Charley erstaunt.

„Man hat festgestellt, dass das Gerippe der Halle eine Gefahr für die benachbarte Schule darstellt. Was vielleicht stimmt. Sobald also die State Police den Tatort freigegeben hat, gingen die Bulldozer ans Werk. Ich hatte den Eindruck, dass alle froh waren, als das traurige Denkmal endlich verschwand. Keiner fand Gefallen an der Vorstellung, dass die Schulkinder jeden Tag an der Ruine vorbeigehen müssen.“

„Da mögen sie recht haben“, gibt Charley nachdenklich

zu. „Trotzdem hatte ich mir einiges von deinen persönlichen Eindrücken vom Schauplatz erhofft."

„Tut mir leid."

Charley lacht leise. „Ich wollte nur höflich sein. Ich hätte sowieso alles ignoriert, was du sagst. Der Tatort ist sehr gut dokumentiert, also kein Problem."

„Na prima. Also hast du was herausgefunden."

„Noch nicht. Ich habe Berechnungen angestellt. Die habe ich dann in meine dreidimensionale Superduper-Software gespeist."

„Kaboom."

„Ist doch ein ganz passender Name, oder? Der Schaum steigt nach oben, der Dreck sinkt nach unten."

„Wie bitte?"

„Wie im Fernsehen. Kaboom ist nicht nur der Kosename meiner Software, sondern auch der Markenname eines WC-Reinigers."

„Charley, Charley, Charley."

„Ich will halt meinen Spaß haben, selbst wenn ich dafür auf Badezimmerwitze zurückgreifen muss."

Grinsend schüttelt Shane den Kopf.

„Was deine Frage betrifft: Kann der Körper eines kleinen Jungen unter den beschriebenen Umständen buchstäblich atomisiert werden? Kaboom hat mir die Antwort geliefert – meine Software, nicht der Reiniger. Wo war ich stehen geblieben? Ach ja, okay, die überwältigende Antwort von Kaboom ist: *nein*. Beinahe sicher *nein.*"

„Beinahe?"

„Nichts ist jemals sicher in dieser von Quanten bestimmten Welt", räumt Charley seufzend ein. „Nicht einmal bei einer ziemlich standardmäßigen chemischen Verbrennungsexplosion. Aber abgesehen von der Physik, haben wir ja noch die Beweise der beiden anderen Opfer. Beide Körper waren auf unterschiedliche Weise schwer beschädigt. Der Polizist lag ausgestreckt auf dem Boden, der Täter stand aufrecht einen Meter vom Detonationsmittelpunkt entfernt. Du wirst dem Abschlussbericht entnommen haben, dass aussagekräftige Skelett- und Knochensplitter von beiden Erwachsenen geborgen werden konnten. Der Schädel des Täters war mehr oder weniger unversehrt. Zwar separiert vom übrigen Korpus, aber doch sehr gut zu identifizieren. Du hast die grausigen Fotos gesehen, Bruder. Er hatte sogar noch seine Kopfhörer im Ohr."

„Die verblüffendsten Dinge geschehen, wenn etwas in die Luft fliegt."

Charley reibt sich seine gewaltige Nase. „Das könnte der Titel meiner Memoiren sein. Aber tatsächlich passieren merkwürdige Dinge, und nicht alle sind vorhersehbar, egal wie gut die Software ist. Und Kaboom ist sehr, sehr gut."

„Daran zweifle ich nicht."

„Unterm Strich, wenn man alle Fakten in Erwägung zieht und einen taubenetzten Finger in den mystischen Wind hält, erkläre ich hiermit, dass nicht das C-4 der wahre Grund für das Verschwinden des Jungen ist."

„Das habe ich gehofft zu hören", sagt Shane. „Danke, Charley. Du bist der Beste."

„Wirst du über Nacht bleiben? Können wir zusammen zu Abend essen? Trudy würde sich riesig freuen."

Mit Bedauern lehnt Shane ab. Er hat einen weiteren Experten zu konsultieren, noch etliche Meilen zu fahren und ein Versprechen einzulösen.

2. *KAPITEL*
Wenn das Telefon klingelt

„Er hat versprochen, zurückzukommen, unabhängig davon, wie er sich entscheidet."

„Und du glaubst ihm", sagt Helen. „Das ist gut."

Mit gedämpfter Stimme liefere ich ihr Argumente, mein Vertrauen in Shane und meine wieder aufgeflackerte Hoffnung zu teilen. „Er hat in zwei Tagen mehr herausgefunden als ich in sechs Wochen", bekräftige ich. „Ziemlich erstaunlich, oder?"

Helen strahlt vor Freude. Wir befinden uns in der Bücherei, ihrer Domäne. Leises Gemurmel dringt aus der Leseecke der Kinder herüber. Dort wird von einem Freiwilligen ein Buch aus der Reihe des täglichen Leseprogramms besprochen.

Diese tägliche Buchbesprechung ist für Noah der schönste Teil an unseren Büchereibesuchen. Wenn ich die Augen schließe, kann ich ihn beinahe mitten unter den anderen Kindern hören, wie er versucht, seine Stimme nicht zu laut werden zu lassen. Die Vorstellung tut zwar weh, aber nicht mehr als sonst auch. Gewöhnt habe ich mich nicht an diesen Schmerz, aber ich habe es wenigstens geschafft, ihn als konstanten Teil meines Lebens zu akzeptieren. Dass endlich jemand meinen Vermutungen nachgeht, hat enorm geholfen – ich fühle mich nicht mehr länger ganz so allein.

„Wie ist er denn so?", möchte Helen wissen.

Mit einem Schulterzucken antworte ich. „Irgendwie Retro, glaube ich. Irgendwas um die vierzig – und ob du's glaubst oder nicht, sein Hobby sind Diners."

„Diners, also die Restaurants? Das ist nicht dein Ernst.""

„Doch, und zwar mein voller. Er liebt diese alten, originalen Straßendiner. Was soll man dazu sagen."

„Okay, also ein wahrer Dinerexperte. Was sonst noch? Ich habe gehört, er ist sehr groß. Wie ein Basketballspieler."

„Eher wie ein Footballspieler." Ein Gedanke schießt mir durch den Kopf. „Hey ...", sage ich, „... was meinst du mit 'hab ich gehört'? Was hast du gehört?"

Helen lächelt, aus ihren grauen Augen leuchtet der Schalk. „Die Frau bei Troy in der Einsatzzentrale hat eine Fünfjährige zu Hause", erklärt sie und nickt zur Leseecke hinüber. „Von ihr habe ich seine Beschreibung. Groß und lecker. Ihre Worte, nicht meine."

Lecker. Sorry, aber so denke ich nicht über Shane. Genau wie man in diesen Kategorien nicht über den Feuerwehrmann denkt, der einen aus dem brennenden Gebäude trägt. Später vielleicht, wenn man wieder in Sicherheit ist.

Aber von Sicherheit bin ich noch meilenweit entfernt. Sicher werde ich erst dann sein, wenn ich meinen kleinen Jungen zurückhabe. Dann kann ich entscheiden, ob Randall Shane lecker ist oder nicht. Bis dahin interessiert mich lediglich, ob er für mich durchs Feuer geht.

„Du hast gesagt, Geld sei ihm egal", wirft Helen ein.

„So scheint es. Er will keinen Penny von mir, solange er nicht davon überzeugt ist, Noah finden zu können. Wenn das Teil eines Betrugs sein soll, ist's ihm gelungen. Außerdem habe ich den Eindruck, dass das Aufspüren von vermissten Kindern für ihn eher eine Lebensaufgabe denn eine Möglichkeit ist, seinen Lebensunterhalt zu bestreiten. Er hat seine Frau und seine Tochter durch einen Autounfall verloren."

„Oh mein Gott."

„Was wiederum seine Schlafstörungen erklärt."

„Wie bitte?"

„Kurz vor seiner Abreise hat mir dieser große Mann endlich ein paar blutige Details offenbart. Wie er mit Frau und Tochter von Washington, D. C., zurückfuhr. Wie Shane einzuschlafen drohte und seine Frau das Steuer übernahm. Wie sie auf dem Jersey Turnpike von einem Truck gerammt wurden, dessen Fahrer eingeschlafen war. Das Auto war total zerstört.

Shane hat als Einziger überlebt, erwachte aus dem Koma, nur um seine Frau und Tochter nie wiederzusehen. Das hat sein Leben von Grund auf verändert. Schlaf und Tod sind seither so tief in seinem Unterbewusstsein verankert, dass er keinen normalen Schlaf mehr findet. Zumindest haben ihm das die Psychiater so erklärt."

„Wie schrecklich", sagt Helen mit feuchten Augen.

„Ja", pflichte ich bei. „Soll ich dir noch etwas Schreckliches verraten? Als er mir seine Geschichte erzählt hat, war ich zunächst froh über den tödlichen Unfall. Denn wenn ihm das nicht passiert wäre, würde er mir jetzt nicht helfen. Ist das nicht furchtbar?"

Helen tätschelt meine Hand. „Nein, meine Liebe, das ist ganz und gar nicht furchtbar. Es ist einfach menschlich. Wir sind alle nur Menschen. Selbst dein großer, leckerer Ritter in seiner glänzenden Rüstung ist nur ein Mensch."

„Nicht allzu menschlich, hoffe ich."

Wieder zu Hause. In meinem Haus. Mein Schädel brummt von all den aktuellen Fakten und Details ... Der neue Wagen des Bombenlegers, von einem oder mehreren Unbekannten zur Verfügung gestellt. Das mysteriöse Verschwinden der angeblich passenden Gewebeprobe. Aus einem Labor, an dem Jedediahs Vater – direkt oder indirekt – finanziell beteiligt ist. Dessen berühmtes Buch im heruntergekommenen Trailer des Täters gefunden wurde. All das bestätigt mehr oder weniger mein Bauchgefühl, dass die grauenhafte Belagerung von Noahs Schule ein einziges Täuschungsmanöver war, um meinen Sohn verschwinden zu lassen.

Aber warum? Aus welchem Grund? Was könnte Arthur Conklin von einem Enkelsohn wollen, den er noch nie gesehen hat? Ich mag gar nicht darüber nachdenken. War es möglich, dass der alte Herr erst nach Jeds Tod von der Existenz des Jungen erfahren hat? Hat der Flugzeugabsturz eine Kette von

Ereignissen in Gang gesetzt, die mich in die Verrückte von Humble verwandelt haben, die in den Straßen nach ihrem verlorenen Sohn sucht?

Schon möglich. Nach allem, was Jed angedeutet hat, lässt sich sein Vater nicht von den normalen Vorstellungen von richtig und falsch, gut und böse einschränken. Was er will, nimmt er sich. Ohne Entschuldigungen. Ohne Rücksicht auf die normalen Beziehungen zwischen Eltern und ihren Kindern.

Okay, vielleicht hat der alte Mann wirklich kein Gewissen. Doch warum betreibt er dann diesen enormen Aufwand um vorzutäuschen, dass Noah tot ist? Warum hat er ihn nicht einfach entführt? Conklin muss inzwischen mindestens Ende siebzig sein – vielleicht denkt er, dass sein Enkelkind dazu bestimmt ist, seinen Platz einzunehmen. Aber warum hat er dann nicht einfach Kontakt zu mir aufgenommen? Versucht, mich, auf seine Seite zu ziehen? Mich zu einer wahren Gläubigen zu machen? Sie glauben ja wohl nicht im Ernst, dass ein zehnjähriger Junge über ihr Imperium herrschen kann, oder? Und selbst wenn, warum versuchen sie dann nicht, die Vormundschaft per Gericht zu erstreiten? Mit all ihren hochrangigen Anwälten müsste es ihnen doch ein Leichtes sein, mich als unqualifizierte Mutter darzustellen.

Beruhige dich. Überlege. Da muss es noch etwas anderes geben. Mehr als einen Mann, der unbedingt die Kontrolle über den letzten Spross seiner entfremdeten Familie erlangen will. Irgendeine Verrücktheit in der Basis dieses Kults, irgendetwas Absurdes, an das sie glauben. Etwas, das mir entgeht, weil ich diese Religion, oder was auch immer es ist, nicht verstehe – nicht verstehen will –, die ihn zu diesem egoistischen, gierigen Monster gemacht hat, das einen wirklich großartigen Menschen wie Jedidiah aus seinem Herzen verbannen konnte.

Ich halte es nicht mehr aus, darüber nachzudenken. Denn wenn ich weitermache, führen mich die Gedanken unweigerlich zu der Frage, wo Noah sich in diesem Augenblick gerade befindet, was sie ihm angetan haben und noch antun werden. Und diese Gedanken treiben mich in den Wahnsinn. Also werfe ich meinen iMac an – Jed bevorzugte dieses System aus irgendeinem Grund – und nehme meine Suche nach Irene Delancey wieder auf, der Lehrerin, in die Noah so vernarrt war.

Ich sollte ihr keine Vorwürfe machen, dass sie den Dienst quittiert hat. Doch ich tue es. Teilweise hat sie es sicher aus Schuldgefühlen getan. Sie war die einzige Lehrerin an der Schule, die einen ihrer Schüler verloren hat, und es war sicher nicht einfach für sie, mit der trauernden Mutter umgehen zu müssen. Nicht dass ich sie für das Geschehene verantwortlich gemacht hätte. Sie hat mir erzählt, dass Noah dabei gewesen sei, als sie die Kinder um sich versammelt und durch den Qualm nach draußen geführt hat. Aber irgendwie war er auf dem Weg von den Sitzreihen zum Ausgang verloren gegangen. Ich habe ihr geglaubt. Es herrschte schließlich reine Panik da drinnen, da war es nicht schwer, ein Kind in dem dichten Rauch zu verlieren. Doch in den ersten Tagen nach der Katastrophe, als ich mich öfter mit ihr und den anderen Kindern traf, wirkte sie immer zurückgezogener, irgendwie verschlossen. Sie vermied es, mir in die Augen zu schauen, als ob ein Blick sie mit dem Wahnsinn der Trauer anstecken könnte. Als ob sie es nicht ertragen könnte, mit meinen rohen Gefühlen konfrontiert zu werden. Oder gar mit mir selbst.

Und dann war sie weg. Gekündigt. Trauma und Stress. Keine Nachsendeadresse. Ohne eine Wort an das Lehrerkollegium, an die Eltern ihrer Schüler oder an mich. Sie und ihr Mann packten ihre Sachen und waren fort. Über diverse Suchmaschinen gelang es mir, etwas über Michael Delancey zu erfahren, einen Wertpapierhändler, der von zu Hause aus arbeitete. Vor ihrem Umzug nach Humble war er bei einer Firma an der Wall Street angestellt und Mitglied in verschiedenen Vereinigungen. Da Irene nirgendwo im Netz zu finden war, konzentrierte ich mich auf ihren Mann. Ich nahm an, dass er weiterhin Kontakt zu seinen alten Investmentbanker-Freunden halten würde. Bisher hatte ich hier aber auch noch nichts weiter erreicht. Die meisten meiner Anfragen wurden ignoriert. Bei einigen anderen wurde ich barsch abgewimmelt, weil man mich für einen Phisher hielt, der nach verkaufbaren Daten suchte, wie Bankverbindungen, Kreditkartennummern und so. Eine flammende Antwort hielt mir vor, ich sei ein „Penner im Schlafanzug, der nur vorgibt, ein trauerndes Elternteil zu sein, um anderen Leuten ihr hart verdientes Geld aus der Tasche zu ziehen“. damit einher ging die Drohung, mich dem FBI zu melden. In meiner Antwort bat ich herzlich darum, genau das doch zu tun. Vielleicht würde das FBI sich dann ja für meinen Fall interessieren? Das war, bevor ich Randall Shanes Namen in einem Forum über vermisste Kinder fand – eine Mutter bekam sich gar nicht mehr ein, wie er das Unmögliche geschafft hatte – und schließlich seine Telefonnummer aus den Gelben Seiten heraussuchte. Bevor es so aussah, als würde sich vielleicht doch noch alles zum Guten wenden.

Ich gebe Irene Delancey wirklich keine Schuld an dem, was passiert ist. Aber ich habe noch ein paar Fragen. Einige von Noahs Klassenkameraden scheinen zu glauben, dass Noah zwischen die Sitze geschlüpft sei und gar nicht dabei war, als die Gruppe von ihrer Lehrerin durch den Rauch aus der Halle geführt wurde. Wenn das stimmt, warum hat sie das mir oder den diversen Ermittlern gegenüber nie erwähnt? Aus Scham, aus Schuldgefühl? Oder wurde sie etwa Zeugin von etwas, das ihr mehr Angst einjagte als ein wahnsinniger, waffenschwingender Irrer? Etwas, was in ihr den Wunsch weckte, einfach fortzulaufen und zu vergessen, dass sie jemals dort gewesen war?

Diese Art von Fragen habe ich. Aber zuallererst musste ich sie finden. Sie schien mir nicht der Typ zu sein, der von jetzt auf gleich seine Identität wechseln würde oder könnte – anders als beispielsweise Jedediah. Also muss es da draußen irgendwo noch eine Spur von ihr geben. Eine Autoummeldung, neuer Telefonanschluss, neue Kreditkarte, etwas in der Art. Das Problem ist, es ist erst sechs Wochen her, dass sie verschwand, und einige dieser Daten brauchen Monate, um in einer Datenbank zu landen. Daher gibt es Irene Delancey derzeit nur als Phantom. Sie existiert, ist aber nicht greifbar.

Immerhin verschafft mir das eine Aufgabe, ein Projekt, das ich alleine verfolgen kann. Eine Sache, die meine ganze Konzentration fordert und meine Gedanken davon abhält, unablässig um die Entscheidung von Randall Shane zu kreisen. Der mir versprochen hat, nach einem Tag zurück zu sein, spätestens nach zweien.

Ich glaube ihm, ehrlich und wahrhaftig. Wenn jemand Noah finden kann, dann er. Daran klammere ich mich fest.

Als das Telefon klingelt – das Festnetz, nicht das Handy –, bin ich mir sicher, es ist Shane.

„Hallo?"

„Haley Corbin?", fragt eine fremde Stimme.

„Ja. Wer ist da?"

„Ähm, ich, äh, weiß nicht, ob ich Ihnen meinen Namen sagen sollte", stammelt eine junge, männliche Stimme. „Aber es geht um Ihren Sohn. Was ich beobachtet habe."

Er hat meine volle Aufmerksamkeit.

3. KAPITEL
Zweieinhalb Wows

Shane steht am Straßenrand und beobachtet den Verkehr auf der Route 29 in Fairfax City, Virginia. Er hält Ausschau nach einem Diamond-Taxi, das seine Lunch-Verabredung bringen soll. Sie ist zu spät, und es wird immer später. Vermutlich ein Stau in der Innenstadt, eine Baustelle, vielleicht sogar eine Fahrzeugkolonne des Gouverneurs. Wenn er nur ein wenig nachgedacht hätte, hätte er auf den Ausflug in die Vergangenheit verzichtet und sich näher an ihrem Arbeitsplatz mit ihr verabredet. In einem trendigen Café oder vielleicht im Willard. Das Willard hatte sie immer gemocht.

„Hallo, Hübscher! Lust auf ein bisschen Spaß?"

Er fährt herum. Da steht sie und schenkt ihm ein breites Lächeln.

„Das Taxi ist falsch abgebogen", erklärt sie. „Da bin ich ein, zwei Blocks zu Fuß gegangen."

„Maggie! Mein Gott, was ist passiert?"

Maggie Drew, zehn Jahre älter als er, hebt ihre zarten, verkrüppelten Hände und vollführt eine gekonnte Pirouette, bei der sie ihre schlanken Beine zeigt. „Erstaunlich, was? Guck mal, Mama, keine Krücken mehr. Kein Hinken. Keine Schmerzen."

Shane starrt sie an und kommt ins Stottern. Noch nie hat er sie so gut in Form gesehen, so mobil. „Es … es ist wirklich ein Wunder", sagt er und glaubt es auch.

Sie kichert. „Oh ja. Die letzte Meile nach Lourdes bin ich auf Knien gerutscht."

„Das gibt's nicht", sagt er und hat Mühe, sein Erstaunen zu verbergen.

„Okay, erwischt. Ich war gar nicht in Lourdes. Es ist das Wunder der modernen Medizin."

„Was haben sie mit dir gemacht?"

„Für den Gegenwert eines einfachen Mahls werde ich dir alles berichten."

Sie hängt sich bei ihm ein, was wegen des Größenunterschieds etwas unelegant wirkt, und er führt sie in Richtung des Diners. Sie merkt an, dass es Jahre her ist, und es stimmt. Viel zu lang. Damals, während seiner aktiven Zeit beim Bureau, haben er und Maggie Drew sehr eng zusammen gearbeitet. Sie auf ihren zwei Krücken und immer gut gelaunt. Shane ein glühender Bewunderer ihres brillanten Gehirns, ihres beißenden Humors, ihrer Einblicke in das menschliche Verhalten. Maggie war Zivilangestellte, Shane Spezialagent ohne festen Aufgabenbereich, der sich von einer Mission in die nächste stürzte, stets ein bisschen der einsame Wolf. Maggie scherzte immer, dass sie seine Arbeitsfrau sei, und damit hatte sie gar nicht so unrecht. Ihre gegenseitige Zuneigung, wie wohl sie sich miteinander fühlten, wie sie gegenseitig aufeinander aufpassten – das war fast wie in einer Ehe.

Heute, ein gutes Jahrzehnt später – Shane kann es kaum glauben –, ist Maggie Drew Mitte fünfzig, aber irgendwie umgibt sie ein jugendliches Strahlen, dass sie jünger aussehen lässt als in den schlechten alten Tagen, als ihr Körper von rheumatischer Arthritis gezeichnet war.

Sie nehmen in einer Nische Platz. Maggie lässt den Blick schweifen, Erinnerungen werden wach. „Hat sich kein bisschen verändert", bemerkt sie. „Weißt du noch, wie du mich zum ersten Mal hierher gebracht hast? Wir steckten gerade mitten in dem Fall der Davidianischen Adventisten, bevor alles außer Kontrolle geriet. Ich war also sehr abgelenkt, was die kurzfristige Fehlfunktion meines Gehirns erklärt. Ich dachte, du würdest mich in ein kleines romantisches Restaurant außerhalb der Stadt entführen, vielleicht sogar in ein Motel."

Eine sanfte Röte überzieht Shanes Gesicht.

„Du hast dich auch nicht verändert", sagt sie. „Beim kleinsten Flirt wirst du rot wie ein Stopplicht. Keine Angst, ich hatte nie vor, dir Probleme zu machen. Sollte ich etwa versuchen, mit deiner bezaubernden Frau zu konkurrieren? Daran habe ich nie gedacht. Und ich bin auch schnell darüber hinweggekommen, als ich erst einmal diesen Laden hier sah. Versteh mich nicht falsch, ich mag dieses alte 29, aber es ist nicht gerade romantisch."

Diner 29, eine Art Sehenswürdigkeit, stammt aus den späten Vierzigern und trägt seine Vergangenheit mit Würde. Anders ausgedrückt: mit Würde, einem riesigen Cheeseburger Royal und einem Zehn-Dollar-T-Bone-Steak. In jenen Tagen, wenn er gestresst war vom Job, pflegte er hierherzupilgern und sich einen Milchshake zu genehmigen. Das war sein ganz persönlicher Tranquilizer, und er teilte ihn mit Maggie.

„Also, wie hast du das gemacht?", fragt er und betrachtet ihren gesunden Körper. „Hast du dich einem Verjüngungskult angeschlossen?"

Ihr Lächeln ist verschmitzt, geheimnisvoll. „Davon sollte es unbedingt mehr geben. Aber im Ernst, ich hab das auf die altmodische Art geschafft. Ich hab mir einen anderen Arzt gesucht und der hat mich auf ein neues Medikament eingestellt. Einen TNF-Blocker. Ich hatte das früher schon einmal ausprobiert, aber das hier ist jetzt eine andere Version, und sie wirkt. Alle zwei Wochen eine Spritze, und bisher ist die Rheumatische Arthritis in Remission. Es tut nicht weh zu sitzen, es tut nicht weh zu gehen, es tut nicht weh zu leben. Gegen die Gelenkschäden in meinen Händen kann ich nichts tun, aber davon abgesehen, geht es mir gut."

„Oh Maggie."

„Fang mir jetzt ja nicht an zu heulen, Randall."

Niemand sonst nennt ihn Randall. Er lächelt, die Augen tränenfeucht. „Ich freu mich so für dich."

„Es ist wirklich erstaunlich", in ihrer Begeisterung wirkt sie wie ein kleiner Kobold. „Ich wusste ja gar nicht mehr, wie es ist, ohne Krücken die Straßen entlangzugehen. Das Seltsame ist, dass ich sie manchmal sogar vermisse. Wenn ich ein Robbenbaby niederschlagen will oder so, weißt du."

Jetzt endlich kann Shane lachen, und etwas, das sein Herz lange beengt hat, bricht endlich auf. „Wow", sagt er und legt eine Hand aufs Herz. „Deine Gegenwart berauscht mich."

„Dagegen gibt's nur ein Rezept", sagt Maggie und wirft einen Blick auf die Speisekarte. „Einen Cheeseburger Royal."

Sie bestellen, essen, schwelgen in Erinnerungen, holen vieles nach. Eine Stunde vergeht, und Shane hat so viel Spaß, dass er sich scheut, ihre Wiedersehensfreude durch Geschäftliches zu stören. Natürlich weiß sie das, hat sein Zögern vorausgesehen, und findet es anscheinend liebenswert, oder zumindest vertraut. Sie wartet, bis er den letzten Krümel Kuchen aufgegessen hat, dann lehnt sie sich vor, ihre Stimme tief und verführerisch.

„Immer noch kein Motel, eh?", sagt sie und klimpert mit den langen Wimpern. „Du rufst mich immer nur an, wenn du mein brillantes Gehirn benötigst. Einige Mädels würden das als Beleidigung auffassen."

„Ich liebe dein Gehirn", entgegnet er. „Ist das so schlimm?"

„Entspann dich, Randall. Ich hab etwas für dich. Alles, was du je über die Rulers wissen wolltest und nie zu fragen wagtest."

„Dann blende mich mit deinem Wissen."

Maggie Drew liest nie Notizen vom Blatt ab. Sie hat schon immer die verblüffende Fähigkeit besessen, so ziemlich alles, was sie je gelesen hat, im Kopf zu behalten. Festhalten, bewerten, abwägen – sie ist in der glücklichen Lage, die Spreu vom Weizen zu trennen , das Körnchen Wahrheit zu finden, und alles auf eine Art zu erklären, die es den großen Bossen möglich macht, es zu verstehen – und auch den kleinen Spezialagenten, die nach Hilfe suchend zu ihr kommen. So hatte sie auch Shane damals kennengelernt.

„Wie viel weißt du?", fragte sie, und es ist keine leere Frage.

„Nur das absolut Gröbste. Mann schreibt ein Selbsthilfebuch, macht ein Heidengeld damit. Das Buch wird zum Kult. Er verdient noch mehr Geld. Er wird zum exzentrischen Einsiedler. Ein Howard Hughes ohne Flugzeuge."

„Nett gesagt."

„Hab ich aus einer alten Ausgabe des *People*-Magazins."

„Muss eine sehr alte Ausgabe sein", antwortet sie. „Die Arthur-Conklin-Organisation hat Klagen laufen gegen jede Zeitschrift, so gut wie jedes Boulevardblatt, gegen Fernseh- und Radiosender, sogar gegen das arme, kleine Wikipedia. Praktisch jeder, der ein Wort über ihn veröffentlicht, das nicht vorher von der Pressestelle des Conklin Institutes abgesegnet wurde, bekommt ein Verfahren an den Hals. Gott bewahre, dass jemand etwas Kritisches über ihn oder die Rulers oder ihren Glauben sagt. Gib einfach ein Gerücht wieder, bringe eine Anschuldigung vor, die vor Gericht nicht hält, und eine Armada von Spezialanwälten kommt wie eine Salve Interkontinentalraketen vom Himmel geschossen, um deinen Arsch der Insolvenz zuzuführen."

„Was erklärt, warum ich nichts Ernsthaftes aus dem Netz fischen konnte."

„Genau."

„Und warum ich gezwungen bin, die beste Sektenexpertin der Vereinigten Staaten zu konsultieren."

„Du schmeichelst mir", sagt sie, anscheinend tatsächlich geschmeichelt. „Obwohl du recht hast. Mir sind ein paar Jüngere auf den Fersen, aber ich habe mehr vergessen, als die jemals wussten."

„Und du vergisst niemals etwas."

Mit einem Achselzucken stimmt sie zu. „Was soll ich sagen? Du musst verstehen, dass ich meine Abteilung in den letzten Jahren auf die internationale Seite fokussiert habe. Meistens Sekten von Selbstmordattentätern. Heimische Sekten haben keine so große Rolle gespielt, außer wenn sie einen

Lobgesang auf Allah anstimmen. Ich bin gerade von Birmingham, England, zurückgekommen. Derzeit schreibe ich an einem Aufsatz darüber, wie Islamisten einheimische Hohlköpfe davon überzeugen, sich modische Sprengwesten anzuziehen und sich in die Luft zu jagen. Ich bin so eine Art Leihgabe an das MI5. Deshalb habe ich mich ich in letzter Zeit recht wenig mit den Rulers beschäftigt."

„Ich nehme alles, was du hast."

„Okay. Dann fangen wir am besten mit den Anfängen an. 1969 ist Arthur Conklin ein fünfundvierzigjähriger Professor für Entomologie, also Insektenkunde, an der Berkeley University. Er ist mit einer zwanzig Jahre jüngeren früheren Studentin verheiratet. Schön für ihn. Sein Spezialgebiet sind Bienen. Er hat eine Menge über das Verhalten von Bienenvölkern veröffentlicht. Ein ordentlicher Professor, hoch angesehen auf seinem Gebiet, doch dann passiert etwas: In jenem Jahr wird in Berkeley eine Menge radikaler Unsinn verbreitet, ein chaotisches Verhalten, von dem er sich distanziert. Professor Conklin ist ein sehr konservativer Mensch, und so legt er seine Professur nieder und kappt alle Verbindungen zur Universität. Er und seine Frau – Kinder haben die beiden nicht – ziehen in eine sehr ländliche Gegend von Colorado, wo sie in einer abgelegenen Hütte in den Bergen wohnen während er sein berühmtes Buch schreibt."

„Sie haben keine Kinder?"

„Damals noch nicht. Erst nach der Veröffentlichung des Buchs wird seine Frau schwanger und sie bekommen ein Kind, einen Jungen. Ein kleines Wunder, da Professor Conklin eine sehr geringe Spermiendichte hat, verursacht durch ein Fieber als er noch ein Kind war. Sie nennen das kleine Wunderkind Arthur J. Conklin. Also ein anderer Zweitname, sodass er nicht Arthur Junior ist."

„J. steht für Jedediah."

„Korrekt. Sehr gut. Also Professor Conklin schreibt sein

Buch und gibt ihm den griffigen Titel *The Rule of One*. Der Inhalt gibt seine Theorie wieder, wie der Mensch vom Verhalten der Bienen lernen und sein Gehirn auf Erfolg trimmen kann. Es ist alles sehr kompliziert – unlesbarer Nonsens, meiner niemals bescheidenen Meinung nach –, doch zusätzlich zu einer spürbaren Verbesserung der Intelligenz verspricht das Buch auch Reichtum. Conklin hat die Erstausgabe in einem kleinen Verlag publiziert und im ersten Jahr weniger als fünfhundert Exemplare verkauft. Also entscheidet er sich dazu, den Vertrag zu kündigen und das Buch selber herauszubringen. Ein kluger Schachzug von ihm. Er ändert den Titel in ‚*The Rule of One*. Wie Sie die versteckten Kräfte Ihres Gehirns freisetzen'. Er veranstaltet Seminare. Stell dir das mal vor, er verlangt Geld dafür, damit er dir sein Buch erklärt, und verkauft es dir dann. Und er verkauft dir nicht nur ein Exemplar, sondern hunderte und erzählt dir, wie du Geld machen kannst indem du es an Freunde und Nachbarn verkaufst, und wie die wiederum reich werden können, wenn sie es an ihre Nachbarn und Freunde verkaufen."

Shane gluckst leise vor sich hin und schüttelt den Kopf. „Es wird sich niemals ändern, oder? Die gute alte Masche funktioniert noch immer."

„Stimmt", pflichtet Maggie bei, „aber Conklin hat ein paar feine eigene Varianten beigemischt. Recht bald liegt er bei einer wöchentlichen Auflage von zehntausend Exemplaren, Hardcover wohlgemerkt. Dann bei fast hunderttausend Stück pro Monat im Taschenbuch. Er wirbt im Fernsehen, kauft dreißig Minuten Sendezeit und preist sein Buch an und seine Methode, Reichtum anzuhäufen. Er selbst wird sehr, sehr vermögend. Einige seiner ergebenen Leser werden zu Gefolgsleuten und nennen sich ab sofort ‚Die Rulers'. Conklin nennen sie ‚Profit', abgeleitet von ‚Profit machen'."

„Davon habe ich gehört", sagt Shane. „Ich hielt das für einen Witz."

„Kein Witz. Glaub mir, diese Leute nehmen das sehr ernst. An diesem Punkt, also in den späten Siebzigern, zeigt die Organisation alle Merkmale einer wachsenden Sekte mit dem Buchautor als charismatischem Führer, aber noch ist man nicht so weit. *The Rule of One* hat eine Kernphilosophie: Das Individuum transformiert sich, indem es sich dem, wie er es nennt , Bienenschwarmdenken oder der Gruppenintelligenz anpasst, und dann die neu gewonnene Kraft seiner Gedanken nutzt, um die ‚Unerleuchteten' zu beherrschen. Den Durchschnittstrottel, den Conklin ‚Drohne' nennt. Das läuft weitgehend wie in jeder ähnlichen Gemeinschaft ab, nur, was den Rulers fehlt, ist der ursprüngliche Mythos der meisten Sekten und Religionen. Es gibt keinerlei Aussage über ein höheres Wesen, keine Theorie über das Entstehen des Universums. Er verspricht kein Leben nach dem Tod. Im Gegenteil, er wehrt sich dagegen. Für die Rulers zählt nur das Hier und Heute."

„Gier ist gut."

Ein Lächeln fliegt über Maggies Gesicht. „Nicht ganz. Conklin glaubt, dass Gier eine wirksame Stimulanz für die höhere Entwicklung des Geistes ist. Es gibt keine Wertungen wie ‚gut' oder ‚schlecht'. Er nutzt die Gier sehr effektiv, um seine Anhänger aneinander zu binden. Viele der ursprünglichen Ruler, die ersten Hundert oder so, werden ebenfalls stinkreich. Meistens dadurch, dass sie Seminare leiten, die mehr als fünftausend Dollar pro Person kosten. Sie geben mehr oder weniger eine Garantie ab, dass sich für die wahren Gläubigen unter den Teilnehmern diese Investition innerhalb von sechs Monaten mit fünfzigtausend Dollar bezahlt machen würde. Für viele funktioniert dieses Rezept."

„Ein Schneeballsystem?"

„Sieht fast so aus, nicht wahr? Aber nein. Genau das ist die Einzigartigkeit der Rulers. Conklin ist nicht darauf aus, seine Leute auszubeuten. Er verwendet sein eigenes angehäuftes Vermögen auch dazu, die Rulers-Elite reich zu machen und ihren Reichtum zu verteidigen. Mit ‚Elite' meine ich jene Aufsteiger, die seine Theorien verstanden und bedingungslos akzeptiert haben. Arthur Conklin hat mittlerweile das Conklin Institute gegründet und eine streng kontrollierte Hierarchie unter den Rulers eingeführt. Er beginnt, den Gedanken einer Teilhaberschaft zu verfolgen. Wenn du also dem Club beitrittst und vollwertiges Mitglied wirst, wirst du nach deinem Eigenkapital veranlagt. Ab sofort werden dann fünfundzwanzig Prozent deines Kapitalzuwachses der Organisation zugeführt."

„Du machst Witze." Shane setzt sich gerade hin. „Wow!"

„Das waren jetzt schon zweieinhalb Wows", sagt Maggie. „Die meisten Kirchen ermuntern zur freiwilligen Abgabe von zehn Prozent des Einkommens. Conklin aber verhilft dir zu Reichtum, um dir dann fünfundzwanzig Prozent deines neu geschaffenen Vermögens abzunehmen und in seine eigene Schatzkammer zu packen. Was nichts anderes bedeutet, als dass die Rulers, egal was sie sonst in ihrem Leben sind, aus Geld bestehen. Das Conklin Institute ist eine riesige und sehr effiziente Gelddruckerei. Wir sprechen hier von Milliarden! Alles investiert in Immobilien, US-Schuldverschreibungen und in diverse Holdings, die Anteile an kleinen, meistens High-Tech-Firmen besitzen. Glaub mir, an der Wall Street hat ihr Wort Gewicht. Sie sind einfallsreich, verschwiegen und gefürchtet."

„Also ist er doch ein zweiter Howard Hughes."

„Es gibt natürlich gewisse Parallelen", räumt Maggie ein. „Soll ich mit meinen Geschichtshäppchen weitermachen?"

„Unbedingt."

„Ab ungefähr 1980 erscheint Arthur Conklin nicht mehr persönlich zu seinen Seminaren, jedenfalls nicht live. Natürlich wird sein Gesicht auf ihren Präsentationen abgebildet, und seine Stimme ist auf den Schulungskassetten zu hören. Bereits 1985 hat er sich von einem Selbsthilfebuchautor zu einem reinrassigen Sektenführer entwickelt und wird nur noch selten in der Öffentlichkeit gesehen. Das Tagesgeschäft des Imperiums wird vom Vorstandsvorsitzenden Wendall Weems gehandhabt. Wenn du glaubst, Conklin sei geheimnisvoll, dann muss du erst mal Mr. Weems erleben. Wenn du ihn denn findest. 1991 stirbt Conklins Frau an Brustkrebs, und er heiratet Evangeline Dowdy, eine seiner zahlreichen Wirtschaftsprüferinnen. Sie ist dreißig Jahre jünger – ganz nach Conklins Geschmack. Es heißt, dass ‚Eva die Diva' beträchtlichen Einfluss innerhalb der Organisation gewinnt und ausübt, und dass Mr. Weems sie überhaupt nicht leiden kann. 1992 erwirbt das Institut zweihundert Quadratmeilen Ödland in Colorado, etabliert eine rigide beaufsichtigte County-Verwaltung, und errichtet eine Art College-Campus mit einer kleinen Ortschaft drum herum, die wie heißt? Richtig: Conklin."

„Mangelndes Selbstwertgefühl kann man dem Mann also nicht vorwerfen."

„Bestimmt nicht. Und in den Neunzigern schien es eine Weile so, als würde die Bewegung ins Paranoide abdriften. Das war der Grund, weshalb wir den Rulers erhöhte Aufmerksamkeit gewidmet haben. Denn je introvertierter und paranoid so eine Bewegung ist, desto mehr neigt sie zu Selbstzerstörung und Blutvergießen. Zu der Zeit schienen die Rulers ihre Reihen enger zu schließen und eine Art Belagerungsmentalität zu entwickeln. Es war beinahe apokalyptisch. Nicht unähnlich den Davidianern, nur fehlte bei den Rulers die religiöse Komponente. Sie verhielten sich, als erwarteten sie jederzeit einen Angriff."

„Aber das hat sich geändert?"

„Ja. Offensichtlich hatte Arthur Conklin eine Art von Erleuchtung, oder vielleicht ist er wirklich einfach klüger geworden, denn er hat sein Verhalten um hundertachtzig Grad gedreht. Weniger nach innen gewandte Paranoia, dafür mehr Rekrutierung neuer Mitglieder. Dieser Schwenk zahlte sich aus, die Zahl der zahlenden Mitglieder verdreifachte sich. Conklin – ich meine die Stadt – legte seine Bunkermentalität ab und wuchs zu einer Art Ski-Resort heran – allerdings ohne Skifahren. Apartments und Hütten entstanden, alle im Besitz wohlhabender Rulers. Sie bauten einen hochattraktiven Campus um das Institut. Trotz alledem hat das Gelände einen sehr privaten Charakter behalten. Man benötigt eine Einladung, um es zu betreten, und selbstverständlich hat dieses Privileg seinen Preis. Die Seminargebühren starten bei fünftausend und steigen, je höher du innerhalb der Organisation steigst."

„Wie groß kann ich mir die Stätte vorstellen?"

„Wir nehmen an, dass die Einwohnerzahl zwischen drei- und sechstausend schwankt, abhängig davon, wie viele gerade dort wohnen. Es können aber auch mehr sein. Wie gesagt, es funktioniert wie ein sehr exklusives Time-Sharing-System. Nahezu alle Bewohner sind gläubige Rulers oder solche, die es werden wollen. Jeder andere, den sie mit hineinbringen – hauptsächlich Handwerker und Bauarbeiter –, benötigt eine Besuchserlaubnis, die einem Visum in nichts nachsteht. Sie haben sogar ihre eigene Sicherheitsarmee."

„Wie der Vatikan."

„Ich denke, die Katholische Kirche würde sich gegen diesen Vergleich verwehren, aber ja, ein klitzekleines Bisschen wie der Vatikan, mit Arthur Conklin als Papst. In diesem Szenario wären Weems und Eva die Diva wohl rivalisierende Kardinäle, nehme ich an."

„Der alte *People*-Artikel sagte, es wäre wie Scientology ohne Science Fiction."

Maggie rollt die Augen. „Auch hier wäre ich mir sicher, dass die Scientologen sich von jedem Vergleich mit den Rulers beleidigt fühlen würden. Scientology ist doch inzwischen eine ganz normale religiöse Philosophie. Im Gegensatz zu den Rulers, die immer noch im Schatten agieren. Scientologen leben ein öffentliches Leben und stehen zu ihrem Glauben."

„Wie Tom Cruise und John Travolta."

„Und Will Smith, Kirstie Allie – eine lange Liste. Ich fand Travolta in *Hairspray* grandios!", fügt sie heiter hinzu.

„Hab ich versäumt", sagt Shane. Ein tiefes Bedauern ist an seinem Gesicht nicht abzulesen. „Also sag mir, wäre es denkbar, dass Arthur Conklin einen raffinierten Plan austüftelt, um seinen eigenen Enkelsohn zu kidnappen?"

Maggie rutscht auf ihrem Sitz hin und her, als wäre ihr allein der Gedanke unangenehm. „Conklin selbst nicht, das bezweifle ich stark. Aber kürzlich sind Gerüchte hochgekocht."

„Gerüchte?"

„Eben nur Gerüchte, nichts Substanzielles", wiegelt sie ab. „Es gibt ein par verärgerte Rulers, die uns von Zeit zu Zeit mit Informationen versorgen. Leute aus der unteren Ebene, fürchte ich. Wie gesagt, die Agency kümmert sich in letzter Zeit nicht sonderlich um heimische Sekten, wenn sie nicht gerade muslimisch sind oder mit Kindsmissbrauch zu tun haben. Erst dann schrecken sie hoch. Wie auch immer, ich habe gehört, dass Arthur Conklin momentan sehr krank sein soll, eigentlich schon seit Monaten. Ein Schlaganfall oder eine Nervensache, keiner ist sich ganz sicher. Es scheint lediglich festzustehen, dass ein harter Kampf um die Nachfolge und die Kontrolle der Organisation entbrannt ist."

„Und um das ganze Geld. Milliarden."

„Ja. Das ist typisch für Personenkulte. Was geschieht, wenn der charismatische Anführer stirbt? Wer übernimmt dann? Ein solches Kräftemessen wird oftmals durch Gewalt gelöst. Es heißt, dass die Führungsebene – also die Gruppe um Wendall Weems – mit Evangeline und ihrer Fraktion im Streit liegt. Evas Gefolgsleuten gehört auch der Sicherheitschef an."

„Was weiß man über ihn?"

„Eine ganze Menge, und nichts Gutes. Er heißt Bagrat Kavashi, liebevoll ‚Vash' genannt. Ein schneidiger Bursche mit schwarzem Schnurrbart, ziemlich eingebildet. Mr. Kavashi stammt aus der Volksrepublik Georgien, wo er als ambitionierter Teenager eine Privatmiliz betrieben hat. In Wirklichkeit war das eine kriminelle Vereinigung, mit Erpressung, Entführung, Mord und allem Drum und Dran. Als ihm die Sache zu heiß wurde, hat er sich die Beute geschnappt und sich nach Amerika aufgemacht, dem Land der unbegrenzten Möglichkeiten. Das ist nun schon Jahre her. Evangeline hat ihn sozusagen entdeckt und unter ihre Fittiche genommen – mutmaßlich auch in ihr Bett – und ihn zum Sicherheitschef befördert. Das war sehr geschickt von ihr. BK Security rangiert inzwischen an dritter oder vierter Stelle hinter Wackenhut, dem Top-Unternehmen auf diesem Sektor."

„Jetzt wo du es sagst", überlegt Shane, „bin ich mir recht sicher, dass das Labor, in dem die Proben aus Humble untersucht wurden, von BK-Leuten bewacht wurde. Dieser Kavashi ist also der Pitbull, der die Drecksarbeit macht?"

Maggie nickt. „Mein Gefühl sagte mir, wenn Eva die Diva entschieden hat, dass sie ihre Macht behalten kann, indem sie die Kontrolle über Arthur Conklins einzigen lebenden Nachfahren hat, dann würde Mr. Kavashi nicht zögern, eine Entführung zu arrangieren – vielleicht sogar eine Schule in die Luft sprengen, um seine Spuren zu verwischen. Aber das ist reine Spekulation. Es gibt nicht den Hauch eines Beweises für diese Theorie."

Shane beugt sich vor und faltet die Hände auf dem Tisch. „Das heißt, nach allem, was wir über die Akteure wissen, ist Haley Corbin vielleicht doch keine paranoide Wahnsinnige? Sie könnte demnach recht haben? Ist das deine professionelle Einschätzung?"

Maggie sieht ihm direkt in die Augen. Kein Flirt, kein Scherz, nur die Fakten. „Absolut", sagt sie. „Und wenn ich mich nicht irre, schwebt sie auch in Gefahr."

4. KAPITEL
In die Kälte und Schwärze

Die Route 31 ist nicht gerade das, was man einen Superhighway nennt. In westlicher Richtung kommen wahlweise Fahrspuren dazu oder fallen weg, hält eine einsame Ampel den Verkehr auf, windet sie sich durch kleine Dörfer wie Palmyra, Macedon und Egypt. Farmland, gesprenkelt mit ein paar verschlafenen Pendlerstädtchen. Was mich betrifft, könnte es an diesem Abend genauso gut die gelbe Backsteinstraße zur Smaragdstadt im Land des Zauberers von Oz sein.

Nach sechs Wochen purer Hölle fallen die Dinge endlich an ihren Platz, bewegen sich schneller und drehen sich dabei weniger. Die verrückte Mom bringt die Sache zum Laufen. Plötzlich kämpfe ich an zwei Fronten. Mein großer Junge ist in D. C. unterwegs und berät sich mit Experten, und ich bin auf dem Weg, mich mit dem nervösen, ich-bleibe-lieber-namenlosen Typen zu treffen, der behauptet, etwas über das Verschwinden meines Sohnes zu wissen.

Nicht dass er mir am Telefon viel erzählt hätte. Nur dass er am Tag nach der Explosion am Rochester Airport „etwas gesehen hat“. Was genau, wollte er nicht sagen, weil „sie vielleicht die Leitung abhören“. Ich habe den Eindruck, er arbeitet am Flughafen, aber auch hierzu wollte er mir übers Telefon keine Details verraten.

Mr. Paranoid. Nur bei einem persönlichen Treffen fühlt er sich sicher genug, um mit mir zu sprechen. Und ich bin mehr als gewillt, dieser Bitte nachzukommen. Eine Fahrt von dreißig Meilen ist kein Problem. Ich würde bis ans Ende der Welt reisen, wenn es nötig wäre. Außerdem gibt es mir etwas zu tun – etwas Sinnvolles –, während ich auf Shanes Rückkehr warte.

Auf dem Straßenstück, das parallel zum alten Erie-Kanal verläuft, klingelt mein Mobiltelefon. Ohne auf das Display zu schauen, klappe ich es auf – sorry, ich habe kein Headset –, weil ich denke, dass es Mr. Paranoid ist, der mir weitere Anweisungen geben will.

„Mrs. Corbin, sind Sie das?"

„Shane!"

„Sind Sie zu Hause?", will er von mir wissen.

„Nein, unterwegs."

Er besteht darauf, dass ich anhalte. Nicht einfach am Straßenrand parke, sondern auf einen ordentlichen Parkplatz fahre, um nicht einen Auffahrunfall zu riskieren. Der Unfall, bei dem seine Familie ums Leben kam, fällt mir ein. Also steure ich auf den Platz vor einem geschlossenen Landhandel und lasse die Scheinwerfer an. Sie tauchen den schneebestreuten Kies vor mir in helles Licht.

„Okay", sage ich. „Alles klar. Wie lautet das Urteil?"

Ich lasse es leicht klingen, etwa wie „Na, wie ist das Wetter so bei Ihnen?" Doch mir ist bewusst, dass seine Antwort mein Leben für immer verändern kann.

„Sie wissen, dass ich Ihnen versprochen habe, zurückzukommen und Ihnen alles zu erzählen, egal was ich herausfinde. Und das werde ich auch tun. Während wir sprechen, warte ich gerade darauf, dass mein Flug aufgerufen wird. Aber ich hab mir gedacht, warum sollte ich es Sie nicht gleich wissen lassen, dafür sind Telefone schließlich da."

„Also übernehmen Sie den Fall", sage ich, mir meiner Sache sicher, denn ich habe beschlossen, ein Nein nicht zu akzeptieren.

„Oh, ganz sicher", höre ich ihn sagen. „Habe ich das nicht gesagt?"

„Nicht direkt." Ich spüre, wie mir das Blut auf angenehme Art aus dem Kopf fließt. Ich fühle mich leichtfüßig und ein wenig schwindelig. „Ich danke ihnen, Shane. Danke, danke!"

„Entschuldigen Sie mich, ich bewältige grade zwei Dinge zugleich. Laptop und Telefon. Die Sache ist die, Mrs. Corbin, ein Mitarbeiter hat mir einige sehr interessante Fakten anvertraut. Eigentlich alles, was das FBI bisher über die Rulers ermitteln konnte. Einschließlich dem aktuellen Mitgliederverzeichnis, welches ein streng gehütetes Geheimnis sein soll. Aus dieser Liste habe ich ein paar Namen durchlaufen lassen. Raten Sie mal, wen ich da erwischt habe!"

„Roland Penny."

„Nein. Roland ist nicht dabei. Aber ein Michael Delancey entrichtet seit sieben Jahren Mitgliedsbeiträge an das Conklin Institute, und seine Frau Irene steht seit fünf Jahren in den Büchern."

Ich brauche eine Weile, bis ich die Namen zugeordnet habe.

„Mrs. Corbin?"

„Mein Gott", flüstere ich. „Seine Klassenlehrerin!"

„Ja. Genau dieser Umstand hat für mich den Ausschlag gegeben. Ein Zufall zu viel. Ihrem Hinweis folgend, dass Mr. Delancey früher an der Wall Street gearbeitet hat, habe ich ein wenig weiter recherchiert und herausgefunden, dass im vergangenen Jahr *beide* Delanceys an der Börse beschäftigt waren."

„Beide?"

„Sie war unter ihrem Mädchennamen registriert. Beide haben als Investmentbanker gearbeitet, Spezialgebiet Devisenhandel. Ein Power-Paar, das mutmaßlich das große Geld gemacht hat. Als Nächstes tauchen sie in Humble auf, und sie ist plötzlich die freundliche Lehrerin, die sich so rührend um Ihren Sohn kümmert."

„Diese scheinheilige Lügnerin", zische ich. „Ich glaube es einfach nicht! Sie war so nett!"

Shane murmelt zustimmend. „Sehr wahrscheinlich ist sie auch nett, auf ihre Art. Aber sie hatte mit der ganzen Sache zu tun, so viel ist sicher. Jeder neue Hinweis zeigt auf die Rulers."

„Ich *wusste* es."

„Und Sie hatten recht", bestätigt er. Dann höre ich Sorge aus seiner Stimme. Er zögert ein kleines bisschen, als ob er vermeiden wollte, schlechte Nachrichten zu verbreiten. „Hören Sie, Mrs. Corbin. Ich habe, äh, mit der Sektenexpertin des FBI gesprochen. Ich möchte hier nicht ins Detail gehen, aber ihrer professionellen Meinung nach gibt es Grund zu der Annahme, dass Ihnen Gefahr von diesen Leuten droht. Nicht nur Ihrem Sohn, sondern auch Ihnen persönlich."

„Sie haben mir das Schlimmste doch schon angetan", entgegne ich. „Was sollten sie mir noch zufügen?"

„Ich erkläre Ihnen alles, wenn ich bei Ihnen bin.", Shane spricht schneller. Die Hintergrundgeräusche lassen ahnen, dass er sich Richtung Gate bewegt. „Für den Augenblick möchte ich, dass Sie nach Hause fahren, die Tür verriegeln und niemandem außer mir aufmachen. Sie öffnen nicht einmal Leuten, die Sie bisher für Ihre Freunde hielten. Wenn die Rulers in der Lage waren, jemanden ins Schulsystem einzuschleusen, haben sie vielleicht noch mehr Leute in einflussreichen Positionen. Ich werde noch einmal die Liste durchgehen. Vielleicht kristallisiert sich noch ein anderer Name heraus." Er hält einen Augenblick inne, wartet auf meine Reaktion. „Mrs. Corbin?"

„Sobald ich zurück bin, werde ich die Tür verriegeln. Versprochen!" Und dann erzähle ich ihm, dass endlich jemand auf meine Vermissten-Flugblätter reagiert hat und dass ich, wie es der Zufall so will, gerade auf dem Weg zum Flughafen bin, um Mr. Paranoid zu treffen.

Bevor ich weitere Einzelheiten erklären kann, unterbricht er mich heftig. „Nein! Auf keinen Fall! Kehren Sie um, Mrs. Corbin, und fahren Sie sofort nach Hause. Bitte! Ich überprüfe den Herrn, sobald ich da bin."

„Ich kenne nicht einmal seinen Namen", protestiere ich. „Seine Telefonnummer war unterdrückt. Wie wollen Sie ihn da jemals finden?"

„Sie sagten, er arbeitet am Flughafen? Dann finde ich ihn auch."

„Nein, nein. Ich hatte nur den Eindruck, dass er da arbeitet, okay? Er selber hat nicht gesagt, ob er etwas auf dem Flughafen oder nur in der Nähe davon gesehen hat. Das Einzige, was ich sicher weiß ist, dass er mir etwas über Noah sagen will und Angst hat, das am Telefon zu tun. Deshalb haben wir einen Treffpunkt am Mietwagenparkplatz vereinbart."

„Er hat angedeutet, etwas beobachtet zu haben?"

„Das hat er gesagt. Er ist extrem nervös und verängstigt, und wenn ich nicht zu diesem Treff komme, fürchte ich, nie wieder etwas von ihm zu hören."

„Treffen Sie sich nicht allein mit ihm", bittet er. „Fahren Sie nach Hause. Schließen Sie die Tür ab."

„Wir treffen uns vor einer Mietwagenfirma", wiederhole ich. „Da sind sicherlich viele Leute, Überwachungskameras, Sicherheitspersonal. Und ich habe mein Pfefferspray in der Handtasche. Beim ersten Anzeichen von Gefahr setze ich es ein. Versprochen."

Shane seufzt, offensichtlich verzweifelt von meiner Antwort. „Sie sind eine sehr dickköpfige Frau, Mrs. Corbin. Aber wenn ich Sie schon nicht von Ihrem Plan abbringen kann, tun Sie mir wenigstens einen Gefallen, ja? Bleiben Sie am Flughafen, nachdem Sie sich mit wem auch immer getroffen haben. Suchen Sie sich den belebtesten Platz, eine Cafeteria oder einen Ticketschalter, eine Wartezone, was auch immer geöffnet ist. Einen Platz, wo Menschen sind. Warten Sie dort auf mich. Ich werde Sie finden. In weniger als zwei Stunden landet meine Maschine."

„Ich soll jetzt also doch nicht mehr nach Hause fahren? Was ist los?"

„Ich hab nachgedacht. Es könnte nichts sein, einfach ein Typ der denkt, er hätte etwas gesehen. Es könnte aber auch ein Trick sein, um Sie aus dem Haus zu locken. Also suchen

Sie sich einen sicheren, öffentlichen Ort und bleiben Sie da, bis ich Sie hole. Versprechen Sie mir das?“

„Ja, okay. Ich warte am Flughafen auf Sie.“

„Gut. Wunderbar. Ich muss jetzt los. Wir gehen an Bord. Wir sehen uns in weniger als zwei Stunden.“

Unnötige Risiken einzugehen ist nicht meine Sache. War es auch nie. Bungee- oder Fallschirmspringen, Extremsportarten, alles nichts für mich. Meine Vorstellung von Risiko ist es, eine neue Möbelpolitur auszuprobieren. Aber auf gar keinen Fall werde ich Mr. Paranoid davonkommen lassen. Es mag Zeitverschwendung sein, wahrscheinlich ist es das sogar, ich weiß. Möglicherweise hat der Bursche einen Jungen gesehen, der Noah ähnelt. Ein verständlicher Irrtum also. Vielleicht hat er seine Medikamente abgesetzt. Womöglich ist er auf eine Belohnung aus. Vielleicht ist er ein Perverser, der seinen Kick aus der Angst besorgter Eltern zieht. Egal was, ich werde es herausfinden. Denn es ist auch möglich, dass er der Schlüssel ist, dass er etwas beobachtet hat, was mich zu meinem Sohn führt.

Wie kann eine Mutter dieses Risiko *nicht* eingehen?

Mein Ziel, der Parkplatz von Budget, liegt an der Ringstraße des Flughafens, in Sichtweite des Terminalgebäudes. Es brennen eine ganze Menge Lichter, aber, um ehrlich zu sein, fühlt es sich viel verlassener an als erwartet. Als ich, wie angewiesen, zum hinteren Teil des Parkplatzes fahre, wird mein kleiner Subaru von mächtigen Windböen durchgeschüttelt, die über das Rollfeld und die offenen Felder herüberwehen.

Für den Nordwind geben wir üblicherweise Kanada die Schuld. Dieser hier weht aus Osten, also muss Vermont dran schuld sein. Oder Albany. Egal, er soll sofort aufhören. Niemand wandert gern in solchem Wetter herum, nicht einmal Mr. Paranoid. Was ich durch die beschlagene Frontscheibe sehen kann, sind die grellen Scheinwerfer der Security, verschwommene Schatten und Reihen über Reihen reifbedeckter

Autos. Kleine Windhosen aus Schnee wirbeln wie schmalhüftige Ballerinas durch die Parkgassen, türmen sich auf, brechen wieder zusammen, wie erschöpft von der Kälte, und werden zurück zur Erde gesogen.

Wer immer er ist, er zeigt sich nicht. Etwas muss ihn verschreckt haben. Kommen Sie so bald wie möglich, sagte er am Telefon. Als ob er bereits da wäre und auf mich wartete. Als ob er dort beschäftigt wäre. Beschäftigt als was? Die Ausfahrtschranke arbeitet automatisch, und falls jemand in dem Häuschen daneben sitzen, ist er nicht zu sehen. Vielleicht eingeschlafen?

Soll ich hupen? Mich bemerkbar machen?

Zentimeter von meinem Kopf entfernt kratzt eine eisige Kralle Eis von meinem Seitenfenster. Mein Herz zieht sich zusammen, als ich meinen Blick wende und ein maskiertes Gesicht sehe, das mich aus kurzer Entfernung aus wässrigen Augen betrachtet.

Es ist keine Klaue, sondern ein Eiskratzer aus Kunststoff. Die Gestalt fuchtelt mit dem Kratzer herum, bedeutet mir, das Fenster herunterzufahren.

Mr. Paranoid.

Ich fahre das Fenster wenige Zentimeter weit herunter. Mit meiner rechten Hand umklammere ich die Pfefferspraydose in meiner Manteltasche.

„Haley Corbin?“, fragt er.

Die Stimme eines Jungen, noch jünger als er am Telefon klang. Er zieht sich die Skimaske vom Kopf, sein Atem gefriert. Ein knochiges, verwildertes Gesicht, schlechte Haut, unregelmäßige Zahnlücken. Ungefähr Highschoolalter, ganz sicher unter zwanzig. Sein Atem riecht nach Nikotin und Bier.

Mr. Paranoid trinkt Alkohol im Dienst. Muss er seine Nerven beruhigen? Er ist ein hibbeliger, schmächtiger Kerl, zappelt unruhig neben meinem Auto herum.

„In den Van“, sagt er, deutet mit dem Eiskratzer wie mit

einem Leuchtschwert in die Richtung. „Wir unterhalten uns dort. Nicht hier im Freien."

Er schaut sich um, sehr verstohlen, ist nervös und flatterhaft. Ich muss mich daran erinnern, dass er eine Gefahr für mich sein könnte. Er könnte mich mit dem scharfen Eiskratzer überfallen, mir giftige Dämpfe entgegenatmen, mit seinen brüchigen Zähnen an mir herumnagen.

Gut, er wirkt harmlos, hat mehr Angst vor mir als ich vor ihm, trotzdem bleibt meine Hand am Pfefferspray.

„Scheiben reinigen, das ist mein Job", erklärt er, wird plötzlich gesprächig, als wir durch den Schnee quietschen. Er führt mich zu einem weißen Van von Budget. Laufender Motor, beheizte Scheiben. „In jedem Fahrzeug ist ein Eiskratzer, aber manchmal reicht das nicht. Also hab ich Enteiserspray und so, Sie wissen schon."

„Wie für die Flugzeuge."

„Genau. Genau so."

„Wie heißt du?"

„Ähm, ich, äh, würde ich lieber nicht sagen. Keine Namen, okay?"

„Du kennst aber meinen."

„Yeah."

Kurz vor dem Van halte ich an. Die Hand immer noch im Parka. „Ich werde nicht mit dir da reingehen", kündige ich an. „Was ist, wenn du plötzlich davonfährst?"

„Warum sollte ich das tun?", fragt er und klingt verblüfft ob dieser Idee.

„Was weißt du über Noah?", fordere ich ihn heraus. „Was hast du beobachtet? Hast du meinen Jungen gesehen?"

Seine Hand flattert um seinen Kopf, als müsse er Bienen verscheuchen. „Nein! Nicht hier draußen!", warnt er mich. „Drinnen. Setzen Sie sich meinetwegen auf den Fahrersitz. Hier sind die Schlüssel. Ich werde mit Ihnen nirgendwo hinfahren."

Er stampft um den Van herum, schwingt sich auf den Beifahrersitz, schlägt die Tür zu. Ich klopfe ans Fenster. Er schüttelt den Kopf und deutet auf die Fahrerseite.

Ich schlüpfe hinein, halte das Pfefferspray auf meinem Schoß fest. Er starrt auf das Armaturenbrett, sein knöchriges Gesicht verzogen, als ob er etwas sehr Saures schmeckt.

„So. Hier bin ich, wie gewünscht. Also, was ist mit meinem Jungen? Was hast du gesehen?"

Mr. Paranoid wendet sich mir zu. Immer noch nervös, aber mit einem Ausdruck voller Sorge.

„Tut mir wirklich leid", flüstert er traurig. „Ich brauch einfach die Kohle."

Bevor ich reagieren kann, nehme ich einen Schatten hinter mir wahr.

Eine starke Hand presst einen nassen Lappen über mein Gesicht.

Schwindel. Ein reißender Strudel. Dämpfe in den Augen.

Ich schreie in den Lappen, als die Dunkelheit mich hinunterzieht, in die Kälte, in die Schwärze.

5. KAPITEL
Schlendern wie Kanye

Randall Shane kühlt seine Sohlen in einem kleinen, fensterlosen Raum tief im Inneren des Flughafenterminals. Strahler tauchen einen schmalen Tisch mit Laminatplatte und drei Plastikstühle in viel zu helles Licht. Das gallige Grün der Wände kann kein Zufall sein. Sehr wahrscheinlich die Empfehlung eines Sicherheitsberaters mit einer Theorie über farbinduzierte Geständnisse. Nach Shanes nicht ganz unbescheidener Meinung haben diese krankmachenden Farbprojekte dieselbe Wirkung auf Verdächtige wie dröhnende Musik. Stell den Snoop Dogg leiser, ich gestehe! Genau. Man sollte es an die Davidianer weitergeben.

Unglaublich langsam vergeht eine Stunde. Ohne Mobiltelefon, Laptop und seine Notizen – jegliche Verbindung zur Außenwelt – bleibt ihm nichts anderes übrig, als noch einmal durchzugehen, was seit der Landung seines Flugzeugs geschehen ist. Alles Fehler und Fehleinschätzungen die er gemacht hat, angefangen bei seiner Entscheidung, nach Washington zu fliegen, wenn er doch – zumindest im Nachhinein gesehen – auf Haley Corbin hätte aufpassen sollen. Seine Gedanken fliegen zurück zu jenem Augenblick nur mühsam beherrschter Panik, als er feststellen musste, dass seine schrecklichsten Ängste wahr geworden waren: Seine Klientin ist unauffindbar, ist weder am Flughafen noch in der Umgebung noch zu Hause. Haley Corbin ist verschwunden. Zuerst ihr Mann. Dann ihr Sohn. Nun sie selbst.

Ein vierschrötiger, sauertöpfischer Mann betritt mit zwei dampfenden Starbuck-Tassen in der Hand den Raum. Mit einem Tritt schließt er die Tür. „Hey Randy, ich hab mir gedacht, Sie könnten jetzt einen Kaffee gebrauchen."

„Randy?", gibt Shane mit hochgezogener Augenbraue zurück.

„Wollte nur freundlich sein."

„Aha", erwidert Shane ohne jede Regung. „Das erklärt alles. Sie waren auch nur freundlich, als Sie die Tür von außen verschlossen."

Preston Chumley, ein vierundvierzigjähriger Senior-Ermittler der New York State Police, versucht, ein unschuldiges Gesicht aufzusetzen. „Die Tür war abgeschlossen? Ich entschuldige mich. Das war ein Versehen. Sie sind schließlich nicht verhaftet. Sie stehen auch nicht unter Arrest."

„Ich bin auch kein Verdächtiger", betont Shane. „Je eher Ihnen das klar wird, desto früher werden Sie in der Lage sein, Ihre Aufmerksamkeit auf die Suche nach Mrs. Corbin zu lenken."

„Ich bedanke mich für den Rat. Wir versuchen unser Bestes zu geben, auf unsere einfache, stümperhafte Art."

Shane stößt einen Seufzer aus und schaut sich den Mann genau an. Seine Augen stehen zu nahe beieinander, das ist das Problem. Das macht es ihm schwer, das Wesentliche zu sehen. Außerdem wölbt sich sein fleischiger Hals über den Kragen, was ihn einer blassen, zu dick gestopften Wurst ähneln lässt. Vielleicht ist es auch der zu eng sitzende, billige Anzug, der ihn gereizt und misstrauisch macht. Warum sonst sollte er sonst den Mann festhalten, der eine Frau als vermisst gemeldet hat?

„Haben Sie die Nummern auf meinem Handy angerufen?

Chumley zuckt die Achseln. „Ja, die erste. Eine Monica Soundso."

„Die stellvertretende Direktorin des FBI, Monica Bevins."

„Ja. die. Ich hab eine Nachricht hinterlassen. Stellvertretende Direktorin, hey. Das klingt ja sehr wichtig."

„Ist es auch. Sie berichtet an den Direktor."

„Ich bin beeindruckt. Das Problem ist nur, dass sie noch keine Zeit hatte, mich zurückzurufen. Also entweder kennt sie Sie nicht, oder sie reagiert nicht auf Nachfragen von einfachen Ermittlern, oder sie ist gerade mit irgendeinem wichtigen FBI-Kram beschäftigt und will nicht gestört werden. Womit wir wieder da wären, wo wir angefangen haben."

„Ja, mit mir, der ein Verbrechen gemeldet hat."

„Sie haben Ihren Verdacht geäußert – ich glaube, Sie nannten es ‚Bauchgefühl' –, dass eine Frau auf diesem Flughafengelände entführt wurde."

„Beziehungsweise in der Nähe."

„Der Mietwagenparkplatz, ja, ja. Der sich auch auf dem Flughafengelände befindet."

„Haben Sie ihr Fahrzeug gefunden?"

Anstatt zu antworten, kaut Chumley auf einem Stückchen Nagelhaut und spuckt es aus. Für Shane ist das Kauen von Nagelhaut in der Öffentlichkeit ein Schwerverbrechen. Doch der Mann ihm gegenüber scheint sich seines groben, widerlichen Benehmens nicht im Mindesten zu schämen. Er ist der Typ, der beim Urinieren mit dem Handy telefoniert.

Reiß dich am Riemen, denkt Shane. Je persönlicher die Angelegenheit wird, desto weniger dient sie dem Fortgang der Sache. Was zählt, ist Mrs. Corbin, nicht mögliche blaue Flecken an seinem Ego.

„Sollten Sie das Gefühl haben, ich mische mich in Ihre Ermittlung ein, möchte ich mich entschuldigen", lügt er. „Es soll nicht wieder vorkommen."

Chumley hebt träge die Schultern. „Ach ja? Ich kenne Ihre Arbeitsweise aus dem Internet. Dankschreiben von entzückten Eltern. Hat mich sehr bewegt."

„Glauben Sie nicht alles, was im Internet steht."

„Oh, das tue ich nicht. All diese Geschichten über Randall Shane, der niemals aufgibt, der das Gesetzt in die eigenen Hände nimmt, Beweise ohne Durchsuchungsbefehle sammelt, sich als Gesetzeshüter ausgibt, die lokale Polizei wie Clowns aussehen lässt. Wenn Sie das wirklich alles getan hätten, wären Sie schon längst dafür belangt worden. Sind Sie aber nicht, hab ich überprüft. Also sind diese ganzen Geschichten Blödsinn. Der große böse Ex-FBI Special Agent, das ist doch auch Blödsinn, oder, Randy?"

„Wenn Sie meinen."

„Kommen Sie, Mann. Als Sie noch im Dienst waren, haben sie doch nicht ständig irgendwelche Entführungsopfer aus ihrem Versteck befreit. Sie haben nicht gerade laufend Türen eingetreten, stimmt's? Sie haben, Anführungszeichen, Identifizierungs-Software entwickelt, Abführungszeichen."

„Da haben Sie recht:"

„Ein Computer-Nerd. So ein großer Kerl wie Sie? Schätze, sie haben herausgefunden, dass Sie draußen im Feld untauglich waren, also hat man Sie in die Entwicklungsabteilung gesteckt und Sie mit Ihrem ganz persönlichen Kugelschreiberetui ausgestattet."

Shane nickt zustimmend. „Ich habe es immer noch. Das Kugelschreiberetui. Besser als eine Splitterschutzweste."

„Ganz meine Meinung", murmelt Chumley. Mit seinem dicken, rosafarbenen Finger versucht er, seinen Hemdkragen zu lockern. Das aufgerissene Nagelbett des Fingers blutet.

„Sie haben natürlich recht", Shane schaut ihn beschämt an. „Ich bin ein Schwindler. Ich habe mir Orden an die Brust geheftet, die eigentlich der Polizei zugestanden hätten. Das hier ist nicht ansatzweise meine Liga. Deshalb habe ich auch Mrs. Corbin vermisst gemeldet, weil ich nicht wusste, was ich sonst hätte tun können."

Chumleys kleine Schweinsäuglein leuchten auf. „Sie geben also zu, dass Sie dem Parkplatzwächter absichtlich einen falschen Eindruck Ihrer Identität vermittelt haben?"

„Nicht absichtlich. Das würde ich nie tun. Aber es kann sein, dass er den Eindruck hatte, ich wäre ein aktiver Agent, und nicht im Ruhestand."

Chumley reckt sich in seinem Sitz. „Sie haben ihm eine Dienstmarke gezeigt?"

„Ich hab gar keine Dienstmarke. Eine Brieftasche mit meiner Visitenkarte habe ich ihm vorgelegt. Die Sie mir abgenommen haben, mit meiner Geldbörse zusammen."

„Der Mann meint, eine Dienstmarke gesehen zu haben."

„Es hat geschneit. Ich musste den Kerl wecken. Er war vor dem Shoppingkanal eingeschlafen. Was Sie als Chefermittler sicherlich gleich registriert haben."

„Klugscheißer. Ja, der Typ ist ein Trinker. Was aber nicht bedeutet, dass er keine Dienstmarke von Ihnen gesehen hat."

„Doppelte Verneinung, würde ich sagen."

„Was?"

Shane seufzt, versucht, beschämt auszusehen. „Sie haben mich erwischt, Trooper. Ich hab das alles selbst ins Internet gestellt. Alles über die vermissten Kinder. Die Danksagungen, die Fotos der wieder vereinten Familien. Mir geht es nur ums Geld, ich nutze den Schmerz der Eltern zu meinem persönlichen Vorteil. Beim FBI habe ich mich hinter meinem Schreibtisch verschanzt, weil ich Angst davor hatte, Türen einzutreten. Beim Anblick von Blut werde ich ohnmächtig. Ich bin total nutzlos."

„Wusste ich's doch", sagt Chumley. Er sieht dabei aus wie jemand, der es kaum erwarten kann, endlich den riesigen, saftigen, mit Marmelade gefüllten Doughnut zu verschlingen.

„Aber in dieser speziellen Situation habe ich kein Gesetz gebrochen", fügt Shane betrübt hinzu. „Ich hab mich nicht als Gesetzeshüter ausgegeben. Ich besitze keine Dienstmarke mehr, nicht einmal ein Erinnerungsstück. Und selbst wenn ich eine hätte, würde ich sie nicht benutzen, denn das wäre illegal, und ich bin ein Feigling und hab Angst davor, in den Knast zu gehen"

Der Trooper saugt an seinen Zähnen. Er scheint irritiert. „Die Lady ist reich und verrückt, und das haben Sie gnadenlos ausgenutzt. Wie viel hat sie Ihnen gegeben?"

„Bisher noch nichts. Wir haben uns noch nicht auf eine Summe geeinigt."

„Ach ja? Und das soll ich Ihnen glauben? Ich habe zwar nie für das FBI gearbeitet, aber auch wir haben unsere Quellen. Und die besagen, dass Haley Corbin in den letzten Tagen zehntausend Dollar in bar von ihrem Konto abgehoben hat."

„Die sie aber behalten hat", erklärt Shane. „Sie hat mir das Geld vor die Nase gehalten und mir gesagt, vorher wolle sie Ergebnisse sehen. Eine sehr pragmatische Frau, diese Mrs. Corbin."

„Es ist illegal, sich als Privatdetektiv auszugeben."

„Ich bin nur Berater. Das ist legal."

„Wollen Sie meine Meinung hören? Ihr ganzen falschen Polizeiermittler und unlizenzierten Privatdetektive und sogenannten Berater, Ihr nutzt arme Leute aus, die es nicht besser wissen. Aasgeier seid ihr."

„Jetzt haben Sie mich schon wieder ertappt. Wir sind der Abschaum der Erde. Haben Sie eigentlich ihren Wagen gefunden?"

„Ich bin's, der hier die Fragen stellt. Und bisher ...

Ein lautes Klopfen an der Tür unterbricht ihn. Ein junger uniformierter Trooper steckt den Kopf herein. „Sir? Major Seavey am Telefon."

Mit mürrischem Blick geht Chumley zur Tür. „Bleiben Sie, wo Sie sind. Bitte", sagt er im Hinausgehen.

Das Schloss an der Tür schnappt ein.

Shane lehnt sich in seinem Stuhl zurück und verschränkt die Hände hinterm Kopf. Danke, ich fühle mich jetzt besser. Es hat den Anschein, als ob Major Seavey Chumleys Chef im Bureau of Criminal Investigation ist, der zivilen Einsatzzentrale der State Police. Zweifelsohne ein kluger Kopf, sonst wäre er nicht in einer solchen Position. Auf dieser Ebene hat er bereits mit verschiedenen Bundesbehörden zusammengearbeitet und wird weniger geneigt sein, wie Chumley seinen Ressentiments nachzugeben.

Entweder das, oder er wird sich irgendeine Anschuldigung

ausdenken, mit der er Shane so lange festsetzen kann, bis seine Männer die Lage sondiert haben. Die nächsten fünfzehn Minuten vergehen so zügig wie das Trocknen frischer Farbe an einem regnerischen Tag. Shane begutachtet seine Fingernägel. Wünscht sich seinen Laptop herbei oder wenigstens etwas zu lesen. Eine Zeitung, eine Zeitschrift, einen Roman, die Inhaltsangabe auf einer Müsliverpackung, egal was.

Jahrhunderte verstreichen. Schließlich kehrt Spezialermittler Chumley mit auffällig veränderter Haltung zurück. Seinem Gesichtsausdruck nach zu schließen, könnte man annehmen, sein verändertes Verhalten wurde dadurch erreicht, dass man ihm die Fingernägel gezogen hat.

Shane entspannt sich.

„Folgen Sie mir", sagt der nun etwas verloren wirkende Chefermittler.

Shane folgt ihm aus dem Verhörraum, eine Reihe enger, fensterloser Flure entlang, zu einem anderen Raum, der kaum geräumiger ist als jener, den sie soeben verlassen haben. Chumley hält die Tür auf und sagt nichts, als Shane an ihm vorbeigeht. Das Zimmer ist vom Boden bis zur Decke vollgestopft mit Überwachungsmonitoren. Flatscreen-LCD-Monitore, jeweils gespeist von vier Kameras aus allen Ecken des Flughafens. Shane zählt sie nicht nach, aber in das System müssen über hundert Kameras eingebaut sein.

„Beeindruckend", sagt Shane zu seinem leise vor sich hinbrütenden Gastgeber.

Er ist nicht wirklich beeindruckt, doch er versucht, nett zu sein. Es hat keinen Zweck, den Mann mit der Nase in den Dreck zu stoßen, den er selbst verursacht hat. Wenn es schon bei jungen Hunden nicht klappt, wie sollte es dann bei Menschen funktionieren?

Ohne Shane in die Augen zu schauen, fängt der bullige Ermittler an zu erklären. „Die stellvertretende Direktorin, Bevins, hat angeordnet, Ihnen unsere vollste Kooperation zuzusagen. Mein Vorgesetzter hat mir befohlen, dem zu entsprechen."

„Ich weiß das zu schätzen“, sagt Shane.

„Ich hab Sie für einen Betrüger gehalten“, fährt Chumley fort, zieht die Wörter so zäh heraus, als wären sie tief ins Fleisch eingedrungene Kugeln.“Das FBI sagt, Sie seien keiner ... mein Fehler.“

„Kein Problem. Was haben Sie herausgefunden?“

Chumley seufzt tief auf, nickt zu den Monitoren. „Das Fahrzeug des Opfers. Unterstes Deck in der Langzeitgarage. Leer.“

„Haben Sie es durchsucht?“

„Nicht ohne Durchsuchungsbefehl, nein. Aber wir haben es einer gründlichen visuellen Untersuchung unterzogen. Es handelt sich um einen Van, voll einsehbar, kein Platz, um einen Körper zu verstecken, wenn Sie das meinen.“

„Das meine ich“, bestätigt Shane. Der Klumpen in seinem Magen entknotet sich etwas. „Haben Sie sie auf Film, wie sie einparkt?“

„Kein Film“, meint Chumley leicht beleidigt. „Wir sind hier voll digitalisiert.“

Shane hält sich zurück. ‚Film‘ ist die geläufige Bezeichnung für eine Aufzeichnung, und Chumley weiß das.

„Sie haben wir nicht“, kommt endlich die Antwort, die Worte bleiben Chumley fast in der Kehle stecken. „Aber den Jungen, der den Wagen dort abgestellt hat.“

Shane ist sofort alarmiert, sein Blut kocht. „Zeigen Sie’s mir“, sagt er.

Chumley wirft die MPEGs an und bedeutet Shane, den Joystick zu bedienen. Der erste Abschnitt dauert etwa vier Sekunden. Er erfasst den Weg von der Ticketausgabe an der Südeinfahrt bis zur Langzeitgarage jenseits der Zufahrtstraße zum Terminal. Der Fahrer fährt das Fenster herunter, dabei wendet er den Kopf ab. Durch die heruntergezogene Kapuze bleibt sein Gesicht im Verborgenen. Wie Chumley vorher gesagt hat, macht der Fahrer einen jugendlichen Eindruck, aber alles, was Shane wirklich erkennen kann, ist die schmale Hand, die das Ticket aus dem Automaten zieht.

„Hellhäutig."

„Ein Weißer, ja."

„Er weiß von den Kameras."

„Die kann jeder sehen. Wir verstecken sie nicht:"

„Könnte ein Angestellter sein."

„Vielleicht."

Shane nimmt sich Zeit. Zuerst lässt er den Abschnitt noch einmal in Zeitlupe durchlaufen, danach in Einzelsequenzen. Nichts Auffälliges. Niemand im Hintergrund hinter dem Fahrer. Der Beifahrersitz scheint unbesetzt zu sein. Keine Anzeichen, dafür, dass sich Haley Corbin im Wagen befinden könnte. Keine verräterischen Spiegelungen im Lack oder in den Scheiben oder im Rückspiegel. Er scrollt zum nächsten Abschnitt, vierzehn Sekunden lang. Der Anfang zeigt, wie Mrs. Corbins Subaru in eine enge Parklücke stößt. Die Kamera befindet sich hinter dem Van und erfasst die gesamte Parkreihe. Sofort öffnet sich die Tür des Subaru, doch das Fahrzeug ist zu eng eingeparkt und der Fahrer hat Mühe, auszusteigen.

Trommelwirbel, denkt Shane und erwartete, dass der nervöse Fahrer gleich etwas Dummes tun wird. Doch er tut sogar etwas sehr Kluges und schlängelt sich mit dem Hintern voran aus der engen Tür. Offensichtlich ist er sich der Kameras nur zu bewusst, denn er steigt nicht nur rückwärts aus, er nutzt auch seine linke Hand, um seine Kapuze festzuhalten und so sein Gesicht die ganze Zeit vor der Kamera zu verbergen.

„Jetzt passen Sie auf", warnt Chumley.

In diesem Moment weht ein böiger Wind durch das Parkhaus und pustet die Kapuze herunter. Einen Herzschlag lang erstarrt der junge Mann, unsicher, was er tun soll, doch es ist egal: Er trägt eine Skimaske. Schließlich löst sich der Maskierte von dem Wagen, verschwindet rasch im Schatten und damit aus dem Erfassungsbereich der Kamera.

„Kapuze und Maske", sagt Chumley. „Außerdem trägt er Gummiüberzieher über seinen Stiefeln. Mr. Übervorsichtig."

Mr.Paranoid, denkt Shane als er den kleinen Streifen immer und immer wieder abspielt, aber ohne weitere Erkenntnis.

„Fällt Ihnen an seinem Gang etwas auf?", fragt er.

„Hip-Hop", sagt Chumley. „Viele Weiße machen diesen Hip-Hop-Gang nach."

„Das erklärt vieles", sagt Shane und nickt dazu. „Er hüpft ein wenig. Ich dachte bisher, es sind seine Nerven, doch Sie haben recht. Er bewegt sich wie ein Rapper."

„Nicht unüblich", kommentiert Chumley selbstzufrieden. „Die Hälfte der Jugendlichen von Rochester, der weißen Jungs, meine ich, bewegt sich heutzutage wie Kanye."

„Wie wer?"

„Nie von Kanye West gehört?"

„Selbst wenn, hab ich's vergessen."

„Na ja, nicht weiter schlimm."

„Ich bin mehr für Van Morrison, J. J. Cale, Bonnie Raitt", erklärt Shane. „Und ich mag ein paar der Songs von Amy Winehouse. Dieses alte R & B-Gefühl, verstehen sie?"

„Nicht wirklich. Ich habe einen Fünfzehnjährigen, der hält Kanye für einen Gott. Das ist alles was ich weiß."

„Okay", kommt Shane zum Thema zurück. „Wir sind uns einig, dass er sehr jung ist, fünfundzwanzig oder jünger, weiß, vermutlich mag er Hip-Hop. Kommt das so ungefähr hin?"

„Er hat den Wagen nicht geklaut." Chumley klingt verteidigend, obwohl er eine durchaus wertvolle Anmerkung macht. „Das bedeutet, er war Teil des Ganzen."

„Teil der vermutlichen Entführung von Haley Corbin?"

„Wie gesagt. Er kommt an ein verlassenes Fahrzeug und hat mehrere Optionen – melden oder stehlen. Da er den Wagen außer Sichtweite bringt, indem er ihn in einem Parkhaus versteckt, scheint er mir irgendwelchen Anordnungen zu folgen."

„Teil einer Verschwörung."

„Ich hasse diesen Ausdruck. Die Spitze des Eisbergs und der ganze Mist", gibt Chumley zurück.

„Eine kleine, kriminelle Verschwörung mit dem Ziel, eine Frau zu entführen. Sie wird unter einem Vorwand an einen bestimmten Ort gelockt, sehr wahrscheinlich der Parkplatz, den sie erwähnte, dort wird sie überwältigt und ihr Wagen weggeschafft. Bei halbwegs guter Organisation braucht man nicht mehr als zwei, drei Männer dafür."

„Eine Verschwörung im juristischen Sinn."

„Genau", meint Shane. „Ich, Sie und unser Kumpel Kanye wollen eine Bank ausrauben. Das ist eine Verschwörung, einverstanden?"

„Klar, ja. Wenn sie also tatsächlich entführt worden ist, wer war es?"

Shane überlegt sorgfältig und entscheidet sich, nicht zu viel zu enthüllen. Nicht zu diesem kritischen Zeitpunkt und nicht gegenüber S. I. Chumley. „Unbekannt", sagt er. „Sie glaubte, sich mit jemandem zu treffen, der Informationen über ihren Sohn hat."

Chumley hat sich wieder so weit erholt, dass er Shane in die Augen sehen kann. „Ihr Sohn, das ist der Tote von Humble, richtig? Der aus der Schule?"

„Mrs. Corbin glaubt, dass ihr Sohn die Explosion überlebt hat."

Chumleys Doppelkinn vibriert, als er sich räuspert. „Das glaubt sie wirklich, wie? Und was glauben Sie?"

Shane setzt ein dürftiges Lächeln auf. Nichts preisgeben, denkt er. „Ich glaube, dass Mrs. Corbin vermisst wird."

6. *KAPITEL*
Dunkler als der Schlaf

Ich wache weinend auf, weil in meinem Traum Noah eingekuschelt neben mir liegt und ich über seine Haare streichle und mir wünsche, der Traum möge niemals enden.

Das Gefühl des schmerzhaften Verlustes fühlt sich an, wie wenn mein Herz stehenbliebe.

Ich hatte ihn wieder! Sein kleiner Körper, dicht gedrängt an meinen, wie damals, als sein Vater starb und wir beide das willkommene Vergessen im Schlaf suchten. Ein Teil von mir wusste, dass dies kein Dauerzustand war, dass er mit dem Wachwerden wieder verschwinden würde. Aber es war so real. Er war bei mir. Ich habe den Duft seines Haars gerochen. Seinen Puls im Einklang mit meinem gespürt.

Ein Kind zu verlieren ist, wie ein Körperteil zu verlieren. Man weiß, das Glied fehlt, aber mit geschlossenen Augen kann man es immer noch fühlen. Die Verbindung bleibt intakt, Nerven zum Gehirn, Blut zum Herzen, Seele zu Seele. Und so bleibe ich liegen, eingerollt wie ein Fötus, die Augen zusammengepresst. Ich will ihn zurückhaben. Nur für einen Augenblick, lieber Gott. Nur lange genug, um seine Wärme zu spüren.

Nach einer Weile versiegen die Tränen, und ich merke, dass meine Augen nicht mehr geschlossen sind. Und doch bleibt die Dunkelheit bestehen. Eine Dunkelheit, dunkler als der Schlaf. Eine Dunkelheit, die mich von allen Seiten zu erdrücken droht.

Meine Hände greifen um sich, berühren eine harte Kunststoffoberfläche.

Der Budget Mietwagen. Der nervöse Kerl, der sagte, es tue ihm leid, er brauche das Geld. Etwas, das sich hinter mir auftürmte, der nasse Lappen über meinem Gesicht. Mit einem Schlag kommt alles zurück: Ich wurde entführt!

Ich versuche, um mich zu treten und stelle dabei fest, wieso ich so zusammengerollt daliege. Es ist nicht genug Platz, um meine Beine auszustrecken. Ich atme tief durch, zwinge mich, ruhig zu werden. Mit Händen und Füßen ertaste ich die Grenzen meines Gefängnisses und stelle fest, dass ich von Kunststoff umgeben bin, dessen Oberfläche durchlöchert ist. Luftlöcher. Ein Stück über meinem Kopf ist ein glattes Gitter und unter mir eine Art gepolsterter Teppich.

Jetzt weiß ich, was das hier ist. Eine Hundebox! Eine dieser großen Kunststoffkisten. Meine Freundin Helen hat einen großen honigfarbenen Labrador, der gern in so einer Kiste schläft. Er wurde von klein auf daran gewöhnt, die Box ist seine eigene kleine Höhle, in der er sich sicher fühlt.

Jemand hat mich betäubt und in diese Hundekiste gesteckt. Steht sie im Kofferraum meines Vans? Ist die Dunkelheit deshalb so undurchdringlich?

Im Dunkeln beginnt die Box sich zu bewegen. Schneller und schneller und schneller.

Ich schreie und schreie und schreie.

7. KAPITEL
Das Hip-Hop-Kid

Eine gute Stunde später ist Shane wieder in seinem Hotelzimmer im Comfort Inn, wenige Meilen vom Flughafen entfernt. Er beugt sich unter der Dusche vor, damit das heiße Wasser über seinen Kopf strömen kann, als plötzlich sein Handy klingelt und wild über den Waschbeckenrand tanzt. Sein Haar ist voller Shampoo, also tastet er blind nach dem Telefon, klopft die gesamte Fläche ab, wie man einen Hund tätschelt. Als er schließlich das Handy am Ohr hat, ist der Anruf schon an die Mailbox weitergeleitet worden.

Gute Nachricht. Das Hip-Hop-Kid ist verhaftet worden.

Die Vorgesetzten von Chefermittler Preston Chumleys haben entschieden, dass der Verdächtige nicht auf dem nächsten Polizeirevier, sondern auf dem Gelände des Flughafens vernommen werden soll, und zwar unter Aufsicht der Abteilung Sicherheit des Heimatschutzministeriums, HSA. Diese hat weitgehende Vollmachten, praktisch jedermann für verdächtiges Verhalten zu verhören. Wobei der Begriff „verdächtig" in den Statuten extra nicht ausführlich erklärt ist.

„In der Praxis können sie dich aus der Schlange beim Sicherheitscheck holen, weil du dein Kaugummi falsch kaust. Oder, wie in diesem Fall, wegen ‚unverwechselbaren Gangs'", erläutert Chumley.

„Sozusagen falsches Gehen", sagt Shane.

„Und dabei nicht Kaugummi gekaut", fügt Chumley mit einem Grinsen hinzu.

„Wie auch immer Sie das angestellt haben, das war verdammt schnelle Arbeit, Cowboy."

„Nix dabei", imitiert Chumley einen stark texanischen Akzent. „Wir haben bei den Angestellten der Mietwagenfirmen am Flughafen angefangen und hatten ihn schon, bevor wir überhaupt richtig losgelegt haben."

„Und Sie sind sich sicher, dass es der Richtige ist?"

„Wenn es noch einen dürren, wie ein Hip-Hopper gehenden weißen Jungen gibt, der bei einer Mietwagenfirma arbeitet, habe ich ihn zumindest nicht gefunden Er muss es sein", fügt Chumley hinzu, „weil er so bereit war, verstehen Sie?"

„Er war also nicht überrascht?"

„Nicht im Geringsten."

Die Absprache ist, dass Shane als an dem Fall interessiertem, ehemaligem Special Agent die Gunst gewährt wird, der Vernehmung beizuwohnen, allerdings darf er keine Fragen stellen. Zumindest nicht direkt.

„Ich frage Sie, Sie fragen ihn?"

„Das sollte funktionieren", meint Chumley, der sich anscheinend überlegt hat, dass die Sache besser läuft, wenn er mit dem früheren FBI-Agenten zusammenarbeitet.

Der Verdächtige wurde in derselben fensterlosen Zelle untergebracht, in der Shane sich die Zeit vertreiben durfte. Er sitzt da, das Kinn auf der schmalen Brust, mit schweren Augenlidern und lässt keinerlei Überraschung oder Erwartung erkennen, als die beiden Männer den Raum betreten. Arme vor der Brust verschränkt, Beine gespreizt. Die trotzige Pose eines verstörten Jugendlichen mit weitreichenden Erfahrungen im Strafsystem. Rasierter Kopf, Baggypants, eine verschwommene Ninja-Tätowierung im Genick, das ganze Paket.

Außer dass Gordon Kurtso, neunzehn Jahre alt, seltsamerweise noch nie vorher verhaftet oder in Gewahrsam genommen wurde. Noch nicht einmal eine Verwarnung im Straßenverkehr

Chumley zieht seinen Stuhl so nah heran, dass er den Atem des Jungen riechen kann. „Hey Gordon. Wie geht's?"

Der Junge reagiert nicht.

„Tut mir leid, dass wir dich aus dem Bett geholt haben. Du bist erkältet, oder? Bist du deshalb mitten während deiner Schicht gegangen?"

Keine Reaktion.

Chumley wendet sich an Shane. „Als wir ihn abgeholt haben, hat er behauptet, er habe die Grippe. Muss eine Halsgrippe sein, die ihm auf die Stimme schlägt. Wissen Sie, was das Coole an Mr. Gordon Kurtso ist? Er nennt sich G-Man. Das ist sein Gangstername oder Straßenname oder so was." Chumley wendet sich wieder dem Verdächtigen zu, legt den Kopf zur Seite, um Augenkontakt herzustellen. „Hast du dir das ausgedacht, Gordon? G-Man? Das Lustige ist nämlich, dass wir hier einen echten G-Man bei uns haben. Dieser große Kerl hier ist ein ehemaliger Special Agent des FBI. Special Agent mit speziellem Interesse, könnte man sagen."

Der Junge spricht. „Ich will einen Anwalt."

„Ich will eine ganze Menge Dinge", gibt Chumley liebenswürdig zurück. „Wünsche helfen einem, sich zu konzentrieren. Und du konzentrierst dich besser, G-Man. Erzähl uns alles, was du über den niedlichen kleinen Subaru weißt. Wo du ihn gefunden hast. Warum du ihn geparkt hast. Alles."

Achselzucken. „Das war nicht ich."

„Na klar doch."

„Ich will einen Anwalt."

„Okay. Vielleicht hast du die Lady nicht selber entführt. Vielleicht hast du einfach nur den Wagen umgestellt. Wenn dem so ist, dann sag es, dann machen wir ab da weiter."

„Ich will einen Anwalt."

„Okay, wenn du drauf bestehst, schlagen wir halt eine andere Richtung ein. Vielleicht behalten wir dich in Gewahrsam, bis wir einen Durchsuchungsbefehl für dein Haus haben, und gucken dann mal, was wir da finden. Gründliche Suche vom Dach bis zum Keller nach Bargeld, Drogen, was auch immer."

Der junge Mann holt tief Luft. „Pff. Sie kriegen niemals einen Haftbefehl. Ich will einen Anwalt."

Chumley versucht, gleichgültig und entspannt zu wirken. Das gelingt ihm nicht schlecht. „Ich weiß nicht. Terroristische

Aktivitäten. Du wärst überrascht, wie schnell man dafür einen Durchsuchungsbefehl bekommt."

„Ich bin kein Terrorist, und das wissen Sie auch. Krieg ich jetzt einen Anwalt, oder was?"

„Vermutliche Entführung einer Frau auf einem internationalen Flughafen? Das könnte man durchaus als terroristische Aktivität verstehen. Das gibt uns einen ziemlich großen Handlungsspielraum, wenn wir mit der Homeland Security arbeiten, glaub mir, Gordon."

„Ich glaube, dass sie lügen", sagt der junge Mann und starrt auf den Fußboden. „Ich will einen Anwalt."

„Lass mich in aller Kürze deine Situation umreißen, Gordon. Eine junge Mutter vereinbart, sich mit einem Unbekannten zu treffen, der Informationen über ihren, ähm, vermissten zehnjährigen Sohn hat. Nun wird die Mutter vermisst, vermutlich wurde sie entführt. Ich habe keinen Zweifel daran, dass wir deinen Anruf zu ihr zurückverfolgen können. Den Anruf, der sie hierher gelockt hat."

Gordon Kurtso schüttelt den Kopf, sieht selbstzufrieden und zuversichtlich aus.

„Du hast ein Wegwerfhandy benutzt, nicht? Kein Problem. Wir können das Video aus dem Parkhaus verbessern und Wärmesensoren einsetzen, um dein Gesicht abzubilden. Wir können beweisen, dass du es warst, der das fragliche Fahrzeug eingeparkt hat. Guckst du denn nie CSI? Die Technik ist auf unserer Seite."

„Bullshit", schnaubt der Junge.

„Im schlimmsten Fall finden wir Mrs. Corbin und sie identifiziert dich. Damit wärst du Teil einer Verschwörung mit dem Ziel der Entführung – was ein Bundesverbrechen ist. Keine Bewährungsstrafen für solche Fälle. Lediglich frühere Entlassung wegen guter Führung, aber auch nur maximal fünfundvierzig Tage pro Jahr, das du gesessen hast. Und was gibt's für Kidnapping? Wenn das Opfer überlebt, könnte das

Gericht milde gestimmt sein und nicht mehr als dreißig Jahre verhängen. Also sitzt du vielleicht siebenundzwanzig, gute Führung vorausgesetzt. Wenn das Opfer stirbt? Das gibt mindestens lebenslänglich. Keine vorzeitige Entlassung, egal wie gut du dich benimmst. Du wirst den Rest deines Lebens hinter Gittern verbringen."

„Und", fragt der Verdächtige, „bin ich nun verhaftet? Erheben sie Anklage?"

Chumley lässt seine kleinen Schweinsäuglein rollen. „Wir besprechen einfach deine Optionen, Kleiner. Möchtest du gerne verhaftet werden, ist es das?"

„Ich verlange einen Anwalt. Diese ganze Soße mit dem Heimatschutz ist doch ein kompletter Scheiß. Wenn ich einen Anwalt will, müssen Sie mir einen besorgen."

„Bist du dir da sicher?"

„Sie sind vereidigter Polizeibeamter, stimmt's? Wenn ich Sie um einen Anwalt bitte, müssen Sie sofort aufhören, Ihre beschissenen Fragen zu stellen, und mir einen Anwalt besorgen."

Chumley seufzt und erhebt sich.

„Kaffeepause?", fragt er Shane.

Draußen schneidet der Ermittler eine Grimasse. „Das lief ja großartig, was? Glauben Sie dem Jungen?"

„Er scheint viel fernzusehen. Da hat er sich die Harte-Kerle-Nummer abgeschaut. Sehr wahrscheinlich aus *The Wire*."

Chumley reibt sich über das Gesicht. Er sieht erschöpft aus. „*Wire* hin oder her, er kennt seine Rechte. HSA erlaubt es uns zwar, ihn aufgrund einer Ahnung oder weil er irgendwie komisch aussieht, in Gewahrsam zu nehmen. Aber wenn er nicht als bekannter Terrorverdächtiger identifiziert wird, hat er das Recht, sich beraten zu lassen. Er will einen Anwalt, er kriegt einen Anwalt. So läuft das nun mal.

„Innerhalb einer vernünftigen Zeitspanne."

„Ja, und das ist ein dehnbarer Begriff. Aber nur, wenn wir einen dicken Fisch an der Angel haben. Wir beide wissen, dass wir den Richtigen vor uns haben. Aber ich werde ihn nie nur aufgrund seines Hip-Hop-Styles anklagen können. Alles, was wir gegen ihn haben, ist unser Bauchgefühl – wir beide wissen das. Dummerweise scheint er es auch zu wissen."

„Werden Sie ihn laufen lassen?"

Chumley verzieht sein Gesicht. „Oh Gott, nein. Nicht, bevor ich ihn wie einen schlechten Hamburger gegrillt habe."

„Viel Spaß", sagt Shane und greift sich seine Aktentasche. „Vielleicht haben Sie alleine mehr Erfolg."

„Könnte sein", gesteht Chumley wehmütig ein. „Ich hab doch tatsächlich gedacht, ein Blick auf Sie und Ihre Körpergröße, und er würde sich in die Hose machen."

„Der hat wasserdichte Hosen an." Shane streckt die Hand aus. „Danke dafür. Tut mir leid, dass wir uns anfangs auf dem falschen Fuß erwischt haben. Nach allem, was ich so gesehen habe, sind Sie ein sehr guter Polizist."

Chumley hebt die Schultern. „Das wird sich noch herausstellen."

8. KAPITEL
Eis am Stiel

Sie entlassen ihn im Morgengrauen, zwanzig Minuten nachdem seine Pflichtverteidigerin ihren schlaffen, unterbezahlten Hintern ins Gebäude geschleppt hat. Keine Verhaftung, daher auch keine Anhörung, keine Kaution. Nichts als die strenge Ermahnung, den Bezirk nicht zu verlassen.

Genau.

„Warum sollte ich abhauen?" Auf dem Weg nach draußen muss er grinsen. Er denkt nicht daran, sich bei der Anwältin zu bedanken, die immer noch mit schlaffem Kinn und schläfrigen Augen herumsteht.

Alles Wichser. Bullen und Anwälte, zwei Seiten der gleichen, doofen Medaille. Warum sollte er dankbar sein? Weil sie ein paar Worte gemurmelt, ihren Job gemacht hat?

Scheiß drauf.

G-Man ist gut drauf, als er wieder in die große böse Welt hinausspaziert, dahin, wo seine vier Räder stehen. Sein Atem weht in kalten kleinen Wölkchen vor ihm her. Er denkt, dass er seinen Job wohl los sein wird und sich vom Flughafen fernhalten muss. Einfach noch ein bisschen hier rumhängen, um den Cop zu verarschen, das wäre cool. Aber er ist nicht doof. Aus den Augen, aus dem Sinn, so funktioniert's. Er muss außerdem vorsichtig mit dem Geld sein. Wenn seine Clique herauskriegt, dass er im tiefgrünen Bereich ist, werden sie auf einmal alle seine besten Freunde sein.

Das Geld ist nur für den persönlichen Gebrauch. Er wird sich vier oder fünf Sessions in einem richtigen Studio dafür kaufen können, um den richtigen Beat zu finden, sein Stück aufzunehmen, sein eigener Eminem zu werden.

Sein Auto, ein alter verbeulter Chevy Impala, steht in der Angestelltenzufahrt, begraben unter einer dicken Schicht flockigen Schnees. Er denkt, wenn die Scheißkiste nicht anspringt, kann ich immer noch die alte Pflichtverteidigerin um Starthilfe bitten.

G-Man dreht den Schlüssel im Schloss und rüttelt die Tür auf, wobei Kaskaden von Schnee zu Boden rieseln. Kalt da drin und dunkel, denkt er, aber bevor er sich hinter das Steuer setzen kann, passiert etwas. Etwas Riesiges quetscht ihn auf den Sitz. Hände wie Enterhaken legen sich um sein Gesicht und drücken es so brutal in den zerfetzten, nikotinverseuchten Sitz, dass ihm die Luft wegbleibt. Stahlhände umklammern sein Kinn und drücken so fest zu, dass er fühlt, wie sein Unterkiefer auskugelt. Eine Explosion von Schmerz, die so unglaublich ist, dass er schreien will wie ein Mädchen, wenn er nur könnte.

Zwanzig Sekunden später ist er in silbernes Isolierband gewickelt wie eine Mumie, die Arme an den Seiten, alles außer seinen Augen und einem Nasenloch bedeckt von Klebeband. Dann wird er unsanft auf den Rücksitz geworfen, das Gesicht nach oben, und er kann nichts tun außer sich in wachsender Panik zu winden.

„Ich geb dir einen Rat. Kämpfe nicht dagegen an", hört er den riesigen Mann sagen, der sich über die Lehne zu ihm beugt. Ein bärtiges Ungeheuer mit wütenden Augen und gefletschten Zähnen. Die Stahlhände stecken in OP-Handschuhen. „Du atmest nur durch ein Nasenloch. Konzentrier dich darauf. Wenn dein Körper sich wehrt, wirst du ersticken."

Als der Riesenkerl neben dem fetten Cop saß, hat er kaum etwas gesagt. Nun hält er die Rolle mit dem Klebeband in der Hand.

„Ich liebe dieses Zeug", sagt der Riese. „Besser als Handschellen. Wesentlich effektiver. Mit Handschellen kann das Opfer immer noch schreien, sogar beißen. Hast du gewusst, dass ein Menschenbiss tödlicher sein kann als ein Hundebiss? Tatsächlich. Was Bisse anbelangt, ist der Durchschnittsmensch gefährlicher als der Durchschnittspitbull."

G-Man zuckt und jammert. Ohne Erfolg. Erstickte, dünne Laute kommen von tief unterhalb des Isolierbands.

„Gordon“, sagt der große Mann. „Beruhige dich. Deine Atemluft ist begrenzt. Sie reicht gerade aus, um dich bei Bewusstsein zu halten, aber sie reicht definitiv nicht, wenn du dich weiter wehrst. Außerdem funktioniert das mit dem Wehren eh nicht.“

Der große Mann reißt einen Streifen Klebeband von der Rolle.

„Siehst du das? Das ist die Grenze zum Jenseits. Wenn du nicht aufhörst, dich zu winden, werde ich auch dein zweites Nasenloch zukleben, und das war's dann. Die einzige Frage, die dann noch bleibt, ist: Werden sie deine Leiche finden, bevor sie tiefgefroren ist? G-Man, das menschliche Eis am Stiel.“

Unfähig, seine Angst zu kontrollieren, zappelt und wimmert G-Man noch eine Weile. Dann hört er auf. Der Geruch nach Urin durchdringt das ohnehin schon widerliche Innere des alten Impala.

„Das kann passieren“, sagt der große Mann mit einem Schulterzucken. „Als Nächstes kommt der Schließmuskel, wenn du dich nicht endlich entspannst. Konzentrier dich darauf, alle Luft zu schnappen, die du durch das eine kleine Nasenloch kriegen kannst. Versuch's einfach. Siehst du? Schon besser.“

G-Man weint, als er vorsichtig durch das eine rotzverschmierte Nasenloch einatmet. Es ist, wie Luft durch einen zu engen Strohhalm zu saugen.

„Ich schlag dir ein Geschäft vor“, sagt der große Mann. Die Worte bröckeln wie Eisstückchen aus seinem Mund. „Du sagst mir, was Haley Corbin zugestoßen ist. Das ist die Frau mit dem vermissten Sohn. Die du angerufen hast. Die du reingelegt hast. Du wirst mir alle Einzelheiten verraten. Jedes winzige, kleine Bisschen.“

Eine Hand des großen Mannes schlingt sich um G-Mans

Hals. „Bist du bereit? Dir ist sicher aufgefallen, dass ich sehr große Hände habe und du einen sehr schmalen Hals. Fühlst du das? Ich drücke nur ein kleines bisschen zu. Solltest du schreien, wenn ich jetzt das Klebeband abziehe, werde ich allerdings sehr stark zudrücken."

Der große Mann schält das Band ein wenig ab. G-Man versucht zu schreien.

Der große Mann klebt das Band wieder über den nervösen kleinen Mund, stößt einen tiefen Seufzer der Enttäuschung aus.

„Ich hatte gehofft, du lernst schneller", sagt er. „Nun gut. Dann müssen wir uns wohl einfach ein wenig Zeit lassen."

9. KAPITEL
Habe ich die wirklich bequemen Ledersitze erwähnt?

„Das mit der Hundebox tut mir leid“, sagt die Frau. Sie versucht gar nicht erst, bedauernd zu klingen. „Etwas anderes ist uns so schnell nicht eingefallen.“

Meine Geiselnehmerin ist eine schlanke, äußerst nervöse Frau mit auf dem Kopf zusammengefassten, lockigen, blond gefärbten Haaren und kleinen herumflitzenden Augen, die nirgends haltmachen. Sie kauert vor dem abgeschlossenen Gitter der Hundebox, wobei sie einen Hauch von ironischer Distanziertheit verströmt, als wolle sie sagen: „Ist es nicht amüsant, dass wir, zwei Frauen von Welt, uns in dieser Position wiederfinden? Du in dem Käfig, und ich davor, die Regeln festlegend.“

Ich fühle mich nicht ironisch. Mehr wütend und verängstigt und hilflos und noch wütender, genau diese Kombination, in dieser Reihenfolge. Ich bin mir sehr bewusst, wie sich ein eingesperrtes Tier fühlen muss, gefangen und in Bewegung, nicht in der Lage zu sehen, wohin seine Peiniger es bringen. Als die ruckartige Beschleunigung mich anfangs gegen die Rückwand der Box geworfen hat, nahm ich an, in einem führerlosen Van zu sitzen, der gleich mit Höchstgeschwindigkeit irgendwogegen prallt – als wenn meine Entführer einen tödlichen Unfall vortäuschen wollen. Dann hoben wir auf einmal ab und gewannen schnell an Höhe, und mein rasendes Herz beruhigte sich langsam.

Ich war in einem Flugzeug, vermutlich im Frachtraum. Ich hatte angenommen, dass es sich um ein Linienflugzeug handelt, eines, das einen speziellen Bereich für den Transport von Haustieren hat. Doch als Miss Ironic hereingekrabbelt kam und das Licht anschaltete sah ich, dass wir uns in einer relativ kleinen Maschine befanden.

„Eine Gulfstream G-450“, erklärt sie mir bereitwillig. „Eigentum, nicht geleast. Diese Version kann sechs Passagiere befördern und drei Besatzungsmitglieder. Heute Abend sind wir nur drei. Ich, Eldon und ein Pilot. Die Cockpittür ist von außen versiegelt. Falls der Pilot also einen Herzanfall bekommt oder so, sind wir alle geliefert. Eldon meint zwar, er könne das Ding auch fliegen, weil er bei der Entwicklung der Simulator-Software mitgemacht hat. Aber das ist Quatsch. Und außerdem kommt er gar nicht erst durch die Cockpittür, wenn der Pilot umgekippt ist, oder? Keine Chance."

Sie vermeidet noch immer den Blickkontakt, während sie weiter vor sich hin plappert und mir die Vorzüge des Flugzeugs erklärt, als wenn es sich um eine Luxuslimousine handeln würde. Ledersitze, individuelle Klimaautomatik, Innenausstattung aus seltenem Tropenholz, sogar „ein absolut erstaunlicher Weinkühler, der auch für Champagnerflaschen verwendet werden kann". Meist betrachtet sie ihre Schuhe, während sie drauflos redet. Manolo Blahnik, vorn leicht angekratzt, was in ihren Kreisen bestimmt als Verbrechen gilt.

„Wer zum Teufel sind Sie eigentlich?", verlange ich schließlich zu wissen und hake meine Finger in der Zwingertür ein. Ich widerstehe der Versuchung, meine Zähne zu blecken wie ein tollwütiger Hund. „Wo bringen Sie mich hin?"

Die Frau studiert ihre Fingernägel und seufzt. „Colorado. Schon mal da gewesen? Es gibt Berge dort, richtig hohe Berge. Eldon liebt das Bergsteigen. Ich selbst mache mir weniger draus."

Colorado also.

„Ihr seid Rulers", behaupte ich.

Meine Entführerin kichert nervös. „Okay, nun ja. Wo sonst sollten wir fünfzig Millionen Dollar herkriegen, um ein kleines altes Flugzeug zu kaufen? Nicht dass es alt wäre, aber Sie wissen, was ich meine."

„Lassen Sie mich raus!"

Die Entführerin fährt mit feingliedriger Hand durch ihre

Locken. Sie sieht aus wie die Elfenausgabe von Harpo Marx. Ein weiblicher Harpo, der es nicht schafft, sein nervöses Mundwerk anzuhalten. „Ja, deswegen bin ich hier. Um das mit Ihnen zu besprechen. Ob ich sie rauslassen kann, wenn Sie sich ordentlich benehmen. Eldon meint, ich solle mit Ihnen verhandeln, Sie wissen schon, so von Frau zu Frau oder so. Habe ich eigentlich die wirklich bequemen Ledersitze erwähnt? Wenn Sie mir fest versprechen, sich gut zu betragen, können Sie in die Kabine kommen, die wesentlich besser ist als die Erste Klasse. Ich biete Ihnen sogar ein Glas Wein an, wenn Sie mögen."

„Versprochen", sage ich.

„Okay, ja, aber Sie würden doch alles versprechen, um aus diesem Hundeding herauszukommen, oder? Also *ich* würde es tun. Es muss unangenehm sein da drinnen, Sie haben ja überhaupt keine Beinfreiheit. Die Sache ist die: Wir stehen, wie soll ich sagen, total auf Ihrer Seite."

„Auf meiner Seite?" Die Frau muss komplett verwirrt sein. Sie haben mich betäubt, mich in einen Hundzwinger gesperrt, und stehen auf meiner Seite?

Sie nickt, ernst wie ein Herzanfall. „Absolut. Wir versuchen gerade, die Situation zu erleichtern."

„Was soll das heißen?"

„Die Sache mit dem Nachfolger ist völlig außer Kontrolle geraten. Der ganze Sinn, ein Ruler zu sein – na ja, zumindest einer der Zwecke –, besteht darin, nicht die Aufmerksamkeit der Regierungsdrohnen zu wecken. Wir machen Tonnen von Geld – alleine Eldon hat letztes Jahr fast eine halbe Milliarde eingenommen, ist das nicht wahnsinnig? –, aber wir zahlen immer unsere Steuern. Und darum lassen sie uns in Ruhe. Aber so was", sie deutet auf meinen Käfig, „könnte sie auf falsche Gedanken bringen."

Ich bin sprachlos. Falsche Gedanken?

„Denn die Sache ist die, wir werden Ihnen helfen, Ihren

Sohn zurückzubekommen", erklärt sie. „Das ist es doch, was Sie wollen, oder?"

Mein ganzer Körper krampft sich zusammen. „Oh ... mein ... Gott", stoße ich erschüttert hervor.

„Sie haben immer gewusst, dass er noch lebt, nicht wahr?" Sie klingt besorgt. „Oh Mann, ich glaube, Sie waren sich nicht wirklich sicher. Also, ja, er lebt noch. Ich habe ihn selber noch nicht gesehen, aber jeder sagt, dass er sehr süß und klug und alles ist. Sind Sie in Ordnung? Sie werden sich jetzt doch nicht übergeben, oder? Sie müssen tief einatmen oder so."

Dann entriegelt sie meinen Käfig.

IV

RULERS

1. KAPITEL
Was Noah weiß

Evangeline steht an der vorderen Kante des gläsernen Atriums, das wie der Bug eines großen Schiffs aus dem Pinnacle in die Landschaft ragt. Weiter unten ziehen dichte Wolken in langsamer, majestätischer Bewegung vorbei. Während Eva die Diva darauf wartet, dass sich ihre loyalen Gefolgsleute aus den Reihen der Rulers versammeln, schlürft sie aus einer hauchdünnen Porzellantasse einen Heiltrank aus seltenem grünem Tee. Der Tee ist heillos überteuert. Evangeline muss das wissen – ihr gehört die herstellende Firma. Ein Heilmittel auf pflanzlicher Basis, das verspricht, jede Krankheit zu heilen, dem Altern entgegenzuwirken, und das nebenbei noch gut schmeckt. Fünftausend Dollar für dreißig Gramm, völlig legal. Warum mit verbotenen Drogen handeln, wenn pflanzliche Heilmittel einen viel höheren Ertrag abwerfen, und das ohne Risiko? Seit Jahren investiert Eva viel Geld in hochwertige Kräuterprodukte und in eine sehr erfolgreiche Kette von luxuriösen Verjüngungszentren. Sie kennt den Markt. Das Geld fließt ihr nur so zu, und sie glaubt, dass sie durch Reichtum *sich* Gesundheit kaufen kann. Er ermöglicht ihr die exotischen Emulsionen, die die Narben ihrer vielen Schönheitsoperationen verfeinern. Operationen, die sie um Jahre jünger aussehen lassen, zumindest aus mittlerer Entfernung. Aus der Nähe wirkt ihre Haut eher wie eine Theatermaske, ein Effekt, dessen sie sich sehr bewusst ist. Das ist ein Grund dafür, wieso sie ihre Auftritte, wann immer möglich, auf Videobotschaften beschränkt. Wie Arthur schon so meisterhaft verstand: Videobilder, die so leicht wiederholt und manipuliert werden können, waren schon immer der Schlüssel zu Indoktrination und mentaler Dominanz.

Ein sanfter Gong ertönt. Es ist Zeit. Sie schwebt durch das Atrium und betritt das private Studio, das ursprünglich für ihren Gatten entworfen wurde. Ein thronähnlicher Sessel vor einer Hintergrundprojektion, die Berggipfel in der Morgendämmerung zeigt. Ein einfaches, kraftvolles Bild, inspiriert von den Entwürfen Leni Riefenstahls, die das eine oder andere über den Triumph des Willens wusste. Vor langer Zeit hat Evangeline gelernt, mit den Kameras und der Beleuchtung umzugehen, was es ihr ermöglichte, auf entsprechendes Personal zu verzichten und die totale Kontrolle zu behalten. Sie positioniert sich auf dem Thron, wirft einen kritischen Blick auf das resultierende Bild auf dem Monitor und berührt den Touch-Screen, um die sichere Verbindung zum Videokonferenzraum herzustellen, in dem sich ihre Leute versammelt haben.

„Ich grüße euch aus dem Pinnacle", schnurrt sie. „Gemeinsam begrüßen wir den neuen Tag mit neuem Geist."

Die rituelle Begrüßung, erfunden von Arthur Conklin. Von seinen Anhängern oftmals abgekürzt in „Neuer Tag, neuer Geist". Evangeline bevorzugt die komplette Redewendung, ein subtiler Hinweis darauf, dass sie alleine berechtigt ist, für ihren Ehemann zu sprechen. Den Blick über die Monitore des Konferenzraums wandernd, begrüßt sie jeden Anwesenden mit Namen und erwähnt seinen großzügigen Beitrag zur gemeinsamen Sache. Es sind sieben der erfolgreichsten Rulers, von Evangeline persönlich angeworben und für ihre Loyalität mit Schlüsselpositionen innerhalb der Organisation ausgestattet. Vier Männer, drei Frauen, alle sich sehr bewusst, dass die Organisation kurz davor steht, sich einer traumatischen Wandlung zu unterziehen. Jeder fest entschlossen, aus dieser Wandlung mit mehr Macht, mehr Geld hervorzugehen. Wahre Gläubige, jeder von ihnen.

„Unser Großer Geist lebt", versichert sie. „Vor weniger als einer Stunde haben wir miteinander gesprochen, und wieder hat er seine Wünsche deutlich gemacht. Als Erstes besteht er darauf, dass sein Gesundheitszustand den vertrauenswürdigsten Getreuen mitgeteilt wird." Evangeline hält kurz inne und atmet durch. „Unnötig zu betonen, dass diese Information nicht an die unteren Ränge weitergegeben werden darf. Wie einige von euch schon ahnen, lässt Arthurs Körper ihn langsam in Stich. Die jahrelange Dialyse fordert ihren Tribut, und er hat sich entschieden, keine weitere Transplantation mehr vornehmen zu lassen. In meiner Schwäche habe ich ihn angebettelt …", sie wischt sich eine imaginäre Träne aus dem Auge, „… habe ihn angefleht, zu leben, zu überleben, egal was es kostet. Doch wie immer weiß Arthur am besten, was richtig für ihn ist. Er will, dass ihr alle wisst, dass er keine Angst vor dem physischen Tod hat. Er hat keine Schmerzen, und im Gegensatz zu den bösartigen Gerüchten arbeitet sein brillanter Geist nach wie vor absolut klar. Er konzentriert sich auf die Zukunft und glaubt fest daran, dass er sehr bald wirklich einen neuen Tag mit neuem Geist begrüßen wird."

Sie macht eine kurze Pause, um ihre Worte wirken zu lassen, und studiert ihre Gesichter. Natürlich ist Arthurs Gesundheitszustand jedem im Konferenzraum geläufig. Einige wirken erleichtert, hatten sie doch Gerüchte gehört, dass der Gründer schon hirntot sei. Das ist er auch. Doch Arthurs wahrer Zustand spielt keine Rolle; solange Evangeline etwas anderes behauptet, entschließen sie sich, ihr zu glauben.

„Ich habe euch heute Morgen hergebeten, um große Neuigkeiten zu verkünden", sagt sie und hebt dabei ihre nasale Stimme. „Wie Arthurs wahrer Gesundheitszustand darf auch diese Information nicht weitergegeben werden, bis die Zeit reif ist. Hört mich an und teilt meine Freude. Während der Gründer und einzig wahre Ruler schwindet, ist sein Nachfolger bereits unter uns."

Mit großer Geste holt sie die Videoeinspielung von einem geheimen, streng abgesicherten Ort heran, der „Kinderzimmer" genannt wird. Ein Live-Bild erscheint auf den Bildschirmen und löst großes Erstaunen aus. Eine der Frauen schreit kurz auf und kann ihre Freude kaum im Zaum halten.

„Ihr habt die neue Form von Arthur Conklin vor euch", fährt Evangeline fort. „Per DNA, durch sein Blut selber, ist der Junge zwei Generationen von unserem Gründer entfernt. Um es auf die primitive Denkart auszudrücken: Er ist der Enkel unseres Gründers. Aber das Band ist viel, viel enger als reine DNA. Wie so oft, scheint auch hier das wahre Genie eine Generation übersprungen zu haben. Unsere Tests haben bewiesen, dass der Junge Arthurs Intelligenz besitzt und Arthurs erstaunliches Talent für Mathematik und viele weitere Aspekte seiner einzigartigen, charismatischen Persönlichkeit. In der richtigen Umgebung wird er sich zu der Wahren Stimme entwickeln, die uns leitet, unser Ruler der Rulers."

Das Live-Video zeigt einen Jungen, der in einem lichtdurchfluteten Raum an einem kleinen Schreibtisch sitzt. Die Farben sind warm, beruhigend. Der Junge trägt Kopfhörer und scheint intensiv zuzuhören, während seine schlanke blonde Privatlehrerin sich Notizen macht. Sein Gesichtsausdruck verrät wenig von dem, was in ihm vorgeht. Vielleicht ist er sich der versteckten Kameras bewusst, die jeden seiner Atemzüge, jede Bewegung aufnehmen. Vielleicht aber auch nicht. Es ist schwer zu sagen. Aber die Ähnlichkeit zu Kinderfotos seines Großvaters – von allen Rulers nahezu ikonisch verehrte Bilder – ist unübersehbar und hat genau den Effekt, den Evangeline beabsichtigte.

Wie Arthur in einem seiner ironischen Momente wohl gesagt hätte: Der König ist tot, es lebe der König. Der Konferenzraum steht wie unter Strom. Die mächtigen sieben können kaum noch an sich halten. Sie haben viele Fragen – einige schreien sich vor den stumm geschalteten Mikrophonen heiser. Doch Evangeline hat entschieden, dass die heutige Präsentation – so wie die meisten von Arthurs Reden – nur in eine Richtung läuft. Sie spricht, die anderen hören zu.

„Der Junge ist erst seit kurzem bei uns", erklärt sie, „und doch hat er bereits begonnen, einige der revolutionären Theorien seines Großvaters über das menschliche Denken und soziale Organisationen aufzusaugen. In diesem Augenblick lauscht er Arthurs erster aufgezeichneter Lektion aus *The Rule of One.* Ihr denkt vielleicht, er ist nur ein Kind, wie viel von diesem schwierigen Text kann er schon verstehen? Ich kann euch sagen, ihr wärt erstaunt, wie viel er davon begreift. Trotzdem gehen wir davon aus, dass der Lernprozess einige Jahre dauern wird. Schließlich haben die meisten von uns Arthurs Werk ein Leben lang studiert, und wir sind noch lange nicht am Ende angekommen."

Auf dem Schirm scheint der Junge direkt in eine der vielen Kameras zu blicken. Es ist das Gesicht eines Kindes, weich und nicht voll ausgebildet, doch seine Augen haben eine Intensität, wie man sie selten bei einem zehnjährigen Kind findet.

„Damit ist die Sitzung beendet", verkündet Evangeline mit frostigem Lächeln. Sie verwendet die Phrase, die auch ihr Gatte am Ende all seiner Vorträge benutzt hat. „In den kommenden Tagen werde ich auf jeden von euch einzeln zukommen. Es gibt noch viel zu tun."

Ihr lackierter Fingernagel berührt das Touchpad und sie verschwindet vom Bildschirm.

Im Kinderzimmer sitzt Noah ruhig an seinem Tisch und tut so, als höre er dem nervigen Dröhnen aus den Kopfhörern zu. Mrs. Delancey sagt, die Stimme ist die seines Großvaters und dass es nicht schlimm ist, wenn er die Worte anfangs nicht versteht. Sie würden tief in seinem Inneren gespeichert und von da aus sein Gehirn langsam vervollkommnen.

Noah will sein Gehirn nicht verbessern, doch er weiß, dass er sich gedulden muss. Er weiß, dass Mrs. Delancey eine dicke, fette Lügnerin ist, Er ist sich auch bewusst, dass, obwohl alle sehr nett scheinen und ihn behandeln, als wäre er etwas sehr Besonderes, sie ihn hier gegen seinen Willen gefangen halten. Was das Gleiche ist wie Kidnapping. All diese Dinge weiß er, und noch eine Sache mehr: Dass sie ihm nicht die Wahrheit darüber erzählen, was mit seiner Mutter passiert ist, als seine Schule explodierte. Er weiß in seinem Kopf und in seinem Herz und in seinen Knochen, dass seine Mutter nicht gestorben ist. Und dass sie bald kommen wird, um ihn zu holen, und wenn sie das tut, werden Mrs. Delancey und alle anderen riesige Probleme bekommen.

Das ist es, was Noah weiß.

2. KAPITEL
Der Mann mit den schönen Augen

Die Sache mit der Angst ist, dass sie einen nach einiger Zeit müde macht. Anfangs ist die Angst wie Feuer in deinem Blut, und alle deine Sinne scheinen geschärft zu sein. Gerüche, Farben, Geräusche – alles ist viel intensiver. Ich vermute, dass es das Adrenalin ist, das dich wach hält, bereit für alles. Doch mit der Zeit zehrt es so an dir, dass du nur noch die Augen schließen und verschwinden willst.

Minuten nach der Landung bin ich fest eingeschlafen. Ich weiß nicht, wie lange ich geschlafen habe, doch als ich schließlich wieder aufwache befinde ich mich in einem Raum, der auf den ersten Blick wie eine schummrig beleuchtete Suite in einem Luxushotel aussieht. Schwere Vorhänge verdecken die Fenster. Die Möbel sind niedrig, sehr modern, und aus irgendeinem seltsamen Grund – vielleicht hat es etwas mit meinen Träumen zu tun? – sehen sie leicht unheimlich aus. Als Nächstes fällt mir auf, dass ich einen Baumwollpyjama anhabe – wem der wohl gehört? –, und dann schießt es wie ein Blitz durch meinen Kopf, ich setze mich auf und rufe „Noah! Noah! Ich bin's, Mom!"

Sekunden später taucht die Frau mit der zotteligen Harpo-Frisur an meinem Bett auf. Ihre Augen sind fast komödiantisch geweitet, ihr Mund ein überraschtes rosafarbenes O. „Hey!", ruft sie aus und wirkt fast so panisch wie ich. „Hey! Beruhigen Sie sich!"

Es ist die zierliche Frau, die mich aus der Hundebox freigelassen und mir erzählt hat, dass Noah lebt. Meine Entführerin, Retterin, was auch immer. Mein einziger direkter Draht zu ihm. Ich kann mich nicht beherrschen.

„Wo ist er?", rufe ich, packe sie am Handgelenk und ziehe sie zu mir heran. „Ich will zu meinem Sohn!"

Vor Schreck über meinen eisernen Griff ruft sie mit hoher Stimme „Eldon! Eldon!", und einen Augenblick später erscheint eine etwas größere, männliche Ausgabe von ihr, ebenso erschreckt.

Ihr Mann. Ich muss ihn schon einmal gesehen haben, eventuell als sie mich aus dem Jet zum Auto gebracht haben, denn er wirkt nicht nur wegen der Ähnlichkeit mit seiner Frau seltsam vertraut. Eldon, der „im vergangenen Jahr fast eine halbe Milliarde eingenommen hat, ist das nicht wahnsinnig?“ Der Mann hinter dem Plan, mich zum Flughafen zu locken, mich auszuschalten, in eine Hundekiste zu zwängen und mich in seinem schicken kleinen Privatflugzeug wegzubringen. Zweifelsfrei mein Feind, aber wenn seine Frau nicht komplett wahnsinnig ist, auch mein Freund.

„Sie haben behauptet, Sie hätten meinen Sohn!“ Ich wende mich direkt an ihn.

„Nicht wir“, antwortet er und bringt seine Frau vorsichtig aus meiner Reichweite, als wäre ich eine entsicherte Handgranate.

„Wer sonst? Wo ist er?“

Eldon bringt es nicht über sich, mir in die Augen zu sehen. „Wir glauben zu wissen, wer Ihren Sohn entführt hat und warum. Wir meinen auch den Ort zu kennen, wo sie ihn festhalten. Zumindest die grobe Umgebung. Für den Moment können wir diesen Zustand bedauerlicherweise nicht ändern. Aber glauben Sie uns, wir stehen auf Ihrer Seite, Lady, das verspreche ich.“

„Dann beweisen Sie es mir“, fordere ich ihn auf. „Bringen Sie mich zu Noah. Ich möchte ihn mit eigenen Augen sehen, jetzt gleich!“

Die beiden tauschen Blicke aus.

„Unmöglich“, sagt Eldon. „Wie wär’s mit einem Frühstück? Sie müssen doch schon halb verhungert sein“, schlägt er mit einer Stimme vor, die offenbar beruhigend wirken soll.

„Ich will kein verdammtes Scheißfrühstück. *Ich will zu meinem Sohn*!“

Wieder wechseln sie diesen geheimnisvollen Blick, kommen zu einer stillen Übereinkunft und ziehen sich dann schnell und ohne ein weiteres Wort aus dem Raum zurück.

Die Tür ist, welch Überraschung, natürlich versperrt und solide wie der Tresorraum einer Bank. Dagegen zu hämmern bringt mir nichts weiter ein als eine wunde Faust. Die Fenster! Wenn das Zimmer nicht zu hoch liegt, könnte ich springen oder mit lautem Rufen auf mich aufmerksam machen. Doch als ich die Vorhänge zurückziehe, sehe ich, dass die Fenster von außen mit schweren Aluminiumjalousien gesichert sind, die alles Licht und jedes Geräusch blockieren.

Ich befinde ich mich noch immer in einem Käfig.

Eine Stunde oder mehr vergeht. Schwer zu schätzen, in künstlichem Licht und ohne Uhr. Ich fange gerade an zu bedauern, das Frühstück zurückgewiesen zu haben, als das Türschloss leise klickt.

Ich bin schon da, bereit, blitzartig durch die Öffnung zu schlüpfen. Doch mein neuer Besucher hat meine Reaktion vorausgesehen und schiebt mich mit einem starken Arm zur Seite und schließt die Tür fest hinter sich, alles in einer einzigen, fließenden Bewegung.

Aus dem Gleichgewicht geraten, stürze ich und lande auf dem Boden.

„Ich bitte sehr um Entschuldigung“, sagt der Besucher und schaut mich mit einem nur als gütig zu bezeichnenden Ausdruck im Gesicht an. „Sie werden zu Ihrer eigenen Sicherheit hier eingesperrt. Ihre Gastgeberfamilie hat mich gebeten, Ihnen die Lage zu erklären, und dem komme ich gerne nach. Doch zunächst müssen Sie etwas essen. Wussten Sie, dass Sie zittern und mit den Zähnen klappern? Das ist gewiss nicht auf die Temperatur zurückzuführen. Das kommt vom Hunger. Selbst eine gesunde Person wie Sie sollte auf ihren Blutzucker achten.“

Die Erscheinung des Mannes bringt mich zum Schweigen. Über mir steht, ganz in schwarz gekleidet, wie ein Priester, nur ohne den Kragen, das wahrscheinlich unattraktivste menschliche Wesen, dem ich je begegnet bin. Nicht hässlich – hässlich kann Furcht erregend oder bedrohlich sein –, sondern beinahe schmerzhaft unattraktiv. Der Mann hat ein verkrümmtes Rückgrat, einen vorstehenden kleinen Bauch und kein Kinn. Sein dürrer Hals ist faltig wie bei einem Truthahn, die vorspringende Nase sieht wie ein fetter, krummer Finger aus, und die asymmetrisch abstehenden Ohren könnte er von Mr. Potato Head geliehen haben. Zu allem Überfluss sind all diese Merkmale auch noch etwas verschoben, als wenn er bei seiner Geburt irgendwie verwischt worden wäre. Was zum Ergebnis hat, dass ich am liebsten wegschauen würde. Wenn da nicht seine Augen wären.

Seine Augen, die tief unter einer hervorspringenden, affenartigen Braue liegen, sind auf eine eigenartige, bezwingende Weise schön. Alt und von tiefen Falten umgeben, aber dennoch schön, wenn ich auch nicht sagen könnte, welche Farbe sie haben. Nicht wirklich blau oder grün, aber irgendwo dazwischen.

„Schauen Sie sich alles nur genau an", ermuntert er mich mit einem Lächeln um seinen deformierten Mund. „Ich bin daran gewöhnt. Arthur pflegte zu sagen, dass ich die hässlichste Kreatur auf Erden sei, und er liebte mich dafür."

„Arthur Conklin?"

„Derselbe." Er nickt, wobei er zugleich weise und wie eine Schildkröte aussieht. „Unser Gründer und mein einzig wahrer Freund."

„Ihr wahrer Freund hat mir meinen kleinen Sohn geklaut", erinnere ich ihn und komme gleichzeitig wieder auf die Beine.

Er schüttelt den Kopf. „Nein. Niemals. Absolut nicht. So etwas hätte Arthur niemals getan. Nicht, als er noch Herr seiner Sinne war, und jetzt sicherlich erst recht nicht. Da sind andere Kräfte am Werk. Gefährliche, gierige Menschen, die vor nichts zurückschrecken."

„Wer?"

„Wenn Sie sich setzen und ein wenig entspannen mögen, Mrs. Corbin, lasse ich Ihr Frühstück servieren. Sie zittern ja vor Hunger, Sie müssen etwas zu sich nehmen. Und danach werde ich Ihnen genau schildern, was sich momentan zuträgt und was wir tun müssen, um Ihren Sohn zurückzubekommen."

Normalerweise bin ich kein großer Freund von Rührei, doch als Eldon und seine Frau mit einem Tablett hereintrippeln, überfällt mich bei dem Geruch von gebratenen Eiern und gebuttertem Toast ein wahrer Heißhunger. Eine Portion Bratkartoffeln, warmes, zimtbestreutes Apfelmus, noch mehr von dem fantastischen Toast, dick mit Marmelade bestrichen. Die Menge an Kalorien, die ich zu mir nehme, reicht bestimmt für eine Woche. Wie mein Besucher vorhergesagt hat, hört das Zittern auf und mein Kopf scheint wieder fest auf meinen Schultern zu sitzen.

Der unattraktive Mann ist Wendall Weems, und wenn Arthur Conklin der Papst der Rulers ist, dann ist er der Kardinal, der als Außenministers des Vatikans arbeitet. Zumindest beginnt er, sich selbst so zu beschreiben.

„Obgleich das eine fürchterliche Analogie ist", räumt er ein und nippt an einem Glas Wasser, während ich den letzten Rest Rührei mit dem letzten Bissen Toast vertilge. „Das Conklin Institute ist keine religiöse Einrichtung. Weit davon entfernt. In allen Schriften, die Arthur Conklin je verfasst hat, steht weder etwas über Gott geschrieben oder über eine Seele, noch über die Notwenigkeit spirituellen Lebens oder über ein garantiertes Leben nach dem Tod. Wofür er, nebenbei gesagt, als Atheist gebrandmarkt wurde, ein Vorwurf, den ich sowohl abgrundtief unfair als auch vollkommen unerheblich finde. In seinen zahlreichen Schriften hat Arthur niemals die Existenz eines höheren Wesens geleugnet – er hat sich einfach nur nicht entschieden, das Thema zu diskutieren. Spiritualität und die Aussicht auf ewiges Leben liegen außerhalb seines Interessengebiets. Stattdessen konzentriert er sich darauf, den menschlichen Geist zu verbessern, indem er die Art und Weise, wie wir unsere Gedanken verarbeiten, von Grund auf verändert. Das ist der Kern unseres Tuns – wir bringen den Menschen bei, ihre Gedanken zu kontrollieren. Uns geht es allein um die persönliche Weiterentwicklung."

„Ich dachte, den Rulers ginge es allein ums Geldverdienen."

„Eine Fehlinterpretation", widerspricht Weems und klingt sehr vernünftig dabei. „In dem Maße, wie ein Ruler auf die jeweils nächsthöhere Stufe gelangt, wird sich sein Reichtum unweigerlich in gleichem Maße vermehren. Man könnte sagen, dass wir Ruler den Wohlstand ebenso anziehen wie magnetische Wellen einen Eisennagel. Bildhaft gesprochen."

„Also kann man Rulers als Magneten bezeichnen?"

Er lächelt. In all seiner Hässlichkeit wirkt er beinahe schelmisch. „Sie machen sich über uns lustig, Mrs. Corbin. Aber das ist schon okay. Sie sind nicht hier, um sich bekehren zu lassen. Nein, dies ist nicht die Reise nach Damaskus für Sie. Es ist die Reise, die Sie wieder mit Ihrem Sohn vereinen soll."

„Und Sie werden mir dabei helfen?

„Auf jeden Fall", sagt er, badet mich in dem warmen Licht seiner wunderschönen weisen Augen. „Das ist meine Mission."

Die Menschen, die Weems als meine Gastgeber bezeichnet, gesellen sich auf seine Einladung hin zu uns. Sie wirken noch immer ein wenig nervös. Weems stellt sie mir vor, als befänden wir uns auf einem Geschäftstreffen oder einer Tagung der Handelskammer.

„Haley Corbin, diese beiden mutigen Persönlichkeiten sind Eldon und Missy Barlow. Eldon ist ein brillanter Designer von Spielesoftware und Inhaber vieler Patente. Missy ist, wenn ich das so sagen darf, die ebenso begabte Managerin ihrer Ressourcen. Sie sind ein großes Risiko eingegangen, als sie auf meine Bitte hin ihr eigenes Heim als Zuflucht für Sie zur Verfügung gestellt haben. Unter Umständen, gebe ich zu, die Sie möglicherweise in Furcht und Schrecken versetzt haben."

Ich muss schlucken. „Sie haben mich betäubt und in eine Hundekiste gesperrt."

Weems widmet mir einen nicht unfreundlichen Blick. „Wären Sie den beiden denn aus freiem Willen gefolgt?"

„Keinesfalls."

Weems beugt sich vor, wodurch er beinahe buckelig wirkt. „Es hat Anzeichen gegeben, dass Sie sich in unmittelbarer Lebensgefahr befanden, und wir mussten rasch handeln. Diese Gefahr besteht, nebenbei gesagt, noch immer", sagt er. „Hätten die Barlows nicht die Initiative ergriffen, wären Sie vielleicht schon tot."

Eldon und Missy nicken unterstützend.

„Ach ja? Wer will mich denn tot sehen?", frage ich nach.

Weems räuspert sich und deutet ein Lächeln an. „Evangeline, Arthurs zweite Frau", antwortet er mit sichtlichem Widerwillen. „Ihre loyale Fraktion, ihre Gefolgsleute."

„Jeds Stiefmutter will mich töten? Warum?"

„In unserer kleinen Organisation entwickelt sich eine zugegeben etwas unglückliche Situation. Sie sind die Mutter von Arthur Conklins einzigem Enkelkind und damit eine Bedrohung für Evangelines Herrschaft."

„Wegen Noah?", frage ich entsetzt. „Das ist doch Schwachsinn. Ihre Leute entführen meinen Sohn, tun so, als sei er tot – und ich soll daran schuld sein?"

„Gar nicht. Sie sind natürlich völlig unschuldig."

„Also geben Sie zu, dass es Ihr Fehler war."

„Weder mein Fehler noch der Fehler derer, die ich repräsentiere", antwortet er mit endloser Geduld. „Wie bereits erwähnt ist mein Freund, Arthur Conklin, nicht mehr … nennen wir es … voll geschäftsfähig. Eine Reihe von Schlaganfällen hat seinen Geist so beeinträchtigt, dass er an Demenz leidet.

Er wird sterben, Haley, und seine Ehefrau möchte die Kontrolle über sein Imperium an sich reißen."

„Lasst sie doch. Warum sollte es mich interessieren, wer der Chef Ihrer Sekte, Gemeinschaft oder was auch immer ist?"

„Wir sind keine Sekte", meldet sich Eldon Barlow zu Wort und sucht Weems' Zustimmung.

„Unglücklicherweise liegt Evangeline außerhalb meines Einflussbereichs", muss Weems fast ein wenig beschämt zugeben. „Sie repräsentiert eine kleine, rücksichtslose Gruppierung, die fest daran glaubt, dass unser Gründer mystische Kräfte besitzt. Wenn sie sich durchsetzt, wird das Institut wirklich eine Sekte, die Arthur als eine Art Gott huldigt. Während der letzten Jahre, als Arthurs Abstieg begann, hat diese Gruppe an Zugkraft gewonnen, weil Evangeline vorgibt, für ihren Gatten zu sprechen. In Wirklichkeit legt sie ihm einfach die Worte in den Mund, und das kann nur so lange gut gehen, wie er lebt. Sie hat außerordentliche, und meiner Meinung nach unnötig grausame Schritte unternommen, um den armen Mann am Leben zu erhalten, darunter eine Reihe von Transplantationen. Entgegen aller ärztlichen Ratschläge hat Arthur in den letzten Jahren ein neues Herz, eine neue Niere und eine Teiltransplantation der Leber erhalten. Nun beginnt sein Körper zu kapitulieren, und es gibt nichts mehr, was seine Qualen noch verlängern könnte. Es ist eine Frage von Wochen, vielleicht von Tagen. Das ist der Grund, warum Evangeline jetzt Ihren Sohn kidnappen ließ. Sie glaubt, oder tut zumindest so, dass Noah die Reinkarnation von Arthur wird. Und selbstverständlich wird sie auch weiterhin für ihn sprechen. Wenn es nach ihr geht, wird Ihr Sohn eine Art Marionette unter ihrem Kommando werden. Und das wiederum ist der Auslöser dafür, dass sie will, dass Sie verschwinden."

Mir wird schwindelig, und so sehe ich anscheinend auch aus, denn Weems reicht mir ein Glas Wasser.

„Ich weiß, Sie haben eine ganze Menge zu verdauen", sagt er entschuldigend.

Als der Schwindel nachlässt, sage ich ihm mit so viel Nachdruck wie möglich: „Sie wollen mir wirklich helfen, meinen Sohn zurückzubekommen? Dann rufen Sie die Polizei. Das FBI. Wenn diese Frau das getan hat, was Sie beschrieben haben, ist sie eine Kriminelle. Und Kriminelle gehören hinter Gitter."

Weems stößt einen Seufzer aus, und zum ersten Mal scheint er sich unwohl zu fühlen, als ob er das, was er nun sagen wird, nicht aussprechen möchte. „Ich fürchte, so einfach ist es nicht, Mrs. Corbin. Wenn solch ein Anruf Ihren Jungen aus Evas Fesseln befreien könnte, würde ich Ihrem Vorschlag nachkommen, glauben Sie mir. Aber wir sprechen hier von Conklin, nicht von Kansas."

„Was heißt das?"

Weems blickt zur Decke und faltet seine Hände wie zum Gebet. „Dieser Punkt ist Teil unserer aktuellen Schwierigkeiten, fürchte ich. Unsere Gemeinschaft wird von dem Institut, das Arthur ins Leben gerufen hat, kontrolliert. Uns gehört der Bezirk, der Ort, der Campus – eben alles. Wir gelten deshalb sowohl als Gebietskörperschaft wie auch als Wirtschaftseinheit und Immobilienunternehmen. Es gibt keine Polizei in Conklin, zumindest keine, die dem Staat Colorado gegenüber verantwortlich wäre. Es gibt lediglich ein privates Sicherheitsunternehmen, und diese Firma wird von einem von Evangelines fanatischsten Gefolgsleuten kontrolliert: die BK Security. Sie ist im Besitz von Bagrat Kavashi, der ein über die Maßen gefährlicher Mann ist. Klug, brutal, und vollkommen erbarmungslos. Unsere Quellen besagen, dass Kavashi die Order erhalten hat, Sie verschwinden zu lassen. Nun verstehen Sie vielleicht, weshalb wir solche Anstrengungen unternommen haben, Sie unentdeckt nach Colorado zu schaffen, und warum wir Ihren Aufenthaltsort absolut geheim halten müssen."

„Dann rufen Sie doch das FBI", schlage ich mit erhitzten

Wangen vor. „Kidnapping ist ein Bundesverbrechen. Nur weil sich hier eine kleine Gesellschaft hinter Mauern verschanzt und von einem fiesen Mietpolizisten absichern lässt, schützt sie das noch lange nicht vor dem FBI. Nicht, wenn ein Kind entführt wurde."

Weems schaut zu meinen sogenannten Gastgebern, die ob meines Ausbruchs leicht verschreckt wirken. Er seufzt mit spürbar beginnender Niedergeschlagenheit. „Wir haben auch diese Option bedacht, Mrs. Corbin. Doch ich muss Sie davon in Kenntnis setzen, dass Conklin sehr viel mehr ist als nur ‚eine kleine, hinter Mauern verschanzte Gesellschaft', und Mr. Kavashi ist mehr als nur ein gemieteter Polizist. Wenn wir richtig informiert sind, hält Evangeline Ihren Sohn irgendwo im Pinnacle versteckt."

„Müsste ich wissen, worum es sich dabei handelt?"

Wie um sich zu entschuldigen, hebt er eine Hand. „Ich dachte, Sie wüssten es. Offenbar hat Ihr Gatte es nie erwähnt. Macht nichts. Bei The Pinnacle handelt es sich um eine sehr ausgedehnte und bestens abgesicherte Enklave, eine Art Festung hoch in den Bergen. So gut wie nicht erreichbar für Nichtrulers."

„Mir ist egal, wo der Ort liegt. Führen Sie mich hin. Ich möchte ihn sehen."

„Ich fürchte, das wird nicht gehen. Wenn Evangeline sich in Gefahr wähnt, ganz gleich, ob die Gefahr von der Colorado State Police oder vom FBI ausgeht, wird sie sämtliche Beweismittel ihrer Verbrechen beseitigen. Nach meinem Verständnis hat sie bereits alle Vorbereitungen dazu getroffen."

„Beweismittel zu zerstören?"

„Ohne zu zögern."

„Wollen Sie damit andeuten, dass mein Sohn getötet würde, wenn die Polizei zu nahe käme?"

„Ich fürchte, ja", sagt Weems. „Wenn sie annehmen muss, dass die Unversehrtheit des Pinnacles gefährdet ist, wird sie

Ihren Sohn verschwinden lassen. Und zwar spurlos. Sie ist eine Fanatikerin, Mrs. Corbin. Jene, die ihr gefährlich werden, entwickeln eine sonderbare Tendenz, zu verschwinden. Ganz und gar zu verschwinden."

Mit hochrotem Gesicht stehe ich vom Tisch auf, Zornestränen in meinen Augen. „Soll ich Ihnen sagen, was ich glaube? Ihr seid alle eine einzige Horde von Wahnsinnigen! Nennen Sie mir einen Grund, warum ich Ihr Geschwätz glauben sollte. *Sie* sind es doch, der mich gefangen hält."

Trotz meines Wutanfalls ist Weems die Ruhe selbst. „Was Evangeline betrifft, mögen Sie recht haben. Sie mag in der Tat eine Psychopathin sein. Wenn uns das Schicksal Ihres Sohnes – dem einzigen Enkel meines Freundes Arthur – nicht wirklich am Herzen läge, würde ich den Anruf beim FBI sogar selber tätigen. Nach der Razzia und dem unvermeidlichen Kampf und der möglichen Ermittlung hätte Evangeline dann wenigstens den Jungen nicht mehr als Druckmittel. Sie würde angeklagt und verurteilt werden, oder auch nicht – sie hat ein Heer gewiefter Anwälte für ihre Verteidigung –, aber auf die eine oder andere Art hätte sich unsere Situation verbessert. Also egal, was Sie von mir oder uns halten, ich habe ein Gewissen. Wenn nicht, wären Sie jetzt nicht hier. Sie würden nicht einmal mit Sicherheit wissen, dass Ihr Sohn noch am Leben ist."

„Das weiß ich", erkläre ich ihm. „Ich habe es immer gewusst."

Weems greift in eine Tasche und reicht Missy eine silbrig glänzende CD. „Steck die bitte in den Spieler, Liebes, okay? Danke."

Gehorsam trottet Missy hinüber an einen Flachbildschirm, drückt ein paar Knöpfe an dem schlanken DVD-Spieler und schiebt die CD hinein.

„Die endgültige Wahl haben Sie selbst", führt Weems aus. „Rufen Sie das FBI an. Überzeugen Sie die Beamten davon, dass Ihr Sohn irgendwo in Conklin gefangen gehalten wird. Vielleicht ordnen sie eine Razzia an und versuchen, ihn zu befreien. Wir werden Ihnen nicht im Weg stehen, Mrs. Conklin. Wir werden weder Sie noch das FBI behindern. Aber vorher lassen Sie uns einen Blick hierauf werfen."

Weems drückt den Startknopf der Fernsteuerung und Noah erscheint in Lebensgröße auf dem Bildschirm.

3. KAPITEL
Maggies Fall

Shane kann nicht anders, als den Blick nach oben zu richten. Nicht weil er befürchtet, der Himmel stürze ein – zumindest im Moment nicht –, sondern weil ihn die verwegene Deckenkonstruktion fasziniert, die sich weit über ihm spannt. Die Architekten, die den Denver International Airport entworfen haben, nennen die Konstruktion „Membranüberdachung". Das Gebilde soll die Umrisse der Rocky Mountains widerspiegeln, doch auf Shane wirkt es so, als befinde er sich unter einem irrwitzigen, weißen Zirkuszelt.

Wie so viele Flughafenentwürfe wirkt auch DIA ziemlich abgehoben und irgendwie cool. Doch Shane würde sich nicht unbedingt unter diesem Dach aufhalten wollen, wenn ein Blizzard ein paar Millionen Tonnen Schnee darauf häuft und die Lücken zwischen den Dachkuppeln bis oben hin füllt. Wenn das Segeltuch reißt, hieße das, in einer von Menschen verursachten Lawine gefangen zu sein.

„Dein Genick wird steif, großer Junge."

Als er den Kopf senkt, steht Maggie lächelnd unter ihm. Das ist das Erste, was ihm auffällt: Ihr warmes Lächeln. Das Zweite ist ihr Gehstock.

Sie muss ihre Gehhilfe benutzen!

„Ein winziges Aufflackern", erklärt sie. „Kommt ab und zu noch vor. Da fängt mich dieser alte Rheumatismus in den Gelenken wieder ein. Fast schon Routine, kein Grund zur Beunruhigung."

„Hauptsache, du bist hier." Er beugt sich zu ihr hinunter und küsst sie leicht auf die Wange. „Den ganzen Weg von Washington hierher, nur um einen alten Freund zu treffen. Danke, danke, danke."

„Du hast irgendwas davon gesagt, mich auf einen Kaffe einzuladen", sagt sie leichthin und stößt ihn mit dem Knauf ihres Stocks an.

Er hat sich bereits nach einem gemütlichen Café im Obergeschoss umgesehen, von dem aus man einen herrlichen Blick auf die plätschernde Brunnenanlage hat, doch nun machte er sich Sorgen, dass sie Probleme mit der Rolltreppe haben könnte.

„Das geht schon", beruhigt sie ihn. „Schöner Blick da oben, dem Himmel so nah."

Er tut so, als bemerke er die Anzeichen von Schmerz nicht, die über ihr Gesicht huschen, als sie zur Rolltreppe hinkt. Es dauert ein wenig, bis sie schließlich in einer etwas abgelegenen Ecke sitzen, die er ausgesucht hat, als er auf die Ankunft ihres Fluges wartete. Falls sie beobachtet werden, macht das Wassergeplätscher es schwer, ihr Gespräch zu belauschen. Obwohl Shane sich relativ sicher ist, dass er nicht verfolgt wird.

Alte Gewohnheiten sterben langsam.

Shane reicht Maggie die Speisekarte – Selbstbedienung –, doch sie winkt ab. „Ich hab schon im Flieger etwas gegessen."

Sie beide wissen, dass chronische Schmerzen den Appetit töten, und sie will nicht über die Rückkehr ihrer rheumatischen Arthritis sprechen. Sie ist eindeutig fest entschlossen, tapfer zu sein, und Shane hofft, dass es sich tatsächlich nur um einen kleinen Rückfall handelt, wie sie sagt.

Er hat wieder zwei Nächte nicht geschlafen und genießt den starken Kaffee. Maggie dagegen nippt so vorsichtig an einem Club Soda mit Limette, als ob sie sich daran die Lippen verbrennen könnte.

„Wurdest du fündig?", fragt sie neugierig.

„Nicht wirklich", gesteht er ein. „Es ist natürlich möglich, dass sie hier gelandet sind – viele private Charterflugzeuge benutzen den DIA –, aber ich habe bisher noch keinen Flug aus Rochester, New York, innerhalb unseres fraglichen Zeitfensters bestätigt bekommen. Sie könnten auf einem der anderen öffentlichen Flughäfen gelandet sein, doch davon gibt es mindestens fünf in einem Umkreis von fünfzig Meilen. Vielleicht sind sie auch auf einem Privatflughafen gelandet, davon gibt es allerdings Hunderte. Und Tausende von Privatflügen nach Colorado zu jeder x-beliebigen Zeit. Die Reichen, die kommen um die Landschaft zu genießen, Ski zu fahren oder Broncos aus der Nähe zu bewundern."

„Mit einer Fünfzig-Millionen-Dollar-Gulfstream?"

„Hey, wenn man das Geld hat ...", sagt Shane mit einem Achselzucken. „Fakt ist, dieses Flugzeug ist eine Sackgasse. Ich gehe davon aus, dass mein Informant sich nicht geirrt hat, als er hörte, wie die Täter Denver als Bestimmungsort angegeben haben. Was Sinn ergibt, wenn tatsächlich die Rulers für die Entführung verantwortlich sind."

„Du hast einen Namen erwähnt."

„Mein Informant hat diesen Namen erwähnt. Missy. So hat der Entführer seine Komplizin genannt. Mehr als einmal. Missy mach dies, Missy tu das. Missy schweig. Vielleicht ein Spitzname. Oder ein Kosename."

„Ich bin die Liste aller bekannten Rulers durchgegangen, aber der Name ist dabei nicht aufgetaucht."

„Vielleicht ein Spitzname, wie gesagt. Wirst du's weiter versuchen?"

„Klar doch. Missy und der geheimnisvolle Mann auf dem Weg nach Denver. Klar."

Shane seufzt. „Viel ist das nicht, ich weiß."

Maggie muntert ihn auf. „Kopf hoch. Wir haben schon mit weit weniger angefangen, erinnerst du dich? Nur damit wir auf dem gleichen Stand sind: Du bist überzeugt davon, dass Haley Corbin entführt wurde?"

„Anstelle von getötet worden zu sein, meinst du? Ja. Meine Antwort ist ein klares Ja. Sonst hätten sie nicht so viel Aufwand betrieben. Sie zum Flughafen zu locken, zu betäuben, in ein Flugzeug zu laden."

„Falls dein Informant die Wahrheit sagt“, wirft sie vorsichtig ein.

„Der wollte sein Wissen unbedingt loswerden.“

„Kann ich mir denken.“

„Ich hab so etwas noch nie zuvor gemacht, Maggie“, sagt er. In ihrer Gegenwart schämt er sich fast seiner Vernehmungsmethode. „Ich war verzweifelt.“

„Kein bleibender Schaden bei dem kleinen Gangster?

„Nichts, was frische Unterwäsche nicht beseitigen könnte.“

„Und er wird dich nicht anzeigen?“

„Kann ich mir nicht vorstellen. Ich habe ihm die Vorteile seines Schweigens für ihn und für mich sehr deutlich gemacht. Und ich habe ihm das Geld gelassen. Er will damit eine Plattenaufnahme machen. Er hält sich nämlich für den nächsten großen Hip-Hop-Star. Wer weiß? Skrupellos genug ist er.“

Sie tätschelt seine Hand und lächelt ihn an. „Keine Angst, großer Junge. Du hast getan, was du tun musstest.“

„Letzten Endes ist es meine Schuld“, sagt er. Er hat das Gefühl, sich erklären zu müssen. „Wenn ich bei ihr gewesen wäre, wäre das alles nicht passiert.“

„Oder du wärst jetzt tot, und Haley Corbin wäre trotzdem fort.“

„Die haben sie lebend genommen“, betont Shane noch einmal. „Sie hätten sie erschießen und am Straßenrand liegen lassen können oder ihren Tod als Unfall inszenieren. Der Tod, sogar unter verdächtigen Umständen, zieht weniger Fragen nach sich als das Verschwinden eines Menschen. Mit Halcys Entführung sind sie also ein wesentlich höheres Risiko eingegangen. Es muss demnach einen Grund dafür geben. Meine Theorie ist, dass der Junge lebt und unbedingt seine Mutter sehen will. Also haben sie es ermöglicht.“

„Keine schlechte Theorie“, meint Maggie.

„Gibt’s was Neues von deinen Informanten?“

Sie seufzt. „Keine Silbe über den Jungen, keine Silbe über seine Mutter. Aber ‚Informant' klingt zu wichtig. Meine Rulers-Kontakte sitzen am unteren Ende der Skala. Unser Fall spielt sich weiter oben ab. Die Organisation der Ruler ist so strukturiert, dass es verschiedene Stufen der Geheimhaltung gibt. Das ist Teil ihrer Anziehungskraft. Für die Rulers ist Information alles – je höher du aufsteigst, desto mehr erfährst du. Alles was ich sicher weiß, ist die Sache mit Arthur Conklins schwindender Gesundheit. Und dass es einen Nachfolgekampf geben soll. Aber darüber haben wir bereits gesprochen."

„Wendall Weems gegen Conklins Frau."

„So lautet das Gerücht."

Shane trinkt seine Tasse leer. In seinem akuten Zustand der Schlaflosigkeit sind ein paar Tassen Kaffee wie der Tropfen auf einen heißen Stein. „Ich gehe da rein. Das ist der einzige Weg."

Maggie schüttelt ablehnend den Kopf. „Und ich bin vierzehnhundert Meilen geflogen, um dich vom Gegenteil zu überzeugen."

„Dann versuch es doch", sagt Shane.

Maggie öffnet ihren Aktenkoffer, entnimmt einen Laptop und erweckt ihn zum Leben. „Ich hab mich ein bisschen eingehender über Kavashi, den Sicherheitschef, informiert. Dabei hab ich herausbekommen, dass er vor zehn Jahren auf der Liste von Verdächtigen für etliche Morde stand."

„Ach ja?"

„Erinnerst du dich, wozu neue Mitglieder sich verpflichten? Fünfundzwanzig Prozent ihres Nettovermögenszuwachses müssen sie an die Organisation abführen. Ab und zu kommt es vor, dass jemand reich wird und sich ausrechnet, dieser Umstand sei das Resultat eigenen Tuns. Er weigert sich also, den Beitrag zu zahlen. Der Vertrag, den er mit den Rulers einging, ist nicht einklagbar. Warum also solch einen ansehnlichen Brocken des wohlverdienten Vermögens abgeben? Blah, blah, blah. Also treten sie aus. Beziehungsweise versuchen es."

„Dieser Kavashi fungiert als Schuldeneintreiber?"

„Mehr als Vollstrecker. Das Conklin Institute hat eine Rechtsabteilung, welche die Beiträge der Mitglieder verwaltet und eintreibt. Sie wissen, wohin jeder Penny fließt, wer wie viel verdient hat, und daher wissen sie auch, wer ihnen wie viel schuldet. So wie Menschen nun einmal sind, gibt es auch Versager. Sie waren von Beginn an ein Problem. Weigere dich zu zahlen, und du wirst gemieden, verbannt, rausgeworfen. Persönliche und geschäftliche Verbindungen werden gekappt, Kredite zurückgefordert, und Gerichte werden bemüht, um dich finanziell zu ruinieren. In der Regel durch Prozesse. Stopp deine Zahlungen und du wirst von Anwälten überrannt. Dennoch gelang es einigen wenigen, die Oberhand und ihr Geld zu behalten. Bis Kavashi auf der Bildfläche erschien. Dann wurde die Sache für kurze Zeit extrem unschön."

„Lass mich raten. Ein einfaches ‚Nein!' ließ er nicht gelten?"

Maggie nickt. „Wir wissen von zwei Fällen. Beide Male war Sprengstoff im Spiel. Das erste Opfer war ein Autohändler aus Montclair, New Jersey. Er hatte sich den Rulers angeschlossen und innerhalb weniger Jahre eine Kette von Vertretungen für Luxusautomobile aufgebaut. In den Werbespots im Fernsehen war er ‚Mr. Mercedes'. Bis er eines Tages seinen S600 starten wollte und in kleine Stücke gerissen wurde. Das war schon schlimm. Doch der zweite Streich war noch grausamer. Ein Mann, der einen Juweliergroßhandel in Arizona aufmachte, ging damit online und verkaufte irgendwann an Amazon oder Ebay, ich weiß nicht mehr. Er machte um die fünfzig Millionen Dollar Gewinn bei dem Geschäft und entschied, dass die Rulers ihren Anteil daran nicht verdient hätten. Also hat man ihm ein künstliches Collier verpasst. Nett, oder, ein Juwelier mit einer künstlichen Kette? Vielleicht erinnerst du dich noch an den Fall: Das Opfer kommt in die Polizeistation von Sedona mit einem Zettel an der Brust, auf dem er sie bittet, ihn zu erschießen, weil er diese Kette aus Plastiksprengstoff um den Hals trägt, an der ein tickender Auslöser hängt, und er die Vorstellung hasst, seinen Kopf weggesprengt zu bekommen. Teile dieses Videos waren tagelang auf allen Kabelsendern zu sehen."

„Ich erinnere mich dunkel", sagt Shane. „Sie haben ihn auf ein verlassenes Grundstück verfrachtet, die Umgebung evakuiert, und einen Roboter hingeschickt. Aber die Bombe ist trotzdem explodiert, oder?"

„Ja. Und jemand hat sich in die Videoaufnahme des Roboters gehackt und sie ins Netz gestellt. Die unzensierte Version. Ich schätze, wenn heute ein Ruler seine Zahlung einstellt, werden sie ihn oder sie zwingen, sich das Video des Juweliers anzuschauen. Es ist sehr, sehr grausam, der Kopf fliegt beinahe in die Erdumlaufbahn."

„Und diese Verbrechen konnten zu Kavashi zurückverfolgt werden?"

„Zurückverfolgt wäre zu viel gesagt. Er war in den Ermittlungen eine ‚Person von Interesse', wie es so schön heißt. Offen gesagt, waren sich die Ermittler sicher, dass er entweder der Täter war oder die Morde in Auftrag gegeben hat. Aber es gab keine handfesten Beweise, die ihn mit den Anschlägen in Verbindung gebracht hätten, und niemand wollte gegen ihn aussagen. Deshalb kam es nicht zur Verhandlung. Damals machten Gerüchte die Runde, dass Arthur Conklin seinen Sicherheitschef feuern wollte, doch Evangeline stärkte ihrem Vertrauten den Rücken und behielt die Oberhand. Jedenfalls herrscht er nach wie vor über die Sicherheit der Rulers und ist gefährlich wie eh und je."

Shane lächelt. „Du machst dir Sorgen, dass er auch mich in die Luft jagen könnte."

„Ja, das tue ich. Oder er lässt dich einfach erschießen. Also solltest du dir auch Sorgen machen."

„Oh, ich hasse es, in die Luft gesprengt zu werden. Also werde ich sehr vorsichtig sein."

„Sei nicht so schnippisch, Randall!", gibt Maggie heftig zurück. „Du weißt, dass ich mir nicht so leicht Sorgen mache."

Er verzieht sein Gesicht. „Tut mir leid, Maggie. Ich mache mir auch Sorgen, doch ich weiß keinen Ausweg. Das FBI wird kein HRT entsenden nur auf meinen bloßen Verdacht hin, dass Haley Corbin etwas zugestoßen sein könnte."

„Das Geiselrettungsteam wäre ja auch ein bisschen zu elitär. Was ist denn mit einem normalen SWAT-Team nicht in Ordnung?"

„Nichts. Die sind gut, aber das HRT ist besser, und irgendetwas sagt mir, dass es die Besten erfordert, um mit diesem Haufen Verrückter fertig zu werden. Doch selbst das SWAT benötigt handfeste Beweise, um an einen richterlichen Durchsuchungsbefehl zu kommen. Folglich brauchen wir jemanden, der sich einschleust, um diese Beweise zu beschaffen. In diesem Fall einen Zivilisten. Mich."

„Was hältst du von der Sozialfürsorge in Colorado?", schlägt Maggie vor. „Der Verdacht eines Kindes in Gefahr lässt bei denen normalerweise alle Glocken läuten."

„Vielleicht in Texas, wenn es sich bei den verdächtigten Kindsentführern um eine staatsbekannte Polygamistensekte handelt. Ich habe mit der Chefin der Sozialfürsorge in einem der benachbarten Bezirke gesprochen, um herauszufinden, unter welchen Umständen sie eingreifen würden, und sie hat gesagt, dass es noch nie eine Beschwerde gegen die Rulers wegen Kindesgefährdung gegeben habe, zumindest nicht gegen die Organisation, und auch nicht in Conklin County. Sie sind schlichtweg nicht auf ihrem Radar. Hinzu kommt, dass die Sozialfürsorge sehr, sehr vorsichtig agiert, wenn es darum geht, ohne stichhaltige Beweise gegen die Rulers vorzugehen. Sie wollen etwas Solides haben, etwas, das im Gerichtssaal standhält. Ein glaubhafter Zeuge aus dem inneren Kreis der Rulers wäre das Mindeste. Und genau diesen Zeugen beabsichtige ich aufzutreiben, wenn du mich erst einmal hineinbekommst.

„Es muss einen besseren Weg geben."

Shane lehnt sich in seinem Stuhl zurück, dessen Beine unheilvoll knarzen. „Ich bin für jeden Vorschlag offen."

„Komm mit mir zurück nach Washington. Wir arbeiten von dort aus. Wir machen einen Fall daraus. Du bekommst ein HRT."

Shane lächelt gequält. „Ich bin sicher, du würdest das schaffen. Doch wie lange würdest du brauchen, all die nötigen Seilschaften aufzumischen, dich durch die Ecken und Kanten der Bürokratie zu wühlen? Du bist gut, Maggie, du bist die Beste. Aber sogar du würdest Wochen dafür benötigen. Wochen, die Haley und Noah vielleicht nicht mehr haben."

„Du hast dich bereits entschieden."

Shane nickt.

Maggie seufzt. „Vielleicht gibt es einen Weg, dich einzuschleusen."

„Ich bin ganz Ohr", sagt Shane, auf einmal hellwach.

4. KAPITEL
Von der Nutzlosigkeit des Weinens

Es schneit. Ich weiß, dass es schneit, weil eines der vielen Badezimmer ein Oberlicht hat, auf dem sich die Flocken sammeln und langsam den schiefergrauen Himmel ausblenden. Das Oberlicht ist das einzige Fenster, das nicht von Rollläden versperrt ist. Mein einziger Blick auf die Welt da draußen, und bald wird auch er bedeckt sein.

Ich könnte genauso gut in einem Eine-Million-Dollar-Iglu eingeschlossen sein. Obwohl ich sicher bin, dass der Preis für ein Haus dieser Größenordnung – allein die Küche ist geräumiger als mein gesamtes Farmhaus – wesentlich über einer Million liegt.

Missy sagt, es schneie sehr häufig, schon wegen der hohen Lage, und das eines der Dinge, die sie an Conklin so lieben, der perfekte Schnee ist. Sie sagt, der Ort sei wie ein Skigebiet, nur ohne die Lifte und langen Schlangen. Sie muss es wissen, denn ihr und Eldon gehören Wohnsitze in Vail und Park City, für den Fall, dass sie wirklich Ski fahren wollen. Darüber hinaus besitzen sie Villen oder Wohnungen in Silicon Valley, Manhattan, Nantucket und Key West. Und, ach ja, fast hätte sie es vergessen, dieses zauberhafte kleine Kutscherhäuschen in London.

Die Barlows sind unverschämt reich und, wie mir scheint, genau so seicht wie die oberflächliche Prominenz, der sie nachzueifern versuchen. Missy betont zwar laufend, wie brillant ihr Eldon sei – und ich nehme an, auf irgendeinem Level wird das stimmen –, aber bisher habe ich noch nichts davon gesehen. In meiner Gegenwart gibt er sich mehr angespannt als intelligent. Eingeschüchtert, um genau zu sein. Als ob er Angst davor hätte, die Folgen meiner Entführung könnten ihn bald einholen.

Was, soweit ich dabei etwas zu sagen habe, richtig ist.

Für den Augenblick warte ich einfach ab und halte den Mund. Der seltsame, hässliche kleine Mann mit den schönen Augen hat mich erst einmal davon überzeugt, dass ein Eingriff durch die Behörden Noahs Leben aufs Spiel setzten könnte. Aber das Video anzuschauen, in dem mein kleiner Junge von der widerlichen Schlange Irene Delancey unterrichtet wird, hat mich fast an den Rand des Wahnsinns getrieben. Einerseits war ich unendlich erleichtert, dass er gesund aussah, wenn auch nicht glücklich. Auf der anderen Seite bin ich außer mir, dass sie ihm beinahe zwei Monate seiner Kindheit gestohlen haben, zwei Monate, die ich nicht mit ihm teilen konnte, zwei Monate, die ich nie zurückbekommen werde. Wie konnten sie nur. Wie *konnten* sie nur! Zu allem Unglück war die DVD ohne Ton, sodass ich keine Ahnung habe, welches Gift diese Delancey gerade versprühte, und wie viel mein kleiner Junge mitbekommt von dem, was hier gerade wirklich geschieht.

Weiß er, dass ich ihn suche, dass ich nicht aufgeben werde, bis er zurück in den Armen seiner Mutter ist? Er muss es wissen. Er ist der Sohn seines Vaters und er weiß die erstaunlichsten Dinge.

Wendall Weems, mein wirklicher Geiselnehmer – offensichtlich war es seine Idee gewesen, mich zu entführen –, behauptet, Jedediah als Kind gekannt zu haben. „Er lag noch in den Windeln, als Arthur die Rechte an seinem Buch zurückgekauft und es selber veröffentlich hat“, erzählt er. „Ein hübsches Baby, soweit ich mich erinnere, aber er neigte dazu, zu schreien, wenn er nicht auf dem Arm gehalten wurde. Dreimonatskolik nennt man das, glaub ich.“

Weems sinniert, versucht freundlich zu mir zu sein, doch ich kann ihn nur ungläubig anstarren.

„Dreimonatskolik? Ich habe dieses schreckliche Buch nicht gelesen, aber Jed hat mir das Kapitel seines Vaters über Kindererziehung gezeigt. Es ist unglaublich! Sein Vater hielt es für ein aufschlussreiches Experiment, ein drei Monate altes

Baby allein und unbeaufsichtigt zwölf Stunden lang in einem dunklen Raum zu lassen. Er rechnete sich aus, dass das Kind in dieser Zeit nicht an Vernachlässigung sterben würde aber vielleicht, und ich zitiere, ‚die Nutzlosigkeit seines Weinens' sehr rasch begreifen würde."

Weems nickt ernst. „Ich erinnere mich, dass Barbara – Jedediahs leibliche Mutter – die gesamte Zeit über völlig außer sich war. Arthur hingegen bestand auf den vollen zwölf Stunden. Das Experiment galt natürlich in ebensolchem Ausmaß der Mutter wie dem Baby. Arthur glaubte fest daran, dass die natürliche Mutter-Kind-Beziehung der Selbstverwirklichung des Kindes mehr schadet als nützt. Er ist ein Mann von immenser, unerschütterlicher Willenskraft. Beziehungsweise er ist es bis vor kurzer Zeit gewesen."

Es macht mich ganz irre zu beobachten, wie unbeteiligt dieser komische kleine Mann über die Vorstellung, ein kleines Kind zu quälen, um eine Theorie zu beweisen, hinweggeht. Besonders weil dieses gequälte Baby mein eigener Mann war. Ich muss mich zurückhalten, nicht aufzuspringen und ihm den selbstgefälligen Ausdruck aus seinem hässlichen Gesicht zu schlagen. „Ich habe mich in Ihnen geirrt.", ich spucke die Worte beinahe aus. „Sie alle sind nicht nur gierig und selbstsüchtig, sondern auch unsäglich grausam! Dieser tolle Mann, den Sie so bewundern. Wissen Sie, was er getan hat? Als ein vor Heimweh kranker Junge aus dem Internat einen Brief nach Hause schrieb, in dem stand, dass er seine Eltern liebe und sehr vermisse, hat sein Vater die Verbindung abgebrochen. Hat ihm geantwortet, dass Liebe Schwäche sei, und dass er keinen Kontakt mehr zu seiner Mutter aufnehmen dürfe, bis er erwachsen wäre."

„Zugegeben, das mag zu der Zeit grausam erschienen sein. Aber im Laufe der Zeit …"

„… im Laufe der Zeit was?" Ich unterbreche ihn beinahe schreiend. „Im Laufe der Zeit ist Jeds Mutter gestorben! Er hat sie nie wieder gesehen. Und sein Vater hat es nicht einmal für nötig gehalten, ihn wissen zu lassen, dass sie im Sterben liegt. Das ist der Mann, den Sie so bewundern. Das ist das Objekt Ihrer Verehrung. Dieser Mann ist ein Ungeheuer!"

Weems beobachtet mich, als ob ihm klar würde, dass er sich verkalkuliert hat. „Sie sind wütend", beobachtet er. „Das ist eine vollkommen natürliche Reaktion."

„Meinen Sie? Ihre Leute haben eine Schule in die Luft gejagt, meinen Sohn geraubt, mich gekidnappt, und alles nur, weil vor vielen Jahren ein verrückter Professor ein Buch über die Wichtigkeit von Egoismus geschrieben hat. Und ich wage es, wütend zu sein?"

Wieder mustert mich der kleine Mann mit großer Nachsicht, verströmt eine Aura von unendlicher Geduld. „Niemand wagt es, wütend zu sein, meine Liebe", belehrt er mich. „Wut entsteht in dem atavistischen Teil des Gehirns, nicht im kognitiven. Sie können es wagen, alles zu riskieren, man kann wagen, großartig zu sein, aber man kann nicht wagen, wütend oder ängstlich zu sein. Angst und Wut sind natürlich miteinander verbunden. Sie sind Ausdruck desselben Instinkts."

Ich halte das nicht mehr aus. Im Sprung greife ich die Vorderseite seines Hemdes, ziehe ihn zu mir heran und brülle ihm ins erschrockene Gesicht: „Geben Sie mir mein Kind zurück! Geben Sie ihn zurück, oder ich bringe Sie alle um, das schwöre ich."

Kurz danach liege ich flach auf dem Rücken, werde festgehalten von den Barlows, die beide zwar krank vor Angst aussehen, aber nichtsdestotrotz entschlossen sind, ihren kostbaren Anführer zu verteidigen.

„Ruler Weems", keucht Eldon, während ich versuche, mich von ihm zu befreien. „Sind Sie unverletzt? Was sollen wir tun? Sagen sie uns, was wir tun sollen."

Weems' Stimme ist vollkommen ruhig. „Lassen Sie sie los."

Sie gehorchen aufs Wort. Meine Arme werden losgelassen.

„Wenn Mrs. Corbin mich attackieren will, kann sie das tun. Ich werde mich nicht verteidigen, und Sie werden nicht dazwischengehen."

Entspannt, die Unterarme auf der Lehne seines Sessels, sieht Weems meiner Reaktion entgegen. Ich komme wieder auf die Beine, schieße dabei giftige Blicke auf meine sogenannten Gastgeber ab.

Adrenalin rauscht durch meine Adern, dass ich kaum ruhig stehen kann. „Reden Sie nicht mit mir über Jedediah", sage ich und bohre meinen Blick in Weems Augen. „Mein Jed war mehr wert als tausend Arthur Conklins. Er war gut und ehrlich und liebevoll. Er war klug, witzig und gütig. Sein Vater wollte ihn kaputt machen, aber Jed konnte nicht kaputt gemacht werden. Er hatte ein Herz aus Gold, und wenn sein blödes Flugzeug nicht vom Himmel gefallen wäre, wäre nichts von dem hier passiert. Jed hätte eine Lösung gewusst. Er hatte immer eine Lösung parat."

Dann finde ich mich noch einmal auf dem Fußboden wieder – wie bin ich da hingekommen? – und weine in meine vors Gesicht geschlagenen Hände, weine um meinen toten Ehemann, um meinen kleinen Sohn, um mich.

„Dieses Flugzeug ist nicht vom Himmel gefallen", sagt Weems leise. „Jedenfalls nicht zufällig. Ihr Mann wurde ermordet."

5. KAPITEL
Gouda, wie der Käse

Shane schätzt sich glücklich, dass auf dem Denver International Airport keine Lincoln Town Cars zu mieten sind. Sein Wunsch nach einem solchen Auto hatte sogar erstauntes Kopfschütteln hervorgerufen. „Hier brauchen Sie unbedingt einen Allradantrieb", wurde ihm gesagt, und sie hatten recht: Er kommt tatsächlich nicht ohne aus. Auch wenn der Jeep Gran Cherokee etwas holpert und nicht so windschlüpfrig ist wie sein geliebter Lincoln, liegt er doch besser und sicherer auf dem schneeglatten Highway, der aus Denver hinausführt.

Zwei Stunden später, auf den scharfen Kurven, die die Rocky Mountains durchziehen, hält alleine der Allradantrieb ihn davon ab, von der Straße zu rutschen und den Abhang hinunterzurollen – oder Schlimmeres.

Nachdem er ein College in Upstate New York besucht hatte, war Shane eigentlich der Meinung, über Schnee Bescheid zu wissen, Aber das hier ist eine komplett andere Welt. Hier herrscht ein viel größerer Maßstab. Die gewaltige Masse der Berge lässt ihn sich unbedeutend fühlen, ein Käfer, der sich verzweifelt an seinen schmalen Pfad durch die Wildnis klammert. Außerdem scheint er langsam die Orientierung zu verlieren. Im Flachland, in der Nähe von großen Wasserflächen – wie zum Beispiel an der Ost- oder Westküste –, hat er eigentlich einen sehr guten Orientierungssinn. Doch inmitten hoher Berge, wo hart gefrorene Schneeflocken das schwindende Sonnenlicht verdunkeln, muss er sich auf das eingebaute Navigationsgerät des Autos verlasen. Er könnte nicht einmal Norden bestimmen, wenn sein Leben davon abhinge.

Laut Navigationsgerät ist Conklin knappe siebzig Meilen Luftlinie von Denver entfernt. Siebzig Meilen, die ein Vogel zurückzulegen hätte, doch in dieser Höhe fliegen keine Vögel, schon gar nicht bei diesem Wetter. Und durch die geographischen Gegebenheiten beträgt die tatsächliche Entfernung mehr als das Doppelte. Der Schnee und die vorsichtige Fahrweise, um sich auf abschüssiger Straße nicht sinnlos zu Tode zu stürzen, bedeuten, dass die Nacht bereits hereinbricht, als Shane die Sicherheitsschranke in Conklin erreicht, und er inzwischen fährt wie ein alter Mann mit Hut.

Er lässt das Fenster des Grand Cherokee herunter und grinst in die eisige Dunkelheit.

„Guten Abend, Sir. Willkommen im Wohlstand", sagt der Wachmann ohne eine Spur von Ironie. „Bitte sagen Sie mir Ihren Namen und den Anlass Ihres Besuchs."

„Ronnie Gouda, wie der Käse", sagt Shane. „RG Paving aus Dayton, Ohio. Ich bin hier wegen des Seminars."

Er hält seinen Ausweis und seine Mitgliedskarte aus dem Fenster – voll funktionsfähige Duplikate, die Maggie Drew im freundlicherweise zur Verfügung gestellt hat – und wartet, während der Wachmann zum Wärterhäuschen zurückkehrt, einem Gebäude, das einem der atemberaubenden Wellenfront-Museen des US-Architekten Frank Gehry ähnelt. Voll beleuchtet, voll bemannt, voll bewaffnet, das BKS-Logo gut sichtbar auf jeder Uniform. Shane hat schon internationale Grenzübergänge erlebt, die weniger beeindruckend aussahen. Die Sicherheitsleute wirken professionell und freundlich. In keiner Weise zu vergleichen mit jenen aufgeblasenen Mietpolizisten, wie man sie oft an den Zufahrten zu bewachten Siedlungen vorfindet.

An jeder Seite des Kontrollhäuschens führen zwei Fahrspuren vorbei. Eine für PKW, die andere für LKW und Sattelzüge. Während Shane wartet, beobachtet er durch die laufenden Scheibenwischer, wie einige Sicherheitsleute einen Anhänger öffnen und die Ladung inspizieren. Jedes Stück wird sorgfältig mit den Frachtpapieren verglichen.

Verstörend sorgfältig.

Wenige Minuten später wird Shane aufgefordert, auszusteigen.

„Gibt's Probleme?“, fragt er. „Mein Seminar ist bereits bezahlt. Ich nahm an, alles sei arrangiert.“

Die Wachfrau, eine breitschultrige junge Frau in den Dreißigern, schenkt ihm ein schmales Lächeln. „Alles in Ordnung, Sir. Reine Routine. Wir müssen Ihr Foto scannen, Ihnen einen Besucherausweis ausstellen und so weiter. Bitte steigen Sie aus.“

Shane folgt der Anweisung. Er fröstelt, als ein Windstoß an seinem nagelneuen Parka zerrt. Als ob eiskalte Hände sich an seinem Körper wärmen wollen.

Im Inneren des hell erleuchteten Gebäudes ist alles gut. Der Computer bestätigt, dass Ron L. Gouda das Einführungsseminar „Was The Rule of One für dich tun kann“ in Dayton, Ohio, besucht hat. Des Weiteren wurde die volle, nicht rückzahlbare Gebühr in Höhe von fünftausend Dollar entrichtet, die ihn qualifiziert, an dem dreitägigen Level-Eins-Seminar am Conklin Institute teilzunehmen, Essen und Trinken inklusive.

Offensichtlich ist ihnen noch nicht bekannt, dass der wahre Ronnie Gouda gerade heimlich angeklagt wurde, State-Highway-Verträge manipuliert zu haben und nun im Justizministerium sitzt und versucht, gut Wetter zu machen.

Das ist gut. Sogar sehr gut.

Shane wird fotografiert und bekommt einen Besucherausweis ausgehändigt, dazu eine Chip-Karte, mit der er die Tür zu der sogenannten „Wohneinheit“ öffnen kann.

„Wohneinheit?“, erkundigt er sich verdutzt.

„Bett, Bad, Studierzimmer. Sie werden sich in Ihrer WE wohlfühlen. Die Codekarte gilt auch für den Bienenkorb. Das ist die Cafeteria für die Teilnehmer am Level-Eins-Seminar. Der Bienenkorb hat einen Vier-Sterne-Koch. Sie werden es sich gut gehen lassen können, Sir.“

„Das will ich bei fünf Riesen Eintrittspreis auch hoffen“, erwidert Shane in seiner Rolle als erfolgreicher Selfmade-

Unternehmer, den er sich ein wenig großspurig vorstellt; ein Mann, der gerne eine kleine Show abzieht.

Die Sicherheitskräfte reagieren weder auf seine Kommentare noch auf sein Verhalten. Kein Zweifel, dass sie diese Art von Sprüchen schon oft gehört haben. Sie behalten ihre professionelle Ausstrahlung bei, gehen nach Vorschrift vor, und Shane denkt, wenn die Sicherheitsleute im Dorf genauso sind, wird es eine echte Herausforderung, die Sicherheitsvorkehrungen zu umgehen.

„Die werden Sie auch benötigen“, erklärt ihm die Wachfrau und händigt ihm eine kleine Plastikkarte aus. „Klemmen Sie sie hinter die Sonnenblende.“

„Was ist das?“, fragt Shane unschuldig, obwohl er in Wirklichkeit sehr genau weiß, was es ist und wie es funktioniert.

„Ein Smarttracker“, sagt die Frau. „Wir behalten damit den Überblick über alle Fahrzeuge, die sich auf dem Gelände befinden. Ohne Ausnahme.“

„Ach ja?“ Shane erlaubt sich, einen Hauch von Streitlust in seine Unternehmerstimme zu legen, schlüpft immer mehr in seine Rolle. „Was ist, wenn es abfällt oder ich es verliere?

Die Wachfrau schaut ihn mit einem Blick an, der deutlich sagt: „Versuch nicht, uns reinzulegen“. „Sobald das Sendersignal unterbrochen wird, stellen unsere Sensoren die Störung fest und geben Alarm. Wir sind verpflichtet, darauf zu reagieren.“

„Was denn? Wie ein SWAT-Team?“

„Könnte man so sagen, ja.“

„Meinen Sie das ernst?“

„Für uns hat Sicherheit höchste Priorität, Sir. Genießen Sie Ihren Aufenthalt.“

Dann wird er durchgewinkt.

Drei Meilen weiter kommt Shane an eine scharfe, abenteuerliche Kurve und im gleichen Augenblick klart sich der nächtliche Himmel auf und gibt den Blick auf einen überwältigenden

Sternenhimmel frei, der sich über die hoch aufragenden Berge wölbt.

Wunderschön, aber, um ehrlich zu sein, auch ein wenig gruselig.

Der komplette Ort liegt vor ihm, raffiniert beleuchtet, als wenn die Architekten schon beim Entwurf diesen Nachthimmel im Hinterkopf hatten. An den Fuß der Bergkette geschmiegt, wirkt er auf den ersten Blick wie ein kleiner College-Campus, hübsch überzuckert von einer glitzernden Schneeschicht. Ohne Zweifel das Conklin Institute. Weiter oben in den Bergen macht Shane Häuser, Hütten und Wohnkomplexe aus, wie er sie von Aspen kennt. Steile, schneefreie Metalldächer, Wände aus Glas und Schindeln, Licht hinter den Fenstern der bewohnten Residenzen.

Wegweiser führen ihn zur Wohneinheit Eins, die auf unterer Ebene direkt gegenüber dem Campus liegt. Trotz des unkomplizierten Namens wirkt sie wie ein Haus aus einer ganz normalen Hotelkette, und die Leute an der Rezeption sehen wie normale Hotelangestellte aus, tragen himmelblaue Uniformen, gut geschnittene Frisuren und ein wohltrainiertes Lächeln.

Bevor er mit seiner Sporttasche unterm Arm die Lobby betritt, klopft Shane sich den Schnee von den Schuhen. Er will einen guten ersten Eindruck machen, schließlich weiß man nie, wann man mal einen Gefallen benötigt.

„Wunderbare Sterne!“, dröhnt er mit einem breiten Grinsen. „Ist das immer so hier oben?

Er legt die Chipkarte auf den Tresen.

„Willkommen in Conklin, Mr. Gouda. Möge Ihr Aufenthalt ein profitabler sein.“

„Wie bitte? Ah, ich verstehe“, sagt er lachend. „Ja, ja, das hoffe ich auch. Das ist schließlich auch die Idee dahinter, nicht wahr?“

„Man wird Ihnen das alles im Seminar erläutern, Sir.“

„Aha. Übrigens, ich hab da noch eine Frage. Draußen am Parkplatz hat mein Handy kein Signal empfangen. Gibt's da Probleme? Ich muss noch diverse Anrufe erledigen."

Die Rezeptionistin – ihr kindliches Gesicht so allgemeingültig freundlich wie ein batteriebetriebener Hundewelpe – lächelt fröhlich. „Ja, der Handyempfang ist hier leider nicht überall gegeben, Mr. Gouda. Es gibt jedoch ein Telefon in Ihrem Zimmer. Sie können es jederzeit kostenfrei benutzen."

„Okay", spricht Shane, der Unternehmer, und denkt, dass eine so gut organisierte Einrichtung wie diese sicher einen Funkmast haben könnte, wenn sie denn wollte. Wenn die Besucher also auf ein Festnetztelefon verwiesen werden, muss es einen Grund dafür geben. Die Gespräche werden sehr wahrscheinlich vom Sicherheitsdienst abgehört. Ach ja, Paranoia.

„Um sechs Uhr öffnet der Bienenkorb für das Frühstück. Das sollten Sie nicht verpassen, es gibt dort erstklassige Pfannkuchen. Ihr Seminar beginnt um acht Uhr in der Profit Hall. Folgen Sie einfach der Ausschilderung. Und noch etwas – die Türen zum Saal werden um Punkt acht Uhr geschlossen. Danach kommt niemand mehr hinein, und wer nicht anwesend ist, dessen Einladung wird auf der Stelle widerrufen."

„Sie meinen, ich würde dann rausgeschmissen?", sagt Shane in leutseligem Ton. „Ziemlich harte Sitten hier."

„Ihre Zeit ist sehr wertvoll, Sir. Und unsere auch."

Shane winkt ab. „Klingt logisch. Ich werde pünktlich da sein, keine Angst."

Die „Wohneinheit" ist, wie versprochen, gemütlich, was daran liegt, dass sie sehr klein ist. Im Gegensatz zu jedem vergleichbaren Motelzimmer gibt es keinen Fernseher, was einem das Gefühl eingeschränkten Kontakts zur Außenwelt vermittelt. Allerdings sieht Shane eine Kabelbuchse, die eindeutig eine Internetverbindung darstellt. Das Einzelbett ist zwar zu kurz für seine Größe, aber daran ist er gewöhnt. Er erwartet eh nicht, sonderlich viel Schlaf zu bekommen oder überhaupt viel Zeit in diesem Zimmer zu verbringen. Die einzige angebotene Unterhaltung ist eine frisch gedruckte Ausgabe von *The Rule of One*, die auf dem Nachttischchen ungefähr an der Stelle liegt, wo man normalerweise die Bibel vorfindet.

Der Raum hat die Ausstrahlung einer Mönchszelle, mit der Ausnahme, dass Mönche vermutlich ohne Dusche und Toilette und ohne dicke, flauschige Handtücher auskommen müssen.

Shane packt seine Tasche aus. Das Rasierzeug deponiert er in Reichweite der Dusche. Er stellt sich unter das angenehm heiße Wasser und zieht sich danach dunkle Kleidung an. Er plant einen Mitternachtsspaziergang, um sich mit dem Grundriss der Ortschaft vertraut zu machen. Vielleicht bekommt er auch einen Eindruck davon, in welchen Abständen die Patrouillenfahrzeuge ihre Runden fahren und wie man ihnen am besten aus dem Weg geht. Und wenn der Himmel klar ist, kann er eventuell auch noch einen Blick auf den Pinnacle werfen.

Man kann nie wissen, was man sehen wird, wenn der Rest der Welt schläft.

Sein Bauchgefühl sagt ihm, dass Haley Corbin sich irgendwo hier in der Nähe aufhalten muss. Sehr wahrscheinlich nicht im Dorf selbst – es ist unwahrscheinlich, dass ihre Entführer das Risiko eingehen, sie von Besuchern entdecken zu lassen –, aber eindeutig auf dem Gelände der Rulers. Ihm ist nicht entgangen, dass der hauptsächlich bewohnte Teil des über fünftausend Quadratkilometer umfassenden Conklin County direkt hier ist.

Sie muss ganz in der Nähe sein.

Shane schaut auf seine Uhr. Es ist gerade einmal neun, viel früher, als er gedacht hat, und viel früher, als die sternentiefe Nacht und die schlummernde Stille der Wohneinheit einen glauben lassen. Vielleicht braucht er für seine kleine Nachtwanderung gar nicht bis Mitternacht zu warten. Elf Uhr müsste auch okay sein.

Voll bekleidet legt er sich auf das schmale Bett. Seine Füße ragen über die Bettkante hinaus, aber die Matratze ist angenehm fest und das Kopfkissen fühlt sich zu seiner Überraschung himmlisch an. Im Zimmer ist es ein wenig stickig und etwas zu warm – gibt es irgendwo einen Thermostat? Er kann sich nicht daran erinnern, einen gesehen zu haben. In der Luft hängt ein schwacher medizinischer Geruch. Was ist das, und warum ist er ihm so vertraut?

Er schließt seine Augen.

Nach drei Atemzügen ist er eingeschlafen.

6. *KAPITEL*
Wie kann man Perfektion verbessern?

„Wir haben nie irgendwelche Beweise finden können", erklärt Weems. „Zumindest keine, die handfest genug wären, um in Aktion zu treten."

Der Mann ist dabei zu erklären, wieso er weiß, dass Jed und sechsundzwanzig andere unschuldige Passagiere ermordet wurden, und dennoch bleibt er dabei unglaublich ruhig. Mich macht diese Gefühllosigkeit rasend. Ich möchte schreien oder ihm die Augen auskratzen oder beides.

Wie können sie mir das antun? Erst rauben sie mir meinen Jungen, nun lassen sie mich den grauenhaften Tod meines Mannes noch einmal erleben. Wie kann man so grausam und dabei so unberührt sein? Weems schildert den Mord, als hielte er eine Vorlesung. Missy und ihr Mann sitzen wie verschreckte Kröten da und blinzeln zu mir herüber, als hätten sie die Geschichte schon hundert Mal gehört. Vielleicht haben sie das ja auch.

„Monster", stoße ich mit belegter Stimme hervor. „Jed hat schon immer gewusst, was ihr seid. Deshalb hat er auch alle Verbindungen zu euch grässlichen Menschen gekappt."

Weems nickt weise, als ob er mit meiner Antwort gerechnet hätte. „Große Männer haben oftmals Probleme, eine Beziehung zu ihren Kindern einzugehen. Das fing schon bei den alten Königen an. In der Tierwelt töten männliche Löwen manchmal lieber ihre eigenen Jungen, anstatt das Risiko einzugehen, sich mit ihnen messen zu müssen, wenn sie ausgewachsen sind. Arthur ist – war – ein transzendentes Genie, aber wie alle Menschen ist auch er nicht frei von Fehlern. Er hat seinen einzigen Sohn vertrieben, und das ist schlimm, selbst wenn seine Absicht eine andere war und er seine Handlung später bereut hat."

„Jed hat niemals erfahren, dass seine leibliche Mutter im

Sterben lag! Wie konnte sein eigener Vater ihm das antun?"

Weems stößt einen tiefen Seufzer aus und schüttelt den Kopf. „Ich kann nicht glauben, dass Grausamkeit in Arthurs Absicht lag. Er dachte, er würde den Jungen beschützen."

„Indem er ihn von der Mutter fernhielt?"

Mit einem unmerklichen Nicken stimmt er mir zu. „Wie ich schon sagte, sogar der große Arthur Conklin ist nicht makellos. Der Punkt ist, er hat seine Meinung über Jedediah geändert. Nach seinem ersten Herzinfarkt, als er noch einigermaßen klar bei Verstand war, hat er mich beauftragt, Kontakt mit dem Jungen aufzunehmen. Verzeihung ... ich spreche von Jedediah immer noch als Jungen, weil ich ihn nur als Kind kennengelernt habe. Zu der Zeit, als sein Vater über eine Versöhnung nachdachte, war er natürlich bereits erwachsen, hatte eine Frau und ein eigenes Kind. Ein komplett selbstständiges und ausgefülltes Leben – ein vollständiger Mann."

Ein vollständiger Mann. Diesen Ausdruck habe ich vorher noch nie gehört, aber er beschreibt Jedediah sehr genau. Aufgrund der Grausamkeit seiner Familie war er gezwungen, in sehr jungen Jahren schon erwachsen zu werden. Als die meisten Jungen seines Alters sich ihre Unterwäsche noch von ihren nachsichtigen Müttern waschen und bügeln ließen, lebte Jed schon alleine und versuchte, sich durchs College zu schlagen.

Mein vollständiger Mann.

„Ich habe tatsächlich Kontakt zu Jedediah aufnehmen können", fährt Weems vor. „Einige Monate bevor er umgebracht wurde. Hat er es Ihnen gegenüber erwähnt?"

Ich schüttle den Kopf, beschämt darüber, dass Jed das Gefühl hatte, Geheimnisse vor mir haben zu müssen. Obwohl er mal angedeutet hat, dass bei den Rulers irgendetwas vor sich geht, und noch scherzte, wenn er mal spurlos verschwände, würde, garantiert sein Vater dahinter stecken. Die Wahrheit ist, ich wollte davon nichts wissen. Ich hatte nicht darüber nachdenken wollen, dass irgendetwas unser Leben beeinflussen könnte, und deshalb angenommen, dass es sich lediglich um ein paranoides Überbleibsel seitens Jeds handelte – was verständlich ist, wenn der eigene Vater eine Sekte leitet.

Weems fuhr fort. „Ihr Mann hat deutlich gemacht, dass er keinerlei Kontakt mehr wünscht, dass es zu spät sei, die Beziehung wieder in Ordnung zu bringen. Ich sagte irgendetwas darüber, wie wir sein Leben verbessern könnten, wenn er wieder in die Organisation zurückkehren würde, doch er antwortete, und das werde ich nie vergessen, ‚Wie kann man etwas Perfektes noch besser machen?'. Er sagte das in aller Ernsthaftigkeit. Jedediah fand sein Leben perfekt, so wie es war. Das waren seine Worte. ‚Ich habe die perfekte Frau, das perfekte Kind. Alles, was mein Vater tun könnte, wäre, das durcheinander zu bringen. Danke, aber kein Interesse.'" Weems seufzt so bedauernd, dass es beinahe ehrlich klingt. „Ich muss zugeben, Mrs. Corbin, dass ich ihn wirklich nicht verstand, bis ich Sie traf und einen, wenn auch sehr kurzen Blick auf Ihren kleinen Jungen werfen konnte."

Zu diesem Zeitpunkt weine ich schon so heftig, dass es mich schüttelt und ich kaum bemerke, wie Missy aufgeregt versucht, meine Tränenflut mit einem Berg Papiertaschentücher einzudämmen. Falls Weems vom meiner Reaktion betroffen ist, so zeigt er es nicht. Er wartet einfach ab, bis das Weinen nachlässt, um dann an dem Punkt fortzufahren, wo er aufgehört hatte. „Was auch immer ich für seine Beweggründe hielt, Jed machte mehr als deutlich, dass er nichts mehr mit uns zu tun haben will, wie viel Druck auch immer wir auf ihn ausüben würden." Weems klingt beinahe philosophisch. „Ich überbrachte Arthur die Nachricht so behutsam wie irgend möglich. Er befand sich bereits in der Anfangsphase seines geistigen Verfalls – sein Verstand war teilweise umnachtet –, und ich bin mir nicht sicher, ob er die Situation überhaupt im vollen Umfang erfasste. Evangeline jedoch geht davon aus, dass jeder ihre Sucht nach Macht und Reichtum teilt. Sie hat sich selbst davon überzeugt, dass Arthur Jedediah zu seinem Nachfolger ernennen würde und sie damit von der Thronfolge ausschlösse. Also hat sie seinen Mord arrangiert und es wie einen Unfall aussehen lassen. Ich weiß nicht, wie sie es gemacht hat, mir ist es nie gelungen, die Einzelheiten herauszufinden. Zweifellos irgendeine clevere, nicht nachweisbare Form der Sabotage."

In meinem Hinterkopf taucht das Bild eines Flugzeugs auf, das vom Himmel fällt, wie ein Vogel mit gebrochenem Flügel. Das ist mehr als ich ertragen kann, und ich muss die Vorstellung wieder verjagen, bevor sie mich ganz in den Wahnsinn treibt.

„Ich weiß, dass das schmerzhaft ist", sagt Weems. „Doch sie müssen verstehen, wozu diese Frau fähig ist. Im Moment hat sie die Kontrolle über Arthurs Enkelkind und denkt, dass ihr das irgendwie zum Vorteil gereicht. Sobald sie das aber nicht mehr glaubt, ist es eine Bürde für sie, und wie ich schon sagte, haben Evangelines Bürden die Angewohnheit, spurlos zu verschwinden."

Er wirkt so ruhig, so sachlich. Vielleicht denkt er sich Jeds böse Stiefmutter nur aus, um mich auf seine Seite zu ziehen. Es klingt fürchterlich – es fühlt sich schon schlimm an, es nur zu denken –, aber im Moment ist es egal, wie Jed gestorben ist, ob es ein Unfall oder Absicht war. Einzig und alleine Noah ist wichtig. Ihn aus den Händen dieser Leute zu befreien. Das wäre auch das, was Jed wollen würde. Bring Noah fort von Menschen, die so denken – Löwen, die ihren Nachwuchs töten, Frauen, die für ihren eigenen Vorteil Kinder klauen, Männer, die Mütter kidnappen als wäre es ein kluger Zug beim Schach.

Mein kleiner Sohn muss gerettet werden. Dafür werde ich bis zu meinem letzten Atemzug kämpfen. Während ich mir die Tränen mit Missys Taschentüchern trockne, bin ich mir einer Sache ganz sicher: Ich schrecke vor nichts zurück, um mein Kind zurückzubekommen. Einschließlich Mord.

Bin ich nun genauso schlecht wie die hier?

Vielleicht. Aber es kümmert mich nicht.

7. KAPITEL
Wie es ihr gefällt

Evangeline beobachtet ihren schlafenden Liebhaber im Sternenlicht. Obwohl der schöne Vash in Wahrheit sowohl mehr als auch weniger als ihr Liebhaber ist. Der Sex ist gut – er ist stark wie ein Pferd und sehr pflichtbewusst, was ihr Vergnügen angeht –, aber es gibt keine emotionale Verbindung, keine geistigen Funken zwischen ihnen. Nicht wie Arthur in seiner Hochzeitsnacht, verrückt danach, sowohl ihren Verstand als auch ihren Schlüpfer zu erobern. Oh ja, *das* was ein Liebhaber. Ehrlich gesagt, würde sie Mr. Bagrat Kavashi nicht als Freund bezeichnen, und schon gar nicht als Liebhaber. Mehr als Begleiter, dessen Interessen oftmals mit ihren eigenen übereinstimmen.

Eine Zweckgemeinschaft, das ist es, was sie haben. Eine nützliche Verbindung mit Vorteilen für beide Seiten. Außerdem hat sie wenig Bedarf an Freunden im eigentlichen Sinne des Wortes, also Menschen, um die du dich kümmerst und die sich im Gegenzug auch um dich kümmern. Evangeline interessiert sich nur für sich, und so soll es, ihrer Meinung nach, auch sein. Das ist die Quelle ihrer Ziele, ihrer Macht und ihrer Stärke.

Sie lässt sich so auf das riesengroße Bett plumpsen, dass die Matratze federt. „Wachi, wachi", flötet sie.

Bagrat Kavashi schnellt mit aufgerissenen Augen hoch. In diesem Moment sieht er aus, als könnte er sofort einen kaltblütigen Mord begehen, was ihn umso attraktiver macht.

„Wo ist Wendy?", fragt sie ihn zuckersüß. „Er ist nicht zu Hause. Ich hab es überprüft."

„Was?", fragt Vash verschlafen. „Was ist falsch?"

„Wendall Weems. Er heckt etwas aus, Darling. Das spüre ich in meinem festen kleinen Bauch. Ich habe die Kameras gecheckt. Er ist nicht in seinem Haus."

Vash grunzt leise und greift nach ihr. Sie weicht zurück, glättet den Saum ihres die Oberschenkel knapp bedeckenden Seidenhemds.

„Du musst ihn finden", sagt sie. „Wo ist Wendy? Das ist die Frage."

Sie zieht ihn mehr oder weniger den langen Flur hinunter in die Einsatzzentrale. Was einmal ein ganz normales Büro gewesen war, ist in ein hochmodernes Nachrichtenzentrum verwandelt worden. Auf den vielen Monitoren kann sie alle Aktivitäten im Dorf und auf dem Campus verfolgen, und dank der Arbeit von BKs cleveren Technikern ist ihr nun auch ein guter Rundumblick in der Residenz ihres Rivalen vergönnt.

„Trink das", sagt sie und reicht Vash eine gekühlte Dose Red Bull.

Flüche in seiner Muttersprache nuschelnd, leert Evas Sicherheitschef die schlanke Dose, wischt mit dem Handrücken über seinen Schnurrbart und rülpst laut und aggressiv.

„Fühlst du dich jetzt besser?", fragt sie. „Gut. Los, an die Arbeit!"

„Arbeit? Ist Zeit für Schlaf!"

„Genau. Nur dass Wendy nicht schläft, was ich verdächtig finde. Er ist ein Gewohnheitstier, geht nie nach zehn Uhr ins Bett und steht nie nach sechs Uhr früh auf. Aus reiner Neugierde habe ich sein Schlafzimmer überprüft, um zu sehen, ob er schon schläft – ich meine, wieso sollte er schlafen, wenn ich es nicht kann –, und er ist nicht da. Also habe ich sein Büro überprüft. Dann jeden Raum im Bunker. Aber kein Wendy."

„Du bist eine verrückte Frau. Er ist nicht im Bett, na und? Vielleicht hat er Freundin."

Evangeline bricht in schallendes Gelächter aus. „Du bist richtig niedlich, wenn du so verschrobene Ideen hast, weißt du das? Wendy mit einem *Mädchen*? Dieses Runzelpaket?"

„Okay. Dann Junge. Ziege. Wen interessiert's?"

Sie lässt sich in ihren ausladenden Sessel fallen und schlingt die Arme um die bloßen Beine. „Vash? Denk doch mal nach. Haley Corbin wird auch vermisst, richtig?"

Er zuckt die Achseln. Dieser unangenehme Umstand ist nicht zu leugnen. Ein Planungsfehler, den er in diesem Stadium gerne ausgeklammert hätte. „Vielleicht sie ist weglaufen. Ich hab dir gesagt, wir finden sie, keine Sorge. Alles keine Problem."

„Gleich nachdem sie einen FBI-Agenten angeheuert hat, um ihren kleinen Jungen zu finden, rennt sie weg?"

„Ex-FBI", korrigiert er. „Ein großer Niemand. Sobald du das FBI verlassen hast, hast du keine Macht, keine Autorität. Okay, vielleicht sie ist nicht weggelaufen. Du denkst, dass Wendy sie gestohlen hat? Warum soll er das tun?"

„Weil wir dabei waren, sie verschwinden zu lassen. Wenn man darüber nachdenkt, ergibt das durchaus Sinn. Wir haben den Jungen in unserer Gewalt, also greift er sich die Mutter, direkt vor unserer Nase. Ein Gegenzug."

Kavashi zuckt die Schultern, doch er wirkt interessiert, und das nicht nur an ihren nackten Beinen. „Kann sein. Ich check das mal, okay?"

Er verknotet den Gürtel seines schwarzen Seidenbademantels – ein Geschenk von ihr, eines von vielen – und setzt sich an die Konsole. Über die verschlüsselte Verbindung informiert er den Captain der Nachtschicht. Haltet Ausschau nach Wendall Weems, absolute Diskretion! Jetzt, wo sein Gehirn wieder mehr oder weniger vollständig funktioniert, beschließt er, dass Eva die Diva durchaus recht haben könnte. Diese Frau ist in vielerlei Hinsicht komplett verrückt, aber sie hat bemerkenswerte Überlebensinstinkte. Außerdem hat sie recht mit ihrer Feststellung, dass Ruler Weems sehr methodisch und ein Gewohnheitstier ist. In Angesicht der gegenwärtigen prekären Lage – ein unerklärter Krieg um die

Nachfolge – ist jede Abweichung von der Norm verdächtig. Weems Kalender verrät nichts über eine spontane Reise, und zudem hätte er den Bunker oder gar den Ort Conklin gar nicht verlassen können, ohne dass man Kavashi darüber informiert hätte. Weems steht unter konstanter Überwachung, und dennoch ist es ihm gelungen, aus seinem Haus zu verschwinden, ohne Alarm auszulösen. Es muss tatsächlich irgendetwas im Busch sein.

Die Frage ist: Falls Weems oder seine Gefolgsleute Mrs. Corbin tatsächlich vor den Nasen der BK-Kollegen aus New York weggeschafft hätten, wären sie dann so dumm, sie hierher nach Conklin zu bringen? Um sie hier vor aller Augen zu verstecken?

Kühle Hände legen sich um seinen Nacken. Er schauert. „Hast du ihn schon gefunden, Darling?"

„Eva sollte ihren hübschen kleinen Kopf damit nicht belasten."

„Mmmmm. Es belastet mich aber. Wendy ist ein hässlicher kleiner Mann, doch er ist außerordentlich gefährlich. Es wäre ein Riesenfehler, ihn zu unterschätzen."

„Keine Fehler. Wir finden ihn."

Evangeline beginnt, sich an ihn zu schmiegen, ohne zu bemerken, welchen Widerwillen ihre Berührung hervorruft. „Was uns zu der nächsten Frage bringt", sagt sie mit belegter Stimme, während sie kleine Küsse auf seiner Kehle verteilt. „Wenn wir ihn finden, was machen wir dann mit ihm? Wie schaffen wir es, Wendy und seine Anhänger loszuwerden?"

„Wir tun, was immer dir gefällt."

„Wirklich?", sagt sie und setzt sich auf seinen Schoß, ihre flinken Finger machen sich am Gürtel seines Seidenmantels zu schaffen. „Lass mich dir zeigen, was ich mag, du großer böser Junge."

Kavashi erfüllt seine Pflicht. Gegen Ende fängt er sogar beinahe an, es zu genießen.

8. KAPITEL
Ein einziger Spülgang

Shane erwacht und fühlt sich eigenartig erfrischt, aber, als er sich aus dem Bett rollt, auch sehr misstrauisch. Er ist niemals ohne Hilfe eingeschlafen. Schon gar nicht so tief und traumlos. Und vollkommen bekleidet.

Er versucht sich ins Gedächtnis zu rufen, was genau er am Abend vorher zu sich genommen hat, als das Telefon klingelt.

„Ja, bitte?"

„Dies ist Ihr Weckruf, Mr. Gouda", kündigt eine Automatenstimme an. „Der Bienenkorb ist nun für Ihr Frühstück geöffnet. Folgen Sie der grünen Linie vom Bienenkorb zur Profit Hall. Die Türen werden um Punkt acht Uhr geschlossen, also seien Sie bitte pünktlich!"

Sehr fröhlich, auf eine hartnäckige Art. Verdeutlicht auf jeden Fall die Rangordnung: wir befehlen, du gehorchst.

Shane beschließt, dass er, um seine Deckung zu wahren, wenigstens halb gehorchen muss. Ron Gouda mag wohl das eine oder andere Mal von der vorgegeben Linie abweichen – er ist ein kleiner Rebell, der gute Ronnie Boy –, aber es hat keinen Sinn, aus dem Dorf geworfen zu werden, bevor er die Chance hatte, es ein wenig zu erkunden. Außerdem ist er halb verhungert.

Als er am Empfang vorbeikommt, zeigt eine Angestellte auf den unterirdischen Gang, der direkt zum Bienenkorb führt.

„Die dicke Jacke werden Sie nicht benötigen, Mr. Gouda!"

Sein erster Gedanke ist: Es hat einen Schichtwechsel gegeben, also woher wissen sie, wer er ist? Dann sieht er, wie sie verstohlen auf Computermonitore schauen, während die Gäste in die Lobby stolpern, und ihm fällt wieder das Foto ein, das am Sicherheitscheck von ihm gemacht wurde.

Diese perfekte Organisation gefällt ihm überhaupt nicht. Das wird seine Aufgabe nicht gerade erleichtern.

„Kann ich die hierlassen?", fragt er und streift die dicke Daunenjacke ab.

„Kein Problem", sagt die freundliche junge Dame mit den strahlend weißen Zähnen. Sie zaubert einen Kleiderbügel hervor, den sie mit der Jacke an eine halb gefüllte Garderobe hängt. Routiniert und effizient.

Wahrscheinlich wird später einer aus dem Sicherheitsdienst meine Taschen filzen. Nicht nur meine, alle Taschen. Was eine Erklärung dafür wäre, dass der Verbindungstunnel gestern Abend nicht erwähnt wurde. Wunderbare Gelegenheit herauszufinden, welche verräterischen Gegenstände sich in den ausgebeulten Taschen verborgen haben. Ganz schön gerissen, und es bestärkt seine Erwartung, dass auch seine Wohneinheit während seiner Abwesenheit gründlich gefilzt wird.

Maggies Datei hat er auf einen USB-Stick von der Größe einer Briefmarke geladen und trägt ihn am Kölrper. Er ist fest entschlossen, dass jeder Versuch, sich dieser Daten zu bemächtigen, mit gebrochenen Knochen enden wird, und zwar nicht seinen. Sein Zimmer können sie hingegen nach Herzenslust durchsuchen. Nicht einen einzigen Fingerabdruck hat er hinterlassen. Mr. Gouda ist ja so penibel, was Hygiene angeht. Wischt alle Wasserhähne ab und so. Nicht, dass ihnen ein Abdruck etwas helfen würde. Wie bei allen aktiven und früheren FBI-Agenten sind auch seine Fingerabdrücke in einer speziell gegen Hacker geschützten Datei gespeichert, auf die niemand ohne entsprechende Autorisierung Zugriff erhält. Auf seinem Laptop, den er in voller Absicht zur Überprüfung im Zimmer hinterlassen hat, befinden sich nur Kalkulationsbögen und die Angebotssoftware der RG Paving. Sie könnten sich vermutlich etwas DNA von seinem Kopfkissen holen – selbst gesunde Kopfhaut produziert Schuppen –, aber auch das würde sie nicht weiterbringen, denn er hat dafür gesorgt, dass seine DNA nirgendwo gespeichert ist. Weder beim FBI noch sonst irgendwo.

Beruflich hervorgerufene Paranoia, vielleicht, aber sie hat ihm schon mehr als einmal das Leben gerettet. Er muss annehmen, dass wer auch immer Haley Corbin entführt hat, weiß, dass sie einen ehemaligen FBI-Agenten zu Hilfe geholt hat, der auf verschwundene Kinder spezialisiert ist. Erwarten sie einen Zugriff durch Randall Shane? Fingerabdrücke und DNA-Daten sind kein Problem, aber eine Gesichtserkennungssoftware würde sehr schnell den Unterschied zwischen dem echten und dem falschen Ron Gouda herausfinden. Also kann es sein, dass er beim Eintreffen gestern Abend speziell gekennzeichnet wurde und nun unter konstanter Bewachung steht.

Nicht dass er bisher irgendeinen Hinweise darauf gesehen hätte. Bis jetzt wurde er nicht anders als die anderen „Gäste" behandelt. Also wie Vieh, das gemächlich, aber bestimmt eine enge Rampe hinuntergetrieben wird. Laut Maggie ist das Beeindruckendste an der Organisation der Rulers, dass sie exakt alles über den finanziellen Status ihrer potenziellen Mitglieder wissen, genau wie alle persönlichen Details, die vielleicht wichtig sein könnten, um das Maximum an Bargeld aus den Leuten herauszuholen. Fünftausend für ein Dreitagesseminar ist gerade mal der Anfang.

Für diesen Preis erhofft sich Ron Gouda ein verdammt exzellentes Frühstück, und Shane kann ihm da nur zustimmen.

Der Bienenkorb – diese Anspielung wird Shane noch öfter hören – brummt. Er zählt siebenundzwanzig weitere Teilnehmer am opulenten Buffet in der weiträumigen, glasüberdachten Cafeteria. Sie suchen sich einen Tisch, drängen sich um die üppigen Speisen. Shane kommt sich vor wie ein Bär, der aus dem Winterschlaf erwacht ist. Eine Geruchsmischung von Schinken, Eiern, Pfannkuchen, Ahornsirup umweht seine Nase. Er füllt sich einen Teller. Einen großen Teller.

Er ist hier, um sich unter die Leute zu mischen, und so

steuert er auf einen bereits besetzten Tisch zu. „Hallo. Was dagegen, wenn ich mich dazusetze?“

Selbstverständlich haben sie etwas dagegen. Aber ‚Nein‘ ist für Gouda keine Antwort. Shane, im wahren Leben überhaupt nicht extrovertiert, schlüpft gern in die Rolle dieser jovialen, etwas zu aufdringlichen Person, die er verkörpert. Er stellt sich vor und schüttelt Hände, macht es seinen Tischgenossen unmöglich, nicht auf ihn zu reagieren.

Ein attraktives junges Paar aus Duluth, dem es mit einem Amway-Franchisegeschäft „recht ordentlich geht“ und das weiterkommen möchte in der Welt. Ein schmaler Versicherungsverkäufer aus Kentucky mit hungrigem Blick, der nicht viel sagt, Shane aber mit Sicherheit in ein Verkaufsgespräch verwickeln wird. Und zu guter Letzt eine Vierzigjährige mit harten, intelligenten Augen. Kurz mustert sie ihn abschätzend, dann lässt sie jeden wissen, dass sie eine Kette von schicken Lebensmittelgeschäften in Südkalifornien eröffnet hat. Was die flache Platinum-Rolex an ihrem sommersprossigen Handgelenk erklärt und ihr Selbstbewusstsein, mit dem sie den größten, lautesten Mann am Tisch in seine Schranken weist.

„Und was machen Sie so, Mr. Gouda? Was auch immer es ist, ich nehme an, Sie halten sich oft im Freien auf. Bauwesen?“

Shane grinst. „Erwischt. Sie wollen eine Straße in Ohio bauen, einen Parkplatz für ein Einkaufszentrum? Was auch immer es ist, RG Paving wird es zu Ihrer vollsten Zufriedenheit erledigen, und wenn ich selber die Maschinen fahren muss. Was ich normalerweise nicht mehr tue.“

Er hat den Eindruck, dass diese zupackende Dame feststellen möchte, wo er statusmäßig anzusiedeln ist, und dass ihrer Meinung nach Bauarbeiten an der frischen Luft weit unter ihrem Niveau liegen.

Der Versicherungsmensch spürt, dass die Stimmung etwas

angespannt ist, und sagt: „Ich habe den Geruch von heißem Asphalt schon immer gemocht. Ist vielleicht ein bisschen verrückt, aber es erinnert mich an den Sommer."

„Es ist ein ehrlicher Geruch", erklärt Shane schmunzelnd. „Sie können froh sein, dass ich nicht im Porta-Potti-Geschäft bin. Ups, Entschuldigung, ich wollte Ihnen nicht den Appetit verderben."

Aber die Frau mit den kalten Augen hat noch nicht aufgegeben. „Sie haben mich neugierig gemacht", sagt sie. „Was hat Ihr Interesse an den Rulers geweckt?"

Achselzucken. „Ich bin noch nicht beigetreten", betont er. „Ich schau mich gerade um. Fakt ist, dass sehr viele erfolgreiche Menschen den Rulers angehören. Bauunternehmer, Politiker, Existenzgründer. Das habe ich zumindest gehört. Keiner wirbt ja damit, Ruler zu sein. Ich finde, sie wirken wie ein Privatclub."

„Und Sie mögen Privatclubs?"

„Wenn der Club mir Vorteile verschafft, ja. Und dafür entschuldige ich mich auch nicht! Als ich von dem kleinen Einführungsseminar in Dayton gehört habe, dachte ich, man kann's ja mal versuchen. Mir hat gefallen, was ich da gehört habe. So gut zumindest, dass ich mich für dieses Wochenende hier angemeldet habe. Mal sehen. Wenn es mir gefällt und mich nach vorne bringt, warum nicht?"

Zufrieden mit der Antwort widmet sich die Frau mit den kalten Augen ihrem Obstsalat. Sie ist anscheinend keine große Frühstückerin.

Die anderen wenden sich oberflächlichen Gesprächen zu und Shane schafft es, die Sprache auf eine Rulerin zu bringen, an die er sich von dem Seminar in Dayton erinnert – ihr Vorname ist Missy. Sie hat Ron Gouda schon beeindruckt, aber nicht so sehr, dass er sich an ihren Nachnamen erinnern könnte, oder woher sie kam. Hat zufällig einer der anderen die kleine Lady schon mal getroffen?

Nein, keiner.

Mit einem satten Seufzer schiebt Shane den leeren Teller von sich. „Ich weiß nicht, wie's Ihnen erging", sagt er. „Aber ich habe letzte Nacht wie ein Baby geschlafen. Muss wohl die Bergluft sein. Normalerweise bin ich eher der schlafgestörte Typ. Mir geht einfach zu viel durch den Kopf, schätze ich. Ich kann mich nicht daran erinnern, wann ich das letzte Mal vor zehn Uhr eingeschlafen bin und durchgeschlafen habe."

Die anderen stimmen zu, das Paar ein wenig schüchtern, dass auch sie beinahe sofort eingeschlafen sind und auch um ungefähr die gleiche Uhrzeit. Shane belässt es dabei. Er will seinen Verdacht, dass in der Luft befindliche Sedative der Auslöser gewesen sein könnten, nicht laut aussprechen. Aber es würde Sinn ergeben, auf eine perverse, gedankenkontrollierende Weise. Spielcasinos pumpen Sauerstoff in die Säle, um die Spieler hellwach zu halten, also warum den Effekt nicht umdrehen, um sicherzustellen, dass die potenziellen Ruler ausgeruht und empfänglich für eine Anwerbung sind? Keine unkontrollierten Verbrüderungen unter den „Wohneinheiten" in den späten Abendstunden. Jeder schläft, wacht und isst im Gleichklang. Es passt zu dem, was Shane aus Arthur Conklins unlesbarem Buch mitbekommen hat. Verhaltensmuster von Tieren und Insekten und in welchem Zusammenhang sie zum individuellen Erfolg des Einzelnen stehen. Wie das Etablieren neuer Denkprozesse das motivierte Individuum dazu befähigt, eine neue „Rule of One" zu begründen.

Bis zur Ankunft in der Profit Hall lernt Shane noch ein wenig mehr über den Prozess, als sich, wie angekündigt, die Türen zur Profit Hall präzise um acht Uhr schließen. Er hat etwas wie eine große Kathedrale erwartet oder zumindest ein modernes Auditorium. Aber wie sich herausstellt, gibt es mehrere Versammlungsräume auf dem Campus, und den ungefähr dreißig neuen Rekruten wurde ein relativ kleiner Hörsaal zugeteilt. Die ansteigenden Sitzreihen erinnern an ein Theater, mit dem einzigen Unterschied, dass die einzelnen Sitze durch mannshohe Wände von einander getrennt sind.

Man betritt den Raum als Gruppe, aber erlebt das Seminar allein, als Individuum. Die gesamte Gruppe schaut sich die gleichen Bilder auf dem zentralen Bildschirm an, hört den dazugehörigen Audioteil jedoch über eigene Kopfhörer, sodass die Stimmen zu einem persönlich zu sprechen scheinen.

Ganz schön clever, muss Shane zugeben. Die Spannung zwischen den Einzelnen und der Gruppe ist ein Teil des gesamten Ruler-Spiels. Es beginnt in totaler Finsternis mit einem satten, anschwellenden Soundtrack – wie ein Science Fiction-Film. Als Erstes erscheint auf der Leinwand ein zehn Meter hohes Bild des Buchs *The Rule of One.* Allein die Größe lässt es totemgleich und wichtig erscheinen. Als nächstes löst sich das Cover auf beinahe schwindelerregende Weise in ein Foto des Autors auf, und dann scheint der Zuschauer die Leinwand zu durchbrechen und findet sich in einer aufgeräumten Bibliothek wieder, wo ihm Arthur Conklin gegenübersitzt.

Conklin ist in dieser Darstellung etwas älter als auf dem Autorenfoto, die Sechzig kann er aber noch nicht überschritten haben, folglich muss das Seminar vor ungefähr zwanzig Jahren produziert worden sein. Und doch wirkt der Film erstaunlich real, als ob Professor Conklin aus einem nahen Studio zu ihnen spräche. Die Qualität des Videos ist frappierend gut. Keine Kratzer, Wischer oder verblasste Farben, die das wahre Alter preisgegeben hätten. Es scheint irgendwann in ein hochauflösendes Format übertragen worden zu sein, denn HD hat zurzeit der Originalaufnahme sicherlich noch nicht existiert.

Shane erteilt der Produktion eine Eins plus und überlegt, ob Industrial Light & Magic wohl seine Hände bei der Auffrischung des Materials im Spiel hatte. Wenn nicht IL&M, dann irgendeine andere Firma mit ähnlichen Fähigkeiten. Aber was die Sache wirklich beeindruckend macht, ist der Audioteil. Conklins Buch mag schwer zu begreifen sein, doch der Mann versteht es, zu seinem Publikum zu sprechen. Er hat eine angenehme mittlere Stimmlage, weder so tief, dass sie dröhnt, noch so hoch dass sie fiept. Die perfekte Radiostimme, gut moduliert und einnehmend. Man möchte ihm zuhören und lernen, wenn er von seinen frühen Jahren erzählt. Sein Kampf, sich sowohl physisch als auch mental zu verbessern. Seine Verwirrung über die Motivation menschlichen Verhaltens. Die langen Jahre, die er außerhalb der menschlichen Sphäre verbrachte, um das geordnete, systematische Verhalten der Insektenwelt aufzuzeichnen – besonders von Ameisen und Honigbienen. Seine Worte werden von außergewöhnlichen Aufnahmen sich abmühender Ameisen und Bienen begleitet. Und er berichtet von seiner Entdeckung, dass das menschliche Gehirn durch etwas, was er „tiefes Denken" nennt, neu verkabelt werden kann. Bevor Shanes brillanter, charismatischer neuer Freund Arthur Conklin dieses tiefe Denken näher erklären kann, wird die Mittagspause eingeläutet.

Shane, der sich bisher nicht anfällig für Verkaufstricks und andere Formen der Indoktrination zeigte, ist erstaunt festzustellen, dass beinahe vier Stunden vergangen sind.

Wie konnte das passieren? Hatten sie etwas in die Pfannkuchen getan, oder war Arthur Conklin einfach so gut? Und wie kann es sein, dass Shane, der im Leben noch nie ein Selbsthilfebuch in die Hand genommen hat, von dem Vortrag so fasziniert ist? Sowohl auf der geistigen wie auf der Gefühlsebene ist er relativ selbstsicher. Er kennt seine Stärken und Schwächen und weiß, woran er glaubt. In diesem Stadium des Seminars ist er nicht daran interessiert, sein „Gehirn neu zu vernetzen" oder sich „zur nächsten Ebene hin zu entwickeln". Er fühlt sich wohl, so wie er ist. Und doch hat er Arthur Conklin vier Stunden lang begeistert zugehört und stellt nun, nach der vierstündigen einseitigen Unterhaltung fest, dass ein Teil von ihm wirklich wissen will, was „tiefes Denken“ ist und wie es seine eigene Konzentrationsfähigkeit beeinflussen könnte.

Verdammt noch mal. Er wurde einer Gehirnwäsche unterzogen, und dafür hat es nicht mehr als einen Spülgang gebraucht.

9. KAPITEL
Weil wir am Leben bleiben wollen

Während der ersten Wochen nach dem Tod seines Vaters hat sich Noah eng an mich geklammert. Ich meine: wirklich körperlich geklammert. Die Arme um meine Beine geschlungen, wenn ich stand. Eng an meine Brust gekuschelt, Daumen im Mund, wenn ich mich hingelegt habe. Dieser enge physische Kontakt hat auch mir geholfen. Ich konnte das pralle Leben in ihm spüren, sein kleines Herz schlug im Einklang mit meinem. Wir trieben beide in einem mächtigen Strom der Trauer dahin. Mir kam es vor, als würden wir einen breiten, reißenden Fluss hinuntergeschwemmt. Menschen am Ufer winkten uns zu und wollten uns beistehen, doch wir beide waren uns genug. Wir legten keinen Wert auf Rettung. Es war in Ordnung, fortgetragen zu werden von Sturzbächen, die so tief und so mächtig waren, dass sie neue Gräben in die Erde wühlten, die Welt aushöhlten und neue Landschaften der Sorge und des Verlusts formten.

Drei Tage nach Jedediahs Beerdigung – es war ein Albtraum gewesen, seine Überreste freigegeben zu bekommen, und obwohl der Vorgang nur zehn Tage dauerte, kam es mir wie eine Ewigkeit vor – löste Noah seine Umklammerung und nuckelte auch nicht mehr am Daumen. „Es ist jetzt wirklich wahr, oder? Daddy ist wirklich weg und kommt nie wieder?" Ich sagte: Ja, es ist wirklich wahr, er wird nie mehr zurückkommen. Noah dachte eine Weile darüber nach, dann suchte er meinen Blick – wir saßen gemeinsam am Küchentisch und schoben unser Essen mehr auf dem Teller herum, als es zu essen – und sagte: „Daddy will, dass ich erwachsen werde und für dich stark bin. Also werde ich genau das tun." Etwas in seinem Ton hörte sich an, als spräche sein Vater aus ihm. Als ob Jed mich durch die Augen seines Sohns anblickte und sich verabschiedete. Erstaunlicherweise bin ich nicht zusammen-

oder in Tränen ausgebrochen. Allein ihn diese Worte sagen zu hören gab mir so viel Kraft und Zuversicht, dass ich in der Lage war, Noahs Hand zu nehmen und zu sagen: „Du bist schon stark. Du bist mein Held. Aber mir wäre es lieber, wenn du nicht zu schnell erwachsen würdest, okay? Ich brauche meinen kleinen Jungen noch für eine Weile."

Danach ging es uns gut. Die Leere war noch immer da – besonders das Einschlafen war schwierig für mich –, doch irgendwie tauchten wir wieder auf, ohne dass ich es bemerkt hätte, und plötzlich waren wir beide wieder in der Welt und taten, was man so tut, um die Tage zu füllen.

Die Erinnerung daran, wie Noah mir den Weg gezeigt hat, wie die innere Stärke eines Achtjährigen meine eigene weit überschritten hat, lässt mich glauben, dass er auch jetzt stark genug sein wird, seine eigene Meinung zu behalten, egal welches Gift die Menschen im einflüstern, die ihn für ihre Zwecke missbrauchen wollen. Missy hört nicht auf, mich zu warnen, was für eine schreckliche, böse Person Evangeline ist. Nach allem, was ich weiß, hat sie damit recht. Aber wer sich wie ein Stachel in mein Fleisch gebohrt hat, ist Noahs Lehrerin, Mrs. Delancey. Diese Schlange! Sie kenne ich – oder dachte zumindest, sie zu kennen –, und auf mich wirkt es unerträglich grausam, dass sie nur aus einem einzigen Grund nach Humble gezogen ist: um sich bei Noah und mir einzuschmeicheln, während sie schon lange Pläne schmiedete, ihn zu entführen.

Genau so sind diese Leute. Das sollte man nie vergessen.

In der Zwischenzeit hat sich der seltsame kleine Gnom verabschiedet, und Missy Barlow möchte mir ihr Haus zeigen. Im Ernst: Die Frau, die mitgeholfen hat, mich zu entführen, bietet mir eine Tour durch ihr Haus an. Ich darf, in anderen Worten, mein Gefängnis besichtigen, und stolz zeigt sie mir all die tollen Dinge, die sie und ihr seltsamer Gatte zusammengetragen haben.

„Die Einrichtung musste vom Rat der Rulers-Ratsversammlung freigegeben werden, aber die Designideen stammen alle von Eldon."

Wie sich herausstellt, bedeutet „Designidee", dass man sich etwas vorstellt – in diesem Fall eine richtig edle Skihütte – und dann jemanden beauftragt, der es einrichtet. In Missys Welt ist es allem Anschein nach das Gleiche, die Mona Lisa zu kaufen wie sie zu malen. Das klingt zwar verrückt, aber ich bin nicht hier, um ihre Zurechnungsfähigkeit zu verteidigen. Es ist, als ob ihr Leben sich gerade auflöst und sie denkt, wenn sie nur schnell genug spricht, kann sie diesen Trend aufhalten. Man kann nicht einfach aus dem Leben eines braven, gesetzestreuen Bürgers in den Untergrund abtauchen, ohne dass die Psyche darunter leidet. Aber möglicherweise war bei Missy ja immer schon eine Schraube locker, wie es Jed ausgedrückt hätte.

„Wir sind die einzigen Fünfer mit einem Haus in dieser Größenordnung", prahlt sie, während wir durch das verdunkelte Innere stapfen. „Fünfer, das steht für Level fünf. Es gibt insgesamt sieben Level, und der Einzige, der jemals die Sieben erreicht hat, ist Arthur Conklin selbst. Und nur ungefähr zehn haben die Sechs erreicht. Ruler Weems ist ein Sechser. Evangeline ebenfalls, obwohl einige von uns vermuten, dass sie geschummelt hat, weil sie Arthurs Frau ist und keiner sich getraut hat, ihr zu sagen, dass sie durch die Prüfung gefallen ist. Also, ein Fünfer steht in der Organisation schon ziemlich weit oben. Es gibt vielleicht fünfzig von uns, und der jährliche Anteil muss mindestens eine Million im Jahr betragen, um ein Fünfer zu bleiben. Zumindest bis man sechzig ist, dann wird man ein Ehrenmitglied und kann auf seinem Level bleiben, auch wenn man nicht so viel Geld verdient."

„Anteil" ist das Äquivalent der Rulers zum „Zehnt", und Missy ist sichtlich stolz darauf, dass ihr und Eldons Anteil weitaus mehr als eine Million im Jahr beträgt. Seiner gesprächigen Frau zufolge nennt Eldon das „den Preis des Genies", Sein spezielles Genie liegt in der Entwicklung von Spielesoftware, was auch immer das genau ist. Mein erster Gedanke ist *Guitar Hero*, vielleicht hat der die unechten Gitarren entworfen – ist das nicht Spielesoftware? –, aber Missy verdreht die Augen und erklärt mir, dass Eldons Genie viel, viel beeindruckender ist als *Guitar Hero*, denn künstliche Trommelwirbel, also wirklich, nein. Er entwickelt Technologien für Handyspiele. Außerdem hat er von dem Geld, das er für sein erstes Patent erhalten hat, einen Klingeltonanbieter gekauft, und das hat sich wirklich als „Superinvestition" herausgestellt.

„Klingeltöne?", frage ich. „Damit sind Sie reich geworden?"

Missy muss spüren, dass ich nicht allzu beeindruckt bin, denn sie richtet sich leicht verärgert auf und fährt fort: „Mir und Eldon gehört einer der bekanntesten Klingeltöne der Welt!"

„Großartig. Hören Sie zu, Missy, der Rundgang gefällt mir sehr, ich bewundere Ihr wunderbares Haus, auch wenn wir uns hier hinter heruntergelassenen Rollläden verstecken. Doch ich bin nicht gerade in der Stimmung für *Schöner Wohnen*, okay? Ein andermal vielleicht. Aber mich interessiert im Moment nur, wie Sie mir helfen können, meinen Sohn zurückzubekommen."

„Wir tun, was wir können", protestiert sie leicht verärgert. „Sie haben Ruler Weems gehört. Das ist eine sehr schwierige Situation, ganz zu schweigen davon, dass es gefährlich ist. Eldon und ich riskieren unser Leben für Ihre Sicherheit."

„Gut. Sie riskieren Ihr Leben. Sie sind ein Engel. Aber wo ist Noah? Wo halten sie ihn gefangen?

„Ich weiß es nicht. Ich weiß nur, es ist ein Ort, den wir unmöglich erreichen. Ich vermute, The Pinnacle."

„The Pinnacle?"

„Ja. Arthur lebt im Pinnacle. Und Evangeline. Es liegt weit oben auf dem Berg, quasi in den Berg hinein gebaut, verstehen

Sie? Jeder sagt, es sei großartig und überwältigend, aber ich habe es noch nie gesehen. Ins Innere des Pinnacle kommt man nur, wenn man ein Sechser ist. Es ist eine Superfestung. Eldon sagt, wenn die Welt unterginge, wie bei einem Atomkrieg, würde das Pinnacle überleben.“

„Also hat er das Pinnacle schon mal gesehen?“

„Nein, aber er kennt welche, die waren da. Eldon kennt alle wichtigen Leute.“

„Heißt das, der Mann, der vorhin hier war, Mr. Weems, lebt im Pinnacle?“

„Hat er mal, aber jetzt nicht mehr. Nicht, seit Eva das Ruder übernommen hat.“

„Missy, hören Sie mir gut zu. Ich gehe davon aus, das Sie ein guter Mensch sind, okay? Und dass Sie in guter Absicht handeln. Aber ich möchte, dass Sie mir einen Gefallen tun. Ich will, dass Sie Eldon überreden, mich zu diesem Pinnacle zu bringen.“

„Ich denke nicht, dass er das kann“, sagt sie widerstrebend. „Ruler Weems vielleicht. Eldon nicht.“

„Wann kommt Ruler Weems zurück?“

Achselzucken. „Keine Ahnung. Falls Sie es noch nicht bemerkt haben sollten, niemand erzählt mir hier irgendwas“, erklärt sie leicht pikiert.

In dieser Sekunde erscheint ihr Gatte an der Haupttreppe. Über Missys Hausrundgang mit mir scheint er nicht sehr amüsiert zu sein. „Nach oben mit euch beiden.“

„Aber das Haus ist doch von außen komplett uneinsehbar“, protestiert Missy. „Warum müssen wir uns im Schlafzimmer verstecken?“

„Weil wir am Leben bleiben wollen“, sagt er. „Also rauf mit euch!“

10. KAPITEL
Böser kleiner Gnom

In seinem privaten Heiligtum, tief im Inneren des Sicherheits-Hauptquartiers, hat Bagrat Kavashi endlich Zeit für eigene Gedanken. Er gibt nur ungern zu, dass eine Frau die Macht hat, seine Konzentration zu stören, doch Evangeline ist keine gewöhnliche Frau. Sie ist immerhin die Gefährtin des großen Führers, einem transzendenten Genie, und hat eine Stufe des Einsseins erreicht, von der er nur träumen kann. Andererseits macht er sich Sorgen um ihr Urteilsvermögen, wenn nicht gar um ihren Verstand. Ihre Lust beschränkt sich nicht nur auf das Fleischliche, sondern umfasst alle Hebel der Macht in ihrer Reichweite. Geld. Habgier. Manipulation. Angst. Wie er sehr gut weiß, sind das alles Rauschmittel, die das normale Denken trüben können. Deshalb genießt er Evas Sprüche über die anstehende Reinigung der Rulers mit Vorsicht. In seiner eigenen Heimat sind solche Säuberungen seit Menschengedenken eine nützliche Methode zum Machterhalt. Stelle diejenigen, denen du misstraust, an die Wand und erschieße sie. Nichts einfacher als das.

Doch als führender Kopf eines kleinen, aufstrebenden Sicherheitsunternehmens ist sich Vash bewusst, dass selbst in dieser entlegenen Ecke Colorados ein größeres Gemetzel die Art von Aufmerksamkeit erregen würde, die sowohl die Organisation der Rulers als auch seine eigene Firma zerstören könnte. Eine verschwundene Person hier und da – wirklich verschwunden – ist das Eine, und er ist sehr gut darin. Doch eine komplette Gruppe verschwinden zu lassen – privilegierte Bürger, einige sehr vermögend –, wäre ungleich schwieriger, wenn nicht gar undenkbar. Und doch muss er einen Weg finden, Eva zufriedenzustellen. Seine eigene Macht, sein Reichtum, seine Zukunft sind eng mit ihrer verknüpft.

Ein Problem, das gelöst werden muss – aber was für eins!

Er gießt sich einen georgischen Wodka aus der Flasche ein,

die immer im Eisfach steht. Eine amerikanische Unart, die er sich nach seiner Ankunft in diesem gelobten Land angewöhnt hat – ein echter Georgier trinkt Wodka in jeder Temperatur unterhalb des Siedepunkts. Wobei, ganz so gelobt war das Land anfangs auch nicht. Die rivalisierenden Tschetschenen waren bereits fest in Brighton Beach etabliert und empfanden wenig Achtung vor dem Hinterwäldler aus Pshavi in Georgien. Doch mit ein bisschen Glück und einer Hand stets am Rasiermesser verschaffte Vashi sich Respekt und war bald Teil einer angespannten Allianz zwischen den brutalsten Gruppen der Bratva, einer Bruderschaft von Schwerstkriminellen, die sogar die amerikanische Mafia aus ihrem Revier vertrieben hatte. Vashs Spezialität in Brighton war die Schutzgelderpressung, genau wie damals in seiner Heimatprovinz. Doch hier in den guten alten USA entdeckte der ambitionierte junge Immigrant den Nutzen der Computerüberwachung für seine Zwecke. Bevor er in das Leben eines, sagen wir: aufstrebenden russischen Geschäftsmannes trat, hackte er sich in die Computer seines späteren Opfers ein um auszuspähen, mit welcher Summe man vernünftigerweise rechnen konnte und welche persönlichen Angewohnheiten die Achillesferse seines Zielobjekts waren. Bald schon nutzte Vash fortgeschrittene Überwachungstechniken – versteckte Kameras, GPS-Sender, die ganze Palette der netten kleinen Spionagespielzeuge – und war so den einfallslosen Personenschützern, die seine Opfer bewachen und deren Eigentum sichern sollten, stets acht oder neun Schritte voraus.

Es war, wie Babys den Lollie zu klauen. Große, mörderische Babys, von denen einige spurlos von der Bildfläche verschwinden mussten. Was wiederum bedeutete, nicht einmal das Schwarze unterm Fingernagel zurückzulassen. In Georgien hatte er dafür eine spezielle Methode entwickelt, die er nun mit Hilfe amerikanischer Technologie verfeinerte. Nebenher hatte er sich in die amerikanische Rechtsprechung eingearbeitet. Auch wenn es durchaus mal eine Jury gab, die einen

Angeklagten trotz fehlender Leiche verurteilte, taten sie es äußerst ungern. Vermisste Personen hatten die Angewohnheit, auf der anderen Seite der Erde wieder aufzutauchen, quicklebendig, und gut von ihren Offshore-Konten lebend. Und selbst wenn das Oper tatsächlich verstorben war, konnte der Mangel an physischen Beweisen von einem klugen Verteidiger so ausgeschlachtet werden, dass er Eindruck entstand, der gute alte Boris, zum Beispiel, lasse es sich in Sao Paulo oder Shanghai richtig gut gehen. Winke-winke zu der erschöpften Jury, die in New York dazu neigte, der Regierung fast genau so wenig zu vertrauen wie den Angeklagten.

Normalerweise heißt es also, ohne Leiche keine Strafverfolgung. Ausnahmen gab es nur, wenn sich ein Zeuge der Anklage fand und dieser Zeuge bereit war, auszusagen. Bisher war jedoch niemand so dumm gewesen, gegen Bagrat Kavashi auszusagen. Halt den Mund und du bleibst am Leben. Der letzte Augenzeuge, der in Pshavi eine Aussage machen wollte, löste eine Explosion aus, in der nicht nur er, sondern das gesamte Team der Anklage starb.

Vash – an dem daraufhin für eine Weile der Spitzname BumBum hängen geblieben war – überlebte, indem er sich wie geplant hinter dem stahlgesicherten Richtertisch verschanzte. Unglücklicherweise überlebte der Richter, ein erwiesenermaßen korrupter Mann, die Explosion nicht. Da war einfach kein Platz für zwei unter dem Richtertisch. Vash bedauerte das, denn er mochte den Richter, aber wenn eine Bombe kurz vor der Explosion steht, muss ein Mann seinen Instinkten vertrauen.

Er nippt an seinem Wodka, genießt den von der Kälte dickflüssigen Alkohol. In seiner Heimat kippt man das Zeug einfach runter, Glas für Glas, doch Vash trinkt langsam, behält die Kontrolle. In den alten Tagen ging er sogar so weit, den Alkohol heimlich wegzugießen, während seine Kumpels soffen und röhrten und schließlich besinnungslos zu Boden fielen. Dann war er der einzig Nüchterne im Raum, sogar der

Einzige bei Bewusstsein, was er gelegentlich dazu nutze, den einen oder anderen Rivalen zu erdrosseln.

Von der Wärme des Wodkas angenehm beruhigt, aktiviert er einen Überwachungsmonitor und holt sich über die Tastatur verschiedene Bilder auf den Schirm. Sowohl Live-Bilder als auch gespeicherte Aufnahmen. Vash kennt die Programme in- und auswendig. Und auch wenn sein kleines Heiligtum nicht so beeindruckend aussieht wie Evas multimediale Kommandozentrale, so ist er doch ein Profi, und sie allenfalls eine enthusiastische Amateurin.

Zehn Minuten später hat er Wendall Weems geortet. Der hässliche kleine Mann ist genau dort, wo er sein soll, nämlich in einem der vielen Räume seines Bunkers, in dem er sich so sicher, beinahe unverwundbar fühlt. Hat Eva sich bedauerlicherweise einfach nur vertan – hat sie versäumt, alle Räume zu kontrollieren? Oder hat Ruler Weems, wie es so schön heißt, noch ein Ass im Ärmel?

Vash korrigiert ein wenig an der Software des Bewegungsmelders herum und lässt dann das digitale Video über die letzten vierundzwanzig Stunden zurücklaufen, auf der Suche nach irgendeiner Anomalie. Die auch tatsächlich nach kurzer Zeit auftaucht.

Er lehnt sich zurück und beginnt, die Einzelteile aneinander zu fügen. Um exakt 12:05 Uhr ist der Bunker komplett leer. Keine Maus ist zu sehen, nicht einmal der mausgraue Mr. Weems. Vash spult das Video weitere zwanzig Sekunden zurück und die Software des Bewegungsmelders zeigt ihm eine Sequenz, in der Weems das an sein Schlafzimmer grenzende Badezimmer betritt.

Seine Männer hatten sich nicht die Mühe gemacht, eine Kamera im Badezimmer zu installieren. Die Feuchtigkeit beim Duschen führt zu Nebelbildung auf der Linse, und außerdem war niemand daran interessiert, Weems auf der Toilette zu beobachten. Es reichte aus, sein Kommen und Gehen zu dokumentieren. Aber das Gehen ist gerade das Problem, denn Weems kommt nicht heraus. Die nächste Bewegung von ihm wird erst beinahe vier Stunden später wahrgenommen, als Weems tief in Gedanken versunken den Gang zu seiner Bibliothek hinuntergeht.

Überzeugt davon, dass es sich um einen Fehler in der Software handelt, ruf Vash die Dateien der Kamera außerhalb des Badezimmers auf. Soweit er sich erinnert, handelt es sich um das Modell SDR35, einen voll funktionsfähigen Rauchmelder, ausgestattet mit einer verdeckten Videokamera mit einem Sony CCD-Sensor. Einfach, zuverlässig und wirksam. Tatsächlich ist auch sowohl mit der Kamera als auch mit der Videoaufzeichnung alles in Ordnung. Gewissenhaft nimmt sie die geschlossene Badezimmertür von dem Moment an, als Weems sie von innen schließt, bis jetzt auf, doch weder kommt der kleine hässliche Mann wieder heraus, noch betritt irgendjemand anderes das Bad. Das Bad, das laut der Baupläne nur diese eine Tür hat. Und doch: Als Weems das nächste Mal einen Bewegungsmelder aktiviert, sind Stunden vergangen, und er befindet sich in einem ganz anderen Teil des Bunkers.

Allem Anschein nach unmöglich, doch Kameras lügen nicht. Irgendetwas läuft falsch, das ist klar. Ruler Weems ist ein böser kleiner Gnom. Er hat einen Geheimgang, der nicht auf den Plänen verzeichnet ist. Doch wohin führt er? Wo war Weems während der fehlenden drei Stunden? Irgendwo im Bunker, sich an einer bisher unbekannten Pornosammlung ergötzend? Das wäre zu köstlich und könnte bei Gelegenheit von Nutzen sein. Doch was Vash Sorgen bereitet und ihn die hübschen Augenbrauen runzeln lässt, ist die Möglichkeit, dass Wendall Weems unbemerkt den Bunker verlassen und so mit seinen Anhängern Kontakt aufnehmen kann, ohne dass die BK Security etwas davon mitbekommt.

Böser kleiner Gnom!

11. KAPITEL
Die Stimme des Meisters

So gerne Shane auch im Bienenkorb mit den anderen plaudern würde, heute lässt er das Mittagessen ausfallen und eilt in seine Wohneinheit, um Kontakt mit Maggie Drew aufzunehmen.

Die Zimmermädchen haben die Handtücher gewechselt. Er findet keinerlei Anzeichen dafür, dass Fingerabdrücke genommen worden wären – das Pulver macht ordentlich Dreck –, doch er geht davon aus, dass sein benutztes Wasserglas als Teil der Sicherheitskontrollen eingesammelt wurde. Zumindest hätte er es so gemacht, wenn er hier die Leitung hätte. Ebenso nimmt er an, dass man als reine Vorsichtsmaßnahme die Dateien von seinem Laptop kopiert hat. Eigentlich hofft er es sogar, weil es beweisen würde, dass Ron Gouda ein normaler, ehrgeiziger Unternehmer ist, der vorankommen will. Weitere Nüsse, welche die Datenauswertung der Rulers zu knacken hat, und bisher noch kein Beweis, dass seine Tarnung aufgeflogen ist.

Weil er mit dem Handy nicht telefonieren kann, ist Shane auf die Festnetzverbindung in seinem Zimmer angewiesen. Im vollen Bewusstsein, dass das Gespräch aufgezeichnet, wenn nicht sogar live abgehört wird, gibt er die vereinbarte Nummer ein, beginnend mit der Vorwahl für Dayton, Ohio.

„RG Paving, mit wem darf ich Sie verbinden?"

„Sie sprechen mit dem großen Käse persönlich, Süße."

„Mr. Gouda! Wie geht es ihnen, Sir? Was macht das Skifahren?"

„Ha! Kein Mensch glaubt mir, dass ich nicht zum Skifahren hierhergefahren bin. Als wenn niemand glauben kann, dass der alte Ronnie daran interessiert ist, sein Gedächtnis zu verbessern. Warum ist das so? Egal. Die Sache ist die, ich habe nur kurz Zeit, bevor ich zurückmuss. Aber ich muss noch einmal einen Blick auf unser Angebot für das Ebnen und Asphaltieren der I-75 werfen. Ich würde den Auftrag ungern verlieren, nur weil ich es mir nicht noch einmal genau angeschaut habe. Können Sie es mir als PDF-Datei senden? Tausend Dank, Mädchen."

Er legt den Hörer auf, öffnet den Laptop und wartet auf den Link, der die Chiffrierung öffnet. Sein alter Kumpel Charley Newman nennt es einen „Instant Messenger für Spione", was es ziemlich genau trifft. Doch man muss kein Spion sein um seine persönlichen E-Mails privat halten zu wollen, und das gilt dreifach für Staatsangestellte. Das bedeutet zwar, dass Maggie ihren privaten Computer benutzen muss, und nicht ihren Dienst-PC, aber das ist vielleicht auch ganz gut so.

Ihre Nachricht erscheint auf dem Bildschirm.

Hallo, Süße?

So nennt der große Käse seine Mädchen.

Also, wie läuft's, Mr. Cheese?

Verrückt, aber interessant. Sehr gute Organisation. Hoher Sicherheitslevel, fast schon paranoid. Handys funktionieren nicht. Schätze, jede Kommunikation wird abgehört. Außerdem wurde ich gestern Abend betäubt.

WAS?

Bin nicht sicher, aber andere Gäste berichten, zur gleichen Zeit in Tiefschlaf gefallen zu sein. Vielleicht ein Sedativ in der Luft. Fentanyl oder etwas ähnlich Effektives."

FENTANYL IST SEHR GEFÄHRLICH!!!

Was Neues von unserer Freundin Missy?

FENTANYL ist hochgefährlich! Bitte BESTÄTIGEN!

Okay, bestätigt. Keine Angst, ich werde heute Abend nicht in meinem Zimmer sein, wenn sie das Zeug wieder reinpumpen. Was ist nun mit der geheimnisvollen Missy? Hattet ihr Glück?

Ja, hatten wir! Mysteriöse M. identifiziert als Melissa G. Barlow, Ehefrau von Eldon Donald Barlow, Entwickler von Spielesoftware. Ein Level-Fünf-Mitglied und großer Spender für die Rulers-Kassen. Wird dem Weems-Lager zugerechnet. Eldon besitzt viele kleine Spielzeuge, inkl. einer Gulfstream G-450.

Du bist ein Goldstück! Adresse?

Fehlanzeige. Barlows Wohnsitz ist ohne Straßenangabe, nur ‚Ski Lodge, Conklin'.

Reicht für den Anfang. Sonst noch was?

Hau ab, solange du noch kannst. JETZT!

Bald, Süße, bald.

War die morgendliche Sitzung beeindruckend, was vor allem an dem überzeugenden Charisma Arthur Conklins lag, ist die Nachmittagssitzung für Shane mehr als nur ein wenig befremdlich. Dieses Mal haben sie in einem normalen Hörsaal Platz genommen, die Trennwände zwischen den Sitzen fehlen, und doch wurden sie angewiesen, die drahtlosen Funkkopfhörer vom Morgen wieder aufzusetzen.

Trotz der Merkwürdigkeit, in der Gruppe mit Kopfhörern zu arbeiten – was kommt als nächstes, 3-D-Brillen? –, scheint die Sitzung anfangs sehr zielgerichtet und altmodisch. Der Ausbilder, ein schlanker, leicht streberhafter Typ mit einem Headset, benutzt einen Laserpointer und eine Reihe von Diagrammen, um die „Zehn Regeln der Selbstbestimmung" zu erklären, die er dem ersten Kapitel des famosen Buchs entnommen hat. Shane fühlt sich an den Religionsunterricht als Kind erinnert, was auch irgendwie Sinn ergibt, denn für diese Gruppe ist *The Rule of One* eine Art Leitfaden auf dem einzig wahren Weg zur Selbstverbesserung.

„Regel eins", erklärt der Lehrer. „‚Es gibt nur dich als Individuum.' Nun, was bedeutet das? Ihr erster Gedanke ist vielleicht, dass diese Aussage ja wohl offensichtlich ist. Wir alle sind Individuen, einzigartig in unserem Sein. Aber wie bei jedem Text von Arthur Conklin steckt mehr dahinter. Sehr viel mehr. Worauf er sich bezieht – und Sie werden das auch im Glossar wiederfinden –, ist ein Konzept mit dem Titel *Die Einzigartigkeit des Geistes.* Diese Idee ist fundamental für The Rule of One: *Du bist dein Geist.* Klingt das offensichtlich? Ist es nicht. Es muss wiederholt werden – *Du bist dein Geist.* Du bist nicht dein Herz. Du bist nicht deine Seele. Du bist kein Sack aus Haut, gefüllt mit Knochen und Organen. Du, deine Einzigartigkeit, existiert gänzlich in einem elektrischen Feld, das vom menschlichen Gehirn erzeugt wird. Bevor wir also den ersten Schritt auf dem Weg machen, der von Arthur Conklin vorgezeichnet wurde, müssen wir akzeptieren, dass es einen Unterschied zwischen Geist und Gehirn gibt. Das Gehirn ist nur ein weiteres Organ, wenn auch ein recht erstaunliches. Es enthält Milliarden eigenständiger Zellen, die wiederum über Synapsen mit Milliarden anderer Zellen verbunden sind. Zum Zwecke dieser Vorlesung versuchen Sie, sich das Gehirn als Radioempfänger vorzustellen und den Geist als das elektrische Feld, das entsteht, sobald das Radio eingeschaltet wird. Wir akzeptieren, dass der Geist ohne das Gehirn nicht existieren kann, so wie das Blut ohne das Herz nicht zirkuliert. Aber der Geist ist nicht das Gehirn, so wie das Blut nicht das Herz ist."

Der warmen, seltsam vertraut klingenden Stimme aus den Kopfhörern lauschend, erlebt Shane ein beunruhigendes Gefühl des Abgetrenntseins. Wort für Wort klingt es wie eine typische Selbstverbesserungserzählung – setze die Kräfte deines menschlichen Geistes frei, um die Hindernisse des Lebens zu überwinden –. aber der seltsame ernste Typ da auf der Bühne passt einfach nicht zu der kraftvollen, überzeugenden Stimme.

Und dann versteht er, wieso die Stimme nicht passt. Er nimmt den Kopfhörer ab und findet seine Vermutung bestätigt. Der Sprecher hat eine dünne, näselnde Stimme und lispelt leicht, während die Stimme im Kopfhörer niemand anderem gehört als Arthur Conklin.

Wie ist es möglich, dass der Streber da unten so perfekt synchron zu der Aufnahme spricht? Die Pausen, das Timing, alles passt haargenau zusammen. Es kann sich nicht um ein einfaches Playback handeln, dafür ist die Wiedergabe zu perfekt. Die einzige Erklärung, die Shane einfällt, ist, dass die Sprecherstimme durch eine Art Arthur-Conklin-Filter geleitet wird.

Shane erinnert sich an eine alte Zeitungswerbung, wo ein Hund einer Schallplattenaufnahme mit der Stimme seines Herrn lauscht. Die Rulers sind noch einige Schritte weiter gegangen und haben einen Weg gefunden, die Vortragenden mit der Stimme ihres Herrn sprechen zu lassen.

Bizarr, doch zweifelsohne effektiv – warum sich gegen den Erfolg wehren? Wenn Conklin selbst nicht mehr zu solchen Auftritten fähig ist, erwecke sein Bild auf überarbeiteten Videos wieder zum Leben, lass seine Stimme durch den Mund seiner Jünger unsterblich werden.

Nach allem, was Shane übers Programmieren weiß – und das ist nicht wenig –, muss es sich um eine ziemlich coole Software handeln. Nachdem er nun die Mechanismen verstanden hat, die ihn so angezogen haben, verliert er das Interesse an den Inhalten – pathetisches Gerede darüber, wie man die versteckten Kräfte des Geistes nutzt, um die eine Wahre Stimme zu finden, die einen zum Schatz am Ende des eigenen Regenbogens führt. Er blendet das alles aus und konzentriert sich auf seine aktuelle Aufgabe: Das Paar zu finden, das Haley Corbin vom Flugplatz entführt hat.

Sein Bauchgefühl sagt ihm, dass Haley lebt und sich in der Nähe aufhält. Die Suche nach ihr beginnt mit der Suche nach Mr. und Mrs. Barlow, deren Ski Lodge eine derer sein müsste, die den Campus überblicken. Es gibt Hunderte von Häusern und Wohnungen, also kann er schlecht von Tür zu Tür gehen, ohne die Aufmerksamkeit der BK Security auf sich zu ziehen. Er muss eine andere Lösung finden. Wenn er Wochen oder Monate Zeit hätte, könnte er eine direkte Infiltration versuchen, sich als Möchtegern-Ruler mit Taschen voller Geld ausgeben, oder sich sogar von der Sicherheitsfirma anwerben lassen. Aber er hat keine Wochen oder Monate. Wie er BK einschätzt, werden sie ihn früher oder später enttarnen, möglicherweise noch bevor das dreitägige Seminar zu Ende ist. Also muss er innerhalb der nächsten Stunden tätig werden, bevor alle Türen verschlossen sind.

Die Tagung schließt mit einer kurzen Schilderung der Rulers-Hierarchie. Neue Mitglieder in der Organisation beginnen selbstverständlich auf der niedrigsten Stufe und arbeiten sich durch eine Reihe von „Graduierungen" allmählich nach oben mit dem Ziel, am Ende den „Siebten Level des Einsseins" zu erlangen. Jede Stufe erfordert nicht nur einen beträchtlichen Aufwand an Zeit, sondern auch an zunehmend größer werdenden Beiträgen. Die Qualifikation für Level fünf setzt zum Beispiel ein Nettovermögen von nicht weniger als fünf Millionen Dollar voraus, was impliziert, dass, wenn man es bis dahin geschafft hat, das Geld wie Pattex an einem klebt. Der Ausbilder, der mit Arthur Conklins Stimme spricht, drückt es natürlich vornehmer aus, dennoch bleibt die Botschaft, die

Shane zwischen den Zeilen herausliest, die gleiche: Werde ein Ruler, und du ziehst das Geld an wie ein Magnet. Schwelge in dir selbst. Mitgefühl ist Schwäche, Schuldgefühle sind für Verlierer. Zelebriere dein fabelhaftes Einssein und greif dir alles Geld, das du kriegen kannst.

Nachdem die Vorlesung endet, stolpern die meisten neuen Rekruten überwältigt und euphorisch aus dem Auditorium. Shane wartet auf den Sprecher, ergreift seine Hand und schüttelt sie begeistert.

„Eine tolle Vorstellung, Mann! Sie könnten auch Eis an Eskimos verkaufen, und wenn ich das sage, können Sie's ruhig als Kompliment verstehen. Ich bin Ron Gouda aus Dayton, Ohio. Erfreut, Ihre Bekanntschaft zu machen."

„Danke", sagt der Sprecher verdutzt und versucht, sich Shanes Pranke zu entziehen. „Wenn Sie bitte den anderen zum Bienenkorb folgen möchten. Es gibt kostenlos heiße Schokolade."

„Klar, mach ich, da können Sie drauf wetten. Glauben Sie mir, mein Freund, als ich hörte, dass die Gebühr für dieses Drei-Tage-Seminar fünftausend kostet, war mein erster Gedanke, für das Geld kann ich auch in den Club Med gehen und mich mit Sonnenschein und Piña Coladas voll tanken. Aber wo ich jetzt hier bin und Ihre Präsentation gehört habe, denke ich dass es jeden Penny wert ist. Fünfhunderttausend Pennies, um genau zu sein."

„Ich, äh, sie haben auch Kekse. Im Bienenkorb. Es gibt sie zusammen mit der heißen Schokolade. Folgen Sie nur den anderen", drängt der Mann und versucht, an Shane vorbeizukommen.

„Darf ich Sie etwas Persönliches fragen?", wirft Shane ein und blockiert ihm den Weg. „Welchen Level haben Sie? Ich wette, ein Mensch, der so gut reden kann wie Sie, muss doch mindestens auf sechs stehen."

„Sechs ist sehr hoch", sagt der Mann. Er fühlt sich sichtlich unbehaglich. „Die meisten Ausbilder stehen auf Level, ähm, zwei."

„Sie sind eine Zwei? Ich werd verrückt. Damit steigt die gesamte Organisation in meiner Achtung noch mal ungemein. Wenn ein so versierter Kerl wie Sie nur auf der zweiten Stufe steht ... Meiner Meinung nach sollte man Sie auf mindestens fünf anheben! Ich kenne einen Fünfer und der ist ein ziemlich smarter Typ, aber bestimmt nicht smarter als Sie. Vielleicht kennen Sie ihn? Eldon Barlow? Hat was mit Computerspielen zu tun, weiß nicht genau, was. Aber ich weiß, dass Eldon ein wunderschönes Flugzeug hat, weil, so hab ich die beiden kennengelernt, Eldon und seine Frau Missy. Das war am Dayton Airport, der Geburtsstätte der amerikanischen Fliegerei, falls Sie das nicht wussten. Wilbur und Orville Wright waren aus Dayton. Da steht also diese prächtige Gulfstream G-450 – kennen Sie die 450? –, und ich musste einfach rübergehen und sie bewundern, und dabei bin ich den Barlows über den Weg gelaufen. Sehr nette Leute. Sie haben hier eine Skihütte und sagten, ich sollte doch mal vorbeischauen, wenn ich in der Nähe wäre. Aber wissen Sie was? Ich habe ihre Nummer verlegt, und mein Handy funktioniert hier nicht. Sie können mir nicht zufällig zeigen, wo die Barlows wohnen? Oder gibt es hier vielleicht ein Telefonbuch, wo ich sie nachschlagen kann?"

Der inzwischen nervös zitternde Sprecher steht vor Shane wie ein unbewaffneter Bergwanderer vor einem Grizzlybären. Seine Blicke fliegen zu den Ausgängen, er überlegt offensichtlich, wohin er sich wenden soll und wie schnell er laufen muss, um dorthin zu gelangen, während er gleichzeitig den Bären nicht gegen sich aufbringen will.

„Wir ... äh ... wir dürfen keine persönlichen Informationen herausgeben, Sir", sagt er.

„Klar. Verstehe. Aber Sie kennen doch die Barlows, oder? Zumindest haben Sie von ihnen gehört?" Das Flackern in seinen Augen bestätigt, dass er den Namen Barlow tatsächlich schon einmal gehört hat. „Wissen Sie, ob sie zu Hause sind? Vielleicht könnten Sie sie anrufen und ihnen sagen, dass Ron Gouda aus Dayton hier ist und sie ihn, wenn sie wollen, anrufen können. Kein Verlust der Privatsphäre, wenn wir es so rum machen, oder? Was sagen Sie, Mr. Level zwo, können Sie mir helfen? Können Sie die Barlows anrufen?".

„Ähm, nicht jetzt, aber ich schaue, was ich tun kann."

„Fantastisch! Ich sag Ihnen was, wenn es Sie jemals nach Dayton verschlägt, lade ich Sie zum größten Steak ein, das Sie je gesehen haben. Knapp tausend Gramm feinstes Rind. Oder wir nehmen die gegrillten Spareribs vom Schwein. Suchen Sie sich was aus."

„Sicher. Ich werd's mir merken. Wenn Sie mich jetzt bitte entschuldigen würden? Ich bin spät dran."

„Eldon und Missy Barlow! Persönlicher Gefallen für Ron Gouda."

„Ja, ja. Und jetzt gehen Sie bitte zum Bienenkorb."

„Klar, mach ich." Shane tritt einen Schritt zur Seite, um den Mann durchzulassen. „Heiße Schokolade und Kekse umsonst. Das will ich um nichts auf der Welt verpassen."

Fünf Minuten später hat Shane einen Ausgang aus der Profit Hall gefunden. Als er in die wunderschöne schneebedeckte Landschaft hinaustritt und die am Berg gelegenen Hütten nach Anzeichen von menschlichem Leben absucht, gehen ihm zwei Dinge durch den Kopf.

Erstens, es besteht eine gute Chance, dass die Security bei den Barlows vorbeifährt, um sie zu warnen beziehungsweise über den potenziellen Unruhestifter zu befragen. Und mit etwas Glück wird er sehen können, wo das Auto hält.

Zweitens bereut er zutiefst, dass er seinen neuen Daunenparka an der Rezeption gelassen hat, denn wenn in den nächsten fünfzehn Minuten nichts passiert, wird er steifgefroren sein.

12. KAPITEL
Als der Nachthimmel in blaues Licht getaucht wird

Er versucht, die Kälte durch Bewegung zu vertreiben, stampft mit den Füßen auf, schüttelt die Arme. Plötzlich steht die Königin mit den kalten Augen neben ihm. Knöchellanger Parka, Ohrenschützer aus falschem Pelz. Langer, sehr pinkfarbener Wollschal.

„Was in aller Welt machen Sie hier draußen?“, fragt sie und schlägt ihre Fäustlinge gegeneinander. „Wir erleben einen Kälteeinbruch! Sie werden sich den Tod holen!“

„Nur meine Lungen durchlüften. Stickig da drinnen.“ Mit klappernden Zähnen versucht Shane, fröhlich zu klingen.

„Ich dachte, alle Spinner hätten sich bei uns in Südkalifornien versammelt“, sagt sie und schaut zu ihm hoch. „Augenscheinlich haben sie ein paar in Ohio behalten.“

Shane grinst wie ein Verrückter. Vielleicht lässt sie ihn alleine, wenn sie ihn wirklich für verrückt hält. Wie auch immer, er kann hier nicht weg. Er muss hier draußen bleiben, von wo aus er eine gute Sicht auf die Umgebung und die sich bergwärts windenden Straßen hat und mitbekommt, wenn ein Sicherheitsfahrzeug auftaucht und ihm vielleicht das Haus der Barlows zeigt.

„Wissen Sie eigentlich, wie kalt es ist?“ Ihr kalifornischer Teint unterscheidet sich kaum von der Farbe des Schals. „In der letzten Stunde ist das Thermometer auf minus fünfzehn Grad gefallen! Mit Wind sind es sogar gefühlte minus achtzehn Grad.“

„Fühlt sich gut an“, gibt Shane zurück und schlingt die Arme um seinen Oberkörper. „Bringt das alte Herz auf Trab.“

Was sein Herz wirklich auf Trab bringt, ist der Anblick einer BK-Streife, die in hohem Tempo über eine der oberen Straßen fährt. Mit kreisendem Blaulicht hält das Fahrzeug unterhalb einer massiven Ski Lodge mit mehreren Stockwerken an. Shanes Augen tränen vor Kälte so stark, dass er weitere Details kaum erkennen kann. Steigt der Sicherheitsmann aus und klingelt an der Tür? Ist die Lodge überhaupt bewohnt? Er kann's nicht sagen, aber wenigstens hat er jetzt einen Anhaltspunkt, an dem er anfangen kann.

„Sie haben recht, ich gehe besser wieder rein", sagt er entschuldigend und dreht sich abrupt um. „Es ist sehr k-kalt hier draußen".

Dann rennt er mit großen Schritten über den hartgefrorenen Boden Richtung Eingang von Wohneinheit eins.

Die Rezeption ist neu besetzt, doch Shane schafft es, seinen Parka ohne großes Aufhebens zurückzubekommen. Wieder ist er leicht beunruhigt darüber, dass ihn das Personal, dem er noch nie vorher begegnet ist, beim Namen nennt.

„Hat Ihnen das Seminar gefallen, Mr. Gouda?"

„Ja, ja, es war grandios. Hat mich an eine völlig neue Denkweise herangeführt."

„Wunderbar. Versäumen Sie nicht die Willkommensparty. Man erwartet Sie."

„Mich persönlich? Wirklich? Mich? Find ich super. Muss nur schnell was aus dem Wagen holen."

„Einer der Angestellten kann das für sie erledigen, Mr. Gouda", sagt der Mann hinterm Tresen und streckt die Hand nach dem Schlüssel aus. „Dann werden Sie nicht zu spät zur Party kommen. Nehmen Sie einfach den Weg entlang der Pfeile zurück zum Bienenkorb."

Es nervt. Es ist, also ob man es mit Robotern zu tun hat. Höfliche, junge Roboter von angenehmer Erscheinung, die aber offenbar das Wörtchen „nein" nicht in ihrem Wortschatz haben. Herausfordernd schließt er den Reißverschluss seines Parkas. „Eine persönliche Angelegenheit", sagt er und schreitet mit den Schlüsseln in der Faust nach draußen.

Ein kurzer Blick zurück zeigt ihm, dass der Rezeptionist

bereits den Telefonhörer in der Hand hält; zweifelsohne um einen unkooperativen Gast zu melden.

Shane läuft zu seinem Auto und hofft, dass es anspringen wird. Glücklicherweise ist der Grand Cherokee mit einer guten Batterie ausgestattet, und auch wenn er anfangs etwas zögert und sich schüttelt, schafft der Motor es doch, im ersten Anlauf anzuspringen. Ohne ihn erst warmlaufen zu lassen, gibt Shane ein paar Mal kräftig Gas, beobachtet, wie der Drehzahlmesser nach oben jagt, und legt dann einen Gang ein. Keine durchdrehenden Räder – Mr. Big Cheese will nur eine kleine Sightseeing-Tour machen –, aber ein dennoch fester Druck auf das Gaspedal.

Er ist sich des GPS-Senders an der Sonnenblende nur zu bewusst, und am liebsten würde er ihn aus dem Fenster werfen. Aber das würde automatisch den Sicherheitsdienst alarmieren, und das wird noch früh genug passieren. Er überlegt, dass er noch nie in seinem Leben in einer dermaßen kontrollierten Umgebung war. Es ist die Art der vollkommenen Überwachung, von der die Sowjets und Maoisten immer geträumt haben. Ein Vorhang aus Silikon, wo die ergebenen Bürger zu einem pulsierenden Punkt auf einem Monitor reduziert sind, während sie von einer Indoktrination zur nächsten geführt werden. Nicht umsonst war Arthur Conklin ein Experte auf dem Gebiet der Dynamik in Insektenstaaten. Seine Jünger mögen eine Art darwinistischer Individualität lehren – das Selbst über allem –, aber grundsätzlich geht es darum, den zukünftigen Rulers von Anfang das richtige Gruppenverhalten anzuerziehen.

Das Innere des Cherokee ist so warm wie ein begehbarer Gefrierschrank – wie lange brauchen diese Dinger, um Wärme zu erzeugen? –, doch Shane hat keine Zeit, sich dieser Unannehmlichkeit länger zu widmen, da einige Entscheidungen zu treffen sind. Es gibt eine Ringstraße um den Campus, doch im Moment kann er nicht ausmachen, an welcher Stelle sie auf die

Straße trifft, die den Berg hinauf in das Wohngebiet führt. Soll er sich rechts oder links halten? Er beschließt, den Weg zurückzufahren, den er gekommen ist. Sicher befindet sich die Abzweigung, die er sucht, irgendwo zwischen dem Eingang zum Campus und den Schildern, die ihn letzte Nacht so hilfreich zu seiner Wohneinheit geleitet haben.

Apropos Nacht. Die von der untergehenden Sonne verursachten Schatten kriechen immer schneller die Berge hinauf und lassen das Tal in der Dämmerung zurück. Irgendwie bedrohlich. Es ist vier Uhr am Nachmittag und schon gehen überall die Lichter an. Zweifelsohne ist auch die Temperatur noch weiter gefallen. All das bekräftigt Shanes Entschluss, sich nicht zu Fuß auf Erkundungstour zu begeben.

Randall Shane, das menschliche Eis am Stiel. Wir haben ihn nach der Schneeschmelze gefunden, Euer Ehren, keine Ahnung, wieso er zu Fuß unterwegs war oder was er gesucht hat.

Als er endlich den Eingang zum Tal wiedergefunden hat, hat sich das Innere des Wagens so weit aufgeheizt, dass sein Atem keine Wölkchen mehr bildet. Und ohne ein Hinweisschild zweigt hier auch die Straße ab, ein kleines, gut gestreutes Asphaltband, das sich den Berg hinaufschlängelt. Mit einem kleinen Dank an den Autovermieter, der ihn davon überzeugt hat, den Wagen mit Allradantrieb zu nehmen, biegt Shane ab. Nach dem ersten steilen Anstieg wird es ebener, die Straße schmiegt sich an den Hang, und er sieht hinab ins Tal, wo ihm die Lichter des Campus wie ein übelgelaunter Instrukteur zuwinken. *Setz dich wieder hin, Grashüpfer. Trink deine Schokolade, iss deine Kekse und gehorche, gehorche, gehorche.* Nun, sei's drum. Er ist nicht hier, um einen Geld saugenden Selbsthilfeschmuh aufzudecken, wie clever er auch immer präsentiert wird, sondern er will ausreichend Beweise sammeln, um einen Durchsuchungsbefehl zu rechtfertigen und hoffentlich das FBI oder wenigstens die Colorado State Police auf den Plan zu rufen. Irgendeine Staatsmacht, die das Dickicht hier durchschneiden kann und Haley Corbin und ihren Jungen findet, bevor der ganze Ort sich selbst hinrichtet.

Nach einer Kurve trifft er auf den ersten Wohnkomplex. Eigentumswohnungen, so wie es aussieht. Er wird langsamer und ruft sich den Blick vom Campus aus in Erinnerung um herauszufinden, wo genau er sich gerade befindet. Wenn er sich nicht täuscht – und dafür gibt es leider keine Garantie –, muss die große Skihütte noch ein Stück weiter oben sein, in der Gegend, wo die Einzelhäuser stehen.

Shane beschleunigt, zwingt sich aber, nicht schneller als die eigenen Scheinwerfer zu werden. Die Schatten der Nacht haben sich übers Gebirge gelegt, und obwohl kleine Natrium-Leuchten den Straßenrand markieren, wäre es nicht weiter schwierig, einen Fehler zu machen und über die Klippen in die Ewigkeit zu springen.

Ein paar Spitzkehren weiter sieht er die ersten Einzelhäuser. Als ob die Mehrfamilienhäuser für die Rulers von Level eins und zwei vorgesehen und die beeindruckenden Skihütten für die Höherstehenden reserviert sind. Mittels Blicken zum Campus versucht er, sich zu orientieren – weit kann es nicht mehr sein. Er biegt um die nächste Kurve, und plötzlich wird seine Windschutzscheibe von flackernden Blaulichtern erhellt.

Sofort vermindert er seine Geschwindigkeit und fährt eine weiten Bogen um den am Straßenrand parkenden Streifenwagen. Im Vorbeifahren sieht er, wie der Wachmann aufgeregt in sein Funkgerät spricht. Ein schneller Blick verrät ihm, dass die große Villa verschlossen ist und keine Lichter brennen.

Verdammt. Langsam fährt er weiter, um nicht die Aufmerksamkeit der Streife auf sich zu ziehen. Keine leichte Aufgabe in dieser Umgebung, aber was soll's. Als die Blaulichter hinter ihm verschwunden sind, hält er an, um die Situation kurz zu analysieren. Könnte es sein, dass er sich total geirrt hat? Dass die mysteriösen Barlows entweder überhaupt nichts mit Haleys Verschwinden zu tun haben oder dass sie Haley an einem anderen Platz versteckt halten, womöglich weit von Conklin entfernt?

Es sei denn, die Jalousien wurden heruntergelassen, um sich gegen neugierige Blicke abzuschirmen.

Es gibt nur einen Weg, das herauszufinden.

Shane versucht, einen unauffälligen Parkplatz am Straßenrand zu finden, von dem aus er die verdunkelte Villa beobachten kann, ohne zu erfrieren, als der Nachthimmel in blaues Licht getaucht wird.

13. KAPITEL
Ruler Weems hat gesagt, es ist Ihre Entscheidung

Einmal gab es im Fernsehen eine Sendung über das Stockholm-Syndrom. Vielleicht wissen Sie bereits, was das ist, aber falls nicht: So wird es genannt, wenn Geiseln beginnen, sich mit den Leuten zu identifizieren, die sie gefangen halten. Der Begriff leitet sich aus einem Vorfall in Schweden ab, bei dem Bankräuber fünf Tage lang Geiseln in ihrer Gewalt hatten, und am Ende sogar von ihren Opfern verteidigt wurden. Es klingt total verrückt, aber es hängt damit zusammen, wie Menschen in Stresssituationen reagieren und wie sie von denen angezogen werden, die die Macht in Händen halten.

In meiner speziellen Lage scheint es umgekehrt zu sein. Missy Barlow, die mithalf, mich zu entführen und die mich in ihrem Haus wie eine Gefangene hält, hat es sich in ihren törichten kleinen Kopf gesetzt, dass wir die besten Freundinnen seien.

Als die Polizei an der Tür klingelt, klammert sie sich an mich und jammert leise vor sich hin. „Oh mein Gott, sie kommen! Sie müssen uns helfen!"

Wir verstecken uns oben im Hauptschlafzimmer – viel zu viele Spiegel, wenn Sie mich fragen – und tun so, als wäre das Haus unbewohnt. Die elektrisch angetriebenen Jalousien sind heruntergefahren, die Lichter auf ein Minimum gedimmt. Was bedeutet, dass niemand auf das Klingeln an der Tür reagieren darf. Aber wir sehen den Polizisten auf dem Monitor. Den Finger konstant auf der Klingel ruft er in die Gegensprechanlage, ob jemand zu Hause sei.

„Was wollen die?", winselt Missy. „Eldon, mach, dass sie aufhören!"

Ihr Mann, der sehr schlank und auf eine heterosexuelle Art weiblich ist, sieht aus, als ob er gleich in Tränen ausbrechen würde. „Wie stellst du dir das vor?", zischt er. „Halt einfach den Mund, vielleicht gehen sie dann wieder."

Missy klebt an mir, als wäre ich die lang verlorene Schwester. „Sag ihm, er soll sie zum Aufhören bringen", bettelt sie, um sich dann klagend an ihren Mann zu wenden. „Oh mein Gott, wären wir doch nicht hier. Eldon, warum können wir nicht woanders sein?"

Woraufhin Eldon mit den Augen rollt und mich Mitleid heischend anschaut. Was ist los mit diesen Menschen? Können die denn gar nichts richtig machen? Haben Sie vergessen, was sie mir angetan haben? Und wieso nehmen sie an, ich würde ihren Wunsch teilen, dass die Polizei – okay, der Sicherheitsdienst – uns endlich in Ruhe lässt?,

„Es ist Eva", sagt Eldon. „Irgendwie hat sie erfahren, dass Sie bei uns sind."

„Ich könnte Eva nicht von einem Loch im Boden unterscheiden", erinnere ich sie. „Aber das an der Tür ist ein Cop, nicht irgendeine Hohepriesterin."

„Eva ist keine Hohepriesterin", werde ich von Missy korrigiert. „Sie ist ... sie ist Eva, okay? Eine gefährliche Wahnsinnige, okay? Menschen, die sie nicht mag, Menschen, die ihr in die Quere kommen? Denen stoßen schlimme Dinge zu. Außerdem steht die Polizei auf ihrer Seite. Nicht wahr, Eldon?"

Das Läuten hört auf, und auf dem Monitor beobachten wir, wie sich der Uniformierte entfernt und bald von der Dunkelheit verschluckt wird. Meine Entführer klappen wie Gummipuppen zusammen und stoßen Seufzer der Erleichterung aus.

„Oh mein Gott", winselt Missy und lässt sich rückwärts auf ihr riesiges Bett fallen. „Oh mein Gott!"

„Vielleicht sollte ich hinausgehen und mich ergeben, bevor der Cop verschwunden ist", schlage ich vor.

„Sind Sie verrückt? Die werden Sie töten."

„Das kann man nicht wissen."

Eldon zuckt mit den Schultern und vermeidet jeglichen Blickkontakt mit mir. „Sie können tun, was Sie wollen", sagt er und wählt seine Worte sorgfältig. „Ruler Weems hat gesagt, es ist Ihre Entscheidung."

Ich bin wütend genug, es zu tun, und sei es nur, um sie zu ärgern. Auf der anderen Seite hat dieser kleine hässliche Mann, den sie Ruler Weems nennen, Eindruck auf mich gemacht. Er ist manipulativ und charmant, und man kann ihm offensichtlich nicht vertrauen, aber er schien aufrichtig um meine Sicherheit besorgt zu sein. Was ist, wenn sie recht haben? Wenn mein Leben tatsächlich in Gefahr ist? Ein Teil von mir will alles leugnen, was sie sagen – sie haben mich *entführt*! –, doch eine andere, vorsichtigere Stimme in meinem Kopf rät mir, nichts zu überstürzen. Trotz der Uniform war das kein echter Polizist an der Tür. Es war ein Wachmann der Rulers, der sehr wahrscheinlich denselben Leuten untersteht, die Noahs Schule in die Luft gejagt haben. Den gleichen Leuten, die mein Kind gefangen halten, ihm Lügen auftischen, ihn darauf vorbereiten, ihr neuer Messias zu werden. Der Neue Profit, so nennen sie ihn. Wie krank ist das denn, bitte? Und wenn es stimmt, was Weems sagt, haben diese Menschen auch meinen Mann ermordet. Sie müssen doch wissen, dass ich bei der kleinsten sich bietenden Gelegenheit ihre ganze hässliche Welt in Stücke reißen und alles in meiner Macht Stehende tun werde, um sie für den Rest ihres Lebens ins Gefängnis zu bringen.

Aber um das zu tun, muss ich überleben. Ich muss für meinen Sohn am Leben bleiben.

„Entspannen Sie sich", sage ich. „Ich werde schon keine übereilten Entscheidungen treffen."

„Oh-oh, was ist das denn?", kommt es in diesem Moment von Eldon, der vor dem Monitor der Sicherheitskamera kauert.

Und Missy wimmert: „Mist, Mist, Mist!"

Was ihre Aufmerksamkeit erregt hat, sind weitere flackernde Blaulichter. Sie halten nicht vor dem Haus an, sondern rasen mit hoher Geschwindigkeit die Straße hinunter.

Keine Sirenen, nur die Lichter. Auch unser Cop – Entschuldigung, Handlanger – scheint von diesem anderen, kritischeren Vorfall abgelenkt zu werden. Wir können nicht sehen, wohin er geht, nur dass er sich eilig abwendet und den anderen Fahrzeugen folgt.

„Ich habe vier Streifenwagen gezählt“, murmelt Eldon vor sich hin. „Das ist wohl fast die gesamte Mannschaft. Conklin ist nicht gerade ein Zentrum der Kriminalität.“

Da hätte ich gern widersprochen – ist Kidnapping etwa kein Verbrechen? –, sage aber nichts, weil mich etwas an dem überstürzten Aufbruch des Sicherheitsmannes vor unserer Tür an Randall Shane denken lässt.

Ist er da draußen, um ein Ablenkungsmanöver zu starten? Sind seine alten Freunde vom FBI kurz davor, mich hier herauszuholen?

Reiß dich zusammen, Haley. Über Rettungsversuche zu fantasieren ist vermutlich Teil des Stockholm-Syndroms. Woher sollte Shane wissen, wo du bist? Wieso sollte er überhaupt wissen, dass du entführt wurdest, und nicht ermordet irgendwo im Wald liegst? Denk dran, er hatte dich aufgefordert, nach Hause zu gehen und sämtliche Türen zu verschließen. Er hat gewusst, dass du in Gefahr bist, doch du musstest ihn ja ignorieren. Wie dumm kann man eigentlich sein, einen Profi zu engagieren, um dann seinen Rat in den Wind zu schlagen? Also bilde dir bloß nicht ein, dass er jetzt, nachdem du alles verbockt hast, plötzlich mit der Kavallerie angeritten kommt und dich rettet. Du stehst allein auf weiter Flur. Wenn es irgendwer schafft, Noah zu befreien, dann wirst du es sein.

Mit einer energischen Geste steht Eldon auf. Noch immer meidet er den direkten Blickkontakt – schämt er sich? Sollte er zumindest! –, doch er wirkt wie ein Mann, der gerade eine schwierige Entscheidung gefällt hat. „Wir müssen Ruler Weems anrufen“, sagt er zu seiner Frau. „Er wird wissen, was zu tun ist.“

„Nicht über das normale Telefon", warnt sie ihn. „Er hat gesagt, dass wir nie das normale Telefon benutzen sollen."

„Weiß ich. Ich bin doch kein Trottel. Natürlich werde ich das Iridium-Telefon nehmen. Weems glaubt, dass die Satellitentelefone immer noch sicher sind."

„Es tut mir so leid", wimmert Missy und bricht in Tränen aus.

„Um Gottes willen, hör auf damit. Ich kann nicht denken, wenn du so herumflennst."

„Ich habe s-s-solche Angst, dass sie uns töten werden. Du weißt, wie sie sind, Eldon. Sie werden nicht z…zögern."

Er stößt einen tiefen Seufzer aus und umarmt seine Frau, die sich zitternd wie ein verängstigtes Kind an ihn schmiegt. „Hör auf zu weinen", sagt er beschwichtigend. „Beruhige dich. Niemand wird uns umbringen."

„Wie kannst du dir so s-s-sicher sein?"

Zum ersten Mal schaut Eldon Barlow mich direkt an, seine Augen so kalt wie schwarzes Eis. „Weil sie *sie* töten wollen."

14. KAPITEL
Der Schock für die Ewigkeit

Die Gefängniszelle ist nicht viel kleiner als seine sogenannte Wohneinheit. Sie ist auch ähnlich eingerichtet, in einem Stil, den er inzwischen „postmoderne Mönchszelle“ nennt. Der einzige Unterschied ist, dass hier das Bett, der Stuhl und der kleine Tisch am Boden festgeschraubt sind. Eine nackte Glühbirne hoch oben an der Decke in einem Metallkäfig. Keine Fenster. Eine Stahltür mit Guckloch. Natürlich keine Dusche, nur eine Toilette aus Edelstahl mit fernbedienbarer Spülung, wie sie inzwischen in modernen Gefängnissen Standard sind. Wenn man spülen will, muss man den Wachmann sehr nett darum bitten.

Die vier Sicherheitssöldner, die ihn in die Zelle verfrachtet haben – Ron Gouda war nicht in der Stimmung, sich grob behandeln zu lassen –, nannten es „Gitmo“, als Kurzform von Guantanamo, und machten Witze darüber, wie sie ihn „waterboarden“ würden. Sehr lustig. Urkomisch. Aber die gute Nachricht war, dass sie anscheinend keine Ahnung von seiner wahren Identität hatten, auch wenn sie ihm sein „Ich bin einfach nur ein wenig herumgefahren“ als Erklärung für seinen Aufenthalt in einer verbotenen Zone nicht geglaubt haben.

Er ist seit circa fünfzehn Minuten in der Zelle – seine Uhr wurde konfisziert –, als das Guckloch in der Tür aufgeschoben wird.

„Mr. Gouda?“

Ganz seinem angenommen Charakter entsprechend, reagiert Shane wie ein aufgebrachter Bürger. „Hey, seid ihr Typen verrückt geworden? Lasst mich hier raus! Was für eine Art Resort ist das hier? Glauben Sie, ich bezahle fünf Riesen um mich fürs Herumfahren verhaften zu lassen?“

„Hallo, Mr. Gouda. Schön, Sie zu sehen. Ich habe einen Taser. Sie wissen, was ein Taser ist?“

Shanes vorgetäuschte Empörung weicht purem Angstschweiß. Der Mann auf der anderen Seite der Tür spricht mit osteuropäischem Akzent. Kraftvoll, bedrohlich. Muss wohl der große Vollstrecker sein, den Maggie erwähnt hat. Bagrat Kavashi. Chef von BK Security, verdächtiger Mörder und rundum einer von den ganz Bösen. Aber Gouda hätte weder eine Ahnung, wer Kavashi ist, noch wäre er sonderlich beeindruckt oder eingeschüchtert von jemanden, den er für einen Mitarbeiter des privaten Sicherheitsdienstes hält.

„Klar, eine Elektroschockpistole, na und?“, erwidert Shane und nähert sich langsam der Tür, um vielleicht einen Blick auf seinen Gesprächspartner werfen zu können. „Aber den wollen Sie doch wohl nicht bei mir anwenden, oder? Ist das hier ein Witz?“

„Kein Witz“, sagt Kavashi. „Treten Sie von der Tür zurück, Mr. Gouda.“

Miister Guuda. Ein *sehr* ausgeprägter Akzent, aber er hat dennoch keine Schwierigkeiten, sich verständlich zu machen. Alles, was Shane von ihm sehen kann, ist ein dunkler Schnurrbart und ein Killerlächeln.

„Aufs Bett setzen“, knurrt der Schnurrbart. „Hände auf Knie.“

„Wollen Sie mich verarschen?“, ruft Shane und fühlt, wie Goudas Wut in ihm hochkocht. „Geben Sie mir ein Telefon, damit ich meinen Anwalt anrufen kann!“

„Setzen Sie sich aufs Bett. Seien sie guter Junge, dann wir sprechen.“

„Sie sind der gute Cop, hab ich recht? Die bösen Cops hab ich schon getroffen.“

„Ich bin guter Cop, ja. Setzen Sie sich aufs Bett.“

Shane setzt sich aufs Bett, legt seine großen Hände auf die knochigen Knie. Die Tür geht auf, Kavashi kommt herein, ein auf verwegene Art gut aussehender Mann. Mit derselben Selbstverständlichkeit, mit der er eine Fliege totschlagen würde, feuert er aus seinem X26-Polizeitaser einen Schuss direkt auf Shanes Brust.

Fünfzigtausend Volt schießen durch seine Muskeln und verwandeln den früheren FBI-Agenten in eine zitternde Qualle. Mit Eintreffen des Widerhakens in sein Fleisch wird jegliche Kontrolle über seinen Körper für zehn Sekunden außer Gefecht gesetzt – oder für die Ewigkeit, kommt drauf an, was früher eintritt. An der Akademie haben einige Ausbilder das Tasern auch „den Verdächtigen hochheben" genannt, wie in „in den Himmel hochheben", weil das Opfer sich so fühlt, als würde es sterben. Was daran liegt, dass jeder Muskel und Nerv im Körper wie von einem Blitz getroffen wird.

Als Shane sich von diesem Nahtoderlebnis erholt hat – es ist viel, viel schlimmer, als er es sich je vorgestellt hat –, sind die Widerhaken schon wieder aus seiner Brust entfernt. Er liegt flach auf dem Rücken, schnappt nach Luft, und Kavashi grinst aus einer Entfernung von drei Metern auf ihn hinab. Zu weit weg, um sich auf ihn zu stürzen, selbst wenn Shane dazu in der Lage dazu gewesen wäre, was er nicht ist. Er hat nicht einmal die Kraft eines Kätzchens. Außerdem kann er gerade nicht klar denken.

„Unten bleiben", empfiehlt Kavashi. „Sei ein guter Junge oder nächstes Mal ich schieße dreimal."

Durch eine dicke Watteschicht versucht Shane, das Erlebte zu verarbeiten. Trotzdem weiß er auch so, was „dreimal" heißt. Einmal abdrücken und der Schock hält zehn Sekunden an. Weitere zwei Male abdrücken, wenn die Widerhaken ihr Ziel schon gefunden haben, und die Muskeln werden mindestens dreißig Sekunden unter Strom gesetzt, vielleicht auch länger, bis die Batterie endgültig leer ist.

In anderen Worten: bis zum Ende.

„Du hast nicht in Hose gemacht", stellt Kavashi fest, während er den Taser auf Shanes Körpermitte gerichtet hält. „Nächste Mal, das verspreche ich dir persönlich, machst du dir in die Hose."

Shane kann sich im Moment nicht vorstellen, wie Ron Gouda in so einer Situation reagieren würde, also sagt er nichts, sondern schaut Kavashi nur mit großen Augen an. Der Sicherheitschef hat seine Vormachtstellung eindeutig klar gemacht, und Shane kann so lange nichts dagegen tun, bis sein Kopf wieder klar ist und seine Kraft zurückkehrt.

„So, Mr. Ron Gouda von Dayton, Ohio, Sie sind eine gefälschte Person. Sie haben einen falschen Ausweis, wie ein Terrorist. Sind Sie deshalb in die schöne Stadt Conklin gekommen, um Terrorist zu sein?"

„Wovon reden Sie?", bringt Shane mühsam hervor. Jeder Muskel in seinem Oberkörper fühlt sich schwach an, ausgepeitscht.

„Sie kommen, um unsere Bücher zu studieren, ein besserer Mensch zu werden? Sie sind hier um zuzuhören und zu lernen? Ich glaube nicht. Der dumme Mann wird in einer Gegend gefunden, wo er nichts zu suchen hat. Der erste Gedanke ist, vielleicht will er in ein Haus einbrechen und Sachen stehlen. Also suche ich Mr. Ron Gouda aus Dayton, Ohio, über Google. Und wissen Sie, was ich finde? Interessante Seite mit einem hübschen Foto. Mr. Ron Gouda ist Mitglied der Shriners, hilft, Geld für kranke Kinder zu sammeln. Sein Foto ist in der Zeitung, er hält einen großen Scheck für ein neues Krankenhaus. Was für ein netter Mann, der Mr. Gouda. Klein, aber nett."

„Das muss ein Fehler sein. Ein anderer Ron Gouda."

„Zwei Männer mit dem gleichen Name, die die gleiche Firma besitzen?"

Nun, da seine Deckung aufgeflogen ist, fließt das Blut wieder in sein Gehirn. „Okay, Sie haben mich ertappt." Er hält seine zitternde Hand hoch. „Ich heiße David Johnson, okay? Aus L. A. Ich habe mir Goudas Namen ausgeliehen, um hier reinzukommen, wegen meiner Frau."

„Ihre Frau ist auch hier?"

„Vielleicht, ich weiß es nicht. Aber ich glaube, dass Sie eine

Affäre mit einem Ihrer Mitglieder hat. Ich kenne nicht mal seinen Namen, aber er ist ein reicher Kerl, der einen Privatjet hat. Linda hatte schon immer ein Faible für Piloten."

Der Taser bleibt auf Shane gerichtet, als sich Kavashi ein paar Schritte zurückzieht. Er ist immer noch innerhalb der Reichweite des Tasers, aber nun wirklich viel zu weit entfernt für irgendeine Attacke von Shanes Seite aus. Der Securitychef scheint von Shanes neuer Geschichte ehrlich amüsiert zu sein.

„Mann aus L. A. mit einer Schlampe von Frau, was arbeiten Sie? Was ist Ihr Job?"

„Ich bin Polizist", gesteht Shane. „LAPD."

Wenn man schon ohne Vorbereitung lügen muss, dann möglichst nahe an der Wahrheit bleiben.

Kavashi setzt sich auf den festgeschraubten Stuhl und nickt, als stimme er zu. „Sehr schöne Geschichte, Mr. David Johnson. Polizist mit betrügerischer Frau. Vielleicht glaube ich Ihnen irgendwann. Aber nicht heute. Heute glaube ich, dass sie mal ein Mann vom FBI waren. Großer Mann, über zwei Meter, Bart wie Sie, Augen wie Sie. Randall Shane, ja?"

„Nie von ihm gehört."

„Er ist ein großer dummer Mann, der einen großen dummen Fehler gemacht hat. Sie kommen auf der Suche nach jemandem hierher, machen viel Lärm, und meine Männer zeigen Ihnen, wo ihre gesuchte Person ist. Sehr clever."

„Ich hab Ihnen doch gesagt, dass ich nach meiner Frau suche."

Kavashi lächelt. „Randall Shane hat keine Frau. Er hat nichts. Ein kleines Haus, ein großes Auto. Keine Frau, keine Kinder. Sie sind tot, sehr traurig. Randall Shane hat einen Nervenzusammenbruch, kann nicht schlafen, hört auf beim FBI, vielleicht haben sie ihn auch rausgeschmissen, wer weiß?"

„Ich verlange einen Anwalt. Sie haben kein Recht, mich festzuhalten."

„Warum sind Sie hier, Mr. Shane? Sie haben gelogen, um

hereinzukommen. Sie haben so getan, als würden Sie der guten Weisheit von Arthur Conklin zuhören. Sie fragen nach Eldon Barlow, wo er wohnt. Warum? Was wollen Sie?"

Shane denkt nach. Kavashi ist es gelungen, zwar kein Foto, aber eine physische Beschreibung von Shane zu finden. Sicherlich über eines der Foren für Eltern vermisster Kinder. In Anbetracht seiner Fertigkeiten und Ressourcen weiß er bestimmt nahezu alles. Außer, vielleicht, die Identität desjenigen, der Haley Corbin entführt hat. Auch wenn Shane ihm sozusagen den Weg zu dessen Haustür gewiesen hat, und damit zweifellos die Barlows in Gefahr gebracht hat, wo auch immer sie sich gerade aufhalten.

Guter Zug von mir, denkt er. Hätte ich die Sache noch mehr vermasseln können?

Shane überlegt, dass er maximal eine einzige Chance hat, Kavashi davon zu überzeugen, ihn gehen zu lassen. Sein Angebot ist, alle Karten offen auf den Tisch zu legen – oder zumindest so offen, wie er es wagen kann.

„Der FBI weiß, dass ich hier bin", sagt er.

Kavashi zeigt sich unbeeindruckt. „Also weiß das FBI, dass sie lügen und betrügen und vorgeben, jemand anders zu sein? Ist mir egal. Haben Sie einen Durchsuchungsbefehl, Mr. Shane? Hat das FBI einen? Die Antwort ist nein. Rulers sind gute Menschen, wir haben nichts zu verbergen, keinen Grund zu lügen. Sie sind derjenige, der sich versteckt, lügt und Gesetze bricht."

„Werfen Sie mich doch raus", schlägt Shane vor. Jetzt, da er die Gegebenheiten hier kennt, wird er sicher einen anderen Weg finden, um wieder hereinzukommen. In der Dunkelheit, sich langsam heranrobbend, beginnend mit der abgeschlossenen Ski Lodge.

„Morgen vielleicht", sagt Kavashi und steht auf.

„Sie können mich nicht einfach festhalten. Sie sind eine private Sicherheitsfirma, keine legale Polizei."

Kavashis Lippen kräuseln sich unter dem dunklen Schnurrbart. „Wir haben einen Vertrag mit dem Staat von Colorado. Wir können einen Verdächtigen so lange hier behalten, bis die Polizei kommt und ihn mitnimmt. Vielleicht rufe ich sie morgen früh an, bringe Sie zum Ausgang und übergebe sie. Alles legal. Alles korrekt."

Kavashi macht den Eindruck, als ob er Lust darauf hätte, die Unterhaltung fortzusetzen, seinen Gefangenen noch eine Weile zu dominieren, aber er wird von einem Sicherheitsoffizier unterbrochen, der zur Tür hereinkommt und seinem Boss etwas ins Ohr flüstert.

Von einem Augenblick zum anderen verändert sich Kavashis Miene. Er ist jetzt vollkommen ernst, jedes Amüsement aus seinem Gesicht verschwunden. „Jetzt. Sofort", gibt er dem Wachmann zu verstehen.

Dann macht er einen Schritt nach vorn und feuert den neu geladenen Taser schonungslos auf Shanes hingestreckten Körper ab. Diesmal volle dreißig Sekunden mit fünfzigtausend Volt. Der Schock für die Ewigkeit.

15. KAPITEL
Missy hilft

Missy Barlow denkt, dass die Welt untergeht, und soweit ich das beurteilen kann, hat sie recht. Die Monitore zeigen eine ganze Reihe von Streifenwagen, die auf der Straße vor dem Haus parken. Einige der dick angezogenen Cops scheinen ausgeschwärmt zu sein und alle möglichen Ein- und Ausgänge zu bewachen.

Ganz eindeutig wissen sie, dass sich hier drinnen jemand versteckt.

„Das muss ein SWAT-Team sein", stößt Missy hervor. „Sie werden uns erschießen."

Ihr sonderbarer Gatte starrt mich vorwurfsvoll an, als wäre das alles meine Schuld. Er hat versucht, Ruler Weems auf seinem super-duper Iridium-Satellitentelefon zu erreichen, aber bisher ohne Erfolg. Ist bestimmt auch mein Fehler.

„Ich habe keine Gewehre gesehen", erkläre ich. „Haben SWAT-Teams nicht immer Gewehre?"

„Sie werden das Haus stürmen." Missy scheint ihre Furcht auskosten zu wollen. „Schießen uns nieder wie räudige Hunde."

Es ist traurig, aber sie hat es aufgegeben, bei ihrem Ehemann Trost zu suchen. Seine Lösung für alle Probleme ist es, Ruler Weems danach zu fragen, was jetzt zu tun ist. Und da Weems nicht erreichbar ist, hat er auch keinen Rat parat. Auch wenn er dazu zu neigen scheint, mich dem Wohle der Allgemeinheit zu opfern. Oder etwas präziser ausgedrückt, seinem Wohl zuliebe. Und das Verrückte ist, ich bin der Idee gegenüber nicht abgeneigt.

Nicht um erschossen zu werden, natürlich, ganz im Gegenteil. Was würde wohl passieren, wenn ich mich mit erhobenen Händen in die offene Tür stelle? Das mögen zwar private Sicherheitsleute sein, aber für mich sehen sie wie normale Menschen aus. Würden sie wirklich eine wehrlose Frau erschießen? Wissen sie überhaupt, wer ich bin oder dass mein Sohn irgendwo in dieser verrückten Gemeinde gefangen gehalten wird? Oder haben sie schlichtweg den Auftrag erhalten, die Türen einzutreten und jeden festzunehmen, der sich hier drinnen aufhält?

Wenn man alle Fakten abwägt, wäre es dann nicht sinnvoller, sich zu ergeben, bevor die Schießerei beginnt?

So wie ich nach der Explosion an Noahs Schule behandelt wurde, habe ich kein großes Vertrauen mehr in Ermittlungsbehörden. Zu unbeweglich, zu engstirnig und, egal was sie behaupten, zu abgeneigt, die Sache aus der Sicht des Opfers zu sehen. Natürlich gab es einzelne Polizisten, die sehr nett waren, die mir geholfen haben, über das Schlimmste hinwegzukommen. Troy Hayden, der amtierende Polizeichef. Tommy Petruchio, der junge Trooper. Randall Shane, nicht ganz so jung, vielleicht, aber unerschütterlich und hartnäckig und der Erste, der mir geglaubt hat. Vielleicht ist da draußen noch so jemand wie sie. Gewillt, mir zuzuhören, gewillt, mir zu helfen. Wie stehen die Chancen dafür?

Nicht gut, meint Missy.

„Sie sind nicht einmal Ruler“, argumentiert sie. „Und sie sind ganz sicher keine Polizisten. Sie sind eher Söldner, Mietschützen, und sie unterstehen Kavashi. Er unterschreibt ihre Gehaltsschecks. Vielleicht erschießen sie Sie nicht gleich auf den ersten Blick, aber sie werden Sie an den großen Boss übergeben, und glauben Sie mir, Liebes, das ist das Letzte, was Sie wollen. Eldon kannte diesen Mann, der seinen Anteil nicht bezahlen wollte. Vash hat ihm beide Knie gebrochen und ihn hinterher als Kinderschänder verleumdet. Hat entsprechende Dateien auf seine Festplatte gespielt, seine Konten konfisziert, kurz: sein ganzes Leben ruiniert. Angeblich soll der Mann Selbstmord begangen haben. Wer weiß, vielleicht stimmt das auch, aber dann war es Vash, der ihn dazu getrieben hat.“

„Reizend.“

„Missy, nicht", ruft Eldon, der noch immer an seinem Sat-Telefon hängt.

„Was? Ihr davon erzählen? Sie sitzt mit uns in einem Boot, sie soll ruhig wissen, was auf uns zukommen kann."

Eldon kommt zu uns herüber. „Sie ist kein Ruler, und das sind vertrauliche Informationen."

„Eldon, sie bereiten sich gerade darauf vor, uns umzubringen. Ist das *auch* vertraulich?"

„Wirf einen Blick auf die Monitore, Missy! Im Moment tun sie nichts weiter, als Wache zu halten. Sie sind ganz normale Wachleute, keine vom Sonderkommando. Wir haben immer noch Zeit, die Situation zu klären."

„Wenn Wendy endlich ans Telefon ginge."

„Nenne ihn nicht Wendy. Das ist eine Beleidigung."

„Okay, dann eben Ruler Weems. Hast du schon einmal erwogen, dass es einen Grund dafür geben könnte, dass er nicht antwortet? Zum Beispiel, dass Vash ihn sich bereits geschnappt hat? Es ist vorbei, Eldon, sie verlängern nur unsere Todesangst."

Ihr Gatte rollt mit den Augen und kehrt an sein kostbares Iridium-Telefon zurück. Schweißperlen bilden sich auf seiner botox-geglätteten Stirn, rollen langsam vom Haaransatz hinunter. Ich bin mir fast sicher, dass er sich eine Dauerwelle hat machen lassen, damit er und Missy die gleiche Frisur haben. Sicher nicht das Schlimmste in der Welt, aber unter diesen Umständen auch nicht gerade beruhigend.

„Wir werden das hier überstehen", murmelt er.

Womit er meiner Meinung nach meint: Für ihn und Missy wird alles gut werden. Denn welche Bedeutung auch immer „wir" für Eldon hat, ich bin damit ganz sicher nicht gemeint. Ich habe nicht den Eindruck, dass er ein kaltblütiger Mörder ist, aber ich bin mir sicher, wenn die Kugeln in unsere Richtung fliegen, wird er sich hinter mir verstecken – oder mich als lebenden Schutzschild benutzen. Und was auch immer er für Ruler Weems riskiert hat – nahezu alles, soweit ich das erkennen kann –, im Moment ist er sicher gerade dabei, es zu bereuen.

„Warum machen sie es nicht einfach?“, murmelt Missy und starrt auf einen der Bildschirme. „Worauf warten sie noch?“

„Wir gehören dem größeren Lager an“, beschwichtigt er sie. „Es mag sich zwar manchmal nicht so anfühlen, doch Evangeline repräsentiert nur eine recht kleine Minderheit.“

„Aber was für eine“, klagt Missy. „Sie hat alle Mächtigen und Wichtigen versammelt. Fast alle sind Sechser. Wie könnten wir jemals dagegen angehen?“

„Wir müssen nur einen kühlen Verstand bewahren. Dies ist ein Test unserer Entschlossenheit. Wir begrüßen den neuen Tag mit neuem Geist, vergiss das nicht.“

„Wenn das hier vorüber ist, will ich nie mehr Schnee sehen“, sagt Missy.

Während die beiden streiten und jammern, wappne ich mich gedanklich für den schlimmsten Fall. Einen ausgewachsenen Angriff mit Schusswaffen. Ich schaue mich nach einem Versteck um, nach einem Fluchtweg. Ein Versteck habe ich schon gefunden – die Barlows haben eine gusseiserne Badewanne in einem der Gästezimmer, die einen kugelsicheren Eindruck macht. Aber ich habe noch Schwierigkeiten, mit die Flucht vorzustellen. Flucht wohin? Mitten im Winter in die eiskalte Nacht der Rocky Mountains? Wohin sollte ich über Schnee und Eis kommen? Wie soll ich da draußen überleben?

Vermutlich wäre es besser, sich zu ergeben, es darauf ankommen zu lassen.

Auf lange Sicht könnte ich vielleicht so tun, als wäre ich ein Ruler. Ich könnte sie überzeugen, dass ich an ihren selbstsüchtigen Kontrolliere-deinen-Geist-und-du-kontrollierst-die-Welt-Unsinn glaube. Warum nicht? Ich könnte mein Anliegen vorbringen, dass ich wieder mit Noah vereint sein möchte. Ich kann sie glauben machen, dass ich Mrs. Delancey beim Unterrichten oder Indoktrinieren oder was immer sie da tut unterstützen will. Ich könnte ein guter, folgsamer Ruler sein und zu allem Ja und Amen sagen. Wichtig ist nur, wieder mit meinem kleinen Jungen zusammen zu sein.

Darüber hinaus kann ich mir nicht einmal in meiner gewagtesten Fantasie vorstellen, was alles passieren kann. Wie überlebt man einen Zivilkrieg, ohne sich auf eine der beiden Seiten zu schlagen? So fühlt es sich nämlich an, wie ein Krieg zwischen Verrückten. Arthur Conklins Frau mit ihren Anhängern, Ruler Weems mit seinen, und ich und Noah gefangen in der Mitte. Wie hilflose Schachfiguren in einem Spiel, das wir nicht verstehen können.

„Oh mein Gott", piepst Missy mit ängstlicher Stimme. „Er ist es. Oh mein Gott, jetzt werden wir alle sterben."

Beide starren sie auf den Neuankömmling am Monitor. Ein hochgewachsener, feingliedriger Mann in einer pelzbesetzten Kapuzenjacke. Aus der Art, wie die Wachleute ihn begrüßen – sie können sich gerade noch zurückhalten, zu salutieren – ist eindeutig zu erkennen, dass er der Boss sein muss.

„Kavashi", flüstert Eldon.

Dann wirft er mich zu Boden – der Bastard ist stärker als ich dachte –, schlingt einen Kabelbinder um meine Handgelenke und zieht die Fessel fest an. Und als ich ihm ins Gesicht sage, dass er der Abschaum der Erde ist und ich wirklich hoffe, dass er stirbt, je eher, desto besser, stopft er mir einen Knebel in den Mund.

Missy hilft ihm.

16. KAPITEL
Schauplatz des Verbrechens

Shane liegt auf dem Boden seiner Gefängniszelle und versucht, seine Gedanken zu ordnen. Ein voller, starker Stromstoß aus einem Taser lässt einen nicht das Bewusstsein verlieren. Er lässt einen *wünschen*, es zu verlieren. Von allen anderen Gefühlen abgesehen – der Angst beispielsweise –, ist es ein absolut erniedrigendes Erlebnis, sowohl physisch wie auch psychisch. In der kurzen Zeit, die es braucht, den Abzug zu drücken, verwandelt man sich von einem starken, körperlich fitten Individuum in einen Haufen zitternder Götterspeise. Durch Psychosen oder Drogen verwirrte Personen haben es vereinzelt schon geschafft, eine Taserattacke heil zu überstehen, indem sie sich die Pfeile herausrissen. Aber ein normaler Mensch ist zu totaler Hilflosigkeit verdammt. Auf dem intellektuellen Level weiß man, dass der Stromstoß des Tasers nicht tödlich ist und dass man nicht sterben wird. Aber auf der körperlichen Ebene fühlt es sich genau so an wie der Tod, ein grausamer, erniedrigender Tod, der einen sämtliche Kontrolle über seinen Körper verlieren lässt.

Der einzige Grund, warum er sich nicht in die Hose gemacht hat, ist, dass er kurz vor Kavashis Eintreten noch auf der Toilette war. Man ist ja schon für Kleinigkeiten dankbar. Bedenklich stimmt ihn allerdings, dass er nicht klar denken kann. Hat Kavashi zwei oder drei Mal auf ihn geschossen? Nein, warte, es waren drei Stromstöße, die das Erlebnis verlängert haben. Irgendetwas muss nicht richtig funktioniert haben, denn die Stöße haben viel länger angehalten als die dreißig Sekunden, die es normalerweise benötigt, bis die Batterien leer sind. Oder trügt ihn sein Zeitgefühl? Wäre das möglich? Ist sein Gehirn so durcheinander gebracht worden? Aber – und nun kommen die Erinnerungen langsam in Bruchstücken zurück – laut dem Ausbilder an der Academy wirkt der Taser nicht direkt aufs Gehirn, er setzt einen Täter nur außer Gefecht, indem er einen Kurzschluss von Muskeln und Nerven verursacht, wobei das Gehirn vollkommen außen vor bleibt.

Weshalb also kann er nicht klar denken? Ging irgendetwas schief, hat der Taser neben den Muskeln auch seinen Verstand kurzgeschlossen? Er kann nicht denken, und körperlich fühlt er sich so ausgebrannt, als ob er gerade einen Marathon gelaufen wäre, oder einen Adrenalinschock erlitten hätte, oder beides. Zittrig, sehr zittrig. Was er wirklich tun möchte, ist, sich in den Schlaf zu flüchten. Seinem Gehirn Gelegenheit zu geben, sich wieder aufzuladen. Wenn ein Taser aufgeladen werden kann, wieso dann nicht sein Gehirn? Ergibt das irgendeinen Sinn? Aber er kann nicht schlafen, weil etwas Schlimmes passiert, er kann sich nur nicht mehr genau daran erinnern, was. Irgendetwas, was Kavashi weiß. Etwas, das Haley Corbin verletzen kann.

Jetzt fällt es ihm wieder ein. Kavashi weiß, wer Shane ist, und was er hier will. Er weiß, dass er Haley Corbin und ihren kleinen Sohn sucht. Er weiß, dass Shane sich nach einem Ruler namens Eldon Barlow erkundigt hat. Und kurz bevor er Shane zum zweiten Mal getasert hat – oder war es das dritte Mal? –, hat er die Einzelteile zusammengefügt. Shane konnte es in dem triumphierenden Glitzern seiner Augen sehen.

Dumm, dumm, dumm. Du hattest angenommen, Kavashi wüsste alles über Mrs. Corbin, aber das tat er nicht. Zumindest nicht, bis du ihn darauf aufmerksam gemacht hast.

Setz dich hin, Blödmann. Denk nach! Tu endlich was!

Ohne Warnung geht die Zellentür auf.

Bevor Shane drüber nachdenken kann, rollt er sich unters Bett, zieht die Beine an, versucht, sich vor dem Taser zu verstecken.

„Mr. Shane?“

Aus seinen trüben, blutunterlaufenen Augen sieht er nicht

seinen Peiniger Kavashi, sondern einen seltsamen kleinen Mann. Irgendetwas stimmt mit dessen Gesicht nicht, es sieht aus, als wäre es von einem Kindergartenkind aus Ton geformt. Er trägt eine schwarze Robe wie ein Priester, aber ohne den weißen Kragen.

„Randall Shane? Ich bin Wendall Weems. Ich weiß, wo Mrs. Corbin sich versteckt. Wir müssen Sie hier rauskriegen, Mr. Shane. Sie sind ihre einzige Hoffnung."

Es liegt etwas Beruhigendes im Auftreten und in der Stimme dieses Mannes. Die Spannung fällt von Shane ab. Er hat immer noch Angst, vom Taser getroffen zu werden, doch er schafft es, sich zusammenzureißen und sich wackelig in eine halbwegs sitzende Position zu bringen.

„Okay", sagt er. „Mir geht's großartig."

Er ist weit entfernt davon, sich großartig zu fühlen, doch Weems stützt ihn und führt ihn aus der Zelle. Draußen an der kalten, klaren Luft und hat er auf einmal einen klaren Kopf und weiß wieder, was zu tun ist. Mehr oder weniger.

Als sie einige Minuten später Material in einen geliehenen BK-Security-Van laden – okay, einen gestohlenen –, fragt Shane Weems, wie er es geschafft hat, unbemerkt in den Sicherheitstrakt zu gelangen, ganz zu schweigen von der Zelle.

„Ich habe meine kleinen Geheimnisse", antwortet Weems und reicht Shane eine Schutzweste und ein Polizeigewehr.

Die Kanister für die Rauchbomben sowie die Blendgranaten haben sie bereits eingeladen; sie sind ebenfalls aus der Waffenkammer der BK Security geliehen – okay, gestohlen.

„Werden Sie es mir verraten?"

„Selbstverständlich", sagt der kleine Mann. „Das ist Teil des Plans."

„Also haben Sie einen Plan?"

„Oh ja."

„Das ist gut", sagt Shane. „Es hilft, einen Plan zu haben.

Steigen Sie ein, schnallen Sie sich an."

„Wohin fahren wir?", fragt Weems, obwohl er anscheinend schon eine gewisse Ahnung hat.

„Zum Schauplatz des Verbrechens", klärt Shane ihn auf.

„Welches Verbrechen?"

„Jenes, das gleich verübt werden wird. Das ist *mein* Plan."

17. KAPITEL
Männer wie große, schaurige Käfer

Das ist komisch. Ich hatte mir die gusseiserne Badewanne als möglichen Fluchtort überlegt, und genau dorthin bringt mich Eldon, um mich zu verstecken. An Händen und Füßen mit Kabelbindern gefesselt und eine Art Gummiball als Knebel im Mund, wie ein Schnuller, nur größer. Ohne viel Theater lässt er mich in die kalte, trockene Wanne gleiten. Kurz darauf erscheint Missy, hebt meinen Kopf an und schiebt ein Kissen darunter.

„Bitteschön", sagt sie, als ob das Kissen alles besser machen würde. „Es tut mir wirklich sehr leid, aber Eldon hat recht. Wir können Sie nicht entkommen lassen. Was ist, wenn wir Sie als Tauschobjekt brauchen? Ich meine, es ist komisch, aber Sie sind im Moment alles, was wir haben, verstehen Sie?"

Nein. Ich verstehe nichts. Wenn Blicke töten könnten, würde sich Missy Barlow augenblicklich in eine rauchende Pfütze geschmolzenen Protoplasmas verwandeln.

Sie lassen mich hilflos in der Wanne zurück und eilen in ihr Riesenschlafzimmer, um die Monitore weiter zu beobachten. Dabei fahren sie fort, zu streiten und zu jammern wie ein Paar überzüchteter Windhunde.

Ich hab es dir doch gleich gesagt! Nein, hast du nicht! Ach, halt den Mund! Nein, halt du doch den Mund!

F. Scott Fitzgerald – von ihm habe ich in der elften Klasse *Der große Gatsby* gelesen, und ich habe das Buch sehr gemocht – hatte in Teilen recht. Die Reichen sind anders als du und ich. Die Barlows sind ein treffendes Beispiel dafür, sie sind wirklich dumm. Wenn dies das Ergebnis eines Jahre währenden Versuchs ist, seinen Verstand zu verbessern, bleibe ich gerne weiterhin unverbessert. Und einigermaßen arm, nur um sicherzugehen.

Nachdem ich mich eine Weile Rachegedanken hingegeben habe – ich stelle mir Missy Barlow vor, wie sie kopfüber an der Decke hängt und rote Feuerameisen an ihren dünnen Beinen herunterkrabbeln –, beschließe ich, meinen Verstand nutzbringender einzusetzen und meine Energie auf meine aktuelle Lage zu konzentrieren. Meine Hände sind auf den Rücken gebunden, also keine Chance, die Fesseln durchzunagen. Ich sehe auch keine scharfen Kanten, an denen ich die Kabelbinder durchwetzen könnte. Und meine Versuche, mich durch das Winden meiner Handgelenke zu befreien, scheinen die Fesseln nur noch enger anzuziehen. Wie gerne würde ich diesen eklig schmeckenden Gummiball ausspucken, aber er wird von einem Band um meinen Hinterkopf an Ort und Stelle gehalten.

Wo ich so drüber nachdenke, wieso hatten sie eigentlich so ein Ding gleich in ihrem Schlafzimmer? Der Gedanke an irgendwelche sexuellen Abartigkeiten lässt mich wirklich würgen. Denk gar nicht dran! Atme tief durch die Nase, bleib ganz ruhig.

Ich bin ziemlich sicher, dass ich mich aus der Wanne befreien könnte, aber ich beschließe zu warten. Das schwere Gusseisen wird meinen Körper schützen, wenn die Kugeln erst einmal anfangen zu fliegen. Schöne Vorstellung. Er erinnert mich an einen alten Film, den Jed mal ausgeliehen hat. *Bonnie und Clyde*. Der einzige Schauspieler, den ich darin kannte, war Gene Hackman, und er sah absurd jung aus. Wie praktisch alle in dem Streifen wird auch er erschossen. Doch am schlimmsten ist das Ende, wenn die beiden Schwachköpfe Bonnie und Clyde von Maschinengewehrfeuer durchsiebt werden. Damit man die Botschaft auch wirklich versteht, wird diese Szene in Zeitlupe gezeigt. Als es vorüber ist, sehen die zwei aus als wären sie aus blutigem Schweizer Käse gemacht. Was kein Bild ist, das man gerne in seinem Hinterkopf hat, wenn man in einem abgeschotteten Haus gefangen ist und die Polizisten vor der Tür bereits ihre Waffen durchladen und Schutzwesten und Helme anlegen.

Ich liege also in der Wanne und denke über Bonnie und ihren blöden Clyde nach, als ich Missy laut schreien höre. „Oh mein Gott, Eldon! Sie kommen!“

Als Erstes ist der Strom weg und wir finden uns in vollkommener Dunkelheit wieder. Missys hysterisches Wimmern lässt mich beinahe Mitleid mit ihr empfinden. Aber nur beinahe.

Als Nächstes hörte ich das Kreischen von Metall – die Außenjalousien werden aufgebrochen –, das Splittern von Glas, laut rufende Männer, und in der Luft liegt plötzlich ein seltsamer Geruch, vielleicht von Tränengas. Ich höre die Barlows husten und jammern.

Dann wird ein Fenster in meinem Gästebad eingeschlagen, direkt über der Wanne. Etwas trifft meine gefesselten Beine, vor Schreck bleibt mein Herz fast stehen. Ich kann es nicht sehen, aber es zischt wie verrückt – ein Kanister mit giftigem Gas – und plötzlich tränen meine Augen und ich würge an meinem Knebel.

Husten, husten. Ich kann nicht atmen.

Irgendwie schaffe ich es, aus der Wanne zu rollen und liege keuchend bäuchlings auf den kalten Fliesen. Was auch immer für ein Gas oder Rauch das ist, er verbrennt meine Nebenhöhlen, verursacht mir Hustenkrämpfe. Verzweifelt versuche ich, den Knebel loszuwerden – kriege keine Luft! Kriege keine Luft! –, aber es gelingt mir nicht, und dann verliere ich jegliche Kontrolle, krampfe mich zusammen, als wenn mein Körper versucht, diesen entsetzlichen Gummiball zu erbrechen.

Stecknadelgroße Lichtpunkte in meinen Augen – verliere ich wegen Sauerstoffmangel das Bewusstsein? Doch die Lichter werden zu kräftigen Taschenlampen. Gedämpfte Rufe. „Hab sie! Hab sie!“ Ich kann gerade so viel sehen, dass ich dunkle Uniformen erkennen kann, Männer wie große, schaurige Käfer mit funkelnden Gasmasken. Dann tragen sie mich aus dem Badezimmer, durch das rauchgeschwängerte Schlafzimmer und die Haupttreppe hinunter.

Je weiter wir nach unten kommen, desto besser wird die Luft. Trotzdem tränen meine Augen noch, Hals und Nase brennen. Ich strample und winde mich – nehmt mir den verdammten Knebel aus dem Mund, ihr Schweine! –, doch sie halten mich fest, und ich habe keine Chance zu entkommen.

Das Licht geht wieder an, und durch meine Tränen erkenne ich die Barlows auf dem Bauch im Foyer liegen. Ihre Arme und Beine sind mit Kabelbindern gefesselt, genau wie meine. Sie heulen und betteln um Gnade – wir wussten von nichts! Wir wussten von nichts! – und dann tritt der gut aussehende Mann mit der Adlernase und dem Schnurrbart ein. Er mustert mich durchdringend, und zum ersten Mal habe ich nicht nur Angst, sondern entsetzliche Panik.

Es ist irgendetwas in seinen Augen. Kalt, berechnend, herablassend.

Sein Kinn deutet zum Ausgang. „Raus. In den Van."

Als ob ich ein Stück Giftmüll sei, das entsorgt werden muss.

Die Männer, die mich tragen, haben ihre Gasmasken abgesetzt. Es ist erschreckend zu sehen, wie jung sie alle sind, wie normal sie aussehen. In ihren Augen liegt keine Feindseligkeit – sie vermeiden sogar jeglichen Blickkontakt mit mir, ignorieren mein dumpfes Flehen, mir den Knebel abzunehmen –, aber eben auch keinerlei Bezug zu mir. Ich verkörpere den Auftrag, den sie zu erfüllen haben. Ich bin eine Aufgabe, eine Lieferung, die abgegeben werden muss, aber ich mache es ihnen nicht leicht.

Wir sind an der Haustür, als die Sonne explodiert.

Es ist Nacht, denke ich. Das kann keine Sonne sein.

Eine erschütternde Explosion folgt dem heißen, weißen Blitz, quetscht meine Lungen zusammen, nimmt mir die Luft zum Atmen. Menschen schreien, rufen. Ich bin blind, der Blitz brennt noch immer tief in meinen Augen. Ist das Haus explodiert? Sterbe ich? Bin ich schon tot?

Ich will nur noch schreien, doch ich kann nicht.

Ich liege auf dem Rücken im Eingang, blind, ringe nach Luft. Dann heben mich kräftige Arme hoch, umfangen mich wie ein Baby, sanfte Finger entfernen den Knebel und halten mich, während ich die kalte Nachtluft einatme. Wir sind jetzt draußen, wie sind wir dahin gekommen? Dann höre ich eine tiefe, vertraute Stimme sagen: „Ich hab Sie, Mrs. Corbin."

Er wirft mich über seine breiten Schultern und rennt fort von den lauten Rufen, hinein in die Nacht.

Shane.

Weit läuft er nicht, nicht mehr als hundert Meter, schätze ich. Als er mich sanft absetzt, kann ich wieder sehen, wenn auch nur verschwommen. Eine gefrorene, windgepeitschte Ebene, direkt neben einem metallenen Schuppen oder Gebäude. Das Haus der Barlows liegt ein Stück unterhalb der Stelle, wo wir uns hingekauert haben. Es ist beinahe vollständig in schwarzen Rauch gehüllt. Uniformierte rennen im Qualm hin und her, versteckte Panik in ihren Gesichtern.

„Eine Blendgranate, ein paar Rauchbomben", erklärt Shane kurz die Situation, bevor er mich von meinen Fesseln befreit.

Hinter mir öffnet sich die Tür zu der Hütte, und eine vertraute Stimme zischt: „Schnell! Wir haben nicht viel Zeit!"

Ruler Weems drängt uns ins Innere.

Shane muss mich stützen, denn meine Füße sind noch taub von den Fesseln. Wir stolpern in das Dunkel der Hütte. Sie ist so eng, dass wir kaum zu dritt Platz finden, und so finster, dass ich die Hand vor Augen nicht erkennen kann.

Weems schaltet eine starke Taschenlampe an und leuchte damit auf den Betonboden. „Haltet eure Arme eng am Körper. Wir befinden uns in einem Umspannwerk. Eine falsche Berührung und man ist sofort tot."

Seinen Anweisungen folgend, pressen wir unsere Rücken

an die Metallwand und rücken langsam vor, bis Weems uns anhalten lässt. Ich persönlich würde dem kleinen Mann nicht mal darin vertrauen, mich sicher über eine Straße zu geleiten. Doch ich vertraue und folge Shane, der gekommen ist, um mich zu befreien, genau wie er es versprochen hat.

Weems geht in die Hocke und fummelt an etwas im Boden herum. Ein leichtes, hydraulisches Geräusch ertönt, als wenn Druck abgelassen wird. Dann hebt sich ein Teil des Bodens und taucht unsere Beine in grünliches Licht.

Eine Eisentreppe führt einen beleuchteten Schacht hinab.

„Wir müssen uns beeilen", sagt Weems.

„Weiß Kavashi von diesem Tunnel?", will Shane wissen.

„Er wird es bald herausfinden, fürchte ich", sagt Weems. „Mehr Sorgen macht mir momentan der Junge. Was sie ihm antun werden, sobald sie feststellen, dass wir entkommen sind. Gehen wir! Ladies first."

Ich tauche in den Tunnel ein. Und bete, dass er mich zu Noah führen wird.

V

THE PINNACLE

1. KAPITEL
Es geht um den Jungen

Wie sich herausstellt, ist keine Folter notwendig. Oder nur ein bisschen. Die Barlows haben ihre Fehler eingesehen und sind bereit zur Zusammenarbeit. Wenn Vash sie richtig versteht, und das ist bei ihrem ständigen Gewimmer gar nicht so leicht, verteidigen sie sich damit, dass Ruler Weems sie zu allem angestiftet hat. Sie wissen nichts über Randall Shane oder darüber, wie es ihm gelungen ist, aus einer geschlossenen Gefängniszelle zu entkommen. Sie haben auch keine Ahnung, wohin er Haley Corbin gebracht haben könnte. Das Einzige, was die Barlows mit Sicherheit wissen ist, dass das alles nicht ihr Fehler ist und dass sie als Wiedergutmachung gerne Evas Fraktion beitreten möchten. Bitte. Ein schönes Bitte mit ein paar Millionen obendrauf.

„Nicht meine Entscheidung", werden sie von Vash informiert. „Vielleicht vergibt Evangeline euch, vielleicht nicht."

Selbst diese knappe Aussage führt wieder zu ausgiebigem Jammern und Klagen. Vashs hat eine sehr geringe Toleranzgrenze für Heulsusen. Hätte er die alleinige Entscheidungsmacht, wären die Barlows in ihrem eigenen Haus umgekommen, die Opfer eines unglücklichen Feuers. Nicht als Bestrafung, sondern weil sie ihm ebenso lästig wie unzuverlässig vorkommen. Doch für den Moment ist ihr Schicksal noch ungewiss – Eva hat zu viel im Kopf und scheint Vash vorzuwerfen, dass er nicht die gottgleichen Fähigkeiten hat, alles zu wissen und überall gleichzeitig zu sein.

„Habe ich das richtig verstanden", sagt sie mit scharfer Zunge. „Du hattest ihn und hast ihn entkommen lassen? Diesen Niemand, wie du ihn genannt hast. Diesen angeblich harmlosen Mann, der mal beim FBI war? Und dann klaut dieser harmlose Niemand einen deiner BK-Vans, wartet, bis deine Männer die Frau aus dem Haus geholt haben, schnappt sie sich dann und verschwindet mit ihr in einer Rauchwolke? Habe ich das einigermaßen korrekt wiedergegeben?"

„Jemand hat ihm geholfen, ganz offensichtlich."

„Offensichtlich."

Wenn Evangeline in dieser Stimmung ist, frustriert, weil die Dinge nicht so laufen, wie sie es geplant hat, sieht sie aus, als gäbe es nur eins, was ihr helfen würde, sich besser zu fühlen: jemanden mit ihren eigenen Händen umzubringen. Vash kann das normalerweise gut nachvollziehen, ging es ihm in jüngeren Jahren doch genauso. Nur im Moment ist er derjenige, den Eva umbringen würde. Was er auf alle Fälle im Hinterkopf behalten sollte, so als langfristige Überlebensstrategie.

„Irgendeine Idee, wer geholfen haben kann?", fragt sie in süßlichem Ton.

„Wir überprüfen gerade die Videos. Zwei Stunden, vielleicht drei. Viele Kameras, viele Daten."

Eva die Diva tritt sehr nahe an ihn heran und stößt mit ihrer Hüfte gegen sein Becken. Es ist keine freundliche Geste. Eher wie die sexuelle Aggression einer Gottesanbeterin, die nur darauf lauert, ihm nach dem Akt den Kopf abzubeißen. „Du brauchst nicht auf dem Video danach zu suchen, Liebster. Wir wissen beide, wer es war."

Achselzucken. „Weems, ja, kann sein. Ist möglich. Vielleicht hat er auch einen von meinen Männern bestochen."

„Glaub mir, es war Wendy. Und weißt du, woher ich das weiß? *Weil ich zugeschaut habe.* Dich kann man damit ja anscheinend nicht belästigen, also habe ich selbst ein Auge auf Mr. Hässlich geworfen. Und weißt du was, er war nicht zu Hause. Also schätze ich, dass er sich den Tarnumhang von Harry Potter geliehen hat, hm? Den, der es ihm ermöglicht, ungesehen zu kommen und zu gehen."

„Wer ist dieser Harry Potter?"

„Stell dich nicht dumm, Darling." Sie hakt ihre Finger in seinem Gürtel und zieht ihn näher zu sich heran. „Der Punkt ist doch, wir können Wendy nicht in Schach halten, wenn wir nicht wissen, wo er ist. Ich Dummerchen, ich dachte, ich hätte das mehr als deutlich gemacht. Aber anscheinend denkst du nicht, dass es wichtig ist, meinen gefährlichsten Rivalen unter ständiger Beobachtung zu haben. Meinen Blutfeind. Den jämmerlichen kleinen Mann, der fröhlich auf meinem Grab tanzen würde, wenn er die Gelegenheit dazu hätte. Aber nein, du lässt ihn kommen und gehen, wie es ihm gefällt."

„Meine Männer gucken sich die Baupläne an. Er muss einen Geheimgang im Bunker haben."

„Wie kann es sein, dass du davon nichts weißt?"

„Niemand kann wissen, was er nicht weiß. Das ist der Punkt. Okay? Vielleicht hat er Änderungen vorgenommen, bevor ich die Sicherheit hier übernommen habe. Ein Weg, um den Bunker ungesehen zu verlassen. Ja, das glaube ich. Er kommt, er geht, wir können es nicht sehen."

Vash ist ziemlich sicher, wo der geheime Ausgang endet – in einem Badezimmer, uneinsehbar von den Kameras. Doch er will Eva so lange nichts von seinem Verdacht erzählen, bis er sich ganz sicher ist und weiß, wie er mit der Situation umgehen soll. Eva würde den Bunker am liebsten mit rauchenden Colts stürmen, aber Vash weiß, dass der Bunker sehr gut gesichert ist und Ruler Weems sich sicher eine Verteidigungsstrategie zurechtgelegt hat. Außerdem läuft da draußen ein ehemaliger FBI-Agent frei herum, es ist also an der Zeit, ein wenig Vorsicht walten zu lassen.

„Dieser Niemand, der abgehauen ist", sagt Eva. „Sag mir, wie du ihn einfangen willst."

„Die Straße wurde gesperrt, der Campus wird abgesucht. Auch die Privathäuser. Er kann nicht entkommen. Einziger Ausweg ist Wanderung durch die Berge. Dreißig Meilen im Winter … unmöglich. Also friert er vielleicht tot."

„Also glaubst du, dass sie versuchen werden abzuhauen?"

„Natürlich, klar", erwidert er, überrascht von ihrer Frage.

„Sie wissen, dass sie nicht zum Jungen kommen können."

„Und was passiert, wenn es ihnen doch gelingt?", sagt sie provozierend, während ihre Finger unterhalb des Gürtels beschäftigt sind.

„Schlechte Sachen. Keine guten. Die Mutter sagt aus, FBI erlässt Durchsuchungsbefehl und kommt her, um den Jungen zu suchen."

„Das denkst du?"

„Was sonst?"

Eva zeigt ihm ihr Zahnpastalächeln. „Ich hab ein bisschen nachgeforscht über diesen Mann. Diesen Niemand, um den wir uns laut dir keine Sorgen machen müssen. Ich hab seine Blogs gelesen, Darling, die Lobeshymnen dankbarer Eltern, und ich habe meine eigenen Schlüsse gezogen. Ich glaube nicht, dass er das Weite suchen wird. Er wird versuchen, den Jungen zu befreien. Nicht mehr und nicht weniger."

Vash löst ihre drängende Hand und tritt einen Schritt zur Seite. „Gut", sagt er und räuspert sich. „Wenn er das tut, haben wir ihn. Niemand kommt ins Pinnacle."

„So wie Wendy seinen Bunker nicht verlassen kann, ohne von uns gesehen zu werden?"

Vash bleibt eine Antwort schuldig.

„Komm, lass uns wegen des Jungen etwas unternehmen", sagt Eva versonnen.

2. *KAPITEL*
„Bulldogge", murmelt er

Eine ganze Zeit nach Jeds Tod hatte ich diesen Traum von einem langen, dunklen Korridor. Ich war in einem Krankenhaus, einer Klinik oder in einer Leichenhalle, und am Ende des Korridors befand sich ein Raum, in dem ich die Leiche meines Mannes identifizieren sollte. Ich wollte da unbedingt hin, wollte Jed ein letztes Mal sehen, aber der Flur schien überhaupt kein Ende zu nehmen, und ich habe es nie geschafft, den Raum zu erreichen bevor der Traum endete. Es war nicht wirklich ein Albtraum. Ich hatte keine Angst, nur eine überwältigende Sehnsucht. Dann rückten die Wände immer näher und ich wachte schweißgebadet auf, Jed so sehr vermissend, dass mein ganzer Körper schmerzte.

Die Erinnerung an diesen Traum kehrt wieder, als wir nun hintereinander den Tunnel entlanghasten. Weems als Führer, ich in der Mitte, Shane als Letzter in gebückter Haltung. Der Tunnel, erklärt uns Weems, besteht aus einer Fiberglasröhre. Die zwei Meter Durchmesser bieten Weems und mir reichlich Platz, reichen aber nicht aus, dass Shane aufrecht stehen kann. Er kann mit ausgestreckten Armen die Seitenwände berühren, und tut das auch, um sich abzustützen. Die Tunnel wurden damals gebaut, weil Arthur Conklin Angst vor Kriminellen hatte, die sich von dem Reichtum der Rulers angezogen fühlen könnten. Offensichtlich gab es eine Zeit, als der Sektenführer sich davor fürchtete, entführt und nur gegen ein Milliardenlösegeld wieder freigelassen zu werden. Die Tunnel bieten sowohl einen Fluchtweg als auch einen Ort, um sich zu verstecken. Sie sind auf keinem Plan verzeichnet. Nur Arthur und sein engster Vertrauter, Wendall Weems, wissen davon. Sogar seiner damals frisch angetrauten Frau Eva hat er die Existenz der Tunnel verschwiegen, falls sie einmal in einen Komplott gegen ihn verwickelt werden würde.

„Das alles war während seiner paranoiden Phase", erklärt Weems. „Zum Glück hat er die überwunden. Das ist das Tolle an Arthur, dass er sein ganzen Leben lang gelernt hat, immer versuchte, die Grenzen des normalen Geistes zu überschreiten."

Ich bin immer noch ein wenig geblendet. Nicht so sehr vom Blitz der Blendgranate als vielmehr vom Wechsel der Ereignisse. Es ist nur wenige Tage her, da haben sie mich vom Flughafen entführt und in einen Hundekäfig gezwängt, übers Land geflogen, in einem Privathaus gefangen gehalten, mich mit Videoaufnahmen meines festgehaltenen Sohnes konfrontiert, und mir erklärt, es gäbe nichts, was ich dagegen unternehmen könnte. Ich gebe zu, ich habe mich an die Hoffnung geklammert, dass Shane mich finden würde, aber es war die gleiche Hoffnung, die Menschen dazu antreibt, Lotto zu spielen. Wie standen die Chancen?

Auf seine lakonische Art lässt Shanes es ganz einfach klingen. „Sie haben mir von den Rulers erzählt", sagt er. „Also bin ich dahin gefahren, wo die Rulers leben und hab angefangen, ein wenig herumzustochern. Das ist ganz einfache Ermittlungsarbeit."

Meine Freude darüber, frei zu sein, dauert ungefähr so lange wie ein tiefer Atemzug. In meinem Herzen ist so lange kein Platz für Freude, bis ich Noah wieder in meinen Armen halte. Und wenn Weems recht hat, stürzt meine Befreiung meinen Sohn in größte Gefahr.

„Die Uhr tickt", dröhnt Weems melodische Stimme durch den Tunnel. „Kavashi weiß über Mr. Shanes Verbindung zum FBI Bescheid. Er wird eine Razzia erwarten und entsprechende Vorsichtsmaßnahmen treffen. Was bedeutet, dass er Beweise vernichten wird, und Ihr Sohn, Mrs. Corbin, ist so ein Beweis."

Noch ein Grund mehr, uns zu beeilen. Trotz seiner gebückten Haltung immer Gefahr laufend, sich den Kopf an den Tunnelleuchten anzustoßen, hat Shane Mühe, mit uns mitzuhalten.

„Ich fühle mich wie ein Käfer in einem Strohhalm“, beschwert er sich. „Wie weit ist es noch?“

„Lassen Sie uns eine kurze Atempause einlegen“, sagt Weems und hält an. „Um Ihre Frage zu beantworten: das Tunnelsystem zieht sich über mehr als drei Meilen. Ein Arm führt zu meinem Bunker, der andere zum Pinnacle.“

„Ihr Bunker?“, frage ich erstaunt. „So wie Hitlers Bunker?“

„Ganz sicher nicht“, sagt Weems fast beleidigt. Er dreht sich zu mir um und sieht mir fest in die Augen. „Was weiß denn eine Frau in Ihrem zarten Alter von Adolf Hitler und seinen Bunkern?“

„Fernsehen“, sage ich. „History Channel.“

„Ich verstehe.“ Weems nickt. „Was wir aus Mangel an einer besseren Bezeichnung lange als Bunker bezeichnet haben, wurde wie diese Tunnel während Arthurs paranoider Phase errichtet. Der Hauptteil des Bunkers liegt unterirdisch, wie eine uneinnehmbare Festung – wobei natürlich nichts wirklich uneinnehmbar ist. Später ist Arthur in den Pinnacle gezogen, der weiter oben am Berg liegt. Ein wirklich beeindruckendes Gebäude. Eine große Kathedrale aus Glas und Stahl und Felsstein, und, anders als der Bunker, zum großen Teil oberirdisch. Wie Arthur immer sagte: es grüßt die Welt. Für ihn war es ein großes Schiff, das über einen See aus Wolken segelt. Gut, da wir hier in Colorado sind, gibt es meistens nicht sehr viele Wolken, aber Sie verstehen, was ich meine.“

Shane hat sich an eine Rundung der Röhre gelehnt. „Sind Sie sicher, dass der Junge sich im Pinnacle befindet?“

„Ja, völlig sicher“, antwortet Weems.

„Haben Sie dort Spione? Leute aus Evangelines Lager, die Ihnen berichten?“

„Ich habe meine Quellen.“

„Wir müssen die Kavallerie rufen“, schlägt Shane nachdrücklich vor.

„Die Kavallerie. Wie romantisch. Aber auf jeden Fall sollten Sie Ihre Kollegen alarmieren."

„Und Sie haben nichts dagegen?", fragt Shane überrascht.

„Nein. Die Stunde hat geschlagen. Wie ich schon sagte, die Uhr tickt, und Eva selbst ist die Zeitbombe. Niemand weiß, wann sie explodiert, was sie vorhat. Aber ich bin mir sicher, dass sie rohe Gewalt entfesseln wird, wenn sie glaubt, dass sie dadurch ihre Position sichern kann."

„Und Sie hätten sie natürlich gern aus dem Weg", betont Shane.

„Absolut. Eva ist eine einzige Katastrophe. Wir sind nur eine kleine Organisation. Es gibt weniger als zehntausend zahlende Mitglieder. Wir können es uns nicht leisten, uns gegenseitig zu bekämpfen."

Shane nickt und mustert Weems, der sein Gesicht immer leicht abgewendet hält, von gnädigen Schatten verhüllt. Zum Teil tut er das sicher wegen seiner affenartig hervorspringenden Brauen und den tief liegenden Augen. Aber ich kann mir nicht helfen, irgendwie scheint der komische kleine Mann auf Licht so zu reagieren wie eine Kreatur, die nicht gesehen werden will.

„Evangeline wird also verhaftet, und Sie werden der King, der ultimative Ruler", bemerkt Shane.

„Was ich tun werde", sagt Weems würdevoll. „ist das Werk Arthur Conklins in seinem Sinne fortzuführen. Die Organisation stärken. Verbindungen zur Mitte herstellen. Arthurs Texte weiter interpretieren und seine Lehren verbreiten."

„Und Sie werden derjenige sein, der darüber entscheidet, welche Lehre verbreitet wird", stellt Shane fest.

„Wer könnte es besser als ich?"

So gut er kann, richtet Shane sich auf. „Wir brauchen ein Telefon, eine Internetverbindung oder ein Radio. Irgendeine Möglichkeit, mit der Außenwelt Kontakt aufzunehmen."

„Inzwischen wird Kavashi Festnetz und Breitband sicher abgestellt haben", sagt Weems. „Aber im Bunker habe ich ein

Satellitentelefon, das Sie benutzen können."

Shane atmet tief ein und berührt meine Schulter. „Sind Sie dabei?"

„Ja."

Was kann ich auch schon anderes sagen? Mein Schicksal und das meines Sohnes liegen nun in Shanes Händen. In seinen und denen des FBI, wenn wir sie denn erreichen können.

„Ich habe tatsächlich gedacht, Sie haben Wahnvorstellungen", gesteht mir Shane ganz nebenbei. „Damals am ersten Tag. Vor lauter Kummer wahnsinnig geworden."

„Warum sind Sie dann geblieben?"

Er hebt die breiten Schultern. „Irgendetwas an Ihrem Blick. Sie schauten so grimmig aus."

„Was? Ich?"

„Wie eine kleine Bulldogge. Ich wusste, dass Sie niemals loslassen, niemals aufgeben würden."

„Eine Bulldogge, hm? Soll das etwa ein Kompliment sein?"

Er wendet seinen Blick langsam von mir ab. „Nein, nur eine Beobachtung. Ich habe ganz sicher nicht gemeint, dass Sie aussehen wie eine Bulldogge."

Ich bin erschöpft und habe Angst um meinen Sohn. Trotzdem kann ich mir ein Grinsen nicht verkneifen. „Egal", sage ich. „Das war ein glücklicher Tag. Der beste nach einer ganzen Zeit."

Weems räuspert sich. „Wir müssen weiter. Es ist nur noch eine Frage der Zeit, bis Vash die Tunnel entdeckt."

Wir trotten eine vermeintlich weite Distanz vor uns hin. Der Tunnel steigt stetig an und macht dann eine Kehrtwendung in die entgegengesetzte Richtung. Weems meint, wir sollten es uns als unterirdische Serpentinenstraße vorstellen, doch das sagt mir auch nicht viel. Jeder Meter bringt mich näher zu Noah. Daran halte ich mich fest.

Endlich erreichen wir eine senkrecht nach oben gehende Röhre. Darin steckt eine Aufzugkabine von der Größe eines überdimensionalen Spielzeugs. Weems versichert uns, dass die Kabine für ein Gewicht von einer halben Tonne konzipiert ist, wesentlich mehr als unser Gesamtgewicht. Absolut sicher, sagt er.

„Wie alt ist dieses Tunnelsystem?“, frage ich.

Er zuckt mit den Schultern. „Vielleicht zwanzig Jahre. So ungefähr.“

„Also hatte dieser absolut sichere Aufzug seine letzte Inspektion vor zwanzig Jahren?“

„Das ist der einzige Weg nach oben“, beharrt er. „Ich fürchte, wir haben keine Alternative. Wenn Sie möchten, fahren Sie zuerst allein nach oben. Mr. Shane und ich kommen nach.“

„Auf gar keinen Fall!“

Zu dritt passen wir gerade so in die Kabine, die leicht hin und her schwingt, als der Aufzug sich in Bewegung setzt. Shane bemerkt, dass ich etwas grün im Gesicht werde, und sagt: „Sie sind wohl kein großer Freund von Aufzügen, was?“

„Nicht, wenn sie so wackeln.“

Er nimmt meine Hand. „Versuchen Sie, Ihre Augen zu schließen.“

Das macht es nur noch schlimmer Meine Hand ist feucht, seine kühl und stark.

„Alles wird gut“, sagt er mit ruhiger, klarer Stimme. „Wir rufen nachher gleich meine Freundin Maggie an. Sie wird die Hilfe organisieren, die wir brauchen. Und Sie werden in Mr. Weems Bunker in Sicherheit sein, nicht wahr, Mr. Weems?“

„So sicher wie möglich“, sagt Weems. „Ich habe sämtliche Vorsichtsmaßnahmen getroffen. Kavashi kann uns nichts anhaben.“

„Und wo werden Sie sein, während ich mich so sicher fühle?“

„Ich werde mich im Pinnacle umsehen“, antwortet Shane.

„Um Noah zu suchen?“

„Genau.“

„Ich komme mit Ihnen."

Er schüttelt den Kopf und verwirft meine Idee. „Ich bringe ihn zu Ihnen. Das verspreche ich."

„Noah kennt Sie doch gar nicht. Er wird Angst vor Ihnen haben."

„Darüber sprechen wir, wenn ich telefoniert habe", beendet er die Diskussion.

„Da gibt's nichts zu reden."

Etwas ruckelig hält der Aufzug endlich an. Wieder zurück in der einigermaßen stabilen Umgebung der Tunnel hören meine Beine auf zu zittern, und die Erleichterung lässt mich beinahe kichern.

„Warten Sie hier", bestimmt Weems. „Ich muss Kavashis Überwachungskameras ausschalten."

Höchst agil für einen Mann seines Alters, klettert er eine Reihe von Metallsprossen hinauf. Oben angekommen, verschließt er die Luke am höchsten Ende der Röhre, einen Moment später ist er verschwunden.

„Ich muss mich schnell bewegen", erklärt Shane. Er setzt die Unterhaltung fort, während wir auf unseren kleinen Führer warten. „Ich habe keine Ahnung, auf was ich stoßen werde."

„La-la-la-la."

„Wie bitte?"

„Soll heißen ‚Ich höre Ihnen nicht zu'."

„Bulldoge", murmelt er.

Über uns öffnet sich die Luke. Weems ruft uns zu, dass wir heraufkommen sollen.

3. KAPITEL
Slam, Bam, No Thank You, Ma'am

Um ehrlich zu sein, sehr viel habe ich aus der Sendung über Hitlers Bunker nicht behalten. Jed hat sich für die Fakten aus dem Zweiten Weltkrieg interessiert, ich nicht. Aber ich erinnere mich gut an die spartanische Einrichtung und daran, dass die Räume keine Fenster hatten. Mein Eindruck war, dass Hitler und seine Kumpanen in einem Betonloch im Boden gehaust haben, dessen Luftzufuhr durch einen Ventilator sichergestellt wurde, der wie ein Hexenhut aussah. Ihr Ende kam durch Zyanid und Pistolen, und der bombensichere Bunker wurde zu einem grauenvollen Grab, wobei der Tod nicht von oben kam, sondern durch die Insassen selbst.

Weems' Bunker wirkt nicht ganz so hoffnungslos, doch etwas Spartanisches hat er auch. Eigentlich ist er eher wie das Innere eines Klosters ohne Fenster. Kleine, spärlich möblierte Räume, die wie Zellen wirken. Blanke Betonfußböden mit wenigen einfachen Teppichen hier und dort. Das Einzige, was die mächtigen Betonwände schmückt, sind gerahmte Fotografien von Weems' Helden und Mentor, Arthur Conklin. Auf mich wirken diese Bilder – Conklin am Rednerpult, wie er an einem Manuskript arbeitet, wie er die Kerzen eines Geburtstagskuchens ausbläst – recht befremdend. Der Herr auf den Fotos ist immerhin Jeds Vater. Sein Dad. Die Ähnlichkeit ist gering, aber durchaus da. Ich will gar nicht darüber nachdenken, was es bedeutet, dass aus allen Fotos die anderen Personen herausgeschnitten wurden. Als ob Arthur Conklin in einem Universum gelebt hat, das nur von ihm allein bevölkert wurde.

Während ich die Fotos anschaue – die wirklich gruselig sind, wenn man weiß, wer herausgeschnitten wurde, nämlich hauptsächlich seine Frau und sein Sohn –, diskutieren Shane und Weems das Überwachungsproblem.

„Vor etwa sechs Monaten ließ Vash neue Rauchmelder installieren, als Eva anfing, ihre ersten Züge zu planen. Ich habe sofort bemerkt, dass es versteckte Kameras sind und mich entsprechend verhalten. Glücklicherweise haben sie darauf verzichtet, eine Kamera im Badezimmer einzubauen, sodass der Tunneleingang unentdeckt blieb. Ich benutze ihn natürlich nur äußerst selten. In den meisten Fällen ist es egal, ob sie meine Schritte überwachen. Ich bin ein Gewohnheitstier, sehr berechenbar. Und bis vor ungefähr einer Woche konnte ich kommen und gehen wie ich wollte, und hatte dennoch normalen Zugang zum Pinnacle."

„Was meinen Sie mit normalem Zugang?", will Shane wissen.

„The Pinnacle ist im steilsten Abschnitt des Gebirgszugs errichtet worden, ungefähr einen halben Kilometer von hier", erklärt Weems fast professoral. „Die letzten zweihundert Höhenmeter können nur durch eine Seilbahn überwunden werden. Sie ist sehr zuverlässig und effizient und basiert auf einem Modell, das in Portland, Oregon, seit Jahren verkehrt. Die gleiche Bahn verbindet den Bunker mit dem Pinnacle. Die Kabinen können bis zu zwölf Tonnen an Passagieren und Fracht transportieren."

„Sie können das Pinnacle also jederzeit verlassen."

Weems verzieht sein Gesicht zu einem ironischen Lächeln. „Leider nein. Beide Seilbahnen werden vom Pinnacle aus kontrolliert. Meine Bahn fährt also nur, wenn sie es zulassen, und für den Moment scheinen sie mich lieber im Bunker zu wissen."

„Okay, der normale Zugang erfolgt also durch die Seilbahn. Was gibt es sonst noch?"

„Es gibt einen Hubschrauberlandeplatz auf der obersten Ebene des Pinnacle. Er wird selten benutzt, denn die Fallwinde machen die Landung selbst an einem ruhigen Tag sehr kritisch. Ich vermute auch, dass Vash ihn mit Sprengfallen gegen Angriffe vom Hubschrauber aus gesichert hat. Und selbst wenn man es schaffen würde, mit eine Helikopter dort oben zu landen, ist die Tür vom Heliport ins Pinnacle gegen Sprengungen gesichert."

„Sie haben etwas von einem Satellitentelefon gesagt", wirft Shane voller Ungeduld ein.

„Ja, gewiss. Aber lassen Sie mich Ihnen vorher noch das Layout des Pinnacle zeigen, das könnte Ihnen helfen."

Weems rollt eine Blaupause aus. Beide Männer beugen sich darüber und verfolgen den Umriss des Areals. Ich muss mich dazwischen drängen, um einen Blick darauf werden zu können. Warum glauben Männer immer, dass Frauen keine Architekturzeichnung lesen können? Okay, ich bin nicht die Beste im Interpretieren von schematischen Darstellungen, aber dank Lehrgängen im örtlichen Baumarkt und vielen Stunden mit entsprechenden Fernsehsendungen habe ich ein sehr gutes Gefühl für Räume und Maße entwickelt. Und ich muss sagen, vom Design her wirkt The Pinnacle wirklich cool. Die Außenansicht zeigt eine ansteigende Struktur mit einem sanft gewellten Betondach, das weit über die tragenden Wände hinausragt. Wie die Krempe an einem modischen Hut. Ich nehme an, aus Schneeschutzgründen. Große Glaswände neigen sich in einem zwanzig Grad Winkel nach innen. Das gesamte Gebäude sieht aus wie ein Flughafen in einer schicken Stadt wie Paris, oder wie das berühmte Opernhaus in Sydney.

Abgesehen vom Äußeren, erklärt Weems, sollte das Design mehr als nur stylish sein. „Arthur war die Sicherheit immer sehr wichtig, auch in den ruhigeren Zeiten. Sehen Sie, wie das Dach hervorsteht und die Wände sich ein wenig nach innen neigen? Das war seine Idee, damit es nahezu unmöglich ist, das Gebäude aus der Luft anzugreifen – man kann sich zum Beispiel nicht abseilen. Außerdem hat es Sprengschutzwände, die in Sekunden ausgefahren werden können. Wie ich schon sagte, wird die Seilbahn von dort oben aus gesteuert, und wenn es dort zu Störungen kommt, kann das Kabel an der oberen Station manuell entfernt und der Zugang unmöglich gemacht werden. Der einzige andere Zugang ist durch das Tunnelsystem hier", er tippt mit einem Fingernagel auf die entsprechende Stelle des Plans. „Aber wie ich auch schon sagte, können wir davon ausgehen, dass Vash und seine Männer diesen Zugang eher früher als später entdecken werden. Meine Sorge ist, dass Eva in dem Moment, wo sie bemerkt, dass ein Angriff kurz bevorsteht, die Sprengschutzwände ausfährt, die Seilbahnverbindung trennt und das Gebäude abriegelt. Womit wir einen Belagerungszustand hätten."

„Das wäre ein Albtraum", pflichtet Shane bei. „Das darf nicht passieren."

„Okay. Genug gesehen?"

„Ich denke, ja."

Weems rollt die Pläne wieder ein und holt ein Iridium-Telefon hervor, eine exakte Kopie von dem der Barlows. Anscheinend Teil eines Sets – das den Barlows keine große Hilfe war. „Sie müssen in der Nähe einer Außenwand stehen, um eine Verbindung herstellen zu können", sagt Weems und reicht Shane das schmale kleine Gerät.

Leicht nervös gibt Shane die Nummer ein. Er hört angestrengt zu, dann hellt sich seine Miene auf. „Maggie! Ich bin drin. Ja. Ich konnte Mrs. Corbin in Sicherheit bringen, die gegen ihren Willen festgehalten wurde. Sie hat Videoaufnahmen von ihrem Sohn gesehen, der sich in einem anderen Gebäude befindet. Dem Pinnacle. Ja, ganz wie du vermutet hast. Weems?" Shane schaut hinüber und stellt Blickkontakt mit dem kleinen Mann her. „Mr. Weems hilft uns sehr. Er war derjenige, der mich aus dem Gefängnis geholt hat und im Moment mit dir telefonieren lässt. Nein, ich mache keine Scherze, ich werde dir später alles berichten. Warte, mir fällt da gerade etwas ein."

Shane bittet Weems, die Blaupausen noch einmal auszurollen. Er fotografiert die Pläne des Pinnacle, dann mich und

Weems, der seinen Kopf am liebsten wie eine Schildkröte im Panzer verstecken würde, und schickt die Bilder über das Satellitentelefon ans FBI.

Zufrieden sagt er: „Okay, das sollte für einen Durchsuchungsbefehl ausreichen. Maggie? Guck mal, ob das HRT diese Herausforderung annimmt. Wenn nicht, wende dich an die örtliche Polizei, aber egal wie, sie sollen sich beeilen. Die Zeit drängt. Wir vermuten, dass sie sich bald den Jungen vornehmen. Ich muss jetzt los!"

Er klappt das Telefon zusammen.

„Was ist HRT?", frage ich.

„Hostage Rescue Team, eine Spezialeinheit des FBI. Geiselrettungstruppe. Sie sind die Besten. Aber wenn sie nicht verfügbar sind, kann auch das regionale SWAT-Team aus Denver den Auftrag übernehmen."

„Also werden sie tatsächlich eingreifen? Echt?"

„Hilfe ist unterwegs."

Jetzt wo endlich etwas passiert, wo der Rest der Welt endlich bereit ist, mir zu glauben, mir sogar dabei hilft, meinen Sohn zu retten, bin ich mir nicht sicher, wie ich reagieren soll. Ein Teil von mir dreht vor freudiger Erwartung fast durch, ein anderer Teil von mir ist krank vor Angst. Was, wenn wir zu spät sind? Was, wenn Noah verletzt wird? Was, wenn eines der Millionen Dinge falsch läuft und es irgendwie mein Fehler ist?

Shane scheint meine Unruhe nicht zu bemerken. Er konzentriert sich bereits auf die vor ihm liegende Mission.

„Darf ich das behalten?", fragt er Weems und steckt sich das Telefon in die Hosentasche, ohne die Antwort unseres Gastgebers abzuwarten.

Offensichtlich ist der große Mann bereit. Ich bin auch bereit, und zwar für eine Diskussion darüber, wieso ich hier warten soll. Zu gefährlich, ich bin nur im Weg, und so weiter und so fort. Soll er's ruhig versuchen – ich akzeptiere kein Nein als

Antwort. Ich kann nicht so nahe bei meinem Sohn sein und einfach die Hände in den Schoß legen.

Was ich nicht erwarte, ist, dass Randall Shane ohne auch nur ein kurzes Goodbye aufspringt, mit drei Schritten an der Badezimmertür ist und sich Sekunden später dort eingeschlossen hat.

Slam, bam, no thank you, ma'am.

Als ich Weems endlich davon überzeugt habe, mir die Tür zu öffnen – okay, ich bedrohe sein erbärmliches Leben –, ist Shane bereits im Schacht verschwunden und hat die kleine Luke hinter sich verschlossen.

4. KAPITEL
Verdammtes Niemals

Evangeline hat einen neuen Plan. Es ist ein Kurzzeitplan, im Gegensatz zu ihrem Langzeitplan. Auf lange Sicht gesehen, wird sie die Stimme der Rulers werden, die totale Kontrolle über die Organisation haben. So viel steht trotz der derzeit im Weg liegenden Hindernisse fest. Auf kurze Sicht hingegen wird sie einen Weg finden, die aktuelle Krise zu ihrem Vorteil zu nutzen. Sie muss die Kontrolle übernehmen, die anderen ihrem Willen unterwerfen – das ist schließlich die grundlegende Regel der Rule of One. Wenn sie die Krise erfolgreich meistert, wird ihr das auch beim Erreichen ihres langfristigen Ziels helfen.

Planung und Ausführung sind alles, und in diesem Fall untrennbar miteinander verbunden.

„Vash?"

Der Loverboy sitzt schwer beschäftigt an seinem Schreibtisch, scrollt durch Videoarchive, sucht nach Anhaltspunkten dafür, wie Wendall Weems es schafft, sich unbemerkt auf dem Gelände zu bewegen. Er schaut vom Bildschirm hoch, sein hübsches Gesicht wird von unten in warmes Licht getaucht. „Ja?"

„Irene hat ihre Instruktionen. Sie kümmert sich um den Jungen."

Er zuckt die Schultern, streicht gedankenverloren mit dem linken Daumen über seinen Schnurrbart. „Gut."

„Irgendetwas Neues von Mr. Nobody und der Wundermom?"

„Noch nicht. Aber sie werden noch auftauchen."

„Ohne Zweifel", sagt sie mit scharfem Lächeln. „Wahrscheinlich, wenn wir's am wenigsten erwarten."

„Könnte sein, ja."

Er wartet ab, weiß, dass noch mehr kommt.

„Ich habe nachgedacht, Vash."

„Ah." Seine Miene bleibt undurchsichtig.

Evangeline lässt sich auf einer Ecker seines Schreibtischs nieder. Sie ist wie elektrisiert von ihrer neuen Idee. Der Gedanke an die Perfektion ihres Plans hält sie selbst mitten in einer langen Winternacht hellwach.

„Wenn Arthur stirbt, betreten wir ein neues Zeitalter", beginnt sie. „Alles wird sich ändern, und doch müssen wir die Kontinuität wahren. Die Organisation kann es sich nicht erlauben, zersplittert zu werden. Wir müssen weiterhin mit einer Stimme sprechen. Und noch wichtiger, wir müssen die Wahrheit formen."

„Wahrheit formen?"

Evangeline sieht, dass sie endlich seine Aufmerksamkeit hat. Bagrat Kavashi ist sehr vertraut mit dem Begriff der dehnbaren Wahrheit.

„Lass uns einmal annehmen, das FBI würde uns in der nahen Zukunft einen Besuch abstatten. Morgen oder so. Stimmen wir überein, dass das wahrscheinlich ist? Egal ob dieser Shane uns persönlich einen Besuch abstattet oder nicht?"

„Sehr wahrscheinlich. Hundert Prozent."

„Okay, wenn unsere Gemeinde also durchsucht wird und wir uns der Öffentlichkeit stellen müssen, stellt sich die Frage: Was werden sie hier finden?"

„Nicht den Jungen", sagt er fest.

„Nicht lebend, nein. Er ist für sein Alter sehr klug, wer weiß, was er ihnen erzählen würde? Aber was wäre, wenn die Feds etwas finden würden, was sie zu dem Jungen und weg von uns führt? Was, wenn sie Wendy und seine Anhänger finden?"

Kavashi schaut interessiert auf. „Das Verschwinden des Jungen Weems in die Schuhe schieben?" Er nickt, die Idee gefällt ihm. „Und der Mutter auch."

„Warum nicht? Ich habe mir gedacht, dass Wendall vielleicht ein sehr morbider Mensch ist, fasziniert vom Tod. Das ist schon in einigen Organisationen vorgekommen. Erinnere dich nur an die Leute von Heaven's Gate. Sie haben geglaubt, nach ihrem Tod von einem außerirdischen Raumschiff zu einem besseren Ort gebracht zu werden. Ein Schnellzug in den Himmel, mehr oder weniger. Eher weniger, wie sich dann herausgestellt hat. Aber ihr Beispiel könnte uns ganz nützlich sein."

„Erklär es mir."

„Was, wenn Wendy und seine Leute den Hale-Bopp machen. Wie der Komet, der damals das Ende für Heaven's Gate einläutete? Als der Komet über den Himmel zog, haben sie alle Gift oder so etwas genommen."

Kavashi hebt den Kopf. „Ja. ein sehr gutes Beispiel."

„Ja. Und wir stellen sicher, dass sich auf Wendys Computer Dokumente finden, die seine Tat erklären. Irgendein Zeichen, dass ihm sagte, es sei an der Zeit, eine andere Welt zu betreten."

„Ah", stößt Vash aus. „Aber was ist Weems' Zeichen?"

Evangeline sitzt auf seinen großen, starken Knien, sehr zufrieden mit sich. „Arthurs Tod", sagte sie strahlend. „Das ist ihr Zeichen."

Der Junge schläft mit seinem Nachtlicht an. Das Licht ist ein Geschenk von seiner Lehrerin, Mrs. Irene Delancey. Und obwohl er ihr nicht länger vertraut, mag er das Nachtlicht, auch wenn es wohl eher für kleine Kinder gedacht ist als für Zehnjährige. Es heißt Twilight Turtle und wirft verschiedene Sternbilder an Decke und Wand. Acht verschiedene Sternbilder, um genau zu sein. Und noch ein Dutzend anderer Sterne. Das schildkrötenförmige Nachtlicht verbreitet ein angenehmes Leuchten von der Kommode seines neuen Schlafzimmers aus, einem fensterlosen Raum mit nur einem Ausgang, der ständig verschlossen ist.

Sie nennen den Raum sein Schlafzimmer, doch Noah hat

längst begriffen, dass er eigentlich ihr Gefangener ist. Wenn er mitten in der Nacht aufwacht, denkt er als Erstes an Flucht. Er hat Geschichten von entführten Kindern gehört, die sich mit ihren Entführern angefreundet haben. Haben sie denn niemals versucht, zu fliehen? Das wäre nichts für Noah. Egal was sie ihm darüber erzählen, dass er die einzig Wahre Stimme ist, und was er beim Anhören der Aufnahmen seines Großvaters lernt und wie besonders er mal sein wird, mit tausenden von Menschen, die an jedem seiner Worte hängen: Noah hat nicht die Absicht, hier zu bleiben.

Niemals wird er seine Mutter vergessen! Übrigens ein Vorschlag von Mrs. Delancey, die ihm vor kurzem erzählte, dass die Erinnerung an seine Mutter mit der Zeit langsam verblassen und er sie nicht mehr vermissen würde, weil sein Leben so erfüllt davon wäre, alles über die Rule of One zu erlernen, dass für nichts anderes mehr Platz bliebe.

Auf keinen verdammten Fall! Seine Mom hat ihm verboten, das Wörtchen „verdammt" zu benutzen, weil sie sagt, es sei nur ein Ersatz für ein noch schlimmeres Wort, aber Noah glaubt, dass es in dieser Situation erlaubt ist. Wenn er in sich hinein hört, sieht er seine Mom mit dem Zeigefinger an den Lippen dastehen und sagen *Auf keinen verdammten Fall, Noah, hör nicht auf sie, vergiss mich nicht, vergiss nie, wer du wirklich bist.*

Verdammt niemals. Niemals wird er sie vergessen. Nicht in einer Million Jahren. Auch nicht, wenn Mrs. Delancey ihn dazu zwingt, diese verdammten Kopfhörer aufzusetzen, bis er hundert Jahre alt ist. Und wenn er mit nass geweinten Augen aus seinen Träumen erwacht, weiß er genau, wer schuld daran ist. Mrs. Verdammte Delancey, nur sie allein.

Mrs. Delancey, die so getan hat, als sei sie seine Freundin, die sich um ihn kümmern wollte, die vorgetäuscht hat, ihm bei Mathe zu helfen und ihm die Primzahlen beigebracht hat. Die Noah glauben gemacht hat, sie sei die zweitschönste und beste Person auf der ganzen weiten Welt. Alles Heuchelei. Alles nur Lüge. Alles nur, damit er ihr vertraut und unter die Bänke kriecht und sich im Luftschacht versteckt. Von wo aus sie ihn dann geschnappt haben, genau wie sie es geplant hatte, und ihm dieses stinkende Tuch vors Gesicht hielten und ihn in Schlaf versetzten.

Alles was sie sagt, ist gelogen, inklusive des Teils, dass Mom in der Explosion ums Leben gekommen sei. Anfangs hat er es geglaubt, doch dann hat er mitgekriegt, wie die Leute geredet haben, wie sie ihre Stimmen senkten, wenn sie spürten, dass er ihnen zu hörte. Aber er hat sehr gute Ohren, ganz zu schweigen von seinem sehr guten Gehirn, sodass sehr schnell zu dem Schluss gekommen ist: Wenn sie noch über seine Mutter sprechen, wenn sie sich Sorgen machen, was sie als Nächstes tun könnte, dann muss sie noch am Leben sein.

Noah klammert sich an die Hoffnung, dass seine Mom lebt. Seine lebendige Mutter bringt ihn durch den Tag und hilft ihm in der Nacht, wenn er so alleine ist, dass es weh tut, wie wenn sein ganzer Körper von einer Riesenfaust zerquetscht wird.

In seinem Kopf jagt ein Gedanke den nächsten. Was ist wirklich mit seiner Mutter passiert, die Notwendigkeit zu fliehen, die Wahrheit zu finden, die beruhigenden Stimmen in seinen Kopfhörern, bis er schlussendlich so erschöpft ist, dass er nicht mehr denken kann.

Er ist schon fast wieder eingeschlafen, als ihn etwas weckt. Schritte, sehr leise, nähern sich seinem Bett. Obwohl er Angst hat, zwingt er sich dazu, seine Augen zu öffnen, und sieht Mrs. Delancey im Licht der Sterne seiner Nachtlampe.

„Komm mit“, flüstert sie eindringlich. „Wir müssen uns verstecken.“

5. KAPITEL
Die Stunde des Staubsaugers

Die Sache mit der Angst ist die, dass man sich nach einer Weile daran gewöhnt. Man stumpft ab. Es ist wie ein leiser, sehr hoher Schrei in deinem Kopf, der niemals aufhört, aber man lernt irgendwann, ihn zu ignorieren, wie Sirenen in der Stadt. Ruler Weems – warum will ich ihn nur immer Reverend Weems nennen? – denkt, dass ich einen großen Fehler begehe. *Bleiben Sie hier bei mir*, beschwört er mich, *bleiben Sie Ihrem Kind zuliebe in Sicherheit*, und ein Teil von mir will genau das tun. Aber ich denke immer daran, dass Noah Angst haben wird, wenn ihn ein großer Mann, den er noch nie gesehen hat, einfach aus seinem Bett holt. Was mich zu dem Gedanken bringt, wo er wohl schläft und ob er ein schönes Zimmer hat, und weiß er überhaupt, dass ich lebe, oder haben sie seinen kleinen Kopf mit lauter Lügen angefüllt? Denn wenn er weiß, dass seine Mutter noch lebt, wird er sich wundern, warum sie noch nicht gekommen ist, um ihn zu holen. Und wenn er denkt, dass ich tot bin, dann ist er in seinem Kopf eine Waise, ganz allein in der Welt. Außer er hält Mrs. Delancey für seine neue Mom. Was, wenn ich so darüber nachdenke, vielleicht genau das ist, was den Rulers vorschwebte. Ihn allem zu entfremden, was er kennt, ihn zu isolieren, dafür zu sorgen, dass er sich so alleine und verängstigt fühlt, dass er eine Beziehung zu der einzigen ihm bekannten Person aufbauen wird: Der Lehrerin, der er vertraut hat und die er bewundert. In die er, wenn er ehrlich ist, ein wenig verliebt ist.

Bei dem Gedanken würde ich ihr am liebsten die Augen auskratzen. Schlampe.

„Das ist ein Fehler“, sagt Weems. Seine großen Augen flehen mich aus der Tiefe seines unattraktiven Gesichts an. „Mr. Shane ist ausgebildeter Profi und scheint mir sehr kompetent zu sein. Aber Sie …“ Er zögert, räuspert sich.

„Aber ich bin was, ein Mädchen? Eine Hausfrau? Ich bekenne mich schuldig. Ich bin keine Polizistin, keine Ermittlerin, und ich habe keine Ahnung, was ich tun werde. Aber ich habe etwas, das niemand sonst hat, nicht einmal Shane."

Weems hebt eine seiner missgestalteten Augenbrauen.

„Ich bin Noahs Mutter", sage ich. „Zeigen Sie mir jetzt also, wie man diese Luke öffnet, oder ich schwöre, ich beiße Ihnen in den Knöchel."

Die Luke ist in den Fliesenboden der Dusche eingebaut. Ein kurzer Druck auf den versteckten Knopf – ein abgenutzes Fliesenstück – und der Fußboden wird hydraulisch hochgehoben. Mir schießt der Gedanke durch den Kopf, dass Noah es ohne Frage sehr cool fände, in der Dusche einen Zugang zu einem geheimen Tunnel zu haben. Jungs mögen so etwas. Männer aber offensichtlich auch.

„Sie haben nicht einmal eine Waffe", protestiert Weems.

„Ich könnte auch nicht damit umgehen, selbst wenn ich eine hätte. Falls Sie das FBI vor mir treffen sollten, sagen Sie denen doch bitte, dass sie sehr vorsichtig sein sollen. Shane ist ein großes Ziel und er wird Noah bei sich haben."

„Sie sind so zuversichtlich", sagt Weems erstaunt.

„Welche Wahl habe ich denn?"

Dann gleite ich die Sprossen hinab und das Letzte, was ich sehe, bevor die Luke sich wieder schließt, sind Weems kleine Füße, die in schwarzen Nike-Turnschuhen stecken.

Er ist nicht größer als ein Junge.

Allein im Tunnel zu sein macht ihn noch grusliger. Zusätzlich überträgt das Fiberglas seltsame, trippelnde Geräusche. Nach einem Augenblick bemerke ich, dass es Shane sein muss, der vor mir durch den Tunnel eilt, sich des Gleichgewichts wegen mit den Händen an den Wänden abstützend. Und als ich dann seinen Namen rufe, höre ich ihn fluchen – entfernt, aber doch deutlich.

Nett. Ich will ihm helfen und er begrüßt mich einem Schimpfwort.

Es ist leicht für mich, ihn einzuholen. Ich kann rennen, er nicht.

„Ganz schlechte Idee", sagt er, die Hände auf den Knien, heftig atmend. „Kehren Sie um, solange Sie noch die Möglichkeit haben."

Er blutet ein wenig aus einer kleinen Stelle an der Stirn, wo er wohl gegen eine Lampe gestoßen sein muss. Sehr groß zu sein hat offensichtlich auch einige Nachteile.

„Sie haben Ihre Position klar gemacht", sage ich und zwinge mich, ruhig zu bleiben. „Was ist nun Ihr Plan?"

„Ich habe keinen", gibt er zu. „Reingehen und sehen, was passiert."

„Das ist alles?"

Achselzucken. „In so einer Situation kann man nur reagieren. Pläne funktionieren nie."

„Sie wollen sich keine Sorgen um meine Sicherheit machen müssen, oder?"

„Genau."

„Dann tun Sie es einfach nicht. Ich mache Ihnen einen Vorschlag. Ich gehe vor, und falls sie mich kriegen sollten, mach ich einen Riesenaufstand. Einen Riesenriesenaufstand. Während sie mit mir beschäftigt sind, finden Sie Noah."

„Verdammt", sagt er beinahe kläglich.

„Was?"

„Das könnte sogar funktionieren."

Wir bewegen uns im Tunnel vorwärts, bis wir an eine weitere Röhre kommen, die senkrecht nach oben verläuft. Laut Wendall Weems muss das die Verbindung zum Pinnacle sein. Er behauptet, er habe sie nie benutzt, weil sie sonst gewusst hätten, dass er die Sicherheitsvorkehrungen irgendwie umgehen kann. Und weil The Pinnacle in den letzten sechs Monaten Evangelines Domäne war. Die wenigen Male, die er Arthur Conklin am Krankenbett besucht hat, war er von ihren Wächtern begleitet worden, die jeden seiner Schritte überwachten.

Shane blickt nach oben, die Röhre hinauf. Seine Stimme ist ein heiseres Flüstern. „Sind Sie sicher, dass Sie das hier tun wollen?"

Ich stelle meinen Fuß auf die erste Sprosse. „Shane?"

„Ja?"

„Gucken Sie mir ja nicht auf den Hintern."

Er grinst breit. „Dem, der voraus geht, wird halt auf den Hintern gestarrt. Pech gehabt."

Ich atme tief durch und klettere die Sprossen hinauf, der Dunkelheit entgegen.

Oben angekommen, hake ich einen Arm in der obersten Sprosse ein, greife mit der anderen nach oben und finde den Hebel, der die Luke öffnet.

„Bereit?", flüstere ich zu Shane hinunter, der ein paar Sprossen unter mir wartet. Ich kann ihn nicht sehen, aber ich bin mir seiner Gegenwart bewusst. Er wird mich auffangen, falls ich fallen sollte.

„Bereit."

Ich drehe den Hebel und die Luke springt auf, begleitet von einem metallischen Scheppern. Sehr laut. Laut genug, um mein Blut zum Gefrieren zu bringen. So laut, dass sie wissen, wir sind hier.

„Schnell!", zischt Shane.

Ich krieche durch die Öffnung über mir und rolle zur Seite, wobei ich mit einem Eimer zusammenstoße und etwas Scheußlichem, Klebrigen, das sich kühl und feucht anfühlt und irgendwie tot.

Ein feuchter Mopp. Wir sind in einer Abstellkammer, in der es nach Ammoniak und Reiniger mit Pinienduft riecht. Hier drin ist es ebenso dunkel wie in der Röhre. Der Zusammenstoß mit dem Eimer hat sie sicher auf unsere Ankunft aufmerksam gemacht. Jede Sekunde wird sich die Tür öffnen und Licht wird uns wie Käfer auf den Boden nageln.

Shane und ich liegen nebeneinander auf dem Boden. Wir wagen nicht zu atmen. Warten.

Stille. Nur mein Herz klopft wie wild.

Nach einer knappen Minute kniet Shane sich hin, kramt in einer Tasche und holt eine Mini-Halogentaschenlampe hervor. „Verlasse das Haus nie ohne Taschenlampe", flüstert er und lässt den Lichtstrahl durch die Kammer wandern. Sie ist größer als ich zuerst dachte, und vollgestopft mit Reinigungsmitteln. Wenn man bedenkt, was hier alles herumliegt, ist es ein Wunder, dass nur ein einziger Eimer umgefallen ist. Der für uns offensichtlich lauter klang als für jeden anderen, der möglicherweise zuhörte.

Ermutigt von Shanes Verhalten, stehe ich auch auf und bemühe mich, nirgendwo anzustoßen. Was mich mehr oder weniger dazu zwingt, mich an Randall Shane festzuklammern. Ein plötzlicher Schmerz durchzuckt mich, als ich mich daran erinnere, dass der letzte Mann, dem ich so nahe war, Jedidiah war. Bei unserer Abschiedsumarmung vor dem Ausflug, von dem er nicht mehr zurückkommen sollte.

Bloß nicht daran denken. Nichts fühlen. Nicht jetzt. Jetzt geht es nur um Noah. Kein Platz für etwas anderes als für deinen Sohn. Ihn finden, retten, halten. Ihm sagen, dass alles gut werden wird, denn wenn er lebt und in Sicherheit ist, wird alles gut werden, egal was sonst noch passiert.

Nichts anderes als Noah zählt. Nicht einmal ich selbst.

„Es ist vier Uhr früh", flüstert Shane. „Die Stunde des Wolfs. Sie schlafen alle."

Er klingt sehr zufrieden, bereit, das Vorhaben auszuführen. Ich borge mir seine kleine Taschenlampe, lasse den Lichtkegel durch den Raum gleiten, bis ich gefunden habe, was ich suche.

„Nicht die Stunde des Wolfs", flüstere ich zurück. „Die Stunde des Staubsaugers."

6. *KAPITEL*
Die Reinheit der Angst

Halte dich an das, was du weißt, pflegte mein Vater zu sagen. Meistens wenn er dabei war, irgendetwas Dummes zu tun. Aber ich glaube, wenn man unter Druck steht, flüchtet man sich gerne in das Vertraute. Ich weiß vielleicht nichts über Waffen – wie sich herausstellt, hat Shane eine dabei – oder taktische Angriffe oder Undercover-Operationen, aber ich kenne mich mit Hausarbeit aus. Miele, Hoover, Shop-Vac, welche Marke auch immer, ich kenne sie alle. Wenn man ein altes Farmhaus renoviert, verbringt man viel Zeit damit, sauberzumachen. Für Sägemehl nimmt man den Shop-Vac, für den feinen Staub vom Schmirgeln ist Miele unschlagbar, vorausgesetzt man vergisst nicht, beim Beutelwechsel auch den Filter auszutauschen.

Nicht dass ich erwarte, viel sauberzumachen. Aber mit einem Lappen um meinen Kopf, der meine Haare zurückhält, und einer dicken Arbeitsschürze mit ausladenden Taschen sehe ich aus wie die perfekte Putzfrau. Der Stielstaubsauger von Sanitair hat 1800 Watt und ein zehn Meter langes Kabel. Ich plane nicht, ihn anzumachen, aber er ist ein ziemlich gutes Requisit und rollt leichtgängig über den Teppich des Flurs.

Etwas zu schieben gibt mir Sicherheit. Als wenn ich ein Ziel hätte, einen Grund, hier zu sein, und vor allem etwas, worüber ich sprechen kann, wenn ich irgendwann unweigerlich gefragt werde, was ich hier tue.

Zu meiner Überraschung scheint das Pinnacle zu dieser Stunde leer zu sein. Wo sind die patrouillierenden Sicherheitskräfte, wo die fanatischen Sektenanhänger? Ränke schmiedend in tiefer Nacht? Offensichtlich ruhen ihre kleinen Köpfe noch auf ihren kleinen Kissen.

Das Pinnacle ist riesig. Weitläufig. Die Decke ist so hoch, dass ich die Höhe noch nicht einmal ansatzweise schätzen kann. Die Bauzeichnungen haben mir eine Vorstellung vom Grundriss gegeben, aber nicht von der tatsächlichen Größe, die der eines Footballstadiums in nichts nachsteht. Die gigantischen, nach innen geneigten Fenster werden von automatischen Sprengschutzwänden verdeckt.

Keine Rollläden gegen Sturm, sondern Sprengschutzwände, die mittelschweren Explosionen standhalten können. Aber wenn sie einen Angriff des SWAT-Teams erwarten, wo sind dann die Verteidiger? Man würde doch meinen, dass das ganze Gebäude nur so von bis an die Zähne bewaffneten BK-Security-Wachen wimmeln würde. Doch als ich den Staubsauger durch das Dämmerlicht schiebe – die Lichter sind sehr gedimmt, aber es reicht, um mich zurechtzufinden –, fühlt sich das Gebäude leer an.

Vielleicht wissen sie, dass das FBI auf dem Weg ist, und haben beschlossen, sich zu verstecken, aber nicht zu kämpfen. Sie wissen sicher, was Sekten passiert, die sich der Staatsgewalt widersetzen. Es scheint niemals gut auszugehen, und von dem Wenigen, was ich über die Rulers weiß, scheinen sie mir zwar fanatisch, aber auch praktisch veranlagt. Es geht ihnen um das eigene Vorankommen und ums Geldverdienen, nicht darum, die Regierung aktiv herauszufordern. Also ist es unwahrscheinlich, dass sie einen bewaffneten Kampf mit dem FBI anfangen.

Zumindest möchte ich das gerne glauben. In diesem relativ komfortablen Szenario meiner Fantasie finden wir Noah schlafend in seinem Bett vor, und Shane und ich beschützen ihn, bis das FBI die Türen aufbricht und uns befreit. Die Paranoia von Ruler Weems stellt sich als übertrieben heraus. Seine Rivalen werden hoch bezahlte Anwälte um sich scharen, nicht hochgerüstete Maschinengewehre, und jeder lebt glücklich bis an sein Lebensende. Außer die, die im Gefängnis enden werden, wie Evangeline und Mrs. Delancey, und vielleicht die Barlows. Ich bin mir mit den Barlows noch nicht ganz sicher. Ja, klar, sie haben mich entführt. Aber Fakt ist auch, dass sie mich in Noahs Nähe gebracht haben, und das zählt eine Menge, auch wenn ihre Absicht nicht ganz selbstlos war.

Solche und hundert andere Gedanken rasen durch meinen Kopf und produzieren einen Adrenalinstoß, der mir den Mund austrocknet und die Knie weich werden lässt. Ich muss mich bewegen, sonst falle ich noch zu Boden und rolle mich zusammen wie ein Baby.

Aus den Entwürfen war ersichtlich, dass die Gästesuiten auf der zweiten Ebene liegen. Das scheint mir also der beste Startpunkt zu sein. Es gibt irgendwo um die Ecke und den Gang hinunter einen Service-Fahrstuhl, doch ich kann den Gedanken nicht ertragen, mit dem Fahrstuhl stecken zu bleiben, also nehme ich die Treppe. Nicht irgendeine Treppe, sondern die große Haupttreppe, die einem alten Musicalfilm zu entstammen scheint. Sechs Meter breit führt sie in einer majestätischen Kurve zum oberen Stockwerk. Ein Blick auf die massiven und doch eleganten Treppenpfosten und Geländer sagt mir, dass dieser Aufgang alleine mehr gekostet hat als mein gesamtes altes Farmhaus.

Ich bin auf der Hälfte der Treppe, als sich unter mir ein Schatten bewegt und mein Blut gefrieren lässt. Es ist Shane. Er grinst, streckt mir den erhobenen Daumen entgegen, und mit heftig klopfendem Herzen hebe ich den Staubsauger wieder an und gehe weiter. Die Konstruktion fühlt sich so solide an wie die Rocky Mountains, und ich frage mich, was so ein Gebäude wie das Pinnacle wohl gekostet hat. Alleine der Transport all der exotischen Materialien an diesen entlegenen Ort – unvorstellbar. So unvorstellbar wie die Leute, mit denen wir es aufnehmen wollen: reich genug, um riesige Tempel hoch in den Bergen zu bauen, Privatjets zu fliegen und ganze Städte in der Wildnis aus dem Boden zu stampfen. Leute, die glauben, sie könnten Schulen in die Luft jagen und Kinder stehlen, ohne dafür bestraft zu werden.

Ich bin fast oben, da kommt ein Mann mit langen Schritten um die Ecke geeilt – wie aus dem Nichts – und schubst mich fast rückwärts die Treppe hinunter.

Ich kann mich gerade noch retten, lande aber auf meinen Knien. Mit einer Hand fasse ich das Geländer, mit der anderen umklammere ich den Staubsauger. Nackte Angst pulsiert in meinen Ohren.

Der Mann murmelt etwas in einer fremden, mir unbekannten Sprache und reicht mir eine Hand, um mir auf die Beine zu helfen.

„Verzeihung“, sagt er oberflächlich. „Entschuldigung.“

Ich kenne ihn von Barlows Sicherheitskamera. Er ist der leitende Cop. Ein drahtiger, dunkler, auf seine Art gut aussehender Mann mit einem sorgfältig getrimmten Schnurrbart und einer kunstvoll in die Stirn drapierten Haarlocke. Sein Hollywoodstar-Aussehen wird von kalten, unbarmherzigen Augen getrübt – wenn ihm etwas leid tut, dann nur, dass ich ihn aufgehalten habe.

„Ich bin okay“, sage ich und weiche diesem wertenden Blick aus, um mich nicht zu verraten. Ich tue beschäftigt, indem ich das Staubsaugerkabel neu aufwickle. In meinem Herzen aber weiß ich, dass ich kurz davor bin, aufzufliegen. Dass ich jetzt mein Ablenkungsmanöver starten, ihn lange genug ablenken muss, damit Shane irgendwie an mir vorbei in den Gästetrakt schlüpfen kann.

Der Mann mit dem Schnurrbart starrt mich an, mustert mich eindringlich. Ich kann es fühlen.

Eine starke Hand hebt mein Kinn an. Ich schaue in diese kalten Augen, versuche mich zusammenzureißen, während ich meine Kräfte sammle.

„Die Putzfrau ist sehr früh unterwegs“, sagt er.

Ich zucke die Achseln und entziehe mich der Hand. Etwas an dieser Berührung verursacht mir eine Gänsehaut.

„Ist okay." Er nickt, als ob er eine Entscheidung getroffen hätte. Dann wendet er sich ohne ein weiteres Wort oder einen Blick ab und eilt die Stufen hinunter.

Irgendetwas an der Begegnung überzeugt mich, dass er genau weiß, wer ich bin. Doch aus irgendeinem Grund hat er beschlossen, nicht einzugreifen.

Warum? Wie ist das möglich?

Kümmere dich nicht drum, Haley. Das Warum ist in diesem Augenblick egal, das Einzige, was zählt, ist Noah zu finden, bevor der Mann mit den unbarmherzigen Augen seine Meinung ändert und Alarm auslöst.

Den Staubsauger vor mir her schiebend, eile ich den Flur hinunter, der in den Gästetrakt führt. Ich bete, dass der Grundriss seit Erstellung der Bauzeichnungen nicht verändert wurde.

Vor unserer Heirat sind Jed und ich einmal durch das Four Seasons Hotel in Manhattan gewandert und haben die Grandezza des Designs von I. M. Pei bewundert. Hier überfällt mich ein ähnliches Gefühl. Viel Licht, polierter Marmor und eine sanft gewölbte Decke, die wie in natürlichem Licht erstrahlt.

Zu meiner Überraschung finden sich auch hier keine Wachen. Und obwohl mich die Erleichterung wie ein Schwall warmes Wasser überflutet bin ich mir bewusst, dass fehlende Wachen nicht unbedingt ein gutes Zeichen sind. Sicherlich würde doch der Erbe Arthur Conklins besonderen Schutz erfordern.

Was geht hier vor? Wo sind alle?

In der gedämpften Stille des verlassenen Flures halte ich an der ersten Tür. Anders als in einem Hotel gibt es kein nur mit einer Karte zu öffnendes Schloss, und als ich am Knauf drehe, schwingt die schwere Tür leise auf.

Ein Blick verrät mir, dass die luxuriöse Suite nicht bewohnt ist, und das, den verhängten Möbeln nach zu urteilen, wohl schon eine ganze Weile.

Sechs solcher Suiten gibt es in diesem Gebäudeteil. Ich befürchte, dass sie alle gleich leer sein werden, mit geisterhaften Tüchern, die die Möbel bedecken. Und tatsächlich scheinen sie alle leer zu sein. Noah muss irgendwo anders festgehalten werden, an einem geheimen Ort, der auf den Plänen nicht eingezeichnet war. Aber als ich die Tür zum sechsten Zimmer öffne, hängt in der Luft ein sanfter Parfumgeruch. Der verlockend vertraute Duft eines bewohnten Raumes.

Instinktiv weiß ich, dass eine Frau hier gewesen ist, und zwar vor nicht allzu langer Zeit. Anders als in den anderen Suiten sieht man hier noch Anzeichen dafür, dass das Zimmer bewohnt war. Keine weißen Tücher, keine Totenstille – irgendjemand hat auf der übergroßen Matratze geschlafen und ein Buch auf dem Nachttisch liegen lassen. Jemand hat leichte Abdrücke im dicken Teppich hinterlassen. Irgendjemand ließ die Tür zum begehbaren Kleiderschrank leicht geöffnet.

Ich will gerade den Schrank überprüfen, da legt sich eine starke Hand auf meine Schulter.

Ich ersticke einen Schrei, wirble herum und stehe Shane gegenüber, der mich anschaut und einen Finger auf seine Lippen legt.

Mit der Hand auf meiner heftig atmenden Brust versuche ich, meine Beherrschung wiederzuerlangen.

Er lehnt sich zu mir, sodass sein Bart sanft mein Ohr berührt.

„Das war Kavashi, der Security-Chef. Ich bin mir sicher, dass er Sie erkannt hat."

„Ich verstehe das nicht", flüstere ich zurück.

„Er hat etwas vor, ich weiß nur noch nicht, was. Aber wir haben nicht viel Zeit. Die Sprengschutzwände sind heruntergelassen. Sie wissen, was auf sie zukommt."

„Das hier ist ihr Zimmer", erkläre ich ihm. „Irene Delanceys Zimmer. Da bin ich mir ganz sicher."

„Gut", sagt Shane. „Das bedeutet, dass wir nahe dran sind."

Er hat recht, und plötzlich fällt mir ein, dass das hier Suiten sind, und Suiten haben mehrere Zimmer. Ich renne zu der breiten getäfelten Tür am Ende des Raumes, von der ich erst angenommen hatte, sie gehöre zu einem weiteren Schrank. Aber sobald die Tür nach innen aufschwingt und den Blick auf einen kleineren Raum freigibt, weiß ich ohne Zweifel, dass Noah hier geschlafen hat.

Eine auf dem Nachttisch stehende Lampe wirft Sterne an Wände und Decke. Sternbilder, die ihm Gesellschaft leisten sollen. Er weiß, wie sie heißen, mein kleiner kluger Sohn. Ich lasse mich auf das leere, zerwühlte Bett fallen und vergrabe mein Gesicht in dem Kissen. Sein Geruch treibt mir die Tränen in die Augen und mein ganzer Körper schmerzt so sehr vor Liebe nach ihm, dass ich fürchte, mein Herz könnte stehen bleiben. Denn schon bevor wir unter dem Bett und in den Schränken suchen weiß ich, dass er nicht länger hier ist.

Wir haben ihn verpasst. Die Schlange hat meinen Jungen.

7. KAPITEL
Das neue Du

Evangeline weiß, wie die Morgendämmerung an einem Tag wie diesem aussieht. Wie das erste schwache Rosa des anbrechenden Tages über die Berggipfel klettert und die schroffen Felsen in weiches Licht taucht. Aus dem komplett abgeschotteten Pinnacle kann sie natürlich nicht sehen, wie die Sonne am östlichen Horizont aufgeht oder die wie Sterne am Himmel verblassen, aber sie kann die ihr so vertraute Szene Arthur Conklin bis ins letzte Detail beschreiben, der beinahe bewusstlos in seinem speziellen Krankenbett vor sich hindämmert.

„Es ist wunderschön, Darling. Du hast es einmal den ‚großen Walzer' genannt. Die Planeten schwingen im Takt des Universums. Der helle Planet, der zusammen mit der Sonne aufgeht, das muss die Venus sein, nehme ich an. Und der blasse Stern oder Planet dort drüben, könnte das Merkur sein? Du würdest diese Frage beantworten können, Arthur, weil du solche Dinge immer gewusst hast. Du wusstest immer, wo genau du in der Welt warst und was du gesehen hast. Du konntest die Sterne und Planeten benennen, und jeden Käfer, der uns über den Weg krabbelte. Bei dir klangen die lateinischen Namen wie Poesie. Wie hieß noch mal der grässliche Käfer, den du so liebtest? Skarabäus irgendwas? Du hast mir erzählt, dass die alten Ägypter glaubten, dieser Käfer würde die Sonne jeden Morgen über den Horizont schubsen, was wunderschön klang. Dann hast du mir gesagt, dass der echte Käfer aus Mist große Kugeln rollt, weshalb die Ägypter überhaupt erst auf die Idee kamen, dass er das Gleiche mit der Sonne täte. Ein Mistkäfer!"

Evangeline hat das Pflegepersonal weggeschickt, sodass sie und ihr Gatte in dem großen Raum alleine sind.

„Das war so typisch für dich, einen dreckigen kleinen Käfer so großartig, so wichtig aussehen zu lassen. Du hast mich nie gelangweilt, Arthur, nicht ein einziges Mal in den letzten zwanzig Jahren! Deine Begleiterin zu sein war ein großes Abenteuer. Und ich verspreche dir, mein Liebling, dass du niemals sterben wirst. Nicht wirklich. Ich werde fortfahren, mit deiner Stimme zu sprechen. Ich werde das neue Du."

Der Kopf des alten Mannes fängt an, sich von einer Seite zur anderen zu bewegen. Kraftlos, aber vernehmlich. Seine Augen bleiben geschlossen – er hat sie schon seit zwei Tagen nicht mehr geöffnet –, doch alle Anzeichen deuten darauf hin, dass er hören kann, und dass er ihren Ton nicht sonderlich mag, auch wenn er die Worte vielleicht nicht mehr genau versteht.

„Die Rulers sind an einem Wendepunkt angekommen, Liebster", erklärt sie ihm. Dabei zieht sie das Kissen unter seinem zerbrechlichen Kopf hervor. „Es wurden Fehler begangen, sämtlich in bester Absicht, doch nun stehen die Barbaren vor dem Tor. Das ist wörtlich zu nehmen, fürchte ich. Ein Konvoi schwarzer Chevy Suburban-SUVs mit voll bewaffneten Männern. Ich glaube, man nennt sie Taktische Rettungseinheit, aber tatsächlich sind es nur ignorante Kerle, die tun, was man ihnen sagt. Wir müssen sie natürlich hereinlassen. Aber nicht, bevor wir unsere Vorbereitungen abgeschlossen haben. Nicht bevor wir sichergestellt haben, dass deine Vision weiterleben wird. Nicht bevor ich dafür gesorgt habe, dass dein alter Freund Wendy uns verlässt und seine Anhänger gleich mit ihm. Es wird sehr tragisch werden. Und der Junge? Es tut mir leid, dir das sagen zu müssen, aber der Junge wird mitgehen. Sie werden denken, der alte Maulwurf hätte es aus Loyalität dir gegenüber getan. Es gibt keinen anderen Weg. Traurig, aber die beste Lösung für uns alle. Alles für The Rule of One. Und nun, Liebster, kannst du sicher verstehen, dass wir die Dinge ein wenig vorantreiben müssen."

Evangeline presst das Kissen auf sein Gesicht und drückt mit all ihrer Kraft. Nicht nur der Widerstand des alten Mannes erstaunt sie, sondern auch die Flut an Tränen, die ihr über die Wangen laufen, als endlich alles vorbei ist.

Sie hatte wirklich nicht erwartet, zu weinen.

8. KAPITEL
Gut für uns

Es ist wie in *Die Kanonen von Navarone*, nur ohne Kanonen. Diese Einschätzung trägt der Teamleiter des Geiselrettungsteams Monica Bevins vor. Bevins ist Assistant Director of Counterterrorism, die stellvertretende Leiterin der Antiterroreinheit, kurz A-Dick. Sie schüttelt den Kopf und fragt den Leiter, wie alt er ist.

„Ähm, zweiunddreißig, A-Dick. An meinem nächsten Geburtstag."

„Dann war das schon lange vor Ihrer Geburt ein alter Film", geht sie auf seine Bemerkung ein.

„Jawoll, A-Dick. Ein Oldie, aber ein Goldie. Gregory Peck und Anthony Quinn auf einem Himmelfahrtskommando, um unschuldige Leben zu retten. Genau wie hier. Eine riesige, bewehrte Festungsanlage, in einen unzugänglichen Berg hineingebaut. Eine ganz schöne Herausforderung."

„Dies ist kein Himmelfahrtskommando, Teamleiter, ist das klar?"

„Jawoll, A-Dick. Ich habe auch den Film gemeint, nicht uns."

„Damals hatten sie noch keine Helikopter. Wir schon."

„Jawoll, A-Dick."

„Es gibt auch eine Seilbahn, wenn Sie herausfinden, wie man die Kabine von der oberen Plattform herunterbekommt. Eine Kabine an der Bergstation, eine an der Talstation, beide für den Moment nicht betriebsbereit. Darüber hinaus hat Agent a. D. Randall Shane einen Tunnel erwähnt, der die zwei Gebäude miteinander verbindet. Den müssen wir schnellstens lokalisieren."

„Jawoll, A-Dick. Wir sind schon dran."

„Halten Sie mich auf dem Laufenden", sagt sie und entlässt den Leiter.

Eine Situation wie diese in Conklin, Colorado, hat Bevins noch nie gesehen. Es gab keinen offenkundigen Widerstand. Als Beifahrerin im vorausfahrenden Suburban – strikt gegen das Protokoll, aber was soll's, hier ging's um Shane – hatte sie den BK-Security-Leuten den Durchsuchungsbefehl unter die Nase gehalten. Und zu ihrer großen Überraschung waren sie daraufhin einfach durchgewunken worden. Schnell wurde klar, dass das FBI vollständigen, ungehinderten Zugang zum Campus und dem anliegenden Dorf hatte und man die Sicherheitsfirma anscheinend angewiesen hatte, sich zurückzuhalten.

Das Problem ist die Festung, die die Einwohner The Pinnacle nennen. Das Dorf steht zwar offen zur Durchsuchung, aber die gesamte Struktur des Pinnacle wurde wie eine riesige, verstärkte Muschel verrammelt und mit Sprengschutzwänden abgesichert. Die Telefonverbindung wurde gekappt, und die Seilbahn reagiert nicht. Niemand reagiert da oben. Um hineinzukommen, müssen sie den Tunnel finden oder, wenn das nicht gelingt, mit einem Azetylen-Brenner die Sprengschutzwände aufschneiden. Doch das braucht Zeit. Zeit, die sie nicht haben, wenn die Situation im Inneren des Gebäudes erst einmal eskaliert.

Als die Sache mit den Branch Davidians passierte – einer abgespaltenen Gruppierung der Davidianer –, war Monica Bevins eine blutjunge Spezialagentin, die das Geschehen wie jeder andere auch live im Fernsehen miterlebte. Das Desaster in Waco, bei dem viele unschuldige Kinder umgekommen waren, verfolgt das FBI bis heute, und jeder Agent, der in eine ähnliche Situation kommt, hat das Geschehen im Hinterkopf als Warnung, was alles fürchterlich schiefgehen kann. Die Zentrale der Sekte hatte damals allerdings aus einer Ansammlung baufälliger Farmhäuser bestanden. Das hier ist ganz was anderes. Der Campus der Rulers liegt absolut idyllisch, das Dorf könnte ein exklusives, bewachtes Ski-Resort in Aspen sein. Das hier ist nicht das bigotte Ödland von Texas, und Arthur Conklin ist nicht der den Weltuntergang predigende David Koresh. Vielleicht wird die Weisheit sich hier durchsetzen. Das jedenfalls hofft Monica Bevins.

Ihre gemeinsame Vergangenheit mit Shane verkompliziert die Lage. Weil Monica Bevins groß ist, über ein Meter achtzig, und weil Shane und sie sich lange Zeit sehr nahestanden, hatten ihre Kollegen angenommen, dass sie eine intimere Freundschaft verband. Doch zu Bevins leichtem Bedauern ist dem nicht so. Die meiste Zeit während ihrer Zusammenarbeit war Shane verheiratet und treu, und so ist ihre Freundschaft platonisch geblieben, auch wenn sie eine gewisse gegenseitige Anziehung nicht leugnen können. Ihre Freundschaft überwindet Rang und Status, und für Bevins spielt es keine Rolle, dass Shane offiziell im Ruhestand ist. Als also der Anruf von Maggie Drew kam, musste sie handeln. Normalerweise wäre die stellvertretende Leiterin der Antiterroreinheit nicht vor Ort, um eine Geiselbefreiung zu beaufsichtigen, aber wenn Bevins nicht ihr persönliches Gewicht in die Waagschale geworfen hätte, würde man jetzt noch über Zuständigkeiten diskutieren.

Sie lehnt sich sehr weit aus dem Fenster, indem sie sich auf das verlässt, was Shane – ein Zivilist! – ihr gesagt hat, nämlich dass Mutter und Kind gegen ihren Willen festgehalten werden. Unter den vom Direktor verabschiedeten Top-10-Prioritäten des FBI rangieren Unterstützungseinsätze wie dieser an neunter Stelle. Nur eine Stufe darüber findet sich „Aufrüsten der Technologie zur erfolgreichen Erfüllung von FBI-Aufträgen“. Bevins weiß, dass sie die Operation zu einem späteren Zeitpunkt rechtfertigen muss, aber im Moment kreisen ihre Gedanken nur darum, den Einsatz zu einem erfolgreichen Ende zu bringen, ohne Menschenleben zu verlieren.

„Teamleiter? Wie ist der Stand?“

„Heli auf dem Dach. Sie versuchen, den Sprengschutz mit

einem Schweißbrenner aufzubrechen. Ein Dutzend Beamte suchen am Boden nach dem Tunnel. Sie arbeiten mit Sonardetektoren – wenn es einen Tunnel gibt, werden wir ihn bis zu einer Tiefe von gut fünfzehn Metern entdecken, abhängig von der Bodendichte.

„Gut", sagt sie und erinnert sich daran, dass ein Assistant Director unmöglich dabei gesehen werden darf, wie er vor Aufregung an den Fingernägeln kaut, wie gerne sie es zur Stressbewältigung jetzt auch tun würde.

„Wissen Sie, was der Clou an *Die Kanonen von Navarone* war?", sagt der Teamchef. „Es war eine hoffnungslose Mission. Aber sie haben sie erfüllt."

„Vergessen Sie das Kino, Teamleiter. Keine hollywoodreifen Heldentaten, bitte. Verfahren Sie nach Vorschrift. Niemand darf sterben. Gehen Sie keine unnötigen Risiken ein."

Er grinst. „Wir sind das HRT. Wir essen Risiko zum Frühstück."

„Apropos Frühstück. Gibt's hier einen Schluck Kaffee?"

Der Teamleiter reicht ihr eine Thermosflasche. „Extra stark", verspricht er.

Im Inneren des Pinnacle, im fortwährenden Dämmerlicht hinter den mit Sprengschutzklappen geschützten Fenstern, verbreitet sich das Gerücht von Ruler zu Ruler; viele beginnen, untröstlich zu weinen.

Ihr großer Führer, die einzig Wahre Stimme, ist von ihnen gegangen.

Niemand scheint sich sicher zu sein, was als Nächstes geschieht. Wenn Arthur Conklin tot ist, wer wird für sie alle sprechen? Viele bevorzugen die unattraktive Vertrautheit von Wendall Weems, des Gründers engstem Freund. Andere geben dem feurigen Ansatz von Conklins Frau – nun seiner Witwe – Evangeline Dowdy Conklin den Vorzug.

Eva die Diva macht ihren ersten Zug. Sie spricht aus dem

Studio ihres verstorbenen Gatten. In allen Räumen des Pinnacle und des Bunkers erwachen die Flachbildschirme zum Leben und Eva erscheint, sich mit dem Taschentuch die Tränen trocknend, die Stimme belegt vor Trauer.

„Arthur ist gegangen“, kündigt sie an. „Heute am frühen Morgen hat sein Körper aufgegeben, und Arthur hat sich auf die nächsthöhere Ebene begeben. Bevor er sich verabschiedete, hat er ein langes Gespräch mit mir geführt. Noch immer versuche ich, seine Offenbarungen zu verarbeiten, und ich werde sie mit euch in den kommenden Monaten und Jahren teilen. Für den Moment habe ich euch Folgendes mitzuteilen: Arthurs letzter Wunsch ist es, dass sein Übergang den Anlass schafft, die Parteien wieder miteinander zu vereinen. Deshalb werden wir uns in unseren entsprechenden Räumen treffen, um seinen Tod zu betrauern und uns auf die Zukunft vorzubereiten. Erst danach werden wir die Türen für die Nichteingeweihten öffnen, die sich in ihrer Ignoranz dort draußen versammelt haben.

Vor wenigen Augenblicken habe ich mit Ruler Weems gesprochen. Es war ein aufrichtiges Gespräch. Er wird für seine Anhänger eine spezielle Sitzung einberufen, und ich für meine. Es liegt für niemanden ein Profit darin, uns untereinander zu bekämpfen. Wir werden zu einer einvernehmlichen Lösung kommen. Bleibt versichert, dass wir einen Weg finden werden, den neuen Tag mit einem neuen Geist zu begrüßen.“

Evangeline schaltet die Kamera aus, verlässt das Studio und macht sich auf den Weg in ihr Lagezentrum. Es passt alles nahtlos zusammen. Innerhalb der nächsten Stunde wird sich ihre Position in der Organisation gefestigt haben. Wendy und seine Leute werden Arthur in die andere Welt folgen, wo immer das auch sein mag, und ihre keine Schwierigkeiten mehr bereiten.

„Vash!“, ruft sie laut. „Ist alles vorbereitet?“

Er war sehr beschäftigt gewesen in der Schaltzentrale, hat

ganz ruhig einen komplexen Teil der Systemsoftware programmiert. Emotionslos blickt er auf.

„Alles gut“, sagt er. Dann lächelt er. Seine kalten Augen erwärmen sich, saugen Evas Anblick auf. „Schlecht für sie. Gut für uns.“

9. KAPITEL
Gute Nacht, Irene

Als der Bildschirm in Irene Delanceys leerer Suite aufleuchtet und Arthur Conklins Tod verkündet wird, springe ich fast aus meiner Haut. Nicht nur, weil es mich erschreckt, sondern auch wegen der möglichen Konsequenzen dieser Nachricht. Wenn ein Sektenführer stirbt – Verzeihung: „sich auf die nächste Ebene begeben hat" – und „Nichteingeweihte sich versammeln" – das müssen Shanes Freunde vom FBI sein –, kann das nichts Gutes bedeuten. Eine Organisation in der Krise, verschiedene Lager kämpfen um die Vorherrschaft, das ganze Gebäude verriegelt – das klingt alles danach, als ob die Situation außer Kontrolle gerät. Was nicht gut für uns sein kann.

Die Frau, die die Erklärung verlesen hat, klang gelassen, doch ich glaube ihr keine Sekunde lang. Irgendetwas an ihr stimmt nicht. Sie sieht verrückt aus; selbstsichere, eiskalte Verrücktheit.

Sobald der Bildschirm dunkel wird, versucht Shane zu telefonieren. Doch ohne Blick auf den Himmel, ganz abgesehen von all dem Stahl und Beton um uns herum, bekommt das schicke Satellitentelefon keinen Empfang. Kein Telefon, und damit auch keine Möglichkeit herauszufinden, wie lange das FBI noch braucht, um einen Weg hinein zu finden. Und zumindest in meiner Vorstellung weiß ich, wenn wir Noah nicht in den nächsten paar Minuten finden, wird etwas Entsetzliches passieren. Nennen Sie es Mutterinstinkt oder einfach nur Angst, aber er ist da, der absolute Drang, meinen Sohn zu finden, und zwar lieber früher als später.

„Zwei Möglichkeiten", sagt Shane, während er seinen Blick durch das leere Zimmer gleiten lässt. „Entweder hat sie uns kommen hören, oder etwas anderes hat sie erschreckt. Egal, das Ergebnis ist das gleiche. Sie hat sich versteckt und Ihren Sohn mitgenommen."

„Woher wollen Sie das wissen?"

Er hält das Buch in die Höhe, das auf Mrs. Delanceys Nachttisch lag. „Noah hat es mir erzählt", sagt er mit leuchtenden Augen. „Er hat eine Nachricht hinterlassen."

„Oh mein Gott! Lassen Sie mich sehen!"

Das Buch ist – keine übermäßige Überraschung – Arthur Conklins *The Rule of One.* Ein wahrer Ruler hat es immer bei sich, wie die Bibel. Ein Fetzen Papier ist zwischen die Seiten gesteckt, auf dem in kindlicher Schrift etwas hastig hingekritzelt ist.

WIR VERSTECKEN UNS.
NOAH CORBIN, 10 JAHRE
P.S.: Sagen Sie es meiner Mom.

Ich kenne diese Handschrift! Keine Frage, das war Noah. Neben dem kurzen Videofilm, den Ruler Weems vorgeführt hat, ist dies der erste konkrete Beweis, dass Noah nicht nur lebt, sondern auch wohlauf ist. Trotz aller Lügen, die sie ihm erzählt haben, weiß er, dass sein Name Corbin ist, nicht Conklin. Und er will seine Mutter wissen lassen, wo er sich aufhält. Das ist doch ein gutes Zeichen? Oder?

„Tsch…schuldigung", stammle ich und presse den Zettel an mein Herz.

Fraglos wäre jetzt eine starke Schulter angenehm und würde mir gut tun. Doch Shane bietet sie mir nicht an. Er ist weder unfreundlich noch gefühllos, aber er macht auch keine Anstalten, mich zu trösten. Es ist offensichtlich, dass er meine Sorgen um ein baldiges Auffinden von Noah teilt, und dieses Ziel hat jetzt Vorrang. Keine Zeit für emotionale Zusammenbrüche, spar dir die Tränen für später auf.

„Weit kann sie nicht sein", sagt er und gibt mir Zeit, seinen Gedanken zu folgen. „Wenn sie sich verstecken wollte, hatte sie nicht viele Alternativen."

„Aber wir haben doch alle Zimmer auf dieser Etage überprüft", gebe ich panisch zurück.

„Nein", widerspricht Shane mit fester Stimme. „Haben wir nicht. Sie haben in die Zimmer geschaut, die Überzüge gesehen, und sind weitergegangen. Und das alles sehr leise, wenn ich das bemerken darf."

Natürlich hat er recht. Wir haben nach Räumen gesucht, die bewohnt waren, nicht nach Verstecken. Wie dumm! Augenblicklich bin ich zurück auf dem Korridor, rase zur nächsten Suite, habe meine Tarnung als Reinigungskraft komplett vergessen. Ich reiße die Tür auf, renne in den angrenzenden Raum – die Grundrisse sind alle gleich – und finde ihn ebenso leer. Überzüge, Stille. Ich spüre, dass die Luft hier drin in letzter Zeit nicht bewegt wurde.

Alles überprüfen. Überall nachgucken. Badezimmer, Schränke, unterm Bett.

Als ich einen Duschvorhang ruckartig zur Seite ziehe, stehe ich plötzlich einer Verrückten gegenüber. Zerzaustes Haar, blutunterlaufene Augen, sie sieht ebenso panisch aus wie ich. Sie *ist* ich.

Was für ein Ort ist das hier, wo man Spiegel hinter Badewannen mit Klauenfüßen stellt?

Als ich an der letzen Suite ankomme, habe ich sämtliche Türen geöffnet, Schränke durchsucht, Duschvorhänge zurückgezogen, und immer noch gibt es nicht das kleinste Zeichen von Noah, keinen Hinweis darauf, wohin sie ihn gebracht haben.

Mein Herz dröhnt, mir ist schwindlig. Verzweifelt falle ich auf die Knie und bedecke mein Gesicht mit den Händen, als alles über mich hereinbricht. Die widersprüchlichen Gezeiten von Furcht und Frustration und dem einfachen alten Verlangen, meinen Sohn endlich wieder in den Armen halten zu können. Jetzt bin ich so weit gekommen, die Verrückte aus Humble, die gestörte Mutter, die niemals aufgibt, weil ich irgendwie fühlen kann, dass mein Kind lebt, und auch ahne, wo er ist. Aber immer, wenn ich fast bei ihm bin, wird er mir wieder vor der Nase weggeschnappt.

Ich ertrage es nicht mehr. Das muss jetzt ein Ende haben oder ich werde tatsächlich noch total verrückt.

„Noah!", schreie ich. „Wo bist du!"

Shane erschrickt, versucht, mich zurückzuhalten, aber ich ducke mich unter seinen Händen weg und schmeiße mich in den Flur, schreie aus tiefster Brust: „NOAH! NO-AAAH! ICH BIN'S, MOMMY! NOAH! NOAH! NOAH!" Ich schreie und rufe mit aller Macht, und Shane, das muss ich ihm zugute halten, versucht nicht einmal, mich aufzuhalten.

„NO-AAH!" Ich breche in Tränen aus, renne hin und her, versuche, die Wände mit meiner Stimme niederzuschreien. „NO-AAAH! NO-AAAH! NO-AAAH! ICH WILL MEINEN SOHN! GEBT MIR MEINEN SOHN ZURÜCK! NO-AAAH! NO-AAAH!"

Ich rufe seinen Namen so lange, bis meine Kehle so rau ist, dass ich keinen Ton mehr herausbekomme, bis meine Lunge keine Luft zum Atmen mehr hat, bis die Kraft meinen Körper verlässt und die Hoffnung mein Herz.

Und dann höre ich es. Sehr leise. Nicht Noah, nicht seine Stimme, aber etwas ist da. Ein fernes Pochen, nicht lauter als das Flattern eines Sperlings. Doch es reicht, damit ich den Flur beinahe hinunterfliege und durch die offene Tür in eine der Gästesuiten stürze, die wir schon zweimal durchsucht haben. Und in der Sekunde, als ich den Raum betrete, sehe ich den Hauch einer Bewegung unter einem der weißen Tücher, das einen unbenutzten Tisch bedeckt.

Die Hände krallengleich ausgestreckt, nähert sich der Muttervogel seinem Ziel. Ich reiße das Tuch zur Seite, und da, unter dem Tisch, kauert Irene Delancey und sieht beinahe so erschrocken aus wie ich. In ihren Armen windet sich ein verzweifelter kleiner Junge. Ihre Hand verschließt seinen Mund,

und ihr zerkratztes Gesicht blutet aus einem tiefen Riss. Noah strampelt wütend mit den Füßen.

Das ist das Pochen, das ich gehört habe. Das brachte den Überzug zum Flattern. Noah, mein Sohn, mein wundervoller, treuer Junge, hat auf die Rufe seiner Mutter reagiert.

„Lassen Sie ihn los“, sage ich mit heiserer Stimme.

„Ich habe ihn gerettet“, wimmert sie und bittet um Vergebung. „Sie wollten ihn umbringen, und ich habe ihn gerettet. Sie müssen mir glauben.“

„Lassen Sie ihn los!“

Sie lässt ihn los, und dann fliegt er in meine Arme, umarmt mich, als ob sein Leben daran hinge, ruft *Mommy*, *Mommy*, *Mommy*, klammert sich mit aller Kraft an mich, und alles ist wieder gut. Ich bin wieder ganz, und alles in der Welt ist wieder auf dem richtigen Platz.

Außer in einer letzten Angelegenheit. Noah mit meinem linken Arm haltend, hebe ich meinen Fuß und trete Mrs. Delancey direkt in die Nase.

10. KAPITEL
Renn um dein Leben

Seit Wochen habe ich von diesem Augenblick geträumt. Es waren Träume, so greifbar und echt, dass ich in der Überzeugung aufwachte, mein Sohn wäre wieder zu Hause. Bis ich in sein leeres Schlafzimmer taumelte und feststellen musste, dass der wahre Albtraum das Erwachen war.

Nun, da all diese Träume endlich in Erfüllung gegangen sind, Noahs kleines Herz nahe meinem pocht, beginnen der Schmerz und die Trauer langsam zu schmelzen und es fühlt sich an, als ob ich der Welt endlich wieder hellwach entgegentreten kann. Seltsamerweise schmilzt meine Wut auf die, die mir meinen Sohn genommen hatten, auch. Als wenn in mir nur noch Raum für Liebe wäre. Vielleicht ändert sich das mit der Zeit, aber in diesem Augenblick, in diesem wundervollen, wundervollen Moment, kann ich für Irene Delancey und ihre Rulerfreunde nur Mitleid empfinden.

Sie sind so unglaublich erbärmlich. Beten einen bösen alten Mann an, der sie dazu anhält, egoistisch zu sein. Gibt es etwas Traurigeres?

Irene hält die gewölbte Hand über ihre blutende Nase und sieht mich flehentlich an „Wir müssen hier raus“, wimmert sie. „Sie werden uns finden.“

„Evangeline?“, fragt Shane.

Ich hatte ihn nicht einmal die Suite betreten hören. Er steht ein wenig abseits und lässt mich Noah umarmen, der sich so an mich klammert, als wolle er mich nie wieder loslassen. Sein feuchtes Gesicht hat er an meinem Hals vergraben, seine Beine um meine Hüften geschlungen wie er es als Vierjähriger tat, wenn er getragen werden wollte.

„Etwas ist mit ihr geschehen“, sagt Irene. „Sie war schon immer gefährlich, aber in letzter Zeit ist es schlimmer geworden. Ich glaube, sie ist wirklich wahnsinnig geworden. Alle ihre Sechser haben Noah gesehen, also was glaubt sie, wie sie ihn verschwinden lassen kann? Jeder weiß doch, dass er hier ist, sie kann ihn nicht einfach verschwinden lassen. Das ergibt doch keinen Sinn."

Shane kehrt mit einem nassen Tuch aus dem Badezimmer zurück. „Vielleicht müssen Sie das veröden lassen", sagt er. „Fürs Erste wird das kalte Wasser gegen die Schwellung helfen."

„Ich wollte das niemals tun", sagt sie wieder flehend zu mir. „Das müssen Sie mir glauben."

Ihre Nase mag gebrochen sein, aber es scheint nichts zu geben, was diese Frau vom Plappern abhalten könnte oder davon, Entschuldigungen zu finden. Wie ihr Mann Probleme mit den Rulers bekam, weil er bei seinem Anteil betrogen hatte. Wie Evangeline und ihr fürchterlicher Freund ihn fast ruiniert hätten – sie wollten ihn ohne einen Cent zurücklassen, das muss man sich mal vorstellen! – und der einzige Ausweg war, zu tun, was die beiden verlangten. Übernimm den Job in Humble, freunde dich mit dem Jungen an, bring ihn nach Conklin. Sie habe nicht gewusst, dass der Polizeichef vor den Augen der Kinder getötet werden würde, oder dass die Schule in die Luft gesprengt werden sollte. Ehrlich! Und sie habe den Job als Noahs Tutor hier nur angenommen um sicherzustellen, dass es ihm gut gehe, bla, bla, bla.

„Hab ich das richtig verstanden …", frage ich sie, „… man hat Sie vor die Wahl gestellt, Geld zu verlieren oder ein unschuldiges Kind zu entführen, und Sie haben sich für Letzteres entschieden? *Das* ist Ihre Verteidigung? Mehr haben Sie nicht zu bieten?"

Noah hängt an meinem Rücken und flüstert mir ins Ohr: „Sie lügt, Mommy. Sie lügt und lügt und lügt."

„Ich weiß, Schatz. Sei jetzt still. Es spielt keine Rolle mehr. Wir hören ihr einfach nicht mehr zu. Nie mehr."

„Genau", stimmt Shane zu. „Aber in einer Sache gebe ich

ihr recht. Wir müssen hier raus, und zwar schnell. Wenn ich mich nicht irre, ist das gesamte Gebäude, oder zumindest der größte Teil, bereits evakuiert."

Ich bin so sehr mit Noah beschäftigt, dass ich Shane kaum zuhöre. Aber ich erkenne an seiner Miene, dass er sehr besorgt ist, weil wir uns seiner Meinung nach immer noch in unmittelbarer Gefahr befinden.

„Sie hätten mit Ihrem Geschrei fast die Wände zum Einsturz gebracht, und trotzdem gab es keine Reaktion der Sicherheitsleute", sagt er. „Dafür gibt es nur eine Erklärung – es kommt keiner, um zu gucken was los ist, weil sie alle schon weg sind."

„Evangeline ist noch hier", näselt Irene durch ihre blutverstopfte Nase. „Sie und ihre Sechser. Auf der obersten Etage, in der Privatresidenz. Sie halten die Totenwache für Arthur."

„Aber die Wachen sind weg", wendet Shane nachdenklich ein. „Die Ratten verlassen das Schiff."

Er beschließt, dass wir nicht warten können, bis das Rettungsteam das Gebäude stürmt. Der schnellste Weg nach draußen ist der, auf dem wir gekommen sind – durch den Tunnel.

„Folgen Sie mir", drängt er mich. „Kein Stöbern oder Herumsuchen mehr, wir müssen uns beeilen."

„Lassen Sie mich nicht zurück!", bettelt Irene. Sie folgt uns unaufgefordert zur Tür und hinaus auf den Korridor.

Shane hat recht. Ich habe geschrien, wie um Tote aufzuwecken. Das hätte Aufmerksamkeit erregen müssen. Und wenn der Sicherheitschef und seine Männer das Gebäude verlassen haben, wird es einen Grund dafür geben.

„Mom?", sagt Noah und lässt mich los. „Lass mich runter. Dann sind wir schneller."

Ich nehme ihn an der Hand und wir spurten zum Treppenhaus. Shane mit riesigen Schritten voran. Irene versucht unter Wimmern und Heulen stolpernd dranzubleiben.

Ein Teil von mir hat Angst – wer hätte die nicht? –, doch

ein anderer Teil bemerkt erstaunt, wie schnell Noah laufen kann. Er ist flink und ausgeglichen, wirkt körperlich gesund. Also müssen sie ihn ganz gut behandelt haben. Mein Mutterinstinkt sagt mir, dass er nicht unheilbar beschädigt wurde. Was auch immer sonst passiert ist, welches Trauma er durchlebt hat, damit werden wir schon klarkommen.

Er klammert sich allerdings an meine Hand und lässt nicht los, als ob er es nicht ertragen kann, den Körperkontakt zu mir zu verlieren. Ich nehme an, dass er nach unserer Heimkehr wieder für eine Weile bei mir im Bett schlafen wird. Das wäre okay. Kein Problem. Und wenn er nicht in meinem Zimmer schlafen will, ziehe ich halt mit in seins. Nur für eine kurze Zeit. Nur bis ich mich an die Vorstellung gewöhnt habe, dass er sicher ist, dass niemand kommt, um ihn mir mitten in der Nacht wegzunehmen.

Ich schmiede schon Pläne, noch während wir um unser Leben rennen.

Die Abstellkammer ist genau so, wie wir sie verlassen haben, die Tür unverschlossen. Shane betritt sie als Erster. Ohne erst das Licht anzuknipsen geht er auf die Knie, räumt Eimer und Besen zur Seite und sucht nach der Stelle im Boden, an der die Luke aufging.

„Muss doch irgendwo hier sein", murmelt er. „Ein Druckschalter."

Die Lichter gehen an. Ich nehme an, es war Irene, weil ich nicht einmal weiß, wo der Lichtschalter ist, und außerdem Noah wieder auf meinen Arm geklettert ist und ich somit im wahrsten Sinne des Wortes alle Hände voll zu tun habe. Aber Irene war es nicht. Sie schaut ebenso überrascht aus wie ich. Und dann wird sie plötzlich blass vor Angst. Nein, nicht nur vor Angst – vor Terror.

„Keine Bewegung!"

Im Eingang steht der Gutaussehende mit dem Killerblick.

Der Mann mit dem Schnurrbart. Der Mann, der mich auf der Treppe anhielt und mich dann laufen ließ. Der Mann, den sie Vash nennen, was die Abkürzung von etwas ist, woran ich mich nicht erinnern kann. Völlig egal, wie sein richtiger Name ist, denn im Moment hält er die Mündung einer komisch aussehenden Waffe direkt auf Shane gerichtet, der in der Mitte der vollgestellten Abstellkammer auf den Knien hockt. Und dabei – und das macht mir Angst – sehr erschrocken, wenn nicht gar verängstigt aussieht.

„Keine Bewegung“, wiederholt Vash mit einem humorlosen Kichern, als ob er seiner eigenen Cleverness applaudiert. „Das sagt man doch in amerikanischen Western, oder? Okay, Mr. FBI-Mann, ich sehe, dass Sie eine Waffe am Gürtel haben. Haben Sie aus dem BK-Wagen geklaut, Sie schlimmer Junge. Sie glauben, Sie können so schnell ziehen wie im Western und den bösen Buben erschießen? Nein, nein, nein.“

„Na los doch, tasern Sie mich.“ Shane unternimmt nichts, um an seine Pistole zu kommen. „Mal sehen, was dieses Mal passiert.“

Vash lacht. „Hab ich schon gesehen. Zwei Mal. Beim dritten Mal machen Sie sich sicher in die Hose.“

„Vielleicht hab ich ja gelernt, wie man es übersteht. Vielleicht sind beim dritten Mal Sie derjenige, der sich in die Hose macht.“

„Ha! Nicht möglich. Während Sie sich auf dem Boden herumwerfen, nehme ich Ihre Pistole und erschieße Sie“, verspricht Vash. „Bang, bang, Notwehr.“

Am liebsten würde ich Noah zu Boden setzen, mir einen Eimer greifen und ihn diesem schrecklichen Menschen in sein aalglattes, selbstgefälliges Gesicht werfen. Doch bevor ich weiter überlegen kann, wirft mir Shane einen warnenden Blick zu und sagt: „Nicht. Ich hab das hier im Griff.“

Vash findet das sehr witzig „Sie haben es im Griff? Großer Witz für einen großen Mann. Wohin gehen Sie, ha? in den

Tunnel? Ich glaube nicht. Wir finden den Eingang, werfen kleine Bumbum hinein, lassen einen Teil des Tunnels einfallen. Vergessen Sie den Tunnel. Vergessen Sie eine Flucht. Hier ist es sicherer für Sie, vertrauen Sie mir."

Shane schnaubt wütend. „Vertrauen. Und das von einem Kriegsverbrecher? Ich vermute, die meisten Leute, die Ihnen vertraut haben, sind inzwischen tot."

Vash schüttelt enttäuscht den Kopf. „Ich wünschte, ich hätte hierfür Zeit", sagt er. „Könnte viel Spaß sein."

„Wieso die Eile?", fragt Shane.

Er verspottet Kavashi. Fordert ihn quasi heraus, abzufeuern. Was keinen Sinn ergibt, mit Shane mehr oder weniger hilflos auf dem Fußboden und Vash mit dem Taser in der Hand. Aus dem Fernsehen weiß ich, dass ein Stoß mit dem Taser zwar nicht tödlich sein muss, aber es verwandelt einen in einen Haufen unkontrolliert zuckender Muskeln.

Plant Shane, sich zu opfern, damit Noah und ich fliehen können? Aber wohin könnten wir gehen, ohne dass Kavashi uns finden würde? Das ergibt alles keinen Sinn.

„Jagt ihr dieses Gebäude in die Luft?", hakt Shane nach. „Sind Sie deswegen so in Eile? So wie Sie die Schule mit den Kindern in die Luft gejagt haben?"

„Dummer Pennymann hat Schule explodiert. Nicht ich."

„Dann haben Sie also Roland Penny gekannt. Ich gehe jede Wette ein, dass Sie es waren, der ihm all den Kram darüber eingeflößt hat, wie man die Welt regiert, und dann haben Sie ihn in die entsprechende Richtung geschubst, richtig?"

„Pennymann nicht wichtig", sagt Vash abweisend, er lächelt nun nicht mehr. Er ist auf einmal sehr geschäftig und in großer Eile. „Alle hinlegen! Jeder! Ich binde die Handgelenke mit Plastikband zusammen. Nicht zu eng. Dann ergebe ich mich dem FBI, okay? Ich werde alles erklären. Alles wird gut, keine Sorge."

Irene wimmert und sackt auf die Knie, hält ihre Arme nach

vorne ausgestreckt wie ein Kind, das weiß, dass es die Strafe verdient hat. Mit einer Hand schlingt Vash ihr den Kabelbinder lässig um die Handgelenke und zieht ihn zu. „Gutes Mädchen“, sagt er. „Leg dich mit dem Gesicht nach unten. Es passiert nichts Böses, versprochen.“

Unter Tränen gehorcht sie. Sie scheint überzeugt zu sein, dass sie jetzt hingerichtet wird, ist aber zu verängstigt, um Widerstand zu leisten.

Währenddessen starrt mich Shane bedeutungsvoll an, als wolle er mir etwas mitteilen, aber beim Leben meines Sohnes komme ich nicht drauf, was er meint. Hat er seine Meinung geändert, will er, dass ich den Mann mit dem Schnurrbart ablenke? Nein, das meint er nicht. Er will, dass ich bleibe, wo ich bin, sodass er die Initiative ergreifen kann. Also will er sich doch opfern, damit wir anderen abhauen können. Oder hat er etwas ganz anderes im Sinn, etwas, was ich nicht ergründen kann? Ich hoffe, dass dem so ist, denn mir gehen langsam die Ideen aus.

„Sie wollen durch die Haupttür raus?“, belächelt er Kavashi. „Sie wollen sich ergeben? Könnte funktionieren, wenn niemand übrig ist, der gegen Sie aussagen könnte. Was ist passiert? Haben Sie und Evangeline sich zerstritten? Haben Sie beschlossen, sie zu opfern bevor Sie geopfert werden?“

„Gesicht nach unten“, wiederholt Kavashi und zielt mit dem Taser auf Shane. „Sofort!“

„Sofort wäre gut“, sagt Shane und erhebt sich.

Vash reißt überrascht die Augen auf, doch bevor Shane nach der Pistole an seinem Gürtel greifen kann, drückt Kavashi ab.

Alles passiert so schnell, dass ich nicht sicher bin, was ich sehe, aber es sieht aus, als ob sich einige dünne Drähte an Shanes Brust heften, und dann fängt sein gesamter Körper auf fürchterliche Art an zu zucken und zu beben.

Instinktiv drehe ich mich so, dass Noah nicht sehen kann,

was vor sich geht. Und dann passiert etwas wirklich Erstaunliches.

Shanes Gesicht wird durch die zuckenden Muskeln fürchterlich entstellt, doch irgendwie grinst er wie ein Verrückter. Seine Augen, lebendig inmitten der zitternden Gesichtsmuskeln, glitzern triumphierend. Als ob er das hier genau geplant hätte.

Alleine durch reine Willenskraft schafft Shane das Unmögliche. Das vermeintlich Unmögliche. Er schafft es, so viel Kontrolle über seinen zuckenden Körper zu gewinnen, dass er sich die Drähte aus der Brust ziehen kann. Dann reißt er den Taser seinem Angreifer aus der Hand, packt den Sicherheitschef mit einem gewaltigen Brüllen am Genick und wirft ihn wie eine Stoffpuppe gegen die Wand. Bumm, bumm, bumm.

In wenigen Sekunden ist der Spuk vorüber. Der halb bewusstlose Kavashi wird mit seinen eigenen Plastikbändern gefesselt, zusammengeschnürt wie ein Kalb beim Rodeo, und in die Ecke neben dem Schrank geschoben.

Irene schaut mit aufgerissen Augen zu. „Wow!"

Wow, das trifft die Sache genau. Der Mann ist erstaunlich. Umwerfend, wirklich. Der einzige Grund, warum ich nicht spontan applaudiere, ist, dass mein Sohn sich aus meinem Griff windet und einen Blick auf die Szene wirft.

„Wer ist dieser große Mann, Mommy?

„Er ist unser neuer Freund, mein Schatz."

„Da bin ich aber froh", meint Noah.

Ich auch, denke ich. Ich auch.

Shane ist noch nicht fertig. Er zieht die Fluchtluke auf und grinst mir aufmunternd zu. „Wir müssen los. Wir haben eine Menge Zeit verloren."

„Er sagte, er habe den Tunnel gesprengt", wende ich ein.

„Der Kerl ist ein Lügner – von hier aus sieht alles okay aus. Alles in Ordnung. Gehen wir."

Er reicht mir die Hand. Ich nehme sie.

11. KAPITEL
Der Knopf wird gedrückt

Auf dem Parkplatz des Conklin Institute ist ein provisorischer Hubschrauberlandeplatz eingerichtet worden, auf dem Maggie Drew nun aufsetzt. Die Rotoren der McDonnell Douglas 530, liebevoll „Little Bird“ genannt, wirbeln eine Wolke feinen Schnees auf.

Maggie teilt die Zuneigung nicht. Sie hasst Helikopter, und Helikopter hassen sie. Es war ein Zwei-Spucktüten-Flug von Denver hierher, und die Besatzung ist froh, Maggie los zu sein. Ihre bissigen Kommentare behalten sie allerdings für sich, als sie sehen, dass Assistant Director Monica Bevins am Boden wartet, um das kleine Spuckmonster persönlich in Empfang zu nehmen.

„Gibt's was Neues?“, versucht Maggie das Röhren der Turbinen zu übertönen.

„Eine ganze Menge“, sagt Monica. Sie hält ihrer hinkenden Freundin einen Arm hin. „Aber nichts besonders Gutes.“

„Ihr hattet keinen Kontakt mit ihm?“

„Nicht seit dem Anruf bei dir.“

Maggie umklammert den Arm der wesentlich größeren Frau, als sie zu dem schwarzen Suburban gehen, der sie hinauf in die Berge an die Front bringen wird. „Bei diesem Einsatz habe ich kein gutes Gefühl“, gibt sie zu. „Ich habe ein Profil für Arthur Conklins Frau Evangeline erarbeitet. Sie ist die Anführerin des radikaleren Lagers.“

„Ich weiß, wer Evangeline ist, Maggie. Ich hab deine Datei auf meinen Blackberry heruntergeladen.“

„Entschuldigung, ich wusste nicht, ob du Zeit hattest, es zu lesen.“

„Ich bin multitaskingfähig, das weißt du doch.“

Die Türen werden automatisch verriegelt, als der Fahrer beschleunigt und den Parkplatz verlässt.

„Also, wie ist der neue Blickwinkel?", will Monica wissen.

„Oh, sorry!" Maggie blickt aus dem getönten Fenster. „Ich habe diese Landschaft auf Fotos gesehen, aber sie werden ihr nicht annähernd gerecht. Es ist wirklich unglaublich hier." Sie gibt einen gequälten Seufzer von sich, lächelt aber tapfer die Freundin an. „Okay. Zurück zu Evangeline. Eva die Diva. Ihr Psychogramm ist nicht gerade ermutigend. Wenn man ihr früheres Verhalten in Betracht zieht und ähnlich gelagerte Sekten, die von einem einzigen charismatischen Führer abhängen, befürchte ich mit hoher Wahrscheinlichkeit, dass sie aufs Ganze geht. Sie könnte in ein Weltuntergangs-Szenario abdriften und keinen Ausweg mehr sehen."

Monica nickt. „Da ihr Führer im Sterben liegt und es heiße Kämpfe um die Nachfolge gibt, haben wir haben schon mit dem Schlimmsten gerechnet. Unglücklicherweise nimmt es mehr Zeit in Anspruch als erwartet, ihre Abwehrmaßnahmen zu durchbrechen. Kannst du dir vorstellen, dass sie militärische Sprengschutzklappen haben? Mit normalen Acetylen Schweißbrennern kommen wir da nicht durch. Wir mussten uns Plasmaschneider besorgen, und selbst damit dauert es ewig."

„Also wissen wir nicht, was sich im Pinnacle abspielt."

Monica nickt. „Das gilt auch für das andere Objekt, das sie den ‚Bunker' nennen. Unglücklicher Name. Erinnert mich immer an Hitler. Wo wir schon von Weltuntergangsszenarien reden."

„Was ist mit dem Tunnel, den Shane erwähnt hat?"

„Tja, nun, ich fürchte, der ist ein Teil der schlechten Nachrichten. Wir konnten endlich den Eingang lokalisieren, doch sie haben eine Sprengladung im unteren Teil des Tunnels hochgehen lassen, modifizierte RPGs vermutlich. Der Tunnel ist ein einfaches Fiberglasrohr mit circa zwei Metern Durchmesser, und durch die Explosion ist er auf mindestens hundert Metern zusammengebrochen. Wir können ihn ausgraben, aber das braucht Zeit. Tage, nicht Stunden."

Maggie sieht krank aus, aber nicht vom Flug. „Sie haben den Tunnel gesprengt? Wer genau? Weißt du das? Welche Gruppierung?"

„Meinem Wissen nach war es sehr wahrscheinlich einer der Sicherheitsleute. Wir haben in der Nähe einen Van mit entsprechenden Spuren gefunden."

„Evas Leute", spekuliert Maggie.

„Ist das gut oder schlecht?"

„Alles ist schlecht", sagt Monica. „Aber Eva ist noch schlimmer. Sie verhindert nicht nur, dass wir hineinkommen. Sie lässt die anderen auch nicht mehr heraus."

Der Suburban wird langsamer und hält an. Die beiden Frauen treten hinaus in die eiskalte Luft und schauen zu dem massiven, in den Berg gebauten Gebäude hoch.

„Es ist so ruhig hier", schwärmt Maggie. „Das hatte ich nicht erwartet."

Monica blickt auf ihre wesentlich kleinere Kollegin hinunter. Ihr liegt schon eine Bemerkung auf der Zunge, doch sie schluckt sie herunter.

Grabesstille, hätte sie beinahe gesagt.

Evangeline ist der Meinung, dass sie nun lange genug gewartet hat. Sie wollte es bis zu Vashs Rückkehr hinauszögern – er war aufgeregt wie ein Schuljunge, völlig untypisch für ihn –, aber sie kann einfach nicht länger warten. Also wird er den großen Moment verpassen, Pech gehabt. Weems hat seine Sechser um sich versammelt, die bereits im Bunker wohnten, genau wie sie ihre eigenen Leute zu sich gerufen hat. Angeblich, um sich endlich zu einigen und danach gemeinsam den Verlust des großen Profits zu betrauern. Was würde die eine Wahre Stimme über das alles hier denken, fragt sie sich. Was würde Arthur tun?

Leicht zu beantworten, was Evangeline betrifft. Arthur

hätte sich immer für den Erhalt der Organisation entschieden. Auch wenn das bedeutete, dass nicht jedes einzelne Mitglied überleben würde. Als Wissenschaftler kannte er die Wichtigkeit der Auslese, wusste, dass das tote Holz weggeschnitten gehört, damit die Bäume umso kräftiger schießen können. Und nach dieser Methode hatte er die Rulers strukturiert. Viele Drohnen auf dem unteren Level, die den Bienenstock füttern, und nur ein paar Ausgewählte an der Spitze, um den Erfolg zu ernten.

Folgendes wird passieren: Weems und seine Anhänger haben sich entschieden, Arthur ins Jenseits zu folgen. Zumindest steht es dank Evangeline so im aktuellen Blog im Internet. Das Beste daran ist: Wenn das FBI mit seinen Forensikern anrückt, und das werden sie, werden sie entdecken, dass das tödliche Kommando von Weems' persönlichem Computer ausging, als wenn er, nicht Evangeline, den Knopf gedrückt hätte.

Eine Schande, wie die tiefe Trauer einen Mann wie Ruler Weems in den Wahnsinn getrieben hat. Aber absolut glaubhaft. Einfach genial.

Eva macht einen letzten Versuch, Vash über die Gegensprechanlage zu erreichen. Vergeblich. Eigenartig! Sie hatte angenommen, dass er im entscheidenden Moment anwesend sein wollte. Doch dann fällt ihr ein, dass er möglicherweise lieber nicht dabei sein will, wenn sie den Knopf drückt. Er arbeitet lieber aus dem Hintergrund, sodass er jegliches Wissen glaubhaft abstreiten kann. Was, wenn sie so darüber nachdenkt, in diesem Fall gar nicht so schlecht ist. Denn so kann er im Fall des Falles nicht als Augenzeuge des Ereignisses vorgeladen werden.

Ein Ereignis, kein Verbrechen. Verbrechen ist was für die auf den unteren Leveln.

Die Monitore zeigen, dass alles bereit ist. Weems und seine Sechser – eine kleine Gruppe der reichsten, altgedientesten Ruler – haben sich in seinem Konferenzraum im Bunker versammelt. Die Tonqualität ist miserabel – lautstarke Echos und statisches Geknister –, aber es ist nicht wichtig zu wissen, was sie sagen. Sie werden ihr Angebot diskutieren und Gegenvorschläge erörtern. Die Bilder verraten ihr alles, was sie wissen muss: Sie sehen alle so düster aus, dass die Vermutung, sie befänden sich auf dem Weg zur finalen Lösung, nicht weit hergeholt scheint.

Evas Finger berührt den Bildschirm, bereit, mit einer kleinen Berührung den Bunker in eine Todeszone zu verwandeln, als etwas Außergewöhnliches passiert. Wendy springt aus seinem Stuhl auf und ruft etwas aus.

Weiß er etwas?

Und dann, ein Wunder. Perfektion in Vollendung. Drei weitere Menschen betreten den Konferenzraum. Drei Menschen und ein Kind. Dieser große Mann, den Vash als früheren FBI-Agenten identifiziert hat, Shane. Er wird begleitet von – wer ist das, Irene Delancey? Ja! Hat ihr jemand ein blaues Auge gehauen oder ist das ihre Wimperntusche, die verläuft? Und dann – das Sahnehäubchen – kommt Haley Corbin ins Bild, diese kleine Pest, und hat Arthurs Enkelsohn im Arm.

Eva kann es nicht fassen. Vash hat es geschafft. Er hat einen Weg gefunden, alle ihre Feinde in den Bunker zu bringen, wo das bedauernswerte Ereignis stattfinden wird. Das ist viel besser, als sich später darum kümmern zu müssen, die Frau und das Kind irgendwie verschwinden zu lassen. Sie werden unter den Opfern sein, für die man Wendy verantwortlich machen wird. Schade um den Jungen – sie hatte so hohe Erwartungen in ihn gesetzt, doch es hat nicht funktioniert. Manchmal muss man einen Fehler einfach eingestehen und weitermachen.

Sie muss eine Sekunde innehalten und sich die Tränen fortwischen. Keine Tränen der Trauer, sondern des Glücks. Das muss ein Zeichen von Arthur persönlich sein, seine Art, sie wissen zu lassen, dass sie die richtige Wahl getroffen hatte.

„Ich segne dich, Arthur“, flüstert sie.

Sie drückt den Knopf und gibt das Gas frei. Fetanyl, sehr beliebt auf Vashs ehemaligen Wirkungsfeldern. Der tödliche Effekt hoher Dosen dieses Gases wurde zuerst von russischen Sicherheitskräften entdeckt, die es gegen tschetschenische Terroristen einsetzten, die ein Moskauer Theater in ihre Gewalt gebracht hatten. Es war tatsächlich so tödlich, dass fast alle starben, auch die Geiseln. Besonders effektiv wirkte es bei Kindern.

Einschlafen und nie wieder aufwachen. Ist das wirklich so schlimm?

12. KAPITEL
Das ist das Ende, mein Freund

Maggie wechselt zwischen dem aufgeheizten Suburban im Leerlauf – Steuergelder bei der Arbeit – und der eisigen Kälte dieses Coloradomorgens hin und her. Wenn sie nicht so unruhig wäre, könnte sie die überwältigende Schönheit ihrer Umgebung genießen. Die klare Luft, die Erhabenheit des Hochlands, die Illusion, dass man in die Unendlichkeit schauen kann. Aber im Moment sind die Berge und ihre Höhen der Feind, erschweren die Durchführung der Operation. Es herrscht reger Helikopterverkehr auf dem Dach des Pinnacle, das glücklicherweise nicht vermint ist, wie Shane bei seinem kurzen Anruf gewarnt hatte. Danke Gott für kleine Geschenke, von denen es noch nicht viele gab. Die Baupläne, die Shane über das Satellitentelefon geschickt hatte, waren hilfreich, aber trotzdem hatte niemand damit gerechnet, welche Schwierigkeiten sie haben würden, in diese moderne Festung einzubrechen.

Unter normalen Umständen wäre das HRT innerhalb von Minuten nach Ankunft drin gewesen. Doch nun sind schon Stunden vergangen, eine Ewigkeit unter diesen unberechenbaren Umständen.

Maggie hat die Hoffnung nicht aufgegeben – Randall Shane überlebt seit Jahren dank Bauchgefühl und Glück, warum sollte das jetzt vorbei sein? –, doch sie hat ein unangenehmes Gefühl im Magen. Das hier ist so weit entfernt von einem typischen Geiselszenario wie nur möglich. Kompliziert wird die Sache dadurch, dass sie es außerdem mit einem Sektenführer zu tun haben, dessen Komplize, Kavashi, ein kaltblütiger Mörder ist, dem seit Jahren keiner etwas nachweisen kann und der alle seine Opfer auf Nimmerwiedersehen verschwinden lässt.

Während A-Dick Bevins mit dem Team über Funk kommuniziert, geht Maggie nervös auf und ab und versucht dabei, nicht zu humpeln. Heute braucht sie keine Krücken, das letzte Aufflackern ihrer rheumatischen Arthritis ist abgeklungen, und sie wollte Shane ihre gute körperliche Verfassung demonstrieren. Und sei es auch nur, weil er so traurig ausgesehen hat, als sie in Denver mit ihrer Gehhilfe aus dem Flugzeug gestiegen war.

Gegen jede Vernunft hofft sie, dass Shanes Glückssträhne anhalten wird. Doch an ihr nagt die unsägliche Angst, dass das Rettungsteam nach Eindringen in das Gebäude weder ihn noch die Mutter oder das Kind, das er retten wollte, vorfinden wird. Dass sie spurlos verschwunden sein werden. Aus der Welt gerissen.

Sie hasst den Gedanken, dass alles hier auf diese Weise zu Ende gehen könnte. Sie ermahnt sich, nicht aufzugeben. Das hier ist immerhin Randall Shane. Er kann nicht sterben, nicht so, nicht wenn das Leben eines Kindes auf dem Spiel steht. Reiß dich zusammen. Denk positiv.

In genau diesem Moment kommt Monica Bevins auf sie zu, das Funkgerät fest umklammert. Ihr Gesicht ist aschfahl. Ihre Augen blicken trostlos.

„Oh Maggie", bringt sie mühsam heraus.

„Erzähl."

„Sie konnten endlich ins Pinnacle vordringen. Das gesamte Objekt wurde mit einer Art von tödlichem Gas geflutet. Sie sind alle tot, Mag. Es gibt keine Überlebenden."

Das war es dann also, denkt Maggie, so endet alles. Seltsam. Wenn sie sich in der Vergangenheit eine Tragödie wie diese vorgestellt hat, hatte sie angenommen, zusammenzubrechen oder in Ohnmacht zu fallen, doch hier steht sie nun, auf ihren eigenen, nicht so kräftigen Beinen.

Vielleicht ist das der Schock. Wenn man an einer Stelle verharrt, unfähig zu sprechen, obwohl man doch herumlaufen und sich die Seele aus dem Leib schreien sollte.

Langsam wird sie sich eines Summens bewusst. Ist das in ihrem Kopf? Nein. Ist der Wind stärker geworden? Instinktiv schaut sie sich um, erwartet, Anzeichen eines sich nähernden Sturms zu sehen – das wäre passend: ein gewalttätiger, Blitze und Donner explodieren lassender Sturm. Dann sieht sie es.

„Monica, sieh doch nur."

Hoch oben dreht sich die Kabeltrommel der Seilbahn. Eine Gondel kommt in Sicht, schwebt langsam vom Bunker herunter. Ohne ein Wort rennt Assistant Director Monica Bevins los in Richtung Talstation, die ungefähr hundert Meter bergauf an einer Steigung liegt.

Auf keinen Fall kann Maggie diese Strecke laufen, ohne ihre Hüfte kaputt zu machen. Aber sie kann schnell gehen, und sie kämpft sich verbissen vorwärts. Als die Kabine endlich an der Station ankommt, steht sie bereits neben Monica. Ihre Hände liegen schützend auf ihrem Herzen um zu verhindern, dass es ihr aus der Brust springt.

„Wir wissen nicht, wer drin ist", warnt Monica und hält die Glock 23 schussbereit.

„Natürlich wissen wir das", sagt Maggie. „Machst du Witze?"

Doch als die Kabine rumpelnd zum Stehen kommt und die Tür sich öffnet, steigt Wendall Weems aus. Maggie kennt ihn von den Fotos, und er ist der womöglich unattraktivste Mensch, den sie je gesehen hat. Außer seine Augen, die eine verblüffende Intensität haben. Er sieht Monica mit der gezogenen Waffe und sagt: „Danke, aber das wird nicht nötig sein. Wenn Sie mich verhaften möchten, werde ich Ihnen gerne folgen."

Monica lässt die Glock sinken. „Gut. Wir nehmen Sie in Gewahrsam. Drehen Sie sich bitte um."

„Es war nicht meine Idee, den Jungen zu entführen."

„Die Frage überlassen wir lieber den Anwälten, was meinen Sie?", sagt Monica und holt die Handschellen hervor.

Als die Fesseln sich um seine Handgelenke schließen, schaut Weems sich um und bemerkt: „Ich frage mich, ob jemand Mr. Kavashi gesehen hat? Den Sicherheitschef? Ich hatte ihn eigentlich hier erwartet, wir wollten uns draußen vor der Station treffen."

Monica wirft ihm einen überraschten Blick zu. „Sie verwirren mich. Wir hielten Kavashi für Ihren Feind."

Weems hebt die verunstalteten Schultern. „Bis vor kurzem. Die letzten ein, zwei Stunden, um genau zu sein. Mr. Kavashi hat mir gegenüber angedeutet, er wolle die Seiten wechseln. Ich hatte den Eindruck, er wolle sich von Eva abwenden und sich uns anschließen."

Als Monica ihn darüber informiert, dass Evangeline und ihre Anhänger tot sind, Opfer eines tödlichen Gasangriffs im Pinnacle, wird Weems Gesicht noch eine Spur weißer. „Wenn Vash also im Gebäude geblieben ist, gehört er zu den Opfern?"

„So sieht es aus, ja."

Maggie hat den Eindruck, dass diese Nachricht Weems zutiefst erschüttert.

Als Weems weggebracht wird, entsteigen der Kabine einige verstört aussehende Wesen. Darunter eine Frau mit Augen wie ein Waschbär und einer geschwollenen Nase, in der Maggie nur schwer Irene Delancey wiedererkennt, die Aktienhändlerin, Lehrerin, Entführerin.

Leicht gebückt, um sich den Kopf nicht zu stoßen, tritt nun Randall Shane aus der Gondel in das klare Tageslicht.

„Hi, Maggie."

„Bist du okay?"

„Mir geht es gut."

Shane sieht erschöpft aus, aber irgendwie glücklicher, als sie ihn seit Jahren erlebt hat. In seinem linken Arm hält er eine der schönsten Frauen, die Maggie je gesehen hat. Verängstigt, aber hinreißend, strahlt sie eine unglaubliche Stärke aus. Und an seiner rechten Hand hängt, mit einem Blick, als wolle er ihn nie wieder loslassen, ein zehnjähriger Junge mit einem breiten Lächeln im Gesicht.

Sie sehen aus wie eine Familie.

EPILOG
Fünf Monate später

Nicht immer verläuft das Leben in geraden Bahnen. Niemand weiß das besser als ich. Man trifft jemanden, verliebt sich, stellt sich vor, für immer zusammen zu sein. Man neigt dazu, den „bis dass der Tod uns scheidet"-Teil zu vergessen. Und wenn genau das aber passiert, ist man sich sicher, absolut sicher, dass man niemals mehr lieben wird.

Manchmal, wenn man Glück hat, liegt man damit falsch.

Daran muss ich denken, als wir von Donnie Brewsters Laden nach Hause fahren, beladen mit einem halben Kilo Hot Dogs, einem Dutzend Brötchen und Noahs geliebtem Gurkenrelish.

Senf haben wir zu Hause noch genug. Auch Noahs Lieblingsmarke.

Okay, Hot Dogs sind sicher nicht die gesündeste Nahrung, und ich weiß, dass ich nicht jedem seiner Gelüste nachgeben sollte, aber es ist ein warmer Sommerabend, und er ist ein noch wachsender Junge, wie viel Schaden können ein paar Röhrensteaks da schon anrichten?

Röhrensteaks. So hat Jed sie immer genannt.

Auf dem Rücksitz hat Noah das Fenster heruntergelassen. Der Wind zerzaust sein Haar, und mein Sohn sieht so selig aus, wie ein Junge seines Alters nur aussehen kann, der weiß, dass er sich gleich mit köstlichen Nitraten vollstopfen wird. Alles in allem hat er sich prächtig erholt. Während der ersten Monate hat er tatsächlich mein Schlafzimmer geteilt, in seinem eigenen Bett, und er hat auf einem Nachtlicht bestanden. Er wollte nicht nach draußen, wollte seine Schulfreunde nicht sehen. Er ist das ganze Halbjahr zu Hause geblieben, mit mir als Lehrerin, was, milde ausgedrückt, eine Herausforderung war. Ich weiß nichts über Primzahlen, was vielleicht zu Noahs Entscheidung beigetragen hat, im Herbst wieder in die Schule zurückzukehren. Ich hoffe, dass er noch genau so denkt, wenn der September kommt, aber man kann es nie wissen. Ein Tag nach dem anderen.

Was die Ereignisse in Colorado anbetrifft, hat man den Beweis erbringen können, dass Bagrat Kavashi, der schreckliche Mann mit dem Schnurrbart, aus eigenem Verschulden umgekommen war, als er das für den Bunker bestimmte Gas ins Pinnacle umgeleitet hat. Er dachte, das wäre der perfekte Weg, um Evangeline die Schuld in die Schuhe zu schieben, die bequemerweise dank ihres „Selbstmords" nicht mehr am Leben gewesen wäre. Aber es gelang ihm nicht, seiner eigenen Falle zu entkommen. Ich denke nicht, dass ich ein besonders rachsüchtiger Mensch bin, aber dieser Widerling hat es meiner Meinung nach nicht anders verdient.

Noah lehnt sich in seinem Sicherheitsgurt vor und tippt mir auf die Schulter. Er scheint nicht bemerkt zu haben, dass ich ihn im Rückspiegel beobachtet habe.

„Bist du glücklich, Mom?"

Er fragt mich das regelmäßig. Und ich gebe immer die gleiche Antwort: „Meistens, mein Schatz. Niemand ist immer glücklich."

Zufrieden nickt er und blinzelt wieder aus dem Fenster in den Wind.

Es ist Noah, der die Rauchwolke als Erstes entdeckt, als wir um die letzte Kurve vor unserem bescheidenen, aber für mich perfekten Farmhaus kommen.

„Mom, Rauch!"

„Ich sehe es, Schatz."

Und ich sehe, wie Shane sich um seinen neuen Weber-Grill kümmert. Er sieht so ernsthaft aus, wie ein Mann nur aussehen kann, der sich darauf vorbereitet, einen Hotdog für einen fast elfjährigen Jungen zu verkohlen.

Er besteht auf Holzkohle. Kein Propangas für Randall Shane.

Ich weiß, ich weiß. Er ist vierzehn Jahre älter als ich, und das kann zum Problem werden, wenn man es zulässt, was wir nicht tun. Auch ist er weit davon entfernt, reich zu sein, er fährt kein cooles Auto, und seine Arbeit führt ihn oft weg von uns. Und jedes Mal besteht die Chance, wie klein auch immer, dass er nicht zurückkommt, dass er bei dem Versuch stirbt, irgendjemandes Kind zu retten.

Ich weiß das alles.

Ich weiß aber auch dies: Wir alle leben von geliehener Zeit, und einen Tag davon zu vergeuden – oder auch nur eine Nacht – ist ein Verbrechen. Außerdem liebe ich den großen Mann wie verrückt. Es ist anders als bei Jed, aber genau so intensiv. Also hören Sie mir auf mit diesem „er ist zu alt für dich"-Kram. Ich will das nicht hören.

Sorry … man kann zwar das Mädchen aus New Jersey herausholen, aber … Sie wissen, wie es endet: Und sie lebten glücklich bis an ihr Lebensende, wenn ich dazu etwas zu sagen habe.

Und das habe ich.

– ENDE –

Paul Johnston
White Devil – Tödliche Liste
Band-Nr. 25281
7,95 € (D)
ISBN: 978-3-89941-462-2
480 Seiten

Paul Johnston
White Devil – Das Grauen kehrt zurück
Band-Nr. 25408
8,95 € (D)
ISBN: 978-3-89941-668-8
480 Seiten

John Macken
Blutcode
Band-Nr. 25275
7,95 € (D)
ISBN: 978-3-89941-455-4
416 Seiten

John Macken
Die Genspur
Band-Nr. 25371
8,95 € (D)
ISBN: 978-3-89941-604-6
480 Seiten